一代清官

（插图版）上

赵阳 著

陕西新华出版传媒集团
太白文艺出版社·西安

图书在版编目（CIP）数据

一代清官：上下册 / 赵阳著. -- 西安：太白文艺出版社，2022.10
ISBN 978-7-5513-1960-7

Ⅰ.①一… Ⅱ.①赵… Ⅲ.①长篇历史小说－中国－当代 Ⅳ.①I247.5

中国版本图书馆CIP数据核字(2022)第187485号

一代清官
YIDAI QINGGUAN

作　　者	赵　阳
责任编辑	杨　匡　王　琦
封面设计	郑江迪
版式设计	建明文化
出版发行	陕西新华出版传媒集团 太白文艺出版社
经　　销	新华书店
印　　刷	陕西金德佳印务有限公司
开　　本	787mm×1092mm　1/16
字　　数	760千字
印　　张	46.5
版　　次	2022年10月第1版
印　　次	2022年10月第1次印刷
书　　号	ISBN 978-7-5513-1960-7
定　　价	98.00元（全二册）

版权所有　翻印必究
如有印装质量问题，可寄出版社印制部调换
联系电话：029-81206800
出版社地址：西安市曲江新区登高路1388号（邮编：710061）
营销中心电话：029-87277748　029-87217872

目 录

· 上册

一　出　　仕 / 001

二　哀民生多艰难 / 021

三　连环奸杀母女案 / 041

四　追赃赈灾 / 063

五　一桩冤案 / 083

六　贪官们的绝地反击 / 102

七　东莱的福使 / 121

八　推新政 / 140

九　暮夜却金 / 164

十　杨震变法 / 186

十一　以考带察 / 213

十二　舞　　弊 / 235

十三　不负重托整吏治 / 255

十四　敲山震虎 / 277

十五　明后的自律 / 298

十六　地震连连难阻止 / 316

十七　大漠西域烽烟起 / 342

· 下册

十八	举国大庆 / 369
十九	皇宫托孤 / 392
二十	明后驾鹤西去 / 418
二十一	邓氏满门遭抄斩 / 444
二十二	淫女闹皇宫 / 467
二十三	一参牝鸡司晨 / 486
二十四	蔡伦之死 / 506
二十五	二奏大兴土木 / 527
二十六	三弹平步青云 / 548
二十七	四谏冒死救王密 / 574
二十八	身陷牢狱 / 597
二十九	民变战事纷纷起 / 624
三十	"清议"起泉湖 / 644
三十一	魂断夕阳亭 / 668
三十二	末　日 / 692
三十三	真相大白于天下 / 714

尾声　清白遗风传千古 / 736

一　出　仕

东汉安帝永初元年（107）盛夏。

长江流域数州四十一郡国大雨成灾，其支流沅江边上的荆州，更是这场天灾的重灾区，受灾人口百万以上。

荆州的武陵郡发生了百年不遇的特大水灾。连日暴雨致使南部的武陵山山洪暴发，洪水肆虐，裹挟着沙石、牲畜与人的尸体及被毁房屋的檩梁门窗等，如猛兽般冲出山谷涌入沅江，堵塞了江道。沅江江水一夜暴涨，堤坝到处决口，下游的汉寿县瞬间被洪水吞没，大片房屋被毁，稻田被淹，百姓死伤无数。洪水过后，荆州大地满目疮痍，尸横遍野，瘟疫蔓延，百姓流离失所……

次年，西北边陲，西羌滇零在北地称帝，联合河东四郡反叛大汉。叛军切断陇道，南攻益州，东震三辅，汉中太守董炳被杀……

洛阳城里，远远看去，巍峨的汉家宫阙连绵起伏。

远方的天灾人祸，使得洛阳北宫崇德殿内的气氛变得异常凝重。

大殿之上的龙椅上，并排坐着一个贵妇人和一个总角少年。贵妇居右，少年居左。贵妇二十六七岁，头戴九莲美玉金丝凤冠，身穿紫色锦绣深衣。服饰的领边、袖口都镶着宽宽的金边，腰带上不仅挂有玉质的饰物，还饰有凤头刺绣。她宽额广颐，唇红齿白，飞眉入鬓，一双睿智的丹凤眼媚意天成，凛然含威。从堂下望去，那妇人端庄典雅，雍容华贵，仪态万方。她就是当朝年轻的太后——邓绥。

少年十三四岁，穿着宽袍大袖、交领右衽、博衣系带的直裾深衣制金黄色

皇袍，头戴前后有十二条白玉垂旒的冠冕，足穿帛丝朝靴。腰间的丝带上，系着帝王佩带的金印黄地赤彩绶，皇袍上还绣有精美华丽的十二章纹样。他就是当朝少年天子汉安帝刘祜。宽大的龙椅和小皇帝甚小的身躯显然有些不匹配，而殿内的气氛更是让他无所适从。小皇帝歪坐在龙椅上，一副倦怠神情。

众多宫女高擎羽扇，站立在两人身后。矮胖的中常侍樊丰低头垂手恭立在一边。

殿下两侧，上朝的文武百官分次跽坐于丹墀下两旁的条几后。但与往日情形有些不同的是，有几张条几后却空着，显得有些刺眼。邓太后扫了一眼空着的位置，心中有些愤怒却未形于色。她知道，这些找托词未来上朝的大臣，定是得知朝议内容，借故不来，同时也对她这个太后存有藐视之意。而对于这些能来上朝的，谁又能担保其中没有看孤儿寡母笑话的呢？想到此，邓太后一阵心凉。

先皇和帝刘肇虽然属一代明君，但由于他一味推行仁政，使得弊政丛生，吏治腐败。刘肇驾崩之后，邓绥不得不撑起大汉这个大厦。因刘祜年龄太小，由皇太后邓绥临朝称制，朝臣奏章一式两份，同报分呈，所有诏令统一由皇太后签批后发出。邓太后临朝称制后，大汉危机四伏。

"张爱卿，西北战事眼下如何？"邓太后定了定神问道。

"回太后，"太尉张禹回道，"自邓大将军奉命回朝后，骠骑将军耿宝与平西将军任尚征讨西羌不力，我军接连战败。叛军贼首滇零率军击败我军，在北地郡城称帝后，有与大汉长期对抗之势。同时，滇零又联络上郡、武都郡及西河郡的众多羌人反叛，南攻至益州，威胁三辅，现已直逼关中。"

邓太后听闻急问："不是已册封老将军袁贵的儿子袁飞为征虏将军，率一万精兵前往增援了吗？"

张禹道："回禀太后，袁将军增援一月有余，但因军需粮饷供给不上，致使我军步步退守，故西北前线八百里急奏频送太尉府，奏请朝廷尽快援助。"

"报——"

就在邓太后思索该如何解决之时，尚书台一个白脸传信宦官一边疾步走入，一边手持文书尖着嗓子高喊："报——太后、皇上，荆州告急！"

喊声打断了邓太后的思绪。

传信官报道："武陵郡太守樊囿八百里急奏，荆州大地灾民成群、饿殍遍地，恐有民变！"

传信官话音未落，朝堂上文武百官如同黄豆被扔进了油锅一般一片哗然，往日朝堂的严肃气氛，此刻变作一片骚乱。邓太后一拍龙椅扶手，凤袖一甩站了起来，凤威立显。骚动的群臣立马安静下来，把目光投向殿上的邓太后。

小皇上刘祜，一副惊恐的眼神看着堂下百官。

邓太后厉声问道："那荆州刺史卫蒙呢？"

传信官不知是因一路小跑劳累，还是面对凤威紧张，豆大的汗珠从额头顺着脸颊往下淌，颤抖着道："据樊太守奏，不知是谁带头，饿红眼的灾民冲进了荆州府衙，卫大人仓皇逃出州府，离奇失踪，现今下落不明。"传信官越说声音越小，同时浑身颤抖着微微抬头瞄了一眼邓太后。

"母后，"一脸稚气的汉安帝也站了起来，拉了拉邓太后的衣袖，语言略带焦急地问道，"去岁时朝廷不是已经向荆州调拨了赈灾物资吗？"

邓太后拍了拍安帝，示意他坐下，不要惊慌，同时握了握手指强作镇定，尽量不让文武百官们看到自己颤抖的双手，同时思考着如何应对面前的局势。安帝明显感觉到了太后的颤抖，似乎还想说什么，邓太后摇了摇头，安帝欲言又止地坐了下来。

邓太后清楚，历史上很多次大规模民乱都是在大灾之年爆发，秦末陈胜、吴广导致盛极一时的秦朝崩瓦解，西汉末年"绿林""赤眉"起义推翻了王莽新朝。自己刚刚临朝称制不到半年，就碰上南方四十一郡国遭遇水灾，民变随时可能发生，西羌又乘机反叛，威震三辅，直逼长安，她不能不深深担忧。她的脸色惊得有些煞白。

武陵十五县大都为南蛮人。大汉数百年，南蛮人与汉朝官吏发生冲突屡见不鲜，更甚者在和帝年间发生过南蛮人与当地汉人联合起义反对大汉朝廷的暴乱。邓太后心知，正是因为如此，朝堂百官才会谈"蛮"色变。因此，面对荆州将可能出现的民变，她不能不重视。

南蛮民变不可小觑,当须慎重。安抚南蛮,平定西羌,必须分而论之,否则朝廷定将顾此失彼,万分被动。可面对迫在眉睫的严峻形势,又有哪些人能担此大任,分赴两地,力挽狂澜,以解大汉之忧呢?

"梁爱卿听命!"想到此,邓太后下令道。

梁僅起身道:"臣在!"

邓太后说:"谁都知道,打仗打的是粮饷仗。哀家命你为西域副校尉,协助平西将军任尚,率西域四郡太守征集粮草,鼎力支援袁飞将军,抵御西羌。即刻出发,不得有误。"

梁僅道:"臣领旨!"

说罢,梁僅退下,快步出了崇德殿。

梁僅走后,邓太后松了一口气。因为她对梁僅这个人是比较了解的,她相信梁僅会不辱使命。西域燃眉之急暂解,下一步便是解决荆州这个烫手的山芋。

邓太后说:"张爱卿,眼下,只好尽快打开国库,开仓放粮,先解决南方灾情。"

不到万不得已是不能开仓放粮的。

想不到张禹双手一摊,不无为难地说:"回太后、皇上,这些年由于一味地推行仁政,致使腐败成风,吃官饷和食邑的官员无以计数,而税收却越来越少,又更难以征收,国库早已空虚,臣哪里拿得出钱粮啊?"

邓太后先是一惊,转而问道:"荆州问题,众爱卿有何良策?"

言落,邓太后环视殿下百官,众大臣纷纷低头不语。邓太后怒火中烧,说道:"哼!平日里,一遇封官晋爵,你们一个个地进言,奏个不停。而今朝廷内忧外患,却为何又个个闭口不言?"

司徒刘凯左右瞄了瞄,想了想,出班奏道:"启禀太后、皇上,臣有一奏。"

邓太后看着殿下的刘凯道:"刘爱卿有何良策?"

刘凯奏道:"臣以为,当务之急,应派一人出任钦差大臣,赴荆州赈灾,督察荆州赈灾事务。"

刘凯的话让邓太后觉得又好气又好笑，因为，他的话简直等于没说。武陵面临的民变，定是太守樊闰赈灾不利，致使百姓迁怒于朝廷，而今刺史卫蒙失踪，安抚灾民肯定得派赴钦差，这还用他说吗？是表现欲太强，还是他故意嘲笑自己无能，连这么明显的道理都不懂？于是说道："刘爱卿所言极是。既然刘爱卿如此心系朝廷，愿为皇上解难，不如哀家就封你为钦差大臣，即刻前往荆州赈灾如何？"

邓太后话音刚落，刘凯就俯下身来连道："这、这、这……"惊恐之下，一副令人厌恶的嘴脸显露无遗。

邓太后冷哼一声，目光扫视百官问道："有谁愿意出任钦差，赴荆州赈灾？"

话音一落，殿下百官个个埋下头，诚惶诚恐。看到殿下如同深冬原野般一片寂静，邓太后心里五味杂陈。大汉三百余年间，北匈奴连连进犯，先帝连年征讨，终于使南匈奴内附，北匈奴远遁。现如今西羌战事硝烟四起，刚刚平息两年的南蛮又遇水患，内忧外患必当予以平息，才可保大汉不衰。可如今皇上年幼，自己摄政，难道还要我一个妇人效仿光武皇帝亲自披挂上阵不成？想到此，邓太后怒道："我大汉百官，难道无人可用？！"

"太后息怒！以微臣之见，群臣都不愿赴荆州，原因有三。"这时，有人出来说话了。

文武百官朝说话的官员看去，在武官的最前面，有一人站了出来。他四十岁左右，身穿绛紫色宽袍大袖、大襟右衽、博衣系带的武官朝服，头戴武官冠，腰侧的革带上系着公侯将军佩带的金印紫绶，另一边佩带一把剑。他就是当朝大将军邓骘。

大将军邓骘和虎贲中郎将邓悝皆为邓太后的亲兄弟。看到兄长为自己解围，邓太后内心一阵激动。也幸得两位兄弟身在朝堂，才能让她内心存有一些底气，如若不然，还不知道会是什么样子。于是，邓太后连忙说道："邓爱卿，是何原因尽管奏来。"

原来，邓骘是看到陷入困境的太后母子，又稍稍回头看了看一个个不敢回应的文武百官，才叹了口气出班奏陈。他奏道："一来朝中同僚多为汉人，而

荆州受灾十五县多为武陵蛮人，言语不通，行事就会不利；二来蛮人与汉人多次联合犯乱，臣子前往赈灾，皆是冒着身家性命之危，稍有不慎，便会落得个有去无回；三来朝廷上下皆知，荆州几任刺史均上任不久，便不是要求回朝，就是弃职不干，臣以为，个中必有缘由。因此，并非无人愿去，而是无人敢去。"

朝堂百官一片哗然，纷纷侧目看着邓骘，表情各异，有惊讶，有敬佩，也有不屑。邓太后知道，其实邓骘说出了大多数人的心声，但在这朝堂之上敢如此说实话的，也只有他邓大将军了。朝堂百官或许不怕前往赈灾，因为这是为朝廷分忧解难，一旦赈灾成功，必得重用，唯一让大家顾虑的就是与武陵郡太守樊闰如何相处。樊闰是光武帝时的皇亲国戚，个性霸道，与之相处过的刺史都未落得好下场，这才是大家真正不愿前往的原因。

想到此，邓太后问道："以卿兄所言，就没有办法了？"

未等邓骘回应，堂下跪着的刘凯说道："太后、皇上，臣可献一策。"

邓太后问道："爱卿所献何策？"

刘凯答道："臣以为，荆州刺史卫蒙离奇失踪，杳无音信，朝廷暂时又无人可用。倒不如擢升樊闰补缺荆州刺史，定能完成圣命！"

太常刘章出班极力附和道："启禀太后、皇上，臣以为司徒所言极是。武陵郡太守樊闰在位多年，昔日可平南蛮民变，今日定可赈灾安民。"

说到樊闰昔日平息南蛮民变，官员们自然想起了前朝旧事。那还是和帝年间，荆州的武陵、零陵、桂阳、长沙四郡的南蛮人，由于不满郡县繁重的徭税，多次暴发民变，其中规模最大的一次发生在武陵郡。武陵蛮因郡县徭税失平，心怀怨恨，结集四千多人，冲进武陵郡府，杀了不少官吏，也杀了太守，朝廷震惊。当时，吏曹年轻的吏员樊闰请缨赴武陵，带领郡兵讨伐平息，斩了数百蛮人首级，才使得民变平息。

而这次，樊闰急报，由于荆州水灾，百姓无粮无衣，又是武陵蛮聚集八千多人围攻荆州城，荆州刺史卫蒙失踪，更大规模的民变一触即发。

邓骘听完二人奏言后，冷哼一声道："他若能赈灾安民，岂会频频急奏？"

邓骘一句话噎得刘凯、刘章无言以对。但是位列三公的司徒刘凯脑子转得快，眼珠一骨碌，讥讽地回道："那大将军一定有人选可荐！"

两方如此针尖对麦芒，也使得朝廷派系斗争隐隐可见。当今朝廷逐渐分裂为两派，一派以安帝刘祜的堂叔三公司徒刘凯、九卿太常刘章为首，意在维护大汉的刘氏天下，可称之为皇权派；而以邓太后的亲兄弟邓骘、邓悝为首，始终维护邓太后临朝主政的权力地位，可称之为外戚派。两股势力的明争暗斗，实际隐藏着皇亲与外戚的暗暗较量。

邓太后对两方相争的缘由心知肚明。刘凯举荐樊闰升迁荆州刺史，一方面是担心赈灾之事压在自己身上，更重要的一方面是想扩大自己的势力，因为樊闰是他一手举荐才一步步坐上太守之位的。同时，刘凯内心肯定知道，赈灾之事，樊闰并非无能，而是想借机为难朝廷，从而捞得刺史之职。他相信，只要朝廷任命诏书一到，樊闰必定使荆州赈灾工作卓有成效。如此，刘凯一来能显示他为朝廷分忧之用心，二来有举荐之功，三者樊闰升职也巩固了他们在荆州的地盘，真可谓一箭三雕。邓太后知道，刘凯此举，并非出于公心，他是有他政治上的考虑。想到此，邓太后问邓骘道：

"邓爱卿可有合适人选？"

邓骘不屑与刘凯争论，回道："回太后、皇上，臣正要举荐一人，定能救荆州百姓于水火之中，只是此人不在朝中。"

邓太后及朝堂百官纷纷疑惑地看着邓骘。何人有此能耐，却又不是朝廷之人呢？邓太后百思不得其解地问道："不在朝中？那爱卿所荐何人？所在哪个州郡？"

邓骘回道："此人名为杨震，字伯起，人称'关西夫子'，并非官吏，现在关西华阴潼乡乡间设馆授学。"

邓骘话音一落，朝堂又是一片哗然，刘凯一派更是一阵嗤笑，肃静的朝堂顿时炸开了锅。刘凯内心兴奋地想，这邓骘是不是吃错药了，争了半天举荐一个穷教书的，这可是一个羞辱他的大好时机。但是，刘凯未将内心的兴奋表露于色，相反，做出一副对朝廷负责的样子，愤怒中又带着一丝讥讽的意味问道：

"大将军,在太后、皇上面前,怎可说一些如此不着边际的话,难道说朝廷无人,满朝公卿连一个教书夫子都不如?"

刘凯话音一出,就给邓骘扣了一顶大大的帽子,一方面使得邓骘落得个轻视朝廷和百官的罪名,另一方面又让邓骘背上了他觉得朝堂百官无能的骂名。

刘凯说毕,皇权派纷纷附和着:"一个教书匠安能担当此任?"

"教书夫子,一步登堂入室成为权震一方的钦差大臣?可笑!"

"武陵穷山恶水,民众刁蛮生猛,就算我等公卿都未必能坐住阵,更别说一个教书先生。"

朝堂百官七嘴八舌的议论,瞬间把邓骘淹没。

邓悝看到兄长这般被动,出班奏道:"太后、皇上,从关西潼乡到京城洛阳一带流传着一个说法:'古有孔丘,今有杨震,是为两大夫子也!'意把那杨震与孔夫子相论,属于人人敬仰的圣贤。如若无能,怎会有此评价?"

刘凯不屑地回道:"邓将军,那孔丘夫子周游列国,不但未有一国君主采纳其政治主张,还使得他像丧家之犬一样差点客死他乡,还请将军别把朝堂当坊间,说出天大的笑话。"

"是啊!杨震即使是圣贤,也不见得就能救民于水火之中。"刘章附和着。

对于邓骘来说,他能在此刻顶着压力举荐杨震,自有他的道理。杨震虽非朝廷官吏,但确实是闻名一方的儒学大家,其主张的"仁爱治理天下,清廉为百姓谋福",更符合当下大汉王朝发展所需。邓骘当年远征西羌,多次途经弘农潼乡,亲耳聆听了杨震在泉湖学馆的讲学,被杨震的思想学问及显现出的人品所折服,他坚信杨震是一个难得的治国平天下的人才。同时,邓太后摄政初期,就有广揽天下人才、广招天下贤士之意,邓骘虽然读书不如妹妹,但着实佩服妹妹这种治天下的思路。如若此次真能请得杨震出仕,不仅是大汉朝廷的一大幸事,而且更能显示妹妹临朝摄政时期的政治清明,显示她求贤若渴和惜才用人的博大胸怀。

邓太后看着堂下争论不止的两派,心里明白,两位兄弟与刘凯等人不同;她也相信,邓骘此举完全出于公心,出于对大汉江山社稷的考虑。想那和帝刘肇驾崩后，自己能平稳临朝摄政，辅佐十三岁的安帝即位，这与两位兄弟和太傅班昭的全力支持是万万分不开的。对于杨震，自己怎能不知？杨氏一门历来是为人称道的。杨震的祖父杨谭和父亲杨宝皆是甘守贫寒，生活再艰辛亦不愿为官的教书匠。杨震父亲杨宝在世时，研习《欧阳尚书》。哀、平二帝时，他隐居乡间，教授门徒。居摄二年（7），与龚胜、龚舍、蒋诩一起被征召，其他三人均已应召入仕，唯独杨震父亲遁逃。光武帝推崇他的气节，建武年间，特别公车征召，杨宝便逃遁躲藏，隐居于民间，教书授徒，光武帝找寻不到，只好作罢。邓太后虽然知道杨震的人品学问，但她对兄长在这么一个关键时刻极力举荐杨震前往荆州赈灾也有一丝不解。杨震的能力先不考虑，杨家已数代人不入仕了，能请得来吗？为慎重起见，邓太后说道：

"赈灾事宜事关重大，待哀家熟虑之后再行定夺。先行退朝吧！"

随着中常侍樊丰的一声"退朝"，一场闹闹哄哄的早朝就这样结束了。

在邓太后的永安宫里，邓骘、邓悝两位兄弟站立在她跟前，身边还站着一名五十七八岁的女官，衣着朴素，端庄贤淑。此人正是太傅、太史女官班昭，正与太后像一对母女一样商量着什么。旁边还低头垂手恭立着一个头发有点白的老宦官，他就是在永安宫里侍奉太后的樊丰。

这时，邓太后扭头看着邓骘问道："卿兄，今日为何极力举荐杨震担任钦差前往荆州赈灾？"

邓太后临朝称制之初，尽管她曾号召各地举荐贤良方正人士——就是由地方官员推荐民间品德端正、富有才学的儒生做后备官员——但是，对兄长邓骘极力举荐的这个年过半百的一方儒士杨震却还是有些犹豫不决。

邓骘说："回太后，原因有三：其一，杨震虽为乡间教书先生，但凭其在坊间的声望，臣以为定能得到荆州乡民的敬重。其二，自古赈灾救荒就是易得罪人的差事，但杨震个性刚硬，为人耿直，不畏权贵，当年朝廷多次征召他，他都坚决拒绝，这样一个连朝廷都敢得罪，又有着强烈责任感和仁爱之心的人，让他为民办事，他会害怕得罪人吗？其三，赈灾容易滋生贪腐，而杨震此人极其勤廉，做事一丝不苟，雷厉风行。鉴于以上三点，臣以为，荆州之急，

杨震是最合适也是唯一的人选。"

太后仰面沉思半晌，又问道："以卿兄所言，杨震真有经天纬地之才？"

邓骘信誓旦旦道："回太后，我愿用项上人头担保，杨公确有救世之才，定堪大用！"

邓骘的话音一落，一旁的班昭开口道："'吕望之鼓刀兮，遭周文而得举。宁戚之讴歌兮，齐桓闻以该辅。'太后，姜太公吕望当初拍刀屠牛，遇到周文王被用为心腹大臣；宁戚做商贩敲着牛角唱歌，齐桓公听了授官职让他辅政。更何况大将军所荐还是圣贤之人，不妨一试。"

邓太后似乎还是有些犹豫，说道："记得老师桓郁也曾向哀家说起过杨震，对他评价也甚高，只是朝廷几次征召，杨震都意志坚定，断然拒绝，若再次征召杨震仍不答应的话……"

班昭道："禀太后，大将军既然能力荐此人，肯定是有他的办法。"

邓太后道："好吧，就依太傅所言，封杨震为荆州钦差大臣，赴荆州赈灾。另外，为得到更多贤良方正人士，樊丰拟旨昭告天下：着令公卿内外众官、郡国守相，对凡清白爱民利民、自身勤勉率下之人，可不按常规晋升，而以越级提升。刺史可荐举部下，郡国太守相国可荐举令、长，尽心公务，对老弱病残无能力任职的皆予以开缺，所缺空位，由新荐人士补缺。"

邓骘、邓悝兄弟与班昭共同跪拜："太后圣明！"

邓太后又看着邓骘，沉稳地说道："那就有劳卿兄，奉旨速赴关西弘农召杨震进京。另，传旨下去，将朝廷所有官员的史籍档案送哀家宫里。"

兄弟俩施礼拜道："臣领旨！"

邓骘、邓悝两兄弟见邓太后下旨，均心里一动，都对邓太后刮目相看。他们没有想到，这个从未涉过政的邓家闺秀，处事如此果断。

第二天上午，太后逐个考察了朝中三公九卿的简历和履职情况，下午接着举行朝会。朝会上，太后凭她的考察结果当场调整任命了一些文武官员，对"赈灾朝会"上所有称病在家的官员，一律开缺，削职为民。消息传出，朝中大惊，没想到，向来举止文雅的邓太后如此果断强势。

几个被开缺的官员，第二天早朝时，早早来到崇德殿，纷纷匍匐在地，请求邓太后开恩。邓太后不紧不慢地说道:"既然不能来,就永远不要再来了。"

渭河南岸,一片翠绿的杨树林倒映在水中。清晨的阳光透过树叶,影影绰绰,斑斑驳驳。树影和太阳的光斑在水面上交替闪动着,让安静的树林多了一些灵动。树林很密,看不见房屋瓦舍,却能依稀听见树林深处琅琅的读书声:

"学而时习之,不亦说乎。有朋自远方来,不亦乐乎……"

循着读书声,一座安静朴素的学馆映入眼帘,这就是关西一带有名的学馆——泉湖学馆。学馆大门紧闭着,院子里有几个讲堂,读书声是从其中一个讲堂里传出来的。

透过离大门不远的一个讲堂的窗户,可以看见堂下坐着五六十个穿着粗布衣裳的乡野学童在认真听先生授课。讲台上,站着一个五十岁左右的先生,装束朴素,一身的书卷气。他身穿灰色麻布缝制的宽袖大袍,大袍是那种交领右衽、腰系布带的直裾深衣制素袍。在他腰间的麻布带上,还挂着一个装书袋。他身材瘦高,脸颊清瘦,颏下留着一把胡须,长发高高束在头顶,用麻布条扎着,足穿麻鞋。他左手持一卷黄麻纸书卷,用浑厚的声音给学童们讲着课。他就是被人称为"关西夫子"的杨震。

这时,他从讲台上走下来,沿着讲堂的走道,在学生中间边来回踱着步,边给学子们讲着:"在古代,我们的先贤用功读书是有传统的,历史上关于刻苦读书的故事几乎历朝历代都有记载,每个故事都感人至深。如前汉人路温舒,曾用蒲草编织成席子,把借来的《尚书》抄写在席上,每日细读。同是前汉人的公孙弘,没有书读,就把借来的《春秋》抄在削去青皮的竹子上……"

正在这时,忽听有人在院外高喊:"关西夫子杨震接旨!"

杨震闻声吓了一跳,不知何事,赶紧放下讲案书卷,叫上全馆学子,走出讲堂。杨震理了理素袍跪拜在地上,学子们跟着齐刷刷地跪拜在学馆的地上。这时,有一个门人打开学馆大门,大家看到,大门外有三个骑马的人:

前面一人骑着一匹枣红色的高头大马,身后飘着面红里黑的长披风,正是

大将军邓骘。身后紧跟着两个年轻的羽林军郎官，各骑一匹战马。右边的年轻郎官二十出头，骑一匹滚花雪青马，头戴漆纱二梁进贤冠，腰悬佩剑，穿一袭洗得有些泛白的宽袖绛色长袍；右边一个近三十岁的年纪，骑一匹踏雪黑骏马，戴盔着甲，背负弓箭，手执长矛铁戟。右边头戴二梁进贤冠的叫袁礼，左边头戴铜盔的叫周广。

杨震看到了邓骘，这才松了一口气。三人翻身下马，袁礼手握黄轴再次说道："关西夫子杨震接旨！"

三人随即走进学馆院子。

邓骘接过袁礼手中的丝绸黄轴展开念道："皇太后制曰：召关西夫子杨震入朝领旨。钦此！"

"皇太后万岁万岁万万岁！"杨震谢毕，没有显出兴奋，而是显得十分淡泊、沉静，抬头问道，"大将军，敢冒昧问一句，太后宣草民进宫有何事？"

未等邓骘回答，周广就插嘴道："这还用问？肯定是让你入朝做官！"

邓骘扶着杨震的胳膊说："先生，快快起来说话。"

杨震等人缓缓站起，他安排学子进讲堂后，一脸真诚地说道："大将军，伯起一介儒生，只管教书，不问政事，蒙太后错爱，不敢奉令。"

邓骘与杨震是故友。邓骘为人贤良，非常敬重读书人。早年，他多次赴西北雍营边塞，路过潼乡，听说关西大儒杨震"人品学问一流"，故每每路过潼乡，就去拜见杨震，聆听讲课，几次下来，两人便成了朋友。也正是有这层关系，杨震和邓骘说话才显得有些随意。而此时杨震的话，却让邓骘不知道怎样去回答。

一旁的周广听到杨震拒绝，愤愤地说："杨震，这可是太后和皇上召你，你若不去，便是抗旨，按大汉律法，违抗圣旨，是要问罪的！"

周广的话说得很严重，但杨震依然沉静，不为所动，说道："这位少将军所言极是，但即使将草民押入大牢问罪，对朝廷也无裨益，还请大将军谅解！"

几句话说得周广语塞，心想，这杨震也有些太不识好歹了，自己为朝廷效力多年，还从未见过这种给官不做的人。

邓骘则不然，越是如此，他对杨震淡泊名利的人品越加敬重，于是说道："先生，当今太后母仪天下，圣德伟大，美名远扬，为天下称道，正是先生大展宏图的机会啊！"

杨震见大将军一脸诚意，心中不免有些内疚，但依然说道："将军心意伯起心领，还请大将军谅解！大将军请回吧，学子们还在等着伯起上课呢。"

邓骘眼见杨震毫无入朝之意，心里犯起了难。不过，这一点他来的时候就有思想准备了。他知道，如果杨震是那种见到圣旨就欣喜若狂的人，那也就不是杨震，也就不值得他在太后面前力荐，又亲自来请了。邓骘知道，这事再急也急不得，于是与袁礼、周广二人先打道回府。

蜿蜒的小路上，邓骘在前策马而驰，表情凝重，若有所思；而两位羽林郎骑着马跟在后头，显得有些沮丧。邓骘知道杨震的脾气，这也是他这次来潼乡最大的担忧。来之前，邓太后也提醒过自己，他明白，这是妹妹为自己请不回杨震留了个台阶下。想到这里，邓骘心里有些不舒服。

三匹马在坑洼不平的长洛驿道上向东奔走，不到一个时辰就到了弘农城。一路走来，邓骘心事重重，不知不觉天色已晚。路边的多处客栈灯笼高挂，酒幌翻动，栈主在门口大声招揽着生意，吆喝声让邓骘一下回过神来。

"吁——"他一拉缰绳，马嘶鸣一声停下脚步。

袁礼走上前不解地问："大将军，还有何事？"

邓骘沉思了一下说："天色已晚，今晚就住在弘农城，让我晚上再想想，明天我们再去见见杨震。"

周广、袁礼二人面面相觑。

第二天一早，邓骘带着有些不情愿的周广、袁礼二人出了弘农城，快马加鞭，一路未停，再次来到了泉湖学馆。此时，正当学生下课，院子里满是嬉笑打闹的学子，异常热闹。学馆里，虞放、陈翼二人看见昨日被先生所拒的三人又来了，连忙跑去告知先生。杨震客气地把邓骘三人迎进"师斋"屋内。他知道大将军折回来的目的，但受儒家思想影响极深的他，早就看到当今朝廷弊政丛生，吏治腐败，贪风炽盛，他不屑与那些贪腐钻营的人为伍。身为一介儒生，只想传道授业解惑，教会这些学子讲仁爱、讲礼仪，清白做人，造福百姓。

杨震此人可用四本书来概括：一本是春秋时期鲁国孔子的《论语》，一本是战国末期屈原等人的《楚辞》，一本是前汉司马迁的《太史公书》，还有一本是前汉欧阳派的《今文尚书》。《楚辞》铸就了杨震的爱国思想基础；孔子的《论语》使他决心一生做一个像孔夫子那样的人，传道、授业、解惑，桃李遍天下；《今文尚书》奠定了他的儒家思想；《太史公书》使他博古通今，满腹经纶。正因如此，邓骘才对杨震如此敬重，才敢以人头担保，力荐杨震出仕前往灾区赈灾。

邓骘三人一进门，墙上"心系学子"四个大字映入眼帘。这里对于邓骘来说并不陌生，过去每次路过学馆，杨震都是把他接到这里，喝水谈天论道。但是，今天到此，他忽然感觉身负重任，压力异常。

三人坐定后，不等邓骘开口，杨震就主动说道："大将军，伯起一介儒生，对朝廷政事、平抚天下一窍不通。幸得太后抬爱，但恕伯起真的不敢奉诏啊！"

邓骘说："先生万万不可推辞。邓某知道，先生虽居潼乡私塾茅屋，但胸怀天下，腹有社稷。州郡府衙多次征召先生入仕，先生都不曾答应。邓某知道，先生不愿入仕是心有所虑。我等再次前来，正是解除先生所虑。当今皇上虽然年幼，但摄政太后却心怀江山社稷，情系庶民百姓，这一点先生大可放心，像先生如此品德学识之人，正是朝廷所求、社稷所需。先生入仕后，定可大展宏图。如若先生拒绝，不仅辜负了邓某和太后的一片诚心，更是大汉的损失啊！"

或许在别人看来，以邓骘大将军的身份委身来请杨震实属给足了面子，但朝廷是否值得杨震报效？只有邓骘自己知道。

此时，邓骘觉得自己所言如此真诚，一定会打动杨震的心。不料，杨震抬起头，眼神还是那样坚定地说道："伯起不才，加之家里还有年逾七旬的老母需要赡养，实在不敢奉令，还请大将军谅解！"

武将出身的周广真有些耐不住了，他也知道杨震不会轻易出仕为官，可是没有想到这老头如此固执呆板，任大将军百般相劝都无济于事。换了别人，可

能大将军早就让他人头落地了。于是说道:"大将军,你以三公之尊,带着太后的懿旨和皇上的圣意来请这个老儒生,可他不识好歹,我看给他以抗旨治罪算了,再用不着跟他多费口舌……"

"不得无礼!"邓骘拦下周广怒斥道,转头又对杨震说道,"太后和皇上对先生确有侧席虚位以待贤人的厚望。先生的做法与时下以不正当手段千方百计地牟取高官厚禄的世风相比,令人肃然起敬。看在太后求贤若渴的份上,还望先生三思!邓某也已在朝堂之上立了军令状,请不回先生,邓某只能解甲归田了。"

杨震的态度让邓骘万般无奈,但是,也许正是杨震这种执着甚至偏执的性情,更让这个看惯了官场上那些明争暗斗、中饱私囊、急功近利、推诿扯皮嘴脸的大将军敬重和佩服。邓骘辞别杨震,离开了学馆。

三人离开潼乡。邓骘骑着马缓缓西行,周广、袁礼二人也慢慢地跟在后边,看到邓骘又没有往回去的路上走,周广走上前不解地问:"大将军,为何往西走?"

邓骘边走边说:"今夜咱们就宿在华山脚下的华阴城内。"

周广有些茫然,但袁礼似乎猜到了邓骘的意图,问道:"大将军还不死心?"

邓骘没有否定,也没有肯定。

粗犷的周广似乎有些想摆谱,大声说道:"大将军,既然是这样,我去通告华阴县令,让他出来迎接大将军,好生招待大将军。"

邓骘还是未吭声,他心想:圣命在身,纵使有美酒佳肴,何来胃口?

第二天一早,邓骘早早起身,带着袁礼和周广,三人一抖缰绳,几匹马一抬头向东疾驰而去。一路奔驰,路过潼乡,路过弘农,均没有停歇。看到大将军一路往洛阳而驰,周广和袁礼悄声议论,这就对了,朝廷有的是人,离了他杨震还就没办法了?而邓骘心中并未放弃,昨晚他想了半宿,决定今早回洛阳找一个人,一个可以使杨震出仕的人。

经过洛阳的一番周折,邓骘三人带着一封书信,再次来到泉湖学馆,不承想学馆大门紧闭。袁礼和周广透过门缝朝里一望,院子里一片宁静。

周广拍着门大喊:"开门!开门!"

过了一会儿,门"吱呀"一声开了一条缝。一个年轻人探出头,是学馆看门的冯宝。他看着三人说道:"还是大将军啊!今日放假了,先生回山根儿家里了。"

"先生家在哪儿?"邓骘急问。

冯宝往南一指说:"看见那条牛壕车道了吗?顺着那条壕道上了潼乡塬,一直往南走十多里就到了先生家的村子,水峪口村。"

三人扭头往南看,在高高的黄土塬中间,有一条土壕。三人问清路后,按照冯宝的指引,骑着马顺着壕道上了潼乡塬,然后一直往南走,一路都是上坡路,一路走一路问。邓骘他们并不知道,他们脚下的这条牛壕车道,原来是一些家长为了杨震奉养母亲、照顾家里和往返学馆方便,自发修下的。

走了快一个时辰、十多里坡路,到了秦岭北麓不远处壕沟的尽头,往西有一条弯弯曲曲的牛车道伸向壕沟上边。三人下了马,拉着马顺着弯道往上走着。站在坡道上可以看见,这里沟沟岔岔、坎坎坡坡,又由于沟岔坎坡上长着各种各样的树木遮挡着,看不到多远。他们顺着牛车道高高的陡坡一直爬上沟沿,才看见西边一片树木茂密的地方隐约有人家,有炊烟,隐隐也听到狗叫鸡鸣,好像是个村子。三人在坡口路边歇息,刚才还一路哼着小调儿的周广不吭声了,喘着粗气低头生气。这周广只要没有烦心事,或者遇着好心情,习惯哼着小调儿,这会儿不吭声是因为寻人不顺利。

进村的小路也是拐来绕去,说是村子,但山民住得非常分散,有的在这个山梁上,有的在那个山脚土峁上,一家和一家不仅不相连,甚至距离远的人家互相都看不见。

进村后,想打听一下,但都不见人影。好不容易看见一家篱笆小院,院子里有一个满头白发的七十多岁的老妪,在洗一个木盆里的衣裳。周广还在生气,袁礼跑过去隔着篱笆问:"老婆婆,这儿是不是水峪口村?"老妪大概耳背,站起来,走到篱笆旁问:"你说啥?"这时,邓骘听见身后有羊的叫唤声,扭头看到对面不远处残破的土墙院门口,有一个五十多岁的中年人正赶着一群羊出了院子。邓骘让袁礼去问中年人,袁礼跑过去喊着:"叔,这儿是不

是水峪口村？"中年人说就是，袁礼就问杨先生住在哪里，中年人说："你们跑过了，上了沟沿往北走。"三人谢过那人后，又返回原路，走着走着，遇到一个三十多岁的肩上扛着把锄头准备下地的年轻人，袁礼上前问："哥，杨先生住哪儿？"年轻人说杨先生不在屋。袁礼就问去哪儿了，年轻人往东边山坡上一指说："在那儿。"

邓骘等人望去，在对面半坡的庄稼地里，有十多个人在干活。袁礼和周广眼尖，一眼就看到了杨震。原来，杨震一家在锄地。

他们又拉着马下坡朝对面走，看见沟坡各处都有农夫在忙着锄地。

这时，邓骘他们看到，不远处的山坡上，有一群孩子在放牛，牛儿在各处吃草，孩子们在仰头唱着牧歌；又突然听到，不知从哪里传出一个汉子吼唱出一段震天响的潼乡黄河老腔。歌声和老腔声打破了山村和沟沟坡坡的寂静。

仲夏，是北方最炎热的时节。半坡上，杨震领着一家儿孙十几口人做农活。他脱掉了那身深衣制儒服，换了一身农耕人家穿的那种淡青色的麻布短衣犊鼻裤；儿孙们则个个穿着淡青色的短衣短裤，敞开衣襟，赤着胸膛，有的足穿麻鞋，有的光着脚。杨震的头上戴着麦秸秆编的草帽；儿孙们都是用淡青色的麻布条扎着头发，将麻布庶人巾裹在额头，一个个累得汗流浃背、挥汗如雨，却顾不上擦汗。大暑天气，每个人身上的衣服后背都湿了一片。

在地边，一个装着水的瓦罐旁，有一男一女两个年龄大小不一，穿着红兜肚、头扎两个羊角辫的孩童，在低头入迷地看着书。

干活的当儿，杨震还在给儿孙们讲着故事：

"孝武皇帝时，长安南面的终南山下有个人叫朱买臣，靠打柴养家糊口，每天砍柴时，他把书吊在树枝上，边砍柴边读书，挑柴回家时，又把书挂在扁担上读……"

邓骘三人走到地边时，杨震已经看到，心里想，这邓骘真是一个不达目的不罢休的人啊，他这种执着的性情倒是跟自己有几分相像。一阵寒暄后，杨震把邓骘三人领回村，来到了一个山村小院。

他们还没进院子，一股牛粪味、猪圈厕坑味及长期烧茅柴做饭的烟熏味，随着山风飘出来。

进了院子，只见在上屋茅屋檐下的灶台上，一个五十岁左右的中年农妇腰上围着围裙，在忙着做午饭，正是杨震的妻子柳氏。她穿一身简朴的、穷苦人家常穿的那种深灰色、长不及地的麻布裙；长发与民间广大妇女一样，梳成垂髻，端正地挂在脑后。在前院猪圈旁，有一个年逾古稀、头发全白的老妇人在低头喂猪，她就是杨震的母亲。她身着一身形制简单的补丁摞补丁的皂色麻布衣裳，稀疏的白发在脑后绾了一个农家妇女常绾的垂髻。她虽然年逾七旬，但身体十分硬朗。不远处还可看见，在茅屋檐下和堂屋分别放着一架纺线车、一张织布机。杨母和柳氏看见来了客人，都点头笑着打招呼。

院子拾掇得很干净。正房堂屋两边的柱子上有八个不大但醒目的字，一边是"耕读立身"，一边是"清白传家"。邓骘知道，这是杨震给五个儿子定下的家训。泉湖学馆他去过多次，但杨震家里，他还是第一次来。看到杨震家里的一切，邓骘不由得感叹，这杨家真是耕读传家，耕读不误啊！

特别是当邓骘看到满头白发的杨母时，信心百倍的他一下子有些犹豫了，本以为杨震说赡养老母只是推托之词，未承想到却是真的。面对杨震年迈的母亲，他如何能开得了口？

邓骘知道，杨震幼年丧父，是母亲辛辛苦苦一手把他拉扯大的。父亲在世时，看透了官场的黑暗险恶与仕途的宦海沉浮，一生无意并厌弃仕途，誓不做官，而开馆授徒，独善其身，功泽千秋。在杨震少不更事之时，父亲就有意培养，想让他子承父业，造福百姓。正是他父亲的这种有意引导，才使得"宦海沉浮，仕途险恶"和"教书授徒，功泽千秋"十六字深深影响着杨震。他父亲去世后，十二岁的杨震到京城拜桓郁为师，二十岁就成为关西一带的才子。二十岁那年，他就子承父业，重整学馆，开始了教书授徒的生涯，这一教就是三十余载。如今，到了知天命的年龄，桃李遍天下，也算未辜负父亲遗志。

杨母热情招待着邓骘三人。看着杨母忙进忙出的身影，邓骘虽然有些犹豫，但想到荆州受灾急需杨震这样的人才，还是咬了咬牙，拿出一封书信递给杨震，也不说话，只是坐在那里静静地等着杨震看信后的态度。

杨震有些疑惑地接过书信，打了开来，只见上面写道："吾徒伯起钧鉴，

昔年一别至今三十年矣,得知伯起饱读诗书,满腹经纶,桃李满园,甚感欣慰。'修齐治平'是吾等儒生毕生所愿,今朝廷遇灾,用才之际,该是儒士尽责之时。当今太后开明,百年一遇,为我朝大幸也。请伯起斟酌,是为至盼。切切。"落款是桓郁。

原来,邓骘带着袁礼、周广二人夜宿华阴当晚,辗转反侧之时,忽然想起杨震曾多次向他提说过的老师桓郁。因此,天色未明,他就催二人起身,从华阴一路奔回洛阳,悄悄地前去拜会前朝元老桓郁。七十有二的桓郁是杨震的恩师,听了邓骘的陈述,说自己有病在身,不能前去关西潼乡学馆说服杨震,当即给杨震修书一封。邓骘马不停蹄,带着桓郁的书信再次来见杨震。杨震接过信后,邓骘一直默默地观察着他,看到杨震不再断然回绝而且有些犹豫的目光时,邓骘心中终于生出了一线希望。

桓郁的书信不长,但杨震看过后,明显感受到了太后、皇上对自己的信任和期待。想想自己满腹学识,如果能用以救国救民、治国安邦,终究不负儒家学人的一腔报国之心。而大将军三顾潼乡,诚意上天可鉴。如果有生之年能为天下百姓谋些福祉,那他还有什么理由拒绝呢?但是,父亲传下的不为官的家训,这让自己如何给母亲解释?如果自己真的离开家,老母亲怎么办?

二　哀民生多艰难

众人都没想到,当杨母听说儿子的恩师桓郁来信建议儿子替朝廷分忧赴荆州赈灾时,态度一百八十度大转变,说道:"只要是我儿恩师的话,刀山火海都得去!"

杨震说:"娘,儿还要孝敬您啊!"

杨母说:"儿啊,不要操心娘,娘身体硬朗着呢,跟着大将军他们去吧!"

杨母的话,不光使杨震松了一口气,而且使邓骘三人对杨母的深明大义非常敬佩。三人同时就地跪下,三拜杨母。其实,就在邓骘三人前两次从学馆走后,杨震的学子陈冀与虞放就一再鼓动,支持老师出仕为官。

这时,杨震对邓骘深鞠一躬道:"太后、皇上和大将军如此厚爱伯起,再加之恩师相劝、老母这般支持,如若伯起再不答应,便真是辜负了太多人。"

杨震话音一落,邓骘激动万分:"我朝大福,荆州有救了!荆州有救了!"

邓骘三人三顾潼乡,终使得杨震答应出仕,邓骘也算是不负圣命。邓骘由于急于想把这个好消息告知太后,所以杨母再三挽留也未曾停歇,告别杨家人后就带着哼着小调的周广和脸上露出笑容的袁礼二人,马不停蹄地回京复命。

三人走后,杨家一家老小也开始忙碌起来。杨震送别邓骘时表示,安排妥当学馆事宜、安顿好家中老小后,即刻动身进京。看着一家人忙碌的身影,杨震有些心酸,有些纠结。心酸的是要离开年迈的母亲和相濡以沫的妻儿,不知何时才能回来;纠结的是走容易,可这泉湖学馆、牛心学馆及弘农县泉里学馆,三地学馆的一千多名学子如若不能妥善安置,岂不是要误人子弟?想到这

里,杨震陷入了沉思。

这天,平日里异常节俭的杨母,为儿子做了一顿丰盛的饭菜,杨家人齐聚一堂,算是给杨震饯行。吃饭的当儿,心乱如麻的杨震向母亲诉说了自己对母亲的不舍,识大体的杨母为儿子的孝顺感到欣慰,同时又立刻表示自己身体无恙,嘱咐杨震轻松上任,一定要对得住太后的重托和信任。至于学馆的事,母子俩再三商量后,决定交给杨震的弟弟杨季和陈冀、虞放几人接管。

忙了一天,到晚上,剩下杨震和妻子柳氏还没睡。杨震站在案前,摩挲着书架上的书简、书卷。柳氏看着杨震说:"他爹,想要带哪些书?我帮你收拾。"

杨震怜惜地看着终日操劳的妻子说:"以后屋里的事就有劳你了。"

柳氏说:"他爹,你安心去做答应人家的事情,我会对娘悉心照料。至于学馆,我也会让牧儿去帮衬他二爹和陈冀、虞放的。"

杨震眼含泪水点了点头。

第二天一大早,杨震早早到祖坟给祖先、父亲上了坟。回到茅舍院子时,看到放假还没有走的陈冀、虞放都来了,杨震便和兄弟杨季与他二人一起商量安排了三地学馆的事。一切安排停当,杨震决定即刻动身。长子杨牧已为父亲准备好了牛车,车上放着行囊。杨震正准备出门,想不到附近不少学子听说老师要进京,纷纷跑来,说是送行,实则是依依不舍。他们一个个作揖拜送:"恭送恩师出仕!"说着说着,一片哭声。

看着这一个个朝夕相处、令人难舍的学生,杨震眼睛湿润了,千言万语无从出口,便摸摸这个的头,拍拍那个的肩。他不能再停留,因为大将军走时一再叮嘱,安排好家里和学馆后,即刻动身。另外,他还要顺路看一眼泉湖学馆和泉里学馆。他顺着学子们避开的通道走向牛车,陈冀、虞放和众多学子跟在杨震身后。走到牛车跟前,杨震看着早已等候在牛车前的老母亲,一甩袍襟,赶紧跪地,向母亲跪拜:"娘啊!儿要离开了,您老人家多保重!"

杨母面露不舍,拉起杨震说:"儿啊,可还记得当年你进京拜恩师桓郁时,娘给你说的话?"

杨母话音未落,杨震再次拜倒在地:"'不辱家门,不负师命。'儿永不敢忘！"

听了杨震的话，杨母欣慰地点了点头，摆摆手说道："去吧！"

杨震三拜后，站了起来，看着家人和学子，控制住自己的情绪说道："都回去吧！"

说完，杨震上车，一个后生吆喝着牛车启程。未曾想到，陈冀、虞放和众学子一直跟在牛车后，杨震几次劝阻，众人不顾杨震阻拦，执意要送行。

于是，陈冀和虞放带着一群学馆的学子一路相送。这些学子，大都是贫苦人家出身的孩子，他们一个个穿着麻布缝制的补丁摞补丁的短衫、短裤，绾上头顶的头发用麻布条扎着，足穿平头麻鞋。

随行的人中间，有个牵着牛的显得老实巴交的农夫后生，他上身穿着一件敞开的麻布短衫，下身穿着一件过膝的麻布短裤，足穿麻鞋，束起的不太整齐的发髻上，裹了一条灰色麻布头巾。他就是跟随杨震，准备为杨震做饭、打杂、料理生活的冯宝。一路上，冯宝用黄河老腔文场唱腔"慢板"唱了一段又一段老腔戏，大家一路听得高兴，亦不觉得困乏。

杨震和一帮弟子当天傍晚到达了弘农县城十里外的夕阳亭。

夕阳亭被晚霞染成血色，看上去是那么刺目。杨震下车后，对一路跟随相送的众多学子说道："送君千里终须一别，就到此吧！"

陈冀、虞放等众学子一一作揖。陈冀道："承蒙恩师多年教诲，待我等如己出，并将学馆交与我和师弟虞放二人打理。望恩师放心，我二人定会为恩师延续泉湖学馆遗风，恭候恩师早日回归学馆。如有朝一日回乡，还望恩师提前写信告知，我们定到这夕阳亭相迎。"

师生由此含泪而别。

杨震此次到京城后，并没有急于拜见太后和皇上，而是先行看望了已七十有二的恩师桓郁。桓郁因为年事已高，疾病缠身，不得已卸职在家赋闲。师生二人相见，桓郁不顾病体，与杨震在烛灯下深谈，给了杨震不少建议和嘱咐。杨震悉听教诲。

杨震此行赴荆州赈灾，按照常理说是件好事，办好皇差，上升空间巨大。

但这次的事情正好相反,大灾之年,各种问题错综复杂,说是钦差大臣,其实就是一个烫手的山芋,谁都不愿意接,一旦搞不好,对朝廷不好交代,甚至连头上的乌纱帽都有可能不保。不明真相的人都觉得奇怪,明摆着棘手的差事,名震一方的大儒杨震却敢接下来。

对于杨震来说,最终接手此事,赴荆州赈灾,原因有三:其一,出于恩师对他寄予的厚望。恩师桓郁为此专门给杨震写书信,并说,若非身体原因,他将亲赴潼乡劝说杨震接受朝廷征召,杨震触动很大。其二,出于尊崇儒家思想的读书人强烈的责任感。儒家思想强调,读书人不仅要开馆授徒,或者著书立说,传承儒学,更要对国家有所担当,仁者爱人,兼济天下。其三,出于家人的鼓励和支持,特别是年迈的老母亲开明,才能使得杨震无后顾之忧,轻装上阵。也正是出于以上考虑,明知是火山,他也准备赴汤蹈火。

拜见恩师后,杨震又与大将军邓骘有过一次深谈。杨震与邓骘的彻谈是在洛阳城外的一个驿站。

当时,邓骘问杨震,除了给他配备两个羽林军郎官协助他赈灾以外,他还有什么要求和需要?杨震说:"大将军,此次入京,下官本应进宫面圣,但荆州灾情紧急,面圣之事就不虚于形式了,但请将军务必转奏太后和皇上,此次赈灾,朝廷一定要重视下官的意见,如若荆州方面查出什么问题,或需要朝廷支持,上奏之时,朝廷要及时回复和处置,否则,杨某将立马撤回。"

杨震虽然有钦差大臣的身份,但没有实际职务,况且钦差的权力有限,而且他之前从未涉政,只是一介儒生,并非权重一方的封疆大吏,在这种情况下,他如果查出问题,向朝廷上报之后,朝廷能否及时回复和处置就显得尤为重要了。

邓骘对杨震刚正不阿的性格和直截了当的处事方式甚为敬佩,满口答应了他的要求。为了实现自己作为一个儒学夫子的政治抱负,也为救灾民于水火,杨震不但接下钦差大臣这个难干的差事,更是做好了各种思想准备。然而,江湖险恶,这次出仕对他而言,是福是祸,无从知晓。

此时东汉的朝局,已由中兴光景败落到内外交困了。汉和帝刘肇留下的表面上虚盛的大汉,实际上已经是危机四伏了。

二 哀民生多艰难

杨震赴任的荆州，是此次南方四十一郡国水灾的重灾区。

荆州是东汉的重镇，土地辽阔，物产丰富，当地百姓"饭稻羹鱼"，"不待贾而足"。可是，这"不待贾而足"的鱼米水乡却连年遭遇水灾，几年下来，朝廷的赋税越收越少，前任刺史卫蒙竟然亏欠了朝廷三年的赋税。

荆州，又是东汉诸多"望族"的集聚之地，这些"望族"粮食满囤，钱币满匣，就是不周济贫苦百姓。因此，武陵、南郡、江夏、长沙等地时时出现民变，与官府作对。种种问题，错综复杂，非常棘手。

洛阳城的清晨，雾蒙蒙的。向北望去，城北的北邙山被雾气笼罩着，一片朦胧。城南的洛河边，邓骘率众官为杨震一行人送行。

邓骘说："先生，朝廷事务繁忙，恕邓某不能远送。荆州天灾不断，民不聊生，还望先生有所准备。至于奏疏一事，邓某定会转奏太后，请先生安心。"

杨震点了点头回道："将军放心，杨震定会尽力而为！"

邓骘又转向袁礼、周广说道："袁郎、周郎，此行荆州，你二人一路定要悉心照料，先生若有闪失，拿你二人是问！"

羽林军郎官袁礼、周广以四品南中郎将身份保护杨震赴荆州赈灾，二人一一作揖，齐声道："誓死保护杨大人安危！"

邓骘嘱托完后，杨震和袁礼、周广三人上了马车，冯宝一扬马鞭，马车向前驶去。身后，邓骘满目期盼，目送着马车消失在视野中。

一路上，杨震四人乘着马车，日夜兼程，先是走陆路，行至长江边，改为水路，半个月后踏入荆州地界。

杨震并没有急着进荆州城，而是直接来到沅江边上的乡下受灾区，察看民情。

武陵山脉，阴雨蒙蒙。

仲夏季节的长江流域，正是汛期。

杨震带着三人一踏入荆州地界，就把人员分为三路分别行进。袁礼负责察

看南郡、南阳郡、江夏郡三郡灾情,周广负责察看零陵郡、桂阳郡、长沙郡三郡灾情,而他和冯宝则到武陵郡十几个县巡视、察看,调查这些郡县的受灾情况,以便向朝廷总体汇报灾情和着手赈灾工作。

荆州的雨季,小雨淅淅沥沥,绵绵不断。远处的山影一连多日被阴霾笼罩着,若隐若现,难识真颜。杨震他们有时候走一天,也看不到一个有炊烟有人气的村子,倒是不时看见猪、牛等牲畜和人横尸于荒郊野外,老远就闻到刺鼻的腐臭味,几只野狗则为争夺尸骨厮打狂吠。死亡的气息遍布荆州大地。

零阳县的小路上,本有心理准备的杨震还是被路边的尸骨和散发的腐臭味震惊了。野地里,麻衣褴褛包裹着的尸体上蚊蝇乱飞,几只野狗争着抢着撕咬地上血肉模糊的死人。杨震立刻让冯宝跑过去,驱走了那几只野狗。望着路旁的死尸,杨震鼻子一酸,眼泪瞬间盈满眼眶。一路上,除了饿死的灾民,更有无数流离失所的百姓,见了杨震一行,沿道跪得满是,一个个面黄肌瘦,异常凄惨。

杨震父亲早逝,母亲独自含辛茹苦带着两个儿子过着清贫的农耕生活。因此,他对穷苦百姓的生活有着切身的体会。几天来,杨震又连续察看了沅陵县、临沅县、沅南县,情况大都如此。回想所看到的情景,杨震心里阵阵作疼,心中不由得默默叹道:"长太息以掩涕兮,哀民生之多艰!"

灾区的惨景,让杨震这个久居乡野不问朝政的教书先生十分震惊,万分愤慨。自幼接受儒家思想熏陶的杨震,早闻当今朝廷和地方不乏贪官污吏,他们或仰仗权力,或依靠一方势力,瞒上欺下,假公济私,中饱私囊,置朝廷危难于不顾,置百姓生死于不屑,在自己的一方领地,醉生梦死,无恶不作,百姓有苦难言,只能迁怒于朝廷。也正是因此,杨震不愿出仕。若不是大将军三顾潼乡,他终生不参与朝政,不与这等贪官污吏为伍。可如今,看到了处在水深火热之中的灾民,他越发感到身上责任的重大。

多年来,杨震待在学馆,虽知民间疾苦,但并不了解荆州的实情。当他踏上这块土地,亲眼见证了水深火热之中的灾区和灾民,才真正感受到了民生之艰难。他感叹各级官僚们为了权力和利益连年争斗,让大汉王朝变得千疮百孔,老百姓成了皇族争权夺利的牺牲品。

二 哀民生多艰难

连日来,杨震带着冯宝在暴雨泥泞中走遍了武陵郡的作唐县、充县等七个县的大片灾区,所到之处,皆是破屋烂瓦,恶臭盈鼻,乞丐成堆,怨声载道,民不聊生。更有忍受不住饥饿的灾民开始打家劫舍,沦为土匪,使灾区秩序更加混乱。如若不尽快控制灾情,灾民将会越来越多,一旦发生民变,后果不堪设想。此情此景,让杨震心如刀绞、心急如焚。

一个月后,杨震和冯宝到武陵郡索县察看灾情,了解受灾情况,方才得知,索县是这次受灾最严重的一个县。袁礼和周广也按照与杨震约定的时间,在察看完六郡后,回到了杨震身边,二人带回来的消息在杨震意料之内,但其他六郡的灾情比武陵郡的情况都轻,这给杨震带来了些许安慰。然而两人又反映了一个问题,就是郡守们几乎众口一词,说他们把灾情上报给荆州府衙,可是刺史卫蒙失踪,群龙无首,府衙没有人主事。

卫蒙的离奇失踪,让杨震一时陷入沉默,他感觉到卫蒙的失踪似乎并不简单。但由于灾情严重,杨震还是把卫蒙失踪一事暂时搁置,带着袁礼、周广和冯宝,继续察看索县灾情。一路走去,杨震异常感慨。

芒种节气过后,北方大豆正在生长,而南方正是水稻插秧的时节。可是,这么多郡国发水灾,眼看着错过了农时,灾后百姓何以为生?想到这儿,杨震心情更加沉重,似有千斤重担压在身上。

袁礼看到杨震一路不言语,于是给杨震介绍道:"听我父亲讲,武陵民风彪悍,汉蛮杂居。光武明章之时,这里的百姓倒也能衣食无忧,但地方州郡府衙对百姓的剥削日益加重。蛮人乃至汉人不堪重负,一再联合起来,反抗官府,残杀地方官吏,焚烧府衙。几年前,就曾有蛮人起义,冲进武陵郡府,差点杀了太守,震惊了朝廷。正因如此,朝廷上下无人敢来荆州任职。"

杨震默不作声,他心里清楚,袁礼也是心里没底,为他捏着一把汗。袁礼看到杨震不出声,也不再说话,从系带里掏出一个陶埙吹了起来,以抒发对眼前情景的担忧。

杨震带着三人继续走着,往索县一个叫江边的村子走去。在杨震刚刚进入索县时,不知是何原因,已有灾民得知他到来的消息,杨震还没进入江边村,一群穿着蛮式服装的灾民已经把他围在了村外的路上。

　　两个三十多岁一高一矮的蛮人，带着一群村民冲到杨震跟前。高瘦的蛮人指着杨震的鼻子，蛮横地问道："你就是朝廷派来的钦差大臣？"

　　袁礼看到来者不善，挡在杨震身前。杨震拉开袁礼回道："正是。你是何人？"

　　高瘦的蛮人不回答杨震所问，又问道："听说朝廷让你来，没带一点儿钱粮，那你来赈什么灾？"

　　杨震说："这位乡亲，本官……"

　　高瘦蛮人打断杨震的话继续说道："废话少说！警告你，朝廷再不发放钱粮赈灾，我们就要抢府库，烧了州郡府衙！"

　　周广有些恼怒，想要发作，被杨震再次拦住。杨震问道："你们可曾找过县衙？"

　　未等高瘦蛮人搭腔，矮个儿的蛮人就抢言道："哼，别说县衙，郡府都去过了。自打受灾开始，县衙的梁县令就他妈的不见踪影，我们没办法，找到郡府，樊太守却向我们哭难，说他一趟一趟往荆州府衙跑，反映灾情，可是荆州刺史却失踪了，没有人做主，他们也没有办法。"

　　高瘦蛮人说："不少人没有办法，为了活命，背井离乡逃荒到别处去了。"

　　在乱哄哄的闹事的人群中，一个鬼鬼祟祟的神秘男子引起了冯宝的注意。

　　这群蛮人不依不饶，叫喊着要吃要喝要造反。带头的那一高一矮两个蛮人更是挥着拳头喊叫着："朝廷有粮不救我们，官府置灾民于不顾，如今派来个钦差大臣带着一张嘴依旧是两手空空，这是逼着我们造反呢！与其在这里饿死，不如跟他们拼了！"说着，就开始冲向杨震，围攻杨震几人。

　　刚才还跪在杨震面前乞求施舍的灾民们一下子都站了起来。

　　"反了！反了！反了！"聚集的灾民越来越多，喊声越来越大。

　　饿极了的饥民一个个像饿狼一样扑向杨震，举起拳头打向杨震，其中那个高个子趁乱拿着根棍子朝杨震头上挥去，结果，一棍打在杨震的右胳膊上。

　　袁礼和周广见情势危急，大吼一声，拔出佩剑，对着人群中那领头闹事的一高一矮两个蛮人刺过去。

"不可！"杨震怒喝一声，两手死死按住两人持剑的手，"不可激起民变。"

两人见杨震大怒，气呼呼地收回了佩剑。刚才，那两个带头的蛮人看到刺眼的亮光对准自己的胸膛，也不禁惊出一身冷汗，还没等回过神来，又见杨震受了伤，而杨震不仅没有向他们发怒，还制止了两个护卫，两个蛮人心里又惊又疑。

矮个儿蛮人瞪大眼睛大声喊着："怎么，想杀人？杀吧，杀光了就省了朝廷的救灾粮了。今天，你拿不出粮食，我们就烧了府衙，不信府衙里面没有粮食。"

袁礼见状连忙拉住杨震胳膊，看杨震的受伤情况。周广大声对那两人说："谁若不听劝阻，再对杨大人无礼，本官决不轻饶！"

杨震推开袁礼，忍住伤痛对着人群说道："乡亲们，你们先不要急，杨某此次受朝廷委派，正是前来解除……"

"你就是新来的钦差大臣杨大人吧？"没等杨震把话说完，一个声音让大家都回过头去。

说话的是一个三十岁左右、乡间儒生模样的青年，身材瘦削，个头中等，穿一身青布缝制的深衣，上下打满了补丁，足穿麻鞋，头顶绾了个髻用布条缠着。只见他两手拨开人群挤到杨震和众人之间，抱拳作揖道："杨大人，晚生乃崇县茂才。本地乡民无礼，让杨大人受惊了，还望大人见谅。"

未等杨震说话，围在旁边的灾民们开始嚷嚷起来。那个瘦高蛮人一把拉住青年儒生嚷道："王密，你眼瞎了？看看这个杨大人，说是朝廷派来赈灾的，却一粒粮食未带，赈的什么灾？这不是红口白牙欺骗我们吗？"

矮个儿蛮人也帮腔道："王密，你在这儿装什么斯文，媳妇娃都跑了你不赶紧去找回来，还在这儿瞎掺和啥？赶紧滚，少跟这些贪官污吏套近乎。"

矮个儿蛮人的话有些不中听，王密也不恼，看看杨震，又看看灾民们，说："杨大人初来乍到，你我都与他素不相识，怎见得他就是贪官污吏？"

矮个儿蛮人说："哼，朝廷的官，有几个是好东西！"

袁礼、周广右手紧握剑，怒目瞪着二人。

王密见那两个蛮人如此无礼,再次说:"朝廷有贪官也有清官,哪个朝代都有忠臣良将,我看杨大人就是个清官。"

看到王密还在为杨震辩解,矮个儿蛮人破口大骂:"王密,你他娘的胳膊肘朝外拐,巴结钦差大臣,讨好朝廷,信不信我打死你个狗东西!"

看到王密为救自己引火烧身,激起众怒,杨震大声对吵吵嚷嚷的灾民们说:"各位乡亲,索县的疾苦我们都已看到。本官没有带来钱粮,并非朝廷不管,也不是我杨某为官不作为。请乡亲们稍等几天,待本官了解实情后,即刻奏明朝廷,让朝廷解决。朝廷不管,本官也会想办法解决。"

但是,早就饿急了的灾民根本不听这些,继续喊着:"呸!说这些好听话能当饭吃吗?不要哄人了,拿钱拿粮来,我们要吃饭,我们要吃饭!"

个性刚直的杨震,看着情绪失控的人群,也顾不了那么多了,他扶着袁礼的肩膀站上旁边的土堆,提高嗓门向黑压压的人群大声说道:"乡亲们,我杨震在此向大家发誓,不解决荆州百姓疾苦,决不走出荆州!如若违背誓言,我自投沅江;若做不到,你们就把我扔进沅江!"

杨震的话音刚落,人群立刻安静下来,大家相互看着,都说不出话了。

那两个带头煽动闹事的蛮人也像是蒙了一般,瞪着眼珠子看着杨震,人群死一般寂静。看到灾民们安静下来,袁礼和周广扶着杨震下了土堆,杨震走到矮个儿蛮人跟前说:"带本官前去看看受灾情况。"说着,转身抱拳向灾民们作了个揖说:"请乡民们相信我杨震。另外,告诉大家,在赈灾粮食到来之前,大家可以想想办法,先用草根树皮充饥。"

两个蛮人带着杨震等人向江边村走去。

一座四面透风的破旧祠堂,杨震几个人一脸倦意地走了进来。

周广抬头看看这座也不知供着哪路鬼神的祠堂。这里显然早就断了香火,墙壁黢黑,破落杂乱,四角挂满蛛网。他回头问:"大人,咱们这是要住这儿?"

杨震不言语,一边沉思,一边叫袁礼去寻些干草枯枝,拢一堆火,先烤烤浑身的湿衣裳。袁礼找来柴草生好火,又跟着冯宝清扫祠堂,在地上铺着稻草。

周广转来转去，嘟囔着："哼，赈灾这个差事公卿百官躲都躲不及，倒让杨大人您摊上了。吃苦受气都是小事，可杨大人是朝廷钦差，赈灾赈到野鬼家了，让别人知道了，要不笑话大人才怪哩！"

袁礼见周广牢骚满腹，上前拉住他的胳膊把他朝外拉，一边拉一边悄声说："周兄，少说两句，你以为大人愿意这样？你是见过，那泉湖学馆虽在乡间，倒也清静闲适，若不是大将军三顾潼乡，大人怎能到此遭这般罪？再说，咱们在这破祠里，好赖还能遮风避雨，那些被洪水冲毁房屋的灾民，连家都没了。他们失去亲人，无家可归，缺吃少穿，他们咋办？"

听了袁礼一番话，周广叹了口气不吭声了，回头垂头丧气地与面无表情的杨震席地而坐，挤在一起烤火。

"杨大人。"白天见到的那个青年儒生忽然走进破祠。杨震连忙起身迎上。

破祠里，王密手上提着东西，先是抱拳躬身施了个礼，然后指着自己带来的干粮说："白天的事，望大人切勿怪罪。那带头闹事的二人，高瘦的叫羊孙，是我们江沅亭的亭长；矮胖的叫陈汤，是我们江边村的头领。他们虽生性鲁莽，但为人侠义，曾带头对汉人官吏和繁重的赋税进行反抗，因此在村民中很有威信。也不怪他们，大人您看看，灾害这么严重，官府衙役没有一个人露面……"王密说着，把手里的东西递给杨震几人，"劳顿一天，赶紧吃点儿吧！"

杨震说："白天的事多亏你解围，杨某替朝廷谢谢你了。"

王密诚惶诚恐，赶紧拜倒在杨震脚下，说："大人客气了！杨大人的刚正，晚辈领教了。白天的事，都是杨大人的一番肺腑之言震动了大家。大人之名学生早有耳闻。大人请放心，只要大人召唤，学生定当全力效力！"

王密走后，杨震没有心思吃东西，他让其他三人吃着，而他点亮一支随身带的小蜡烛，掏出笔墨，跪在地上，在这破祠里向朝廷上了第一道奏章：

"……在荆州，灾民成群，流民遍地，饿殍随处可见。天晴之后，烈日酷毒，腥腐恶臭之气弥漫四野，瘟疫开始蔓延，许多人身染瘟疫，无以医治者，

便暴死街头、野外。饿红了眼的灾民情绪暴躁,奸商、流寇与贪官污吏狼狈为奸。更有朝廷命官,不察民之疾苦,不救民之所难,各郡、县相互观望,以各种借口推诿,致赈灾步履维艰……臣目睹了灾区惨状,真可谓天地间悲剧!请求朝廷速派荆州刺史,主持荆州赈灾和荆州军政大务……"

杨震写好后,差袁礼以八百里加急送往洛阳,请求朝廷尽快派新刺史到任。

是夜,杨震站在沅江边,看着已经稳定的水位,表情凝重。

十多天过去了,袁礼都返回了,可是,杨震的奏章迟迟未得到朝廷的答复,犹如石沉大海,杳无音信。

冯宝从背后走过来给杨震披上蓑衣,说:"江边寒冷,大人要保重身体啊!"杨震点了点头。

袁礼又说道:"大人,您是不是有些太冲动了,当着那么多的人立誓,你看这……这咋能兑现啊?"

杨震突然转过身,坚决果断地对袁礼说:"走,去索县县衙!"

杨震没有空等朝廷回复,而是继续巡视、察看、了解。在他看来,武陵的赈灾,并非府衙拿不出粮食,其中定有内情。

这天,蒙蒙细雨还在下着,阴冷的湿气包裹着整个索县城。县衙大门紧闭,两扇大门上的龙虎像怒目圆睁,一副吃人的模样,不禁让人胆寒。

"干什么的?快走开!"门外两个衙役见有四人走到门前,拦住就撵。

四人正是杨震和随行的袁礼、周广、冯宝。

周广一步上前对着那两个衙役说:"公干。"

衙役看看周广,有些怀疑地问道:"公干?有文书吗?"

袁礼刚要掏文书,被杨震挡住。杨震平心静气地说:"这位差役,我们确有公干,不过与索县无干。本官与梁县令是朋友,路经此地,特来拜见老友叙旧。"

衙役一听便哈哈大笑:"一边去吧!我们梁县令的朋友,不是朝廷州郡的高官就是富商，怎么会有你们这帮穷乡人！"

另一个衙役也凑上来说："快滚！快滚！这几天钦差大臣要来这里视察灾情，梁县令没有闲工夫搭理你们。"

周广见衙役如此无礼，走上前去就想动手。杨震使了个眼色，袁礼上前拉住了周广。杨震看到此情景，已对索县县令梁田的为人有了个大概的了解。他不动声色，任这两个衙役说三道四。

"杨大人！"突然，王密不知从哪里跑了出来，见到杨震就大声叫着，"你们这几天都转了哪些地方？"

两个衙役一听王密叫"杨大人"，顿时大惊失色，赶忙下跪，鸡啄米一样磕着头说："小的有眼不识泰山！小的有眼不识泰山！还请钦差大人原谅……"

杨震无心与这两个衙役计较，带着众人走进县衙。县令梁田没在，县衙大堂上除了县丞，再无他人。

袁礼向县丞出示了朝廷文书，接着杨震就着手了解索县灾情和落实赈灾的具体措施，然后非常痛心地讲到一路上所看到的流民惨状和听到的他们的控诉。县丞叫牛寿，支支吾吾地诉着苦。杨震听着牛寿的诉说，问县令梁田去向，牛寿还是支支吾吾、遮遮掩掩。

杨震大吼："尽快把所有的衙吏叫到县衙来，在赈灾粮食解决之前，全部出动，到乡里亭里村里指导乡民上山下地，先用草根树皮充饥！"

杨震本身内心已经对索县的政务和赈灾情况有所疑惑，此时，他更加肯定此中必有严重问题，于是告知县丞牛寿，他要驻扎县衙，现场办公。

当夜，杨震几人就和衣睡在了县衙大堂。

等其他三人睡下后，杨震又在烛光下写第二道弹劾县令梁田的奏章，奏章中请求朝廷以"渎职罪"将梁田革职问罪，又以八百里加急送往朝廷。

第二天一早，县佐和几个县吏闻声来到县衙，小心翼翼地拜见杨震。

杨震问："梁县令呢？"

县佐战战兢兢地回道："去……去乡下赈灾去了，已有十多日没回县衙了。"

杨震问:"那县衙谁主事?"

县佐说:"县丞主事,小人临时当差。"

杨震指着旁边的县丞说:"你过来,马上派人把县令找回来。"

然而,又过了十多日,县令梁田一直未出面,而杨震弹劾县令梁田"革职问罪"的奏章,依然如石沉大海,杳无音信。

后来,杨震一行在街道上察看,大街上一片萧条,家家户户的商店门面紧闭。问其原因,原来是县衙急着催促百姓上缴赋税,他们害怕县衙的衙役抢夺,只好关门。杨震产生了一个疑问:大灾之时,为什么还急着催缴赋税?

在索县大街,杨震一行在察看时,一拨从乡下进城逃荒的难民拦住了杨震。一位白发老者满脸泪水当街磕头,后面的百姓也都纷纷跪下,杨震赶紧弯腰就扶。原来他们是江沅亭的乡民,为首的乡民非常激愤地告诉杨震,从去年二三月份就干旱不雨,几乎颗粒无收,现在又遇水灾,大灾之时,县衙不但不设法赈灾,解决灾民疾苦,还一再催缴各种赋税,而且非常急迫严厉,乡民们实在没有办法,有不少人只好到别处去讨饭吃,他们进城就是准备找县衙讨个说法。同时,乡民们七嘴八舌,还揭发了县令梁田不少徇私枉法的事情。

杨震几人把这些人劝说回村,说县衙很快就会想出办法。杨震不放心,让袁礼和周广把这些人送出索县城,再去江沅亭看看那里的灾情。

两人走后,杨震带着冯宝在城内微服私访。

路上,杨震决定以重灾区武陵郡索县为突破口,查出索县赈灾中存在的问题。经过一番查探,果不其然发现了一些腐败和渎职问题。

烈日下,两人走街串巷,几个时辰下来,汗流浃背,饥渴难耐,疲惫不堪。

这些天,杨震把自己从家里带的钱,让冯宝给几人从街上买干粮吃。为了节省钱,他每天只食一餐,而且嘴里总叹息:"民未果腹,我心何安?"

两人走到一间关门歇业的"王记缝补铺"门前,杨震实在走不动了。

冯宝说:"老爷,这里有阴凉,坐下歇息一会儿吧!"

杨震慢慢坐到石阶上叹口气说:"冯宝,让你跟着我受苦了。"

冯宝说:"老爷,你看你,这话让冯宝如何消受得起?没有照顾好老爷,我心里总难受。我们在家时，是一天三顿饭；到了荆州，一天一顿饭；在索县的一个多月，你是两天一顿饭。这出门才多长时间，老爷你都瘦成啥样了，这回去让我咋给夫人交代？你看看，这都三天了，老爷你都没吃啥东西，长此下去可怎么得了啊！"

杨震摆摆手，无力地说道："那些灾民中有多少人七八天吃不上一口饭。我想着，我少吃一顿饭，还能救活几个人，人……"

杨震说着说着，眼前一黑，一头晕倒在"王记缝补铺"门口。在荆州的这些天，杨震已经好几次饿得眼前发黑，晕倒在地。

冯宝一见杨震再次晕倒了，慌了手脚，直摇杨震喊："老爷！老爷！"

这时，王记缝补铺的门开了，走出了母女两人，一看倒在地上的杨震，大惊。女儿说："娘，又有人饿昏了！"

母亲说："快，赶紧把人往屋里扶。"接着又对冯宝喊："快把你爹往屋里扶！"

杨震被扶进屋里，躺在一张缝补衣服用的平板上，那个姑娘用勺子慢慢往杨震嘴里喂水。

冯宝焦急地转来转去说："这该咋办？这可如何是好？"

那母亲说："不用急，你爹是饿昏了，一会儿就会缓过来。"

果然，喂了一会儿水，杨震慢慢睁开了眼睛，惊奇地问："这是在哪儿？"

看到杨震醒了过来，冯宝大喜，急忙说："你可醒来了！这是在缝补铺，咱们在人家门口休息，你饿昏了，是店铺掌柜的让我和她女儿把你扶进来的。"

"你饿昏了，大灾之时，能入口的也只有这些了。"店铺掌柜给杨震端来半碗煮熟的糙米。

杨震吃下后，又喝了些水，精神缓了过来。他抬头看着母女俩，娘儿俩的穿戴都很朴素。民间妇女一般把长发梳成圆髻，年轻的耸于头顶，叫云髻；年老的，端正地挂在脑后，叫作垂髻。店铺掌柜梳着垂髻，而她女儿梳着云髻。

成年女性的衣服普遍袖宽口小，俗称"琵琶袖"，手帕之类的东西可以塞

在里边。这时店铺掌柜急忙从袖里掏出手帕,给杨震擦头上的尘土。

杨震让冯宝扶他起来:"灾害的当儿,不能麻烦她们,咱们走。"

那店铺掌柜见杨震挣扎着要起身,忙对冯宝说:"快劝你爹再吃点儿东西,他像是几天都没有吃东西了,这样出去还得晕倒。"

杨震摇摇头说:"我吃了,你们吃啥?"

掌柜女儿说道:"老伯,我们是开店铺的,再饿,还不至于饿死呢。"

店铺掌柜说:"这是我女儿王灵,她劝你,你就吃吧!"

杨震在母女俩再三催促下,坐起来接过王灵递上的糙米粥喝了几口下去。

喝完,杨震从身上掏出十多枚五铢钱说:"我身上带得不多,这些就留给你们作为我的饭钱吧。"

母女俩一看就是善良人,说啥都不要。

正在这时,突然有两个蛮人撞进来,大喊说:"干娘,有吃的吗?"

原来是羊孙和陈汤。一进屋,看到屋里有两个男人,走在前边的羊孙大声惊叫说:"哎呀,这不是杨大人吗?"

陈汤看到杨震的狼狈样,带着戏谑的口气说道:"杨大人,你都没有东西吃,还说过几天给我们赈灾粮食?你在县衙可是答应救济我们的。我俩到处找你,原来你这个钦差大老爷,在我干娘这儿讨吃的!"

听到陈汤的话不中听,店铺女主人说:"陈汤,说啥哩!是干娘让他吃哩。"

羊孙也不计较,说道:"干娘,我俩快饿死了,赶紧给我俩弄点吃的。"

这时,周广、袁礼冲了进来,原来二人到县衙没有见到杨震和冯宝,就沿街寻找,刚走到店铺门口,听到里边大呼小叫,就冲进来看看。

羊孙和陈汤一见袁礼和周广进门了,也不说要吃啥了,一溜烟跑了出去。

刚才,王灵母亲就看杨震言谈举止不凡,一身儒雅装束,估计这人不是一般人,原来是钦差大人。王灵见羊孙和陈汤跑出去,也才反应过来,兴奋地看着杨震说:"老伯,原来你就是新来的钦差大老爷啊?"

王灵面若银盘,一双水灵灵的眼睛,纯朴中透着清秀,看着让人心生欢喜。

袁礼和周广看到这般容貌美丽的女子，都齐刷刷地瞅着王灵，尤其是周广，张着嘴，不眨眼地盯着她，直到她红着脸躲开。

王灵腼腆地笑着从周广身旁走过，周广躲闪不及，与王灵的肩膀轻触了一下，两人相视一笑，王灵的脸更红了。周广心头一震，有点失魂落魄。袁礼看着周广呆呆的样子，俏皮地拍了一下他的肩膀，周广这才回过神来，慌忙去照顾杨震。

杨震被接回县衙，稍作休息，起身在屋内走了走，自感没有大碍，便让周广传来县丞和县佐，责问两人："面对水灾，你们为何还要催缴赋税，而且催缴得如此之急？"县丞和县佐都说是郡府太守催缴朝廷赋税太急，他们也没有办法。两人退后，尽管第二道奏章到现在都没回应，但杨震决定继续上奏弹劾。

在烛光下，他开始写第三道奏章，弹劾武陵郡太守樊闰。鉴于武陵郡灾情严重，而武陵郡太守樊闰赈灾不力，这一次是要求朝廷直接罢免樊闰武陵郡太守之职。理由是，灾荒当中催缴税收太过紧急，致使流民急剧增加。写好后，再次以八百里加急送往朝廷。

其实此时，杨震对奏章当中所列举的樊闰的罪行已经不那么在意了，他真正想弄清楚的是索县和武陵郡情况的内幕。

当天，杨震召集几人正商量如何处置目前灾情，忽听得县衙门外吵吵嚷嚷，接着，就见羊孙、陈汤领着百十号百姓拥进县衙。一干人一进门正看见县丞给杨震倒水，于是陈汤气势汹汹地喊道："哼，杨大人，我们以为你早溜回京城了，多天不见，让我们好找，原来在县衙。杨大人，给我们救灾的粮食解决了没有？你们也不到外边去看看，街上路上饿死了多少人！"

周广一见到这些蛮人气就不打一处来："你们是怎么对钦差大臣说话的！"

羊孙见周广声大，也故意提高嗓门："什么钦差大臣不钦差大臣的，我们只知道没饭吃就得饿死，我们要吃饭！"

听羊孙这么一喊，后面的一群人都齐声喊起来："我们要吃饭！我们要吃饭！"

杨震起身对众人说："乡亲们，若要走，杨某来的第二天就走了，为何等

到现在？杨某绝非贪生怕死之辈，这些天我们走遍了荆州几十个受灾的地方，已经把灾情快马禀报了朝廷。乡亲们请放心，那天给你们许的诺言，我定兑现。只是，这次受灾面积之大、涉及人口之多，可能连朝廷也未必知情，请乡亲们再等几日，请相信杨某，杨某一定会解救你们的。另外，还请亭长和村长带领乡民挖草根、剥树皮，先用草根树皮充饥度过眼下，不至于饿死。"

杨震的一番肺腑之言，多少打动了闹事的人们，羊孙、陈汤听了杨震的一席话，也觉得有点儿道理。于是，就挥着手对人群说："既然杨大人这般说了，那咱们且再容他几日，如若不行，咱们就不跟他废话了，就来烧了县衙！"

闹事的人群跟着羊孙、陈汤散了。

冯宝在人群中又发现了那个颧骨凸起的神秘黑衣男子。

夜已经深了，索县县城的街道黑黢黢、静悄悄。不远处，隐隐约约有断断续续的哭泣和呻吟声。

县衙内依然灯火通明。

杨震坐在县衙偏房的高背椅子上，袁礼、周广分别坐在杨震两旁，冯宝来回忙着给几人端水倒水。几个人都沉闷着不言语，只听见喝水的吸溜声。

杨震的心情复杂而沉重，荆州赈灾之难远远出乎他的意料。县令躲而不见，县佐敷衍推脱，给朝廷的一道道奏章得不到回复。眼看自己到灾区已经几个月了，粮没有筹到一粒，钱没有筹到一文，那边羊孙、陈汤等受灾的蛮人们就像一堆干柴，遇见一点儿火星就能点燃。如此下去，自己给乡亲们的承诺如何兑现？如若食言，他杨震有何颜面回归潼乡面见老母亲和众多学子？

如今，他们进入县衙已经多日，不仅未见县令，现在连县佐也不见人影了。县令和县佐躲而不见，必定心中有鬼。看来，索县赈灾定有问题，而且问题相当严重！

令杨震没想到的是，他的第三道弹劾奏章，依然如石沉大海，杳无音信。

事已至此，杨震犯难了，没有朝廷的旨意，他一个钦差大臣又不能真的把索县县令梁田和武陵郡太守樊闰革职查办。按汉律规定，这个赈灾的钦差，只有监察和弹劾权，没有处置权。事情至此，杨震真的骑虎难下了，他一时不知道该如何办。是按他与邓骘事前说好的，丢下荆州的赈灾工作立马撤回，还是继续留在荆州，弹劾腐败的地方官员？由于赈灾工作十万火急，性格耿直的杨震别无选择，最终还是决定继续彻查荆州地方官员赈灾不力、贪污腐化和徇私枉法的问题，解救成千上万的灾民于水深火热之中。

杨震想到自己四人来到荆州已有三四个月，废寝忘食，不辞辛苦，千方百计救济灾民，为的就是不辜负朝廷的信任。可是赈灾过程中，已经发现了不少腐败行为，自己三奏朝廷，朝廷都没有回应，致使赈灾工作进展缓慢。眼下，赈灾工作不仅得不到朝廷的支持，还处处受到地方官府的阻挠，无法有效地展开。于是，杨震决定给邓骘修一封密信，并让袁礼以八百里加急送到洛阳，亲自交到邓骘手中，立等回话。他不相信邓大将军是个不守信诺的人，信中谈到了自己到荆州看到的情况，以及所上的三道奏章都石沉大海、杳无音信的情况。最后表示，如果朝廷如此言而无信，他将就此身退。

洛阳永安宫里，邓太后正在听司徒刘凯的奏报。

刘凯手里拿着奏章，向太后奏报说："益州有个县里发生杀人案，被凶犯抓到之后，县令一顿严刑拷打，凶犯招架不住，不得不招供。凶犯招供之后，县令就地把这个凶犯砍了头。孰料，凶犯被砍头几日后，家里人到处喊冤。"

邓太后愤愤地说："这简直是草菅人命！"

邓太后知道，多年以来，地方衙门的权力很大，除疑案呈报朝廷审讯核准，一般案件皆自行处理，而且握有案犯的死刑处决权。

旁边的班昭开口道："太后，臣奏请修改大汉律法，补充一条：为避免地方官吏草菅人命，凡极刑案件，须报郡府复审，最后由州府核准并监督行刑。同时，为防止郡、州两级在复审中只看案卷而不做详察，一旦出现犯人或亲属喊冤，案件须呈报朝廷，奏闻裁决。冤案一旦平反，所有涉案官员皆须受到问责，重者受到刑责。"

刘凯接着又奏道："太后，还有，冀州有个县发生血案，过了半年多时间县令还没有破案，接着又发生一起杀人血案，搞得人心惶惶。"

班昭又开口道:"太后,在修改大汉律法时再补充一条:发生血案,限一个月破获此案。到时既未破案,又未疑案呈报,对属地长官依'纵恶罪'予以革职。"

邓太后听了班昭两个奏请,稍加思索,道:"太傅所奏,准奏!"

刘凯还没有退出,只见大将军邓骘手拿奏章,匆匆进宫。原来是杨震以八百里加急送来的秘奏。邓骘收到杨震的秘奏后,不敢停留,急忙来见太后。邓骘请过安后,就向邓太后呈上奏章。

太后认真看着奏章,脸色大变。刘凯不知道发生了什么事情,忙敛容肃立。

三　连环奸杀母女案

邓骘收到杨震的奏章后,立即上呈太后,太后看了奏章,脸色大变。太后得知杨震到荆州后连上三道奏章,她却至今不知奏章去向,不由得大怒。这时,她根据杨震所上奏章陈述的前三道奏章的内容,认为杨震具备做一个地方官的人品和能力,下了一道旨,派员赴荆州宣旨。

在索县县衙,杨震几人跪下接旨。只听宣旨官员道:

"皇太后制曰:任命杨震为荆州刺史,主持荆州赈灾以及荆州军政事务。钦此!"

杨震一愣,但也只能叩谢:"臣领旨谢恩!"

至此,杨震被正式任命为荆州刺史,成为权震一方的封疆大吏。但是,没有想到,这样一来,却将杨震推到赈灾的风口浪尖上,他如果再打不破荆州赈灾停滞不前的僵局,也将使邓骘、邓太后处于尴尬难堪的境地。

索县城偏街一个粮米行的后院有一座两层楼,是索县县令梁田斥资建造的。二楼的一个房间,有一个宽大的寝室,是专供梁县令享乐的寓所。

这时,梁田正跟一个少妇在享乐。

只听少妇说:"那派来的朝官你得应付着。"

梁田躺在床上,袒着上半身,少妇全身赤裸,骑在梁田身上。梁田听了荡妇的话,捋了捋下巴上那撮稀疏的胡须,两只三角眼来回瞟着,说:"杨震,一个孩子王,穷教书的,也敢来太岁爷的头上动土?哼哼,他没有那个胆量。我让县衙那几个给我盯着呢。你放心,他们这是例行检查,等不见我,自然就

走了。这个灾害遍地、臭气熏天的地方,谁愿意在这儿多待!"

梁田说毕,刚想把姘妇翻到身下,忽听有人来报,是县佐:

"不好啦,那个钦差大臣杨震,被朝廷任命为新任荆州刺史啦!"

梁田一听,不由得一惊,还没有系好的犊鼻裤差点溜下来。后来,好不容易系好后,给那少妇叮咛了几句,就急匆匆地跑了出去。

接到朝廷任命后,杨震决定将索县县衙作为州府临时办公之地,现场办公,把索县作为荆州赈灾的突破口,赈灾没有成效,决不进荆州城。

那晚,那个叫王密的茂才临走时告诉杨震:当地的官吏、望族、富户都有存粮,可他们都把粮食堆在仓库里,不肯给老百姓一粒。

杨震在想,荆州最大的问题是粮食集中在官吏和望族、富户手里,广大百姓没有粮食吃,没有衣服穿。水灾发生后,各级官吏和望族、富户为富不仁,眼睁睁看着那些挣扎在死亡线的灾民,就是见死不救。

得知杨震被朝廷任命为荆州刺史,各郡太守纷纷骑着马或坐着马车赶赴索县县衙争着拜见、宴请杨震。

耿直的儒学夫子杨震不接受私请,一一拒绝。他说:"大灾之年,当务之急是荆州的赈灾工作,务必请各位尽快回到各郡,稳定灾民情绪,安定灾区民心,动员各郡的富商富户捐粮捐钱,以赈济灾民。"

袁礼、周广、冯宝几人都在跟前,太守们一个个都感到很没有面子,显得很尴尬。

杨震又说:"据本官所知,就是在这天天有人饿死的情况下,各级官府的'吃喝风'都没有停止。本官打个招呼,待荆州的赈灾事务完成了,本官在州府设宴宴请诸位。"

送走了太守们,杨震让县丞通知县令梁田,尽快回县衙理事,否则,对梁田先斩后奏,就地免职。

正说着,只见一个马夫赶着一辆两匹马拉的车摇摇晃晃奔来。车里的人好像看见了站在大堂门口穿着便服的杨震,不等马车停稳,就赶紧下车。下了马车后,他连滚带爬,向杨震迎上去。

"下官梁田拜见刺史杨大人。"梁田跪地就拜。

杨震问:"你就是梁县令?大灾在即,这些天你去了哪里?"

梁田撒谎说:"下官深知索县受灾严重,一直在乡下各处察看灾情。"

杨震压住火气问:"大灾之时,为何一再催缴赋税?"

梁田先是一愣,很快反应过来:"荆州府衙拖欠朝廷三年赋税,州府、郡府急着完成朝廷赋税任务。"

杨震大怒:"一派胡言!即使荆州府衙拖欠朝廷三年赋税,眼下灾民们连吃的都没有,哪有粮食上缴赋税?"

梁田低头不语。

杨震又问:"收缴了多少?已收缴的用到了哪里?把账本拿出来,让本官看看。"

梁田支吾着搪塞道:"账本由县佐保管。县佐母亲有病,他昨日刚刚请假回乡下探望母亲。"

再说儒生王密从杨震几人那晚居住的破祠离开后,第二天一早,就直奔索县城岳父家里。他一边走一边感慨着,没想到,朝廷在荆州最危难的时刻派来了一个如此深明大义的钦差大臣。与杨震短暂的接触,从杨震的言谈举止中,他感觉到这个人非同寻常。如果杨震真的是一任清官,那索县就有救了,武陵和荆州就都有救了。想着这些,他心里不禁一阵欢喜。他到岳父家,主要是想动员岳父主动捐出一些钱粮赈济灾民。

走进岳父的家门,见岳父岳母厅堂高坐,像是在等着他的到来。

"愚婿见过岳父岳母大人。"王密给二老行了礼,就四下张望着瞅寻生气跑回娘家的妻子。

王密的岳父章贤,以经营布匹为生,虽然称不上富豪,但在这索县城也算得上家境殷实。老先生膝下无子,仅有一女,女婿好学有才智,心地也善良,老两口十分欢喜,本想着自己年事已高,精力日渐衰退,指望着女婿帮着打理生意,没承想,这个女婿整日一门心思希望有人举荐他这个茂才做官,口口声声说是要效力朝廷,要伸张正义,要造福一方百姓。为了能得到贤人举荐,这个女婿整天学整年学,啥事也不干,空有一身学识,但始终不得朝廷赏识,还

把家也弄得不像个家，惹得女儿终日与他争吵，一气之下跑回了娘家。

老两口这会子正在气头上，见身着一身儒袍的女婿进门来，气就不打一处来，真想上去给这姑爷一巴掌。

"人的命，由天定。没有当官的命，再学也没用。整天学、整年学，你说你这何时是尽头？做梦总想荣华富贵，但你看眼下你穷成啥样子了？不光你受穷，还得让我女儿、我的外孙也跟上你受穷！"没等王密张口，老岳父劈头盖脸就是一顿数落。

"啥命不命的，我才不信那一套。我就是千里马，有朝一日遇到伯乐，那就是我大显身手的时候，你女儿、你外孙自然有享不完的荣华富贵。"王密不回头。

"哎呀，你这是大白天说梦话！你说你都等了多少年了，你的荣华富贵哩？还荣华富贵，我闺女娘儿俩不跟你讨饭就不错了！"章贤嘲笑地看着王密说道。

旁边一直坐着的老夫人见王密已经涨红了脸，知道老头子的话说得有点儿重了，连忙起身苦口婆心地说："我儿，听听为娘的话，再别学了、等了，替我们打理打理生意，好好跟媳妇和娃过日子，凭你的聪明才智做生意，过上好日子是很容易的。再说，我和你爹眼一闭、腿一蹬，家产都是你们的。"

"看看咱们荆州，看看咱们索县，这么重的灾害没有人管，现在这些官员都腐败成啥样了？朝廷知不知道这些人吃着朝廷的俸禄却不为朝廷效力，不为百姓着想？我身为一个茂才，空有一身学识，不去身先士卒报效朝廷，却在这儿过着自己的小日子，这哪里是心怀天下的有识之士所为？"王密见岳父、岳母都不能理解自己的鸿鹄之志，不禁黯然神伤。

章贤眼看王密油盐不进，一下子恼火起来，一拍案几立起身，颤抖着手，指着王密厉声说："我看你娃还是吃的亏少，再这样下去，不光你当叫花子，我女儿、外孙子都得跟着你当叫花子！一个穷儒生，看看日子过成啥了，还在这儿跟我谈天下？去去去，你去报效朝廷去，你去心怀天下去，我女儿、外孙子不会跟你受那份罪，你走，你滚！"

王密本是来动员岳丈带头捐粮捐钱、赈济灾民的,听他这样说话,也一下子火冲上头,任凭岳母和妻子苦苦相劝,头也不回拂袖而去。

这天,杨震忽然想起那天救他性命的王记缝补铺那一对母女,心想该去感谢一下那天的救命之恩才是。于是,杨震唤出冯宝一同走出县衙。

天色已近黄昏,王记缝补铺的门闭着,两人走到门口,只听从屋里依稀传出一个姑娘甜甜软软的歌声:"瞻彼淇奥,绿竹猗猗。有匪君子,如切如磋,如琢如磨。瑟兮僩兮,赫兮咺兮。有匪君子,终不可谖兮……"

杨震听着轻轻笑了笑,对着冯宝说:"女儿有心事了。"

冯宝不解地望着杨震:"哪个女儿?啥心事?谁有心事?"

看着冯宝的憨态,杨震笑了。

"谁在外面?"王灵母亲楚氏推开门,"哎呀,是杨大人,快,快请进来!"

母女俩迎进了杨震二人,王灵连忙给杨震端茶递水。端水的工夫,杨震这才看清了王灵姑娘,又机灵又漂亮,又大方又端庄,一双水灵灵的大眼睛似会说话,一看就是个知书达理的好姑娘,难怪那天袁郎、周郎见了都失魂落魄的。

杨震起身给母女俩作了个揖:"感谢那日的搭救之恩,今日特来看望。"

楚氏笑笑说:"那点儿小事杨大人还惦记着呢。大人到荆州,时刻想着荆州的百姓,遇到这样的好官,我们烧香还来不及呢,大人再不要提那点儿小事了。若不是今日大人到此,我娘儿俩真的想去府衙求见大人呢。"

杨震心里咯噔一下:"哦?有事吗?"

楚氏看看冯宝,欲言又止。杨震觉察到楚氏有重要事情相告,便示意冯宝出去。

楚氏见冯宝出去了,就快言快语地说:"杨大人不知,那索县县令是武陵太守的人,两人私交甚深,狼狈为奸。说实话,那太守比县令还要黑心,这些年来,不仅赋税连年涨,且朝廷给穷人赈灾的钱粮都让这些黑心人侵吞了去,要不然怎么会饿死这么多人?不是朝廷不管穷人,而是这些黑心人把老百姓的

口粮都克扣了,苦了老百姓,肥了这些贪官污吏。那县令是太守的心腹,没有太守庇护,县令有多大胆,敢在索县胡作非为?"

杨震心里一惊,问:"你一个女人家,咋知道这些事?"

楚氏笑了笑:"大人忘了我是开店铺的了?这些年,我店铺东来西往的可是啥人都有,就是县衙、郡府的衙役和下人们,也经常来这里缝补衣服。来到这儿了,天南地北啥事都说,是真是假我也搞不清楚,我也就是听那么几句。"

"好,我知道了。"听了楚氏这些话,杨震忽然意识到了什么,立即出门对冯宝说,"回县衙!"

杨震回到县衙,一直在思量着楚氏说的那些话。

深夜,在梁田姘妇的寝室,梁田和姘妇抱在一起,正颠鸾倒凤,不知天地为何物,突然,传来一阵急促的敲门声。

那少妇指着梁田的额头嗔怪道:"我这安乐窝都快成了你的县衙了!"

"梁县令在吗?"一个男人压低声音在门外轻声且急切地问。

同时,敲门声一阵紧似一阵。梁田一听来者的声音,说了一声"上面的",立马从少妇身上翻身下来,衣带都没有来得及系好,连忙开门迎客。

门开了,一个黑衣男子闪身进来。来人用那双三角眼先在房内四下打量一番,随后坐下。此人颧骨凸起,正是多次跟踪杨震的那个神秘黑衣男子。

梁田见到来人,心里一惊:"刚准备派人给大人送信。上边有什么授意吗?"

神秘人说:"大人听说新来的刺史杨震驻扎在你们这里不走,担心你这里出错,让我来看看。梁县令准备给大人送什么信?"

"出错倒不会,这一点请转告大人放心。不过,杨震一再逼着要县衙交出收缴赋税的账本,本官担心长此下去不是好事。请你转告大人,必要时,得他亲自出面'送神',把这些人送走。据说,其他六郡的太守都来拜见过杨震,就剩大人还没有出面。"

"知道了。我走了,快去销你的魂去吧!"神秘男子说罢,开门快速离开了。

荆州城里的武陵郡府张灯结彩,一片辉煌,异常热闹。

武陵郡太守樊闾获悉杨震任职的消息,不禁大怒。但为了做做样子,他特地将府衙布置了一番,还准备了上等的美味佳肴,就等着杨震进城来此巡察。

可是左等右等,这么多天过去了,还是没见杨震的影子。樊闾派人出去仔细打听,才知道杨震驻扎在小小的索县城。樊闾十分不悦,心想:哪一任刺史来荆州不是首先拜望本官的?你一个乡野穷教书的孩子王,竟然不把本官放在眼里,咱们走着瞧!

樊闾在荆州武陵郡太守这个位子上已经熬了七八年,他早不满足于做武陵郡太守这样的地方官了,他对荆州刺史这个美职垂涎三尺、觊觎多年。因为,荆州下辖七个郡,一旦当上荆州刺史,他的管辖范围、权力、势力,不仅会在很短的时间内扩大七倍,而每年收到的财物何止会扩大七倍。这还不说,作为刺史,距离京官也就一步之遥了。尽管荆州七个郡中,六个郡的太守及七八十个县的县令都是经他的手"举孝廉"而成为地方官的,尽管这些郡守县官对他毕恭毕敬、唯他马首是瞻,但是,在这些人的眼里,他毕竟还是一个郡太守,而不是州刺史。所以,每任刺史一到荆州,他怕挡住了他的上升之路,都要设法挤走,为的就是自己能更快成为刺史,入主州府衙门。尽管这几年,他已经挤走几个刺史,而且眼下没有人敢来荆州上任,但朝廷似乎根本没有考虑让他接任的意思。这次荆州水灾,他向朝廷告急,原以为朝廷会像那年让他平定南蛮民变一样,关键时刻,让他走马上任荆州刺史,没有想到,朝廷仍然没有考虑擢升他,而是派来了一个一点从政资历都没有的乡野教书的孩子王来做他的顶头上司。因此,他不光对杨震的到来极力抵触,而且对朝廷重用杨震、忽视自己很是不满。

正在这时,忽见一黑衣男子匆匆进来:"大人,您的心腹学生让大人亲自到索县走一趟。"这个神秘黑衣男子正是出现在索县那个让冯宝疑心的人。

樊闾一愣:"什么?让我亲自去接见一个乡野教书的孩子王?"

这樊闻说话的声音沙哑,颇似破锣声,总使人感到像已声嘶力竭一样,非常费劲。

神秘人低声嘀咕了一阵,樊闻更为恼火:"什么?杨震要看收缴赋税的账本?!"

樊闻寻思着杨震这是对自己起了疑心了,所以要看账本。思来想去,不悦归不悦,还得去索县。于是,他指着一席豪宴,没好气地对属下说:"这些还是你们吃,吃不了就倒了!"

一时间,武陵郡府内杯盘狼藉。

没想到,当杨震再次追问梁田收缴赋税的账本时,梁田并没有交出账本,而是搬出了武陵郡太守樊闻这个挡箭牌。樊闻此次到索县县衙的来意,不言而喻。

这天,索县县衙大门外一片嘈杂声,忽听门口侍卫大喊:"太守大人到!"

杨震一听,不知道是哪郡太守,抬头向袁礼、周广示意了一下,一同走出县衙大门,看看来者是谁。这时,杨震看到,一个身穿官服、头戴官帽的官员从两匹马拉的车上由衙役扶着走下来。那人四十岁左右,身材矮胖,眼露凶光,颏下留着一小撮山羊胡子,整个人看起来就像一只精明凶猛的金钱豹。

梁田跑到跟前,介绍说:"杨大人,此人乃是武陵郡樊太守。"

从梁田介绍的先后顺序看,好像是杨震该迎接樊闻,而不是樊闻来拜见上司。

杨震不拘这些,拱手施礼:"太守大人劳驾了!"

樊闻慢腾腾往前走了几步,对着前呼后拥的衙役护卫挥挥手示意他们安静,然后他上前施礼。但见杨震一副乡野教书先生的穷酸装扮,除了个头高,没有一点儿刺史的威严,从内心一下子产生了鄙夷。犹豫之间,带着鄙视的目光看了看长袍上满是泥土的杨震,还是用他那沙哑的破锣嗓音说道:"早听说新来的杨大人到了荆州,本太守一直想在荆州城郡府设宴接风,却不知道杨大人屈尊在小小的索县体察民情,真是有失远迎,还请大人恕罪!"

杨震看了一眼樊闰身后壮观的随行队伍，前有骑兵开道，后有卫队护行，那两马车驾更是引人注目，就知道樊闰这是造势做给自己看的，想给自己来个下马威。看樊闰笑里藏刀，杨震心里轻蔑地哼了一声，这些搜刮民膏的贪官污吏都是同样的一副嘴脸。

突然，身后的袁礼一步上前跪拜在樊闰面前："岳父大人，愚婿自到荆州，本应先去拜望岳父大人，无奈公务繁忙，迟迟未能成行，还望岳父大人恕罪！"

在场的人除了周广都愣住了。

杨震心里也是一震，说："不知道袁郎原来是樊大人的贤婿，疏忽，疏忽！"

樊闰说："贤婿能在杨大人手下供职，真是天降大幸，还请刺史大人多多调教，万勿忌讳。"

杨震将樊闰迎进县衙大堂，两行官员各坐一边。

樊闰说："本官已在荆州城郡府恭候大人多日。听闻大人一到灾区就走乡访民亲力亲为，杨大人如此体恤民生，卑职敬佩。本官今日来此，是专门恭迎杨大人进驻荆州城的，这索县县衙条件简陋，哪里是大人落脚之地？大人不可在此多留，还望早日起身进驻荆州城。"

杨震面带笑容客气地说："迎接杨某，实不敢当。杨某有些事，本应到府上再做请教，今既然先见了，就顺便问了。不知樊大人对目前武陵的赈灾，都有哪些良方？请赐教一二。"

樊闰一摊双手说："目前武陵的灾情想必大人都看到了，灾荒严重，本太守已无能为力，只好等朝廷来人。这不，杨大人来了，真是及时雨啊！至于具体方案，依本官看还是到荆州城再商议吧！本官已在府上备好了薄酒，恭请杨大人尽快起程，以满足下官为杨大人接风洗尘的心愿。"

杨震拱手相谢说："接风就免了，当务之急是赈灾。樊大人请先回府，尽快动员武陵郡的富商富户捐粮捐钱，赈济灾民。在赈灾粮食解决之前，各郡县的官吏要全部出动，到乡亭里指导乡民上山下地，挖草根、剥树皮，用草根树皮充饥，帮助灾民渡过难关。"

樊闰缓缓摇着手中的羽扇听着,脸上毫无表情。他看杨震丝毫没有离开索县的意思,心里很是不悦,说道:"索县乃我武陵郡的一个属县,杨大人不经本太守而直接到索县,是不是有点儿不把本太守当回事?"

樊闰说完,不等杨震反应过来,转身径自离开县衙上了车。

樊闰最后那句话,杨震听得清清楚楚,但他没有理睬樊闰。

樊闰看杨震没有恭送他的意思,车驾一动身,不屑地冷笑一声:"哼!一个穷教书的跑到我的地盘上兴风作浪,还不把我樊闰放在眼里,咱们走着瞧,我倒要看看你杨夫子怎么收拾这个烂摊子!"

樊闰想了一路,一回到郡府,就把他的神秘心腹召来,心腹也急着给他汇报跟踪杨震的情况。樊闰听后,一手抚着他的山羊胡子歪着头思考了好一会儿,然后在心腹的耳边耳语了一阵,心腹边听边点头。

这时,只听樊闰说:"那好,就这么办,看他走不走!一定要干得干净些!"

神秘心腹点头说:"大人,知道了。"

深夜,在索县城街边出现了两个黑影,他们身穿黑衣,脸上裹着黑巾,只露一双眼睛。两人蹑手蹑脚,一边警觉地东张西望,一边顺着街边朝县城大街的一头走着。他们鬼鬼祟祟地来到县城街北边的一个普通的店铺前停住了脚步,抬头看了看店铺的门额,隐隐约约看见门额上的"王记缝补铺"五个字。其中一人在黑暗中向另一人比画了一阵,那人看懂后,手持一把很短的匕首走到不远处去望风,而比画的人则跑到后窗口,在窗台上听了一会儿,然后用一根一尺左右长的细铜管,从窗缝向屋里吹了一些什么。接着,他迫不及待地用携带的小匕首把木窗扇"吱吱吱"地撬开,一跃身跳进去,屋里没有听到一点儿动静。后来,只听到里边"扑通、扑通"了不到半个时辰,就见跳进去的那人跳了出来,然后,将望风的人招过来,向他交代了几句什么。接着,这个望风的人很快又从后窗口跳进去,先前进屋的人快速离去。

第二天天刚明,从王记缝补铺里传出一声接一声凄惨的哭声。左右做生意的店家邻居一起敲门,敲了许久,门才开了,只见王灵的母亲楚氏披头散发,痛不欲生。原来，她的女儿王灵昨夜遭人奸杀了！

此刻，在县衙大堂，杨震还在催促县丞牛寿尽快交出收缴赋税的账本。面对新任荆州刺史的这种穷追不舍的追查，牛寿不知道如何应对。因为，按照县令梁田的交代，他不能交出收缴税账本。牛寿如此支吾搪塞，更让杨震觉得索县问题严重，水可能不是一般的深。同时，也坚定了杨震查出问题的决心。

这时，忽然有人跑到县衙报案。杨震一听大惊，一面命牛寿通知梁田快速赶赴案发现场，一面也带着袁礼、周广赶到王记缝补铺。

待杨震赶到现场的时候，门口已被围得水泄不通。人们在旁边叽叽喳喳议论，里面传出楚氏凄惨的哭喊。杨震拨开人群，赶紧跑进屋内。

看到杨震，楚氏哭得更加伤心，她跪在地上拉着杨震的衣衫哭喊着："大人，我女儿死得可怜啊！大人要替我做主啊！"

想不到，这么好的一个姑娘，竟在深夜遭人奸杀了！杨震望着这令人心碎的一幕，心里悲愤交加。他搀扶起王灵母亲说："王灵娘，你放心，我一定替你做主，把凶手捉拿归案！"说完又转向袁礼问："查清了吗？"

袁礼把杨震拉到一边说："太惨了，大人，凶手极其残忍，手段令人发指，不光奸杀了王灵姑娘，还挖掉了她的一对乳房，割掉了舌头，简直禽兽不如！"

杨震一听，心里更加愤怒："谁验的尸？"

袁礼一指说："索县县衙的仵作验的。"

仵作走过来小心翼翼地说："杨大人，是小的验的。死因无法查明，这是一桩奇案，除了发现凶手在王灵姑娘裸体的脖子、臀部留有牙印外，现场再未发现任何可供破案的线索。"仵作低着头，躲着杨震如炬的目光，怯怯地支吾着。

周广说："谁会这么残忍？"

仵作说："这不明摆着，肯定是一桩情杀案。"

杨震吩咐着："冯宝，你和两个衙役帮助王灵母亲处理王灵的后事。"

杨震觉得这个案子太蹊跷，从表面上看，可能是情杀，但直觉告诉他，王灵的死与他荆州赴任有关。

据索县县佐说，王灵的父亲叫王泰，是个老儒生，由于写得一手好文章，他不光在索县县城，就是在索县乡间，都是有名的大善人。在别人的举荐下，他到索县县衙做了书吏。他有一个贤惠貌美的妻子和一个聪明美丽的女儿。也许由于妻子的姿色过人和女儿的天生丽质，被到过王家的县衙人一夸，母女俩便成为索县县衙人人夸赞的一对美人母女。由此，王泰不让母女俩出门，常年将母女俩藏于深宅。另外，他在县衙当书吏，虽俸禄不多，但是他与世无争，乐善好施，加之口碑好，街坊邻居谁家里有个红白喜事，写辞赋、写拜帖、写牌位等都请他。虽然他死活不收钱，但事主坚持送这个给那个，多年下来，日子也过得比较殷实，在索县也算得上是个名士。

不幸的是，没过几年，王泰突然身患重病，不久离开人世。由于生活所迫，王灵的母亲楚氏把年龄还小的女儿放在乡下娘家，先是在荆州城里给一个当官的人家做仆人，后来由于觉得给人做仆人总要受制于人，就又回到索县，在县城的街边开了家缝补铺，靠给人缝补衣服维持生活。楚氏不仅是个心灵手巧的贤惠人，而且是个聪明人，为了保护自己和女儿，她认了羊孙和陈汤做干儿子，不光过年过节，就是平常也做些好吃好喝的，把两人叫到店铺来招待，以期让两个干儿子来保护她娘儿俩。

究竟是谁奸杀了王灵？从案发现场看，无法找到有用的线索。杨震想，如果凶手是县城内的当地人，他会是谁？会不会被夜间打更的人遇到？如果是外地人，他是怎样把城内的情况摸得那么清的？他行动那么诡秘，究竟是如何奸杀了王灵？一连串的问题在杨震的大脑里不断盘旋。

县令梁田也在案发现场手足无措，愁眉不展。他知道这是一件不小的案子。

县丞牛寿去找他时，他还在姘妇的粮米行与姘妇抱在一起做美梦。当他听说昨晚在县城发生了杀人案，一下子慌了。牛寿告诉他，朝廷这两天刚刚颁布了新的律法，其中规定："发生血案，限一个月破解此案，到时既未破案，又未疑案呈报，对属地长官以'纵恶罪'予以革职治罪。"

这个梁田是荆州当地大族子弟，学问不高，拍马溜须倒有一套本事。樊闱到武陵郡任太守没有多久，在梁田的父亲宴请樊闱的一次家宴上认识了梁田。

之后，梁田父亲不断给樊闰送礼，或宴请他。樊闰认为梁田脑子灵、眼活，很会办事，就向朝廷举荐梁田做了索县县令。梁田在县令任上，作威作福的事情他很会办，但对那些琐碎的家长里短的官司不在行。为此，他常常借故郡府有这样那样的差事要他去办，不坐堂，而推给县丞牛寿去办。想不到，朝廷的新律法刚刚颁布，就在他的属地发生了杀人案。而且，新来的荆州刺史就蹲在他的县衙不走，这个杀人案他不亲自办都不行。

这时，杨震冷冷地说："梁县令，限你三十日内破案，如若不能按时破案，本官将向朝廷上奏，革去你县令一职治罪！"

此时的梁田，看到案发现场的一切，听了杨震的喝令，顿时头更大了，真想逃之夭夭。

杨震说毕，继续向仵作和王灵母亲楚氏了解案情。

据楚氏反映，女儿与她同住一个房间，同睡一张床，不知道凶手用了蒙汗药还是什么，女儿被奸杀的过程她一点儿都不知道。直到天将明时，她醒来迷迷糊糊手摸到女儿赤裸的身子，才发现了一切。

据查勘现场的牛寿说，王灵的衣物被凶手全部带走了。另外，楚氏平时和女儿为人缝补衣裳的辛苦钱也一点儿不剩，屋内其余物品全部未动。

杨震一直在思考着，凶手带走钱财，带走王灵的所有衣物，他到底是谋财还是谋色，或者是两样都有？

此时，楚氏痛不欲生，她拉住杨震的手，哭得要死要活。

杨震眼里满含泪水。

这时，羊孙和陈汤闻讯赶来。他们是跑来闹事的，这次他们不是要赈灾粮食，而是要杨震还他们干妹王灵的命来。

杨震说："君子一言驷马难追，赈灾和破案，我都会给荆州百姓一个交代的。"

鉴于赈灾和破案同样重要，杨震一面让袁礼督促梁田限期破案，一面带周广、冯宝继续开展赈灾工作。

县城的大街上，充斥着泔水腐坏一样的臭味，苍蝇蚊虫直往人脸上扑，赶都赶不走。街道两边坐着跪着的老少妇孺，衣衫褴褛，面黄肌瘦，而那些宽阔

的门店门口，却见一些商人模样的人跷着二郎腿，逍遥地剔着牙。

杨震一行三人在街道中间边走边看。离开缝补铺，一路上，楚氏的哭声一直萦绕在杨震的耳畔。

周广说："大人，如今百姓流离失所，无家可归，每日都有饿死的。听说荆州有很多富户，我看可以以州府名义没收他们的钱粮赈济百姓。凡有抗旨者，统统斩了，然后再抄没他们的家财粮食，一定能得到一笔巨大的赈灾钱粮，这样，荆州的灾情就有救了，羊孙、陈汤那些刁民也就好打发了。"

杨震摇摇头说："不妥，不妥，这样，我们成什么官了？"

想不到，十多天过去了，无论是破案，还是赈灾工作，都毫无进展。而且不断有消息传到县衙，说不断有灾民拥进县城讨饭。

于是，杨震改变决定，要求索县开仓放粮，以赈济灾民，尽快控制灾情，控制灾民流动。听说杨震要县衙开仓放粮，梁田和牛寿连忙劝说杨震。他们说，粮库的粮食是皇粮，朝廷早有规定，没有朝廷命令，绝不能开仓放粮，谁如果胆敢违令，就会被杀头。

就在这天早上，王密又跑来告诉杨震，说羊孙和陈汤秘密集结灾民，提出凶杀案和赈灾再无结果，他们将带领武陵郡受灾的流民一路逃荒北上，到洛阳城里向皇上讨饭，向太后喊冤。听到这里，杨震大惊，他担心，如果这样下去，一旦其他六个郡的流民都效仿武陵郡的样子，一路逃荒北上，拥入洛阳，那后果将不堪设想。他被处死事小，京城洛阳的安危事大。

当晚，杨震就给朝廷上了一道奏章，陈述了荆州灾情，请求朝廷尽快下旨开仓放粮。奏章写好后，第二天天不明，就以八百里加急送达朝廷。第二天中午，杨震不断接到灾民流动情况的报告，杨震果断决定，不等朝廷的批复到达，也不再听任何人的劝阻，无论如何都要开仓放粮，哪怕他被杀头！因为，上万名灾民还在露天地里无饭吃、无衣穿、无屋住，等着他去救济。

可就在杨震向梁田下命令的第二天一早，从王记缝补铺再次传来令人毛骨悚然的噩耗。邻居店铺跑来报案，说王灵的母亲楚氏昨晚也遭人奸杀了，而且被凶手割掉了头、乳房和臀肉。

杨震又一次震惊了。邻居向他叙说着有关案情的一切。

原来，隔壁店铺的人早上到房后小便，发现缝补铺的后窗户大开，遂叫来左邻右舍一起敲前门。在没有人响应的情况下，他们又都一起跑到后窗口，扶着两个年长一点的人前后脚跳进屋内，点着蜡烛摸到前门把门打开。几个人一起走进里屋一看，差点儿吓死，连滚带爬逃了出来。原来王灵的母亲楚氏一丝不挂地躺在床上，头被割掉了。于是，东邻杂货铺的主人和西邻布庄的主人，一起跑到县衙来报案。

"谁干的？谁干的？恶魔！恶魔！"杨震悲愤交加，一拳砸在案上。

这真是一波未平一波又起。王灵被害还无头绪，其母又遭残害，不知道凶手与这对苦命的母女有多大冤仇，竟以如此残忍的手段加以残害！

这桩惊世骇俗的奸杀案很快轰动了索县县城。顷刻间，索县城内疑云密布，谣言四起，街头巷尾议论纷纷，甚至荆州城也人心惶惶起来。

一时间，从索县城到荆州城，一片诡谲肃杀的气氛。

杨震脑子里一片混乱。冷静之后，他仔细回想着自己赴任荆州以来每一天的点点滴滴，想要从中找出自己疏忽大意之处，找出凶手的杀人目的和蛛丝马迹。

袁礼从这些天现场勘查的情况看，母女俩前后被害都是先奸后杀。表面上看，是有人对这寡妇母女起了歹心，先实施强奸，之后遭到反抗，凶手担心暴露，怕被告官，然后实施杀人，这就给人造成了情杀案的假象。但是，从两次验尸和对案发现场的勘查来看，并没有发现死者反抗和搏斗的痕迹。这样的结果，除了说明凶手的作案手段非常高明以外，还可以说明凶手的目的并不是奸，而是杀，是在杀的过程中，实施了奸污。这就是案发现场没有发现死者反抗搏斗迹象的原因。

杨震踱步思忖着，在大堂里来回走了几圈。他说："此案太蹊跷了！"

按常理，图谋强奸的人，不一定非要置受害者于死地，而这两起案件，都是既要强奸受害者，又要杀了受害者。

难道是仇杀？王灵的父亲是个县衙书吏，已于两年前病故。据袁礼了解，王先生做事谨慎，为人纯朴善良，给街坊邻居不知做了多少好事，不可能惹下

杀身之祸。又据乡邻们说，母女俩为人乐善好施，热情好客，经营缝补铺童叟无欺，还经常帮助穷苦人，给他们饭吃、给他们钱花，从未听说与谁结仇，这仇杀的可能性几乎没有。

那会不会是劫财？如果为了劫财杀人，为何店铺里值钱的东西都没有丢失？即便是劫财杀人，为什么要挖掉二人的乳房，割掉楚氏的头和王灵的舌头？如果没有深仇大恨，何以手段如此残忍，令人发指？

杨震一边分析着，一边排除着。分析到最后，杨震心里紧紧一缩，难道……

一个他不敢深想的念头让他心头为之一震。

王灵被害，正好是自己让县丞牛寿交出账本的当晚；这次王灵母亲被害，正好是自己要开仓放粮的时候……这到底是巧合还是蓄意？

杨震心里似乎明白了，他认定这母女俩一定是受他连累而死的——凶手的目标不是那对母女，而是我杨震！确切地说，是我杨震来荆州赈灾，我的做法让贪腐者惊慌害怕了。因为，查账也好，开仓放粮也好，可能会牵扯出一些未被知道的真相，甚至有更重要的人和事可能被牵连出来，所以，对手以为，制造了杀害王灵母女事件，荆州府必定会调集人力查办杀人案，那对赈灾的事就会无暇追究。

杨震忽地又想起了那天到店铺答谢王灵母女搭救之恩的时候，王灵母亲避开冯宝对他讲的那些话。如果楚氏所言属实，那樊闰与梁田之间必有不可告人的秘密。他突然又想起来，那天从店铺出来的时候，有一个人影匆匆从店铺墙边走过，那个人影他似乎在哪里见过。杨震一时半会儿也想不起来。前后不到二十天，王灵母女二人相继遭到歹人奸杀，其中必有内情。

杨震越想，越感觉问题严重复杂。他再次把县令梁田叫到面前，要求梁田三十日内破案，给死者一个交代。否则，不必请奏朝廷，便可将梁田打入大牢治罪。

杨震的命令，让梁田顿时乱了方寸。经仵作现场验尸发现，前后两次凶杀案除了手段如出一辙外，再未发现有用的线索。

梁田想，不知道父亲给樊闰送了多少金银珠宝，才好不容易让自己当了这个索县县令。当年，在梁田的父亲给樊闰送了五百斤黄金后，樊闰给梁田从朝廷跑了一个县令。上任后，他也学着樊闰的办法定了个捞钱的标准，来填他父亲为他花钱买官的坑：亭长十万钱，乡长三十万钱，县衙吏员五十万钱，县丞则高达三百斤黄金。他手下的牛寿就是给他送了三百斤黄金后当上县丞的。樊闰听到梁田的这些作为后大为恼火，心想，没想到这家伙的心比自己还黑，手比自己伸得还长。因此，樊闰一次次敲诈梁田，逼得梁田迫不得已，只好又一次次给樊闰送礼。梁田虽然当了县令，从县丞、乡长、亭长，以及老百姓那里搜刮了不少，但比起父亲给樊闰送的还差得远呢。再说，他作威作福的日子还没有享受够。为了这些，他决定无论如何都要想办法搏一搏。可是，他手里没有一点儿有用的线索，连一点儿蛛丝马迹都没有。毫无破案能力的梁田在县衙大堂内愁眉不展地苦苦地思索着。

接连发生的奸杀案并没有把杨震吓住。杨震一方面督促梁田抓紧破案，另一方面，冒着被杀头的危险，坚决开仓放粮。粮仓打开后，杨震傻眼了，原来索县的粮仓，全是空仓。

粮库的皇粮都哪里去了？这时，杨震又不得不开始追查粮仓皇粮的去向。杨震连日来被赈灾和破案两件事情压得喘不过气来，只恨自己没有分身术，恨不得不吃不喝不睡，只要能把赈灾粮食发放给灾民，只要能捉拿到杀人凶手，就是累病累伤甚至累死也无妨。

想不到，很快，梁田这边也找到了案件"线索"。

正在梁田苦苦思索、一筹莫展之时，大约午后时分，也就是杨震急着赶赴乡下探察皇粮去向刚走没有多久的时候，在案发现场调查案件的县佐，匆匆跑回来报告给梁田一个好消息。

县佐擦着脸上的汗水，气喘得说不出来话。

梁田急了："有什么好消息吗？你……你快说！"

县佐又喘了口气说："有……有人……"

梁田急了："哎呀，你快说！有人怎么啦？"

县佐说："有人反映，看见街东的儒生张生一早在王家的缝补铺门口敲

门，敲了一会儿又走了。"

梁田得到这个消息，感到这真是救命稻草。按梁田的推断，这个儒生张生肯定就是凶手，他一早敲门，是给人造成他不知道屋里发生凶杀案的假象。这样一来，他就会被排除得远远的。想到这儿，梁田马上差人捉拿儒生张生。

几个衙役很快就将张生押到县衙，梁田直接在大堂上升堂审案。随着衙棒"咚咚"的敲地声和衙役"威武——"的喊声，张生被提到堂下。

"啪"的一声，坐在堂上的梁田拍了一下惊堂木道："案犯张生，如实招来，你是怎样奸杀了王灵母女的？"

张生一惊，抬起头："王灵母女被人奸杀？谁干的？"

梁田急于破案，又拍了一下惊堂木说："大胆刁犯，明明是你奸杀了王灵母女，竟敢蒙骗本县，转移视线！来啊，大刑伺候！"

张生一看县太爷一副凶神恶煞模样，又见周围各种刑具，没等打，浑身抖得就像是筛糠一样，喊着："大人，我没有杀人！我……"

但是，他的话还没有说完，梁田又喝令下面的衙役："还愣着干什么？打！"

这时，衙役一拥而上，将张生按倒在地，棍棒齐下，打得张生嗷嗷直叫。张生被严刑拷打之后，已经站不起来，被衙役拖着扔进牢狱。

第二次再被提取审讯时，一押进大堂，张生生怕再挨打，趴在地上吓得浑身哆嗦，口中嘟嘟囔囔："人是小的杀的，小的情愿招供，求县太爷从轻发落……"

汉代郡守县令集行政和司法长官于一身，权力很大，除疑难案件须呈报朝廷之外，一般案件都可自行处理，并握有案犯的死刑处决权。

像张生这种"连杀两人"的犯人，按说县令审理清后，判个"斩立决"，等不多长时间，张生就会被砍头。可是，按前不久朝廷刚刚颁布的大汉律法规定，还须得上报郡府复审，州府核准。

这两天，杨震几人正好去县衙粮仓查找粮仓皇粮去向，没有在县衙。

梁田审完后，拟好结案呈文，给张生判了个"斩立决"，然后，带着案卷，兴奋地乘着车驾，命衙役将张生随行押解到武陵郡府。

梁田到了武陵郡府，樊闰正和他属下的吏僚们下围棋下到热闹处，一听凶案已经告破，先是一惊，但他不相信梁田能在这么短的时间内把凶案告破。他让陪他下围棋的吏僚们退下，当他快速浏览了一遍结案呈文后，才松了一口气。

樊闰无视朝廷新颁布的律法，只看结案呈文和案卷，并未详查，更不再审。他看了案卷后，在上面涂涂写写，做了一番修改后，又让梁田重抄一份。

梁田一看改过的呈文和案卷，有些纳闷。一是呈文中增加了王灵母女生活放荡不羁、水性杨花，与多名男子纠缠不清的内容。二是案卷中增加了审案的内容，如：问张生，为什么要奸杀母女俩？张生回答，因为他想娶王灵为妻，母女俩嫌他太穷，拒绝了他，还嘲笑他。又问张生，用无血刀杀人的手段是谁教的？他回答，是自己从史书上看的。再问，无血刀是谁给的，现在在哪里？他回答，无血刀是从街上买的，杀了王灵母亲后，就扔到沅江里去了。等等。

梁田看了这些改动还在纳闷，樊闰就跟他讲："你的结案呈文太简单，你想能通过核准吗？不能。不要说到荆州府新刺史杨震那里过不了关，就是到本太守这里都过不了关。现在的审案重口供，须把案犯的口供录齐。譬如，骚婆子和她的骚女子的死因必须写上。再一个就是，现在断案必须'春秋决狱'，就是按'礼仪之大宗'《春秋》决案，这个张生作案的动因、作案的手段、作案的工具都必须写上。这个结案呈文只有这样写，才能通过，一看就是一个断案县令写的结案呈文。"

梁田一听樊闰的话，当下感激得恨不得趴到地上给樊闰磕头叫爹。

樊闰说："这个案情复杂着呢。你查案时，有没有了解都有哪些人在案发前，经常去王灵母女俩的缝补铺？"

梁田疑惑了一会儿说："对，县衙里有人偷偷告诉我，说杨刺史几次出入王家店铺，有时甚至是夜间去。"梁田说着，嘴里吸溜着。

樊闰说："所以，我说这娘儿俩生活放荡不羁、水性杨花，与多名男人纠缠不清是有根据的。"

梁田似解非解地点着头，目瞪口呆地听着樊闰的讲述。

就这样,梁田将这份修改过的结案呈文和案卷重新抄写了一遍,盖上县令大印,交到上司樊闻的手中。接过这个结案呈文,樊闻看都不看,就在上面审批云:"与原审相同,依律当斩,报荆州府审核。"然后盖上太守大印,这才按新颁布的大汉律法,又派衙役与梁田一起,将张生转解到还在索县署理州务的杨震手上核准。

杨震从乡下回来,听说杀人案已破,几天来心理上的压力顿时减轻。但当看了武陵郡府樊闻和索县梁田报来的结案呈文,得知真凶原是一个儒生,很震惊;尤其当他看完了全部案卷后,疑惑顿生。不管怎样,杨震决定先提审案犯。

杨震坐在县衙堂上,张生在衙役一阵"威武——"声中再次被押到索县县衙大堂。杨震一看堂下的张生,不觉一惊:张生慈眉善目,一脸的儒生气。他会是真凶?"连环奸杀母女案",凶手来无影去无踪,未留下任何蛛丝马迹,王灵母亲楚氏被割了头,王灵被割了舌头,母女二人皆被挖掉乳房、割掉臀肉,而且案发现场没有血迹,没有搏斗挣扎痕迹,连睡在死者身边的亲人都毫无察觉,这种超绝功夫,显见不是一般的凶手,而像传说中的杀人高手。这个瘦弱张生能有如此作为?杨震的疑惑越来越大。

但是,杨震审核问案,跪在地上的张生看了堂上坐的杨震及两旁一个个执杖的衙役,大约是怕再受刑讯之苦,最终招供,所供作案过程,与索县和武陵郡所报呈文和案卷丝毫不差。

杨震知道,在审讯中,犯人的口供是定罪量刑的主要依据。因此,一些官员为了取得口供,便进行刑讯逼供,他们奉行"棰楚之下,何求而不得",在暴刑之下,犯人很少有不胡说八道的。因此,杨震准备通过犯人来审核审判官员用没用刑。接着,杨震就问到郡、县衙门用没有用大刑,回答是皆没有。然后,杨震又问两级的审讯三日后是否又进行复审,回答是各进行了两次。而且,张生的所有回答不打折扣。

越是这样,杨震越是慎重。他除了审阅呈文案卷,提审案犯,还通宵达旦专门翻查了汉律中关于"疑案呈报"与"录囚制度"的条款。根据汉律要求:

"疑案呈报"就是各地官府将疑难案件逐级上报，直至报送廷尉府审理，廷尉府不能决断的疑难案件，还要奏请皇上，召集大臣集体裁决。"录囚制度"就是皇帝、刺史、太守审录在押囚犯，检查下级府衙的缉捕、审判行为是否合律，是否有差错，以便平反冤案，及时审决案件的制度。

杨震知道，这些年来，由于一味推行仁政，倡导"春秋决狱"，各地到处出现了执法不严、荒疏甚至荒废大汉律法的现象，以致造成吏治腐败，冤狱丛生。

而对张生杀人案，究竟是"疑难案件"，还是"一般案件"，杨震颇为纠结。说是"疑难案件"吧，案件事实清楚，案犯供认不讳；说是"一般案件"吧，杨震总觉得张生不像是真凶。

按照汉律规定，疑案不报，地方主审官要受到责罚；非疑案上报，地方主审官同样要受到责罚。

由于案情重大，杨震想请教老师桓郁，但京城与荆州远隔千里，无法亲见，写成书信又难以表述清楚案情。他知道，如果按一般案件，同时，按朝廷刚刚颁布的大汉律法，他这个荆州的最高地方长官、张生杀人案的最终核准者，对案件的最终定性，负有生杀责任。

为慎重起见，杨震召梁田、樊闰到县衙大堂进行复核。两人来后，杨震指出，根据他所掌握的王灵母女的为人，绝不是结案呈文所写的那样人；不能为了急着结案，就往被害人身上泼脏水。因此，关于王灵母女人品那些话，必须删掉。另外，杨震问二人是否用刑，是否在审讯三日后复审。回答没有问题。

三日后，杨震再次复审，结果张生没有改口，仍承认是自己干的，其口供与三日前所述相同，并表示愿意认罪伏法。

杨震看了卷宗，看着堂下的张生，好久没有吭声，堂上堂下长久沉寂。

最后，他说："张生杀人一案，有些事实还不够清楚，还有待于进一步审理，加之眼下赈灾事急，就只能先判张生个'斩监候'。"

樊闰和梁田得知杨震没有同意县、郡两级"斩立决"的判决，而是改判了个"斩监候"的消息，一下子坐卧不安起来。

之后,杨震全力开始追赃赈灾工作,追查粮仓皇粮去向,想不到,关键时刻,王密提供的一条线索,使杨震终于打开了荆州赈灾工作的局面。

四　追赃赈灾

几乎令所有人都没有想到的是，就是杨震这么一个乡野教书先生，在荆州赈灾中，根据这条线索，查出了一桩震惊朝野的贪腐大案，从而真正拉开了荆州赈灾的大幕。

在索县县衙，杨震召县令梁田进行问话，梁田不知道什么事，赶紧跑来。

杨震问："梁县令，粮仓的粮食到底去了哪里？"

梁田说："回杨大人，粮仓一年前就是空的，连着两年税粮都收缴不上。"

杨震说："既然是这样，为什么不实情实报，反而阻止开仓放粮？"

梁田说："是想收缴够了，填补上亏空再说。"

周广性急嚷道："你胡说！"

杨震挡住了周广，说："梁县令，你先退下。"

周广急了，问杨震："这梁田说的明明是前后矛盾，不能自圆其说，就这么让他走了？应该立即把梁田抓了，进行审问。"

杨震说："要马上抓，是没有道理的。袁郎，你负责带人查封县库和县丞牛寿的住宅；周郎，你负责带人查封梁府。"

袁礼、周广点头道："是！"二人说毕，转身离去。

杨震下令查封索县各大县库和县衙主要官员的住宅，吩咐严密监视这些地方，关键是盯住梁田府院的动静。

周广带人来到了梁田府上。

梁府坐落在县城风水最好的位置，走进府院，正面是一座六面阔的两层黑瓦红柱楼屋，屋前是宽阔的大院。满院的绳子上，不是绫罗绸缎的被子，就是文绣华美的衣裳，在太阳底下晾晒着。索县城里有的是富豪，可是，像梁府这样的建筑和摆设，在索县都是首屈一指！一个小小的县令，就能拥有这般府院，由此可见，索县县衙的贪腐必定令人触目惊心。难怪赈灾的粮款不清不白，难怪老百姓怨声载道，这些被朝廷俸养的官员，吃着朝廷的俸禄，又发着国难财。

周广看在眼里恨在心上，这种贪官污吏不除，国人怎得安宁，朝廷怎得安宁？

周广走在前边，边喊边走进屋里，只见几个丫鬟站在满脸横肉的女主人周围，有的在为女主人捏肩，有的在为女主人捶腿，还有的在为女主人扇扇子。

女主人见来人是找梁田，就扭动着水桶般的身子哭诉着："那个狼心狗肺的东西，好久都没回家了，不知道又跑到哪个野女人那里去了。"

周广说："我们是荆州府衙的，奉命办差，都请到大院候着。"

那女主人一看周广气势汹汹，只好浑身颤抖着带着丫鬟仆人到院子里去。

搜查最终一无所获。

周广回到县衙，给杨震做了汇报，杨震有些纳闷。这样一来，追查粮仓皇粮去向一事，一下子又陷入了僵局。

这天晚上，正当杨震一筹莫展之时，王密悄悄跑来告诉杨震，梁田有一个姘妇，叫胡蝶，在索县偏街上开了一家粮米行。王密提供的这个线索非常重要，杨震格外重视，问："有多久了？"

王密说："据说这家粮米行至少开了三年了。大人初到索县时，梁田可能就藏在姘妇的屋里。"

杨震面露喜色，拍拍王密的肩膀说："看来，你要为索县百姓立大功了！"

杨震接着命令："袁郎，马上带人监视梁田姘妇的粮米行；周郎，你带人直接进入粮米行，将梁田的姘妇抓捕来审问。"

王密说："大人，我去带路。"

杨震显出顾虑:"我怕给你惹下麻烦。"

王密回道:"不怕,走!"

黑夜中,王密一行人来到粮米行,发现粮米行不时有行踪诡秘的人出出进进。

袁礼带人从周围围住监视,周广带人冲进去将梁田姘妇抓到索县县衙。

杨震决定连夜升堂审问。

梁田这个姘妇,有几分姿色。

杨震问:"堂下跪的是何人?报上姓名。"

"良家妇女胡蝶。"梁田姘妇显得很硬气。

杨震又问:"你可知道为何抓你到这儿?"

"你们随便抓人,我怎么能知道?再不放了民女,我要到郡府告你们欺负良家妇女!"胡蝶愤愤地直起身子说道。

起先,胡蝶还极力狡辩,但杨震没有对她实施二十大板的刑罚。而当问她粮行的粮米进货渠道时,胡蝶语气有些软了,没有多久,心理防线就被突破了,把什么都招了。哪承想,对这胡蝶一路审问下来,竟然审出了梁田隐藏极深、令人难以想象的一面,特别是审出了梁田的幕后人物。

想不到这个非同寻常的女人是一个重要的嫌犯,不但和梁田来往密切,涉案很深,而且正是她的出现,为荆州赈灾打开了僵局。

话说这胡蝶,她是索县乡下人,在索县城与父母、哥嫂开了一家粮米行,丈夫曾是乡下江沅亭的亭长。胡蝶不仅颇有几分姿色,而且善于逢迎。几年前,梁田当上索县县令之后,在府院举行庆贺宴会,胡蝶的丈夫作为亭长,带着胡蝶来道贺。梁田第一次见到胡蝶就被她的风情迷住了,胡蝶的眼睛也离不开梁田,四目相对,就撞击出饥渴的情欲。宴会上,梁田就开始与胡蝶眉来眼去,互送秋波。

这个胡蝶姿色引人,虽然比梁田大不少岁,而且双方都有家室,但是,两人是一见钟情。从此以后,梁田每每县衙摆宴,或私人设宴,胡蝶与丈夫必然受邀,当然,梁田也会亲自前去乡下探望胡蝶。一来二去,一段孽缘就偷偷开始了。

梁田为了与胡蝶偷情，颇费了一些工夫。后来，梁田与胡蝶合谋，让人暗杀了胡蝶的丈夫。胡蝶的丈夫死后，胡蝶假惺惺地哭了一场，然后用梁田给的钱埋葬了丈夫。从此，梁田就把胡蝶这个姘妇包养起来。

包养姘妇，一是需要钱，以供给姘妇的衣食住行及化妆等花销，这些开支仅靠一个县令先前的"营生"肯定是不够的；二是得给姘妇安置个地方，总不能老供养在那里。于是，梁田就开始绞尽脑汁地想办法。

后来，梁田想到在县城街上为胡蝶开办一家店铺。这样，一来可以有经济收入，稳定地包养胡蝶；二来他与胡蝶耳鬓厮磨、颠鸾倒凤之时也有个安乐窝。粮米行开业后，收入可观，胡蝶更觉得受到了宠爱，所以对梁田就更上心了。

县衙需要粮米，便从胡蝶的粮米行购买；朝廷每每下拨赈灾粮，梁田都截留不少，送到粮米行进行出售。

在梁田的关照下，粮米行生意非常红火，胡蝶顾不过来，就把乡下的父母、哥嫂叫来帮她打理。几年下来，胡蝶的父母、哥嫂不光在乡下置办了良田、房产，在索县城也置办了房产，胡蝶的哥哥还被安排进县衙当了县佐。

当然，胡蝶在大把大把进钱之际，也把收入的一多半送给了梁田。这样一来，胡蝶不光满足了梁田的精神和肉欲，还能满足梁田贪求金钱的欲望。

知道内情的乡民们敢怒不敢言，只能心中暗恨。

之后，胡蝶还为人包揽官司诉讼，收了谁的贿赂，就找梁田为谁偏判。人们知道这层关系后，有些犯事的人就来花钱托胡蝶找梁田摆平。

按汉律规定，县令必须坐堂审案，可是，梁田这家伙官做得优哉游哉，很少坐堂，只有胡蝶包揽的官司他才坐堂。坐堂时，就随意恶判，属于吃完原告吃被告的那种混世魔王。

荆州发生水灾后，梁田得到上边的默许，安排胡蝶的哥哥带人偷偷将前不久刚刚收缴的税粮和粮仓原存的皇粮分几次运出，一部分偷偷运送到姘妇的粮米行，一部分偷偷运到乡下家里分头贮藏，还有一部分按上边指定的地方偷偷运去贮藏起来。运到粮米行的那部分，通过胡蝶售卖，钱却进了梁田的腰包，而他又转身将一部分钱偷偷转交给他的上司。

四 追赃赈灾

这是一种惊人的贪腐行为，杨震很震惊，决心一定要严惩。

杨震到荆州赈灾后，梁田一直没有去拜见，就躲藏在姘妇的粮米行，一直由胡蝶的哥哥跑出跑进，打探杨震的行踪和消息。直到杨震被任命为荆州刺史，才不得以面见杨震。

审过胡蝶后，杨震算是基本了解了粮仓皇粮的去向，更重要的是了解了梁田这个县令的真实模样。他不仅草菅人命、腐化堕落，而且私吞皇粮，更重要的是由姘妇包揽官司。这样的人居然还有人举荐他当父母官？杨震实在气愤不过。

这虽是冰山一角，却是个很大的突破口啊！杨震下令，将梁田姘妇的哥哥连夜抓捕突审。经过一审，与胡蝶供述几乎一致。杨震让两人都签字画押。

一个朝廷命官贪腐的胃口这么大，竟然敢私自变卖皇粮，而且数额巨大，性质非常恶劣。当夜，杨震让胡蝶的哥哥带路，核查存粮，然后将其封存。

杨震命令将胡蝶及她哥哥二人暂时关押，待进一步审问后，再行处置。

夜已深了，但杨震毫无睡意。毕竟赈灾工作迈出了关键性的一步，哪怕通宵不睡，他都觉得值得。紧接着他派衙役分头通知各郡太守，第二天到索县县衙举行州府议事会，并通知梁田参加会议。梁田已得到胡蝶被抓的消息，成为困兽的他准备与杨震对决。

第二天上午，接到通知的各郡太守陆续来到索县县衙。

杨震走进县衙大堂，见各郡太守分坐在两边，交头接耳，议论纷纷。有的抱怨朝廷对地方受灾不予重视；有的哭穷叫可怜；还有的义愤填膺振振有词，批评当今朝廷宦官与外戚争权夺利殃及百姓。直到杨震坐在大堂公案中央，这才齐声说道"见过刺史大人"。杨震从心底里对这些吃着朝廷俸禄却不为朝廷做事的朝廷命官嗤之以鼻。坐在堂下的梁田低着头，偷偷观察着杨震的一举一动。

"今天把各位大人召集到这里议事，就是想商议眼下荆州赈灾的大事。"杨震开口说道，"开始之前，本官先宣布州府一项决定：索县县令梁田，贪污腐化，侵吞赈灾皇粮，数额巨大，现予收押问罪。来人！"

忽地，袁礼、周广扑到梁田跟前，将梁田押了出去。

按汉律规定，对于犯罪的官吏，先要上请皇上，然后才可以抓捕审理。杨震决定先斩后奏，因为，他在离京赴任前，曾对邓骘说过，要朝廷赋予他临时决断之权。因赈灾事急，他决定对梁田先实施抓捕审讯，然后连同审理结果一同上报朝廷。

梁田当场被抓，一下子震慑住了各郡太守，太守们一个个如坐针毡，唯有坐在前边的武陵郡太守樊闻，非常镇静，一看就是一个官场老手。

杨震扫视了一遍太守们，不动声色地说："今天州府议事会的主要内容，就是告知各位大人，州府已做出决策：追赃赈灾，募捐赈灾。"

一听"追赃"，太守们顿时面如土色。

杨震已经观察到这些太守脸上细微的表情变化，他知道自己提议的这个"追赃赈灾"史无前例，更知道这"追赃"俩字会让一些人坐卧不安，定会做出抉择，要么设法筹钱筹粮，要么交出赃款赃粮，要么死扛……

杨震接着道："荆州七郡，这次就先在武陵郡的各县开展追赃赈灾，具体方案就是：通告所有朝廷命官，主动捐粮捐钱，以赈灾民。凡无故不捐者，只要有乡民举报素日有贪腐行为，州府将一追到底，一经查实，上奏朝廷，罢官免职，并抄没全部家财，以赈灾济贫。凡主动捐献者，过去贪腐行为，概不追究。本官在此先表个态，待朝廷发给本官前几个月的俸禄一到，全部捐出，用于赈灾济贫。"

杨震说到这儿，太守们一惊，表情各异。

杨震看了看武陵郡太守樊闻，见樊闻正面带嘲讽匕斜着眼睛在看他，杨震就直接对着樊闻说："樊大人，武陵郡的赈灾就有劳樊大人了。"

樊闻咧咧嘴道："杨大人，前期的赈灾，休怪下官无能，只因武陵山高水恶，沅江连年洪水，乡民多是颗粒无收，这朝廷的赋税又催得紧，下官实在无能为力，还请大人恕罪。以后的赈灾，就请大人多出高招。"

杨震没有接樊闻话茬，又接着说道："南阳、南郡、江夏、零陵、桂阳、长沙六个郡，不论灾情轻重，务必要广泛动员官府官员、富商富户，开展赈灾募捐活动，以助灾区老百姓渡过难关。"

六郡太守赶紧站起来说:"是、是、是!"

最后,杨震提高嗓门说:"各位太守大人,州府动员各位大人积极捐钱捐粮,赈济灾民;同时,回去后务必以文告的形式,告知我荆州七郡一百一十三县乡民,定要让每个乡民都知晓荆州府衙赈灾的决心。文告和文书内容本官已拟好!"说到这儿,杨震清了清嗓子,大声念道:"追赃赈灾,募捐赈灾,不追富豪,专追贪官……"

州府议事会一结束,杨震立马着手审讯梁田。

索县县衙大堂之上,"明镜高悬"四字异常醒目。

县衙所有官员、衙吏全部站在堂下两边。

"威武——"低沉雄浑的喊声震慑人心,给县衙大堂平添几分肃穆和威严。

梁田被袁礼、周广提到公堂之下,跪在地上,头发散乱在额前,挡住了那双贪婪的眼睛。他看到杨震在此亲自审理,似乎有些不屑一顾。

杨震想看看这个梁田,如何将这私吞成千石皇粮的事解释清楚。

"取掉刑枷。"杨震命令道。

两个衙役不解地望了望杨震,取掉了锁在梁田肩上的刑枷。

杨震问:"人犯姓甚名谁,何方人氏?"

梁田抬起头,甩开散在脸上的头发:"本人梁田,现任索县县令。"

杨震问:"梁田,你可知罪?"

梁田道:"玩忽职守,不该在大灾之时,置百姓疾苦于不顾,与他人私通,沉迷享乐。"

记录的簿曹忍住笑,低下头记录。

杨震见梁田避重就轻,一拍桌案:"你侵吞仓库皇粮,数目巨大,铁证如山,还不认罪?"

梁田道:"那女人开办粮行三年有余,囤积些粮米并不足为奇,与下官毫无干系。"

杨震厉声喝道:"那你说清,你前不久收缴的税粮在哪儿?"

梁田看看袁礼、周广，又望望杨震，摆出一副委屈相："大人，下官真的是冤枉啊！下官一时糊涂，与那粮米行的老板娘勾搭鬼混，有辱我朝廷名声，理应受到责罚。可是，下官知晓私吞皇粮是死罪，哪敢知法犯法？下官真的是冤枉啊！还望杨大人明察。"

没有人理睬梁田那一套。

可梁田开始一把鼻涕一把泪地哭诉："大人，下官确有荒淫之罪，但的确没有侵吞粮仓皇粮。大人，下官真的是冤枉，还望大人明察啊！"

杨震想，梁田现在都是这样，如果不把这个案子办成一个铁案，一旦证人出现差池，没有了人证，那梁田翻案，红口白牙说自己冤枉，并且加罪至州府审案官员，不但这些人多日来的辛苦白费了，还会落下个诬陷朝廷命官的罪名。朝廷责罚事小，后面的追赃赈灾大政就可能完全落空，必须果断处理。便道："带证人！"

胡蝶与其兄被带了进来，跪在地上。

杨震问："人犯胡蝶，你粮米行的那么多粮食和乡下家里的存粮是哪里来的？你丈夫是被谁害的？"

胡蝶大声地哭起来，哭了一会儿，手指梁田，说："粮食是他的，我丈夫是被他害死的！"

梁田大惊，看着翻脸不认人的胡蝶，还是狡辩："你血口喷人！"

胡蝶骂着："你欺民霸女，谋财害命，贪污皇粮，天理不容！"

梁田一下蔫了。

杨震长长舒了一口气。

"侵吞县府仓库皇粮"一案一结，杨震要尽快拟一个奏章，把这些情况上奏太后和皇上。于是，他连夜起草好奏章，交给周广说："周郎，还得你辛苦一趟，以八百里加急送到朝廷，直接找大将军，让他转奏太后，立等批奏，即刻返回。"

"是！"周广连夜快马出城。

杨震又命袁礼道："袁郎，你带人迅速将粮米行所有粮食收归县衙粮仓，然后追缴梁田及其姘妇乡下藏粮，就地封存。"

已是二更天了，被噩梦惊醒的樊闰擦了擦脸上的冷汗，怎么也无法入睡。他分析着刚才的噩梦预示着什么，总有种不祥的预感，这预感让他心里有点慌乱和不安。

突然，他感觉窗外有异样，隐约看见有一个黑影闪过。

"谁？"他压低声音问。

那黑影贴近窗户："大人，是我。情况不好，您的那个心腹招了……"

樊闰打了个冷战，忽地坐起来。

一早，樊闰坐着双马车驾来到索县县衙。杨震知道，樊闰此来，定是别有用心。

杨震先发制人："樊大人今日来，可是'追赃赈灾'有了收获？"

樊闰佯装无事："大人，下官思来想去，今日来此是想知会大人，在我辖地出了梁田这样的蛀虫，下官管理疏漏，罪责难逃。梁田其罪罄竹难书，必须严惩。今来，是想请杨大人斟酌，能否将梁田转交郡府审理？郡府熟悉梁田在本地的裙带关系，也掌握有他贪赃枉法的一些枝节，加之郡府在索县也有一些眼线，定能迅速查清梁田贪赃枉法的证据，并按我汉律与大人之意，将梁田就地正法，以儆效尤。"

杨震明白了樊闰的来意。原来，他是想把梁田攥在自己的手里，唯恐梁田经不住严刑，将他这个幕后人物供出来。哼，真是此地无银三百两。

杨震在心里冷笑了一声，假装没有明白樊闰的来意：

"'追赃赈灾'迫在眉睫，大人还在百忙之中如此关心下属，难为樊大人一片苦心。梁田私吞粮仓皇粮一案，本官已上奏朝廷。梁田是朝廷命官，如果朝廷将他定为钦犯，按汉律，应该交由廷尉府审理，你我也就不用劳神了。当务之急，还是抓紧'追赃赈灾'，尽快筹集钱粮，早日解困万千灾民，你我才好向朝廷交差啊！"

樊闰脸上一阵红一阵白："大人所言极是。只是下官以为，若在荆州把这个案子审定为铁案，上交朝廷，那大人定能受到朝廷重赏，下官说不定也能跟着受惠呢。"樊闰说毕，尴尬地呵呵笑了两声。

杨震也呵呵笑了笑,说:"本官到此几月,赈灾钱粮尚未解决,每天依然有人死于饥饿,这样的刺史,只要太后皇上不责罚,本官就谢主隆恩啦。樊大人,赶快设法筹措钱粮吧,赈灾不力这个罪名你我都担待不起啊!"

樊闰从索县回来后心情一直不悦,没想到杨震这个臭夫子油盐不进,一点儿也不把他这个太守放在眼里不说,讲话含沙射影、绵里藏针,还变着法子威胁起他来了。想想梁田这个畜生比自己还贪心,把粮仓皇粮一边换成财帛给自己送来,一边运到姘妇那里私藏。这眼下别的先不说,要紧的是,杨震要问除了姘妇手里的皇粮,其他的哪里去了?这梁田一旦经不住严刑审问,据实招出,那后果就不堪设想,弄不好还真把自己也搭进去了。都怪自己有眼无珠,还把这个畜生当成心腹。樊闰想着想着,心里越发慌乱,坐卧不安。

夜已深,月色朦胧,星斗阑干。

洛阳宫内,窗外的树影随风摇动着,一会儿似万马奔腾,一会儿似侍女移步。树叶在风中沙沙作响,蛐蛐在墙根的草丛中"吱吱吱"叫个不停。

永安宫里,邓太后躺在床上,辗转反侧,难以入眠。她凝视窗外的月亮,睡意全无,且忧心忡忡。她人在宫中,心里却牵挂着凉州和荆州。

南方四十一郡国水患,荆州为重灾区。荆州水患殃及十万百姓,这可是涉及民生的大事,稍有不慎,便可引起民变。灾情扰得她心力交瘁,夜不能寐。

大将军在水患危难之际,力举教书先生杨震担负赈灾重任。邓太后深信兄长力举之人定当不凡,因此才敢委以重任。赈灾之事迫在眉睫,然杨震上任刺史几月,却迟迟未传回消息。邓太后心里焦虑不安,开始怀疑杨震是否如大将军所言,能担当如此大任。如果杨震赈灾失败,那荆州的事情下一步如何办?邓太后一夜未睡,直到天明,才有些困乏。

一早,太后还没有起床就有人来请奏,宫女们拦都没拦住。

"太后!太后!"原来是邓骘面带喜色觐见,"荆州有救了!"

邓太后心里一阵惊喜,连忙裹衣走出寝宫会见兄长:"兄长请细细说来。"

邓骘激动地说:"杨震有了大动作。他在赈灾中查出了索县县令梁田侵吞

粮仓皇粮千石的事实,又在荆州七郡一百一十三县提出'追赃赈灾,募捐赈灾'的策略,一下子轰动了荆州啊!这是杨震给太后的密奏。"

邓骘说着,将杨震的密奏递与邓太后。

太后拆开杨震写给她的密奏,凑近屋内暗淡的烛光细看。看着看着,脸色愈来愈凝重,两道细长入鬓的蛾眉也紧皱起来,说:"荆州的情况怎么会这样?这个县令怎么会这样胆大妄为?"转而惊喜道:"真没想到,只知道杨震是一个夫子、一介名儒,却不知道是这样的性格。作为一个乡野教书先生,能有如此胆略,可喜!可喜!"

邓骘说:"关西人都这样,读书人都这样,一根筋。真是大快人心哪!"

当初,邓骘之所以一再坚持举荐杨震出仕,是因为他赴西北雍营路过关西潼乡,多次慕名走进泉湖学馆,走近杨震,与其交友。通过交往,邓骘认为,杨震绝非池中之物,而是一个难得的具有经国济世才能的大儒,如果进入朝廷,日后必成国家栋梁之材。

邓太后感激地看着邓骘:"杨震虽身在学馆,却心系天下,在荆州的追赃赈灾,确有非凡的才智和胆识。卿兄真是慧眼识人,慧眼识英雄哪!大将军为我大汉立了一大功,朝廷要重赏大将军,重赏杨震!"她说着,抬起头:"兄长,拿笔来,立马给荆州杨震批奏。"

邓骘高兴地笑着。

未出十五日,周广便带着太后御批返回了荆州。

杨震接过太后御批,只见上面写道:

"太后制曰:梁田贪赃,证据确凿,该当死罪,着即革职问罪,就地正法。准王密接任索县县令及荆州各郡开仓放粮的奏请。杨震赈灾有功,另有嘉奖。"

杨震当即命令袁礼对狱中的梁田严加看管,命令周广立即抄没梁田所有家产。

杨震亲自拟好通告,命袁礼吩咐七个衙役送往七郡府,要求各郡太守及各县县令务必在次日午时三刻前到达索城外的沅江边议事。

次日正午,樊闰早早出门提前来到沅江边,他猜到杨震突然通知太守、县令们到江边，必定是处斩梁田。当着众官吏的面砍头，不就是要杀一儆百吗？杀了这个畜生也好，正好堵死了这张不牢靠的嘴。

樊闰想着，在心里冷笑了两声。来到江边，看见其他几个太守和不少县令也早早到此，心里多有不爽：哼，平日里人前马后称一切听从樊太守号令，如今见情况不妙，都他娘的见风使舵。一个个早早到此，无非就是想在杨震面前奉承奉承、表现表现。哼，真正的较量才开始，谁输谁赢还不一定呢。待我樊某人有朝一日得势，必定摘掉这些奴才的乌纱帽，发配边关守边去！如若有坏我大事者，必定满门抄斩！

不一会儿，杨震等人也到了。

接着，一辆囚车拉着梁田从索县县城方向驶来，囚笼前的牌子上写着"贪犯梁田"，行刑的刽子手及众多佩刀的衙役前后围着囚车。乡民们群情激愤，哪管衙役前阻后挡，喊着骂着，把砖头、瓦片纷纷砸向囚笼里的梁田。

索县城外沅江边上，站满了人。

在行刑台对面，高处的监斩台上，桌后坐着监斩的荆州府衙的杨震等州官。

行刑台上，梁田被绑在一根粗木桩上，面朝大家，沮丧地低着头。刽子手赤裸上身，手持巨斧立在梁田的身边。

行刑台的四周，是荆州七郡一百一十三县的太守、县令。看得出，有些人已经微微发抖，脸色惨白。

杨震环顾四周，见时辰即到，便站起来大声说："多日前，本官在七郡太守议事会上，颁布了州府关于'追赃赈灾，募捐赈灾'的决策，但是，时至今日，响应者寥寥无几。大灾之年，救百姓之命如救天。贪官索县县令梁田，贪污腐化，侵吞粮仓皇粮，数额巨大，现已查明，本人供认不讳。朝廷已下批奏，就地正法。在此，州府再次呼吁，五日内，凡不响应'追赃赈灾，募捐赈灾'者，一旦接到民举，抄没家产，定斩不饶！"

"呜——"一声低沉凄厉的号角声响起。

杨震伸手抽出公案前的"斩"字令牌，抛地喊道："午时三刻到，行刑！"

行刑台上,刽子手将梁田按倒在断头台上,愤怒地举起了斧头砍下去。"啊——"的一声,死囚犯梁田人头顿时滚落,血溅四周。

刑场上的乡民百姓立时欢声雷动……

百姓万众齐呼:"杨青天!杨青天!杨青天!……"

沅江边上,欢呼声伴着江水的咆哮声响彻上空。

王密命县丞牛寿通知各乡长亭长,按乡亭到县衙粮仓领取赈灾粮食,尽快发到受灾乡民手上。

羊孙、陈汤挤到杨震跟前,抢着说:"杨大人是好官,我们冤枉了你!"说毕,两人就要跪地下拜,杨震急忙拉住,抱拳回礼,笑了笑,因为有事急着走了。

周广笑眯眯地哼着小调,按照杨震指示,通知各郡太守、各县县令,公斩会结束后,到索县县衙大堂举行州府议事会。

将索县县令梁田就地正法后,新任县令王密按照杨震指示,在县衙后院"宴请"各郡太守、各县县令,以示庆贺。

以为刺史大人宴请,各郡太守、县令们当然受宠若惊,纷纷骑马或乘坐车驾,赶到县衙赴宴。

武陵郡太守樊闿一进门就抱拳恭贺:"杨大人初到荆州,严惩贪官,马到成功,旗开得胜,可喜可贺!"

这时,王密带领衙役忙前忙后。

可当太守们纷纷坐上宴席后,才看见每桌端上四盘平常百姓家吃的饭菜,每人面前一碗糙米饭、一碗汤,均不见酒水、鸡鸭鱼肉。习惯了吃香喝辣的官吏们,一个个龇牙咧嘴,吃不进嘴,咽不下肚。不少官员埋怨王密初任县令,就拿这样的饭菜招待同僚和上司。

杨震说:"本顿宴席杨某是主人。本官看得出,你们好像都不喜欢吃?"

官吏们一个个嘴里嚼着饭菜,先是点头"是、是、是",后又都摇头"不、不、不"。

杨震说:"你们不喜欢,可是,你们下去到乡间看看,无数的灾民们,他们连这普通的饭菜都吃不上。洪水冲走了他们的家,他们没有饭吃,无家可归，一个个露宿野外，饿死的饿昏的遍地都是。"

官吏们一个个愣在那里，不知道如何是好。

杨震接着宣布了朝廷同意各郡开仓放粮的诏令。太守、县令们一个个面带喜色，以为这下赈灾的钱粮再不用他们发愁，更不用眼前这个新刺史用"追赃赈灾"来逼迫他们交出赃款赃物了。

谁知道，杨震把吃完饭的碗朝桌上一放，"咣"的一声，吓得官吏们心惊胆战。"但是，粮仓的皇粮远远不够，即使开仓放粮，还要各位大人想办法。"杨震停了一下，继续道，"做官为政要以德贤为本，以清廉为先。今天请诸位大人赴宴，不是盛宴，也不是什么'鸿门宴'，就是一顿便餐，喂饱肚子。本官上次在此提出'追赃赈灾'，可是，不少官员还在观望。吃完饭，本官要求每个太守、县令先把各自的私有财物报个数，州府先记下，然后，再差人到你们的府上一个一个去核对，回来，再一个一个算一下诸位的财物账、俸禄账、支出账、搜刮的民脂民膏账。如果再有顽抗到底者，一追到底，抄没家产。今天严惩的梁田的下场，就是某些官员的下场！"

杨震的话还没有说完，不少官吏都晕了。特别是看着站在一边手持利刃的袁礼、周广及州府众衙役，不等杨震说完，一个个纷纷迫不及待地表示愿意捐钱捐粮。

有的要捐五石米，有的要捐出五百缗钱。樊闰即刻表态要捐出一千缗钱……

杨震要求，各郡太守、各县县令会后马不停蹄，赶回郡县开仓放粮。同时，要求各郡县广设粥棚粥场，发饭放粮，救济灾民，帮助灾民尽快渡过眼前困境。

很快，在荆州七郡一百一十三县的大街小巷贴满了文告："追赃赈灾，募捐赈灾，不追富豪，专追贪官。捐款捐粮者，不计前嫌。若罔闻者，接到民举，上溯数年，彻查到底。一经查实，罢官革职，抄没家产……"

消息一出，各级官员个个闻风而动，排着队主动捐钱捐粮。地方官员和富豪大户还竞相效仿，纷纷捐款捐物，还有不少人捐出自家的宅田，供流民居住和灾民耕作。

各郡、各县就把捐出的钱粮登记造册,现场发放。

杨震与袁礼、周广来到索县城赈灾现场。粥棚边,灾民们排成长长的队伍,手里拿着破碗,等着到大锅跟前舀稀粥。杨震站在大锅跟前看着。

这时,羊孙、陈汤又跑来给杨震报喜。羊孙抢先说:"杨大人,把贪官梁田贪污的粮食发放下来前后一天时间,江沅乡江边村乡民们的情绪一下子稳定了。"

前后一天一夜时间,荆州的灾情便得到控制,混乱局面得到稳定。

杨震举荐"穷儒生王密做县令"的事实感动了王密的岳丈,那岳丈章贤觉得女婿给他脸上添了光,不仅自己带头捐钱捐粮,还动员其他富户响应募捐。消息传到荆州城内,平时那些为富不仁的有钱人也都不落于章贤之后,每户都捐出十石八石的粮米。

前后五天,很快捐出了上千石大米。荆州几十万灾民不仅顺利渡过了难关,一个月内,都不会再出现饿肚子、饿死人的现象了。

听到这些,杨震坐在索县县衙大堂上流泪了。

他初次出仕,遇上南方四十一郡国发生水灾,急需上千万缗钱赈灾,国库没有钱,地方府库又被盗空,情急之下,他在荆州推出"追赃赈灾,募捐赈灾"之策,大抄贪官污吏的家,才使得几十万灾民渡过了难关,也才使得荆州的局面得到稳定。这会儿,他才突然觉得,几个月来,所有的辛苦都是值得的,而且也好给朝廷交代了。

在荆州赈灾,杨震当众处斩贪官县令梁田的事情传到全国各地,朝野为之震动。

此时,杨震决定进入荆州府衙理政。

荆州,大汉朝十三刺史部之一,辖七郡一百一十三县,为长江中游第一重镇。

杨震一行乘着马车,从索县赶到荆州城时已近黄昏。离城不远,就能看到高大威武的城门上"荆州城"三个字赫然醒目。落日的余晖倾泻在高高的城门楼上,檐角飞翘,飞阁流丹,凌空而起,气势恢宏,门楼如同沙场上的铁甲军墙。

四 追赃赈灾

进城后，他们一走进荆州府衙，就看到府衙青砖砌墙，青瓦上盖，漆门朱窗，杉木栅栏。府衙为两进大院，前院为大堂院，进了府院便可看见大院及正面敞开的大堂屋。

杨震和袁礼、周广走进大堂。

州府中的治中别驾带着衙役接着几人的行李，一边引着冯宝走向后院，一边介绍说："那大堂屋是供审案和百姓观看的。"

大堂侧边，有一青石小道，通向后院。

治中说："后院正房里有一大厅及两房。杨大人住正屋一房；袁郎和周郎住正屋一房，供杨大人差遣和保卫杨大人。正屋大厅作为杨大人的书房，供理政和会客使用。院两边的走廊下都是一排厢房，衙吏们都住在东厢房，西厢房是你的住屋及灶房……"

冯宝没等治中介绍完就阻止他说："大人，杨大人现在心急的不是这些，而是水灾，是荆州的老百姓。你看他都顾不得歇息，就急着奔大堂处理府务去了。"

杨震到荆州赈灾，不仅得到朝廷的认可，更受到百姓的欢迎和爱戴。

第二天一大早，杨震早早就在书房批阅文书。只见书房正墙上有一条幅：官清民自安。五个大字显得非常醒目。

突然，袁礼跑来喊着："大人，门外拥进来许多乡民，有零阳、临沅、沅陵、沅南几个县的，都是武陵郡的，说是要求见杨大人。"

杨震心头一惊，放下手中的文书就往出走。

这时，就听到一浪高过一浪的呼喊声传进荆州府——

"杨青天！杨青天！爱民如子是好官！"府衙外的呐喊声震耳欲聋。

袁礼、周广还没有弄明白怎么回事，杨震就已经出现在了府衙的大门外。

府衙的高台下，聚集着几百号乡民百姓，看见杨震出了府衙，他们的叫喊声更响了。更有一些老者纷纷跪拜在杨震面前的高台下。

"万万不可，快快请起！"杨震跑下高台，搀扶起几位老者，平和地对着人群问，"乡亲们来府衙有何请求？"

"小民无事相求。听说杨大人到荆州，抓了索县的贪官梁县令，乡亲们高

兴啊！今天就是想亲眼看看我们荆州的青天大老爷。"

"我们就是想看看杨大人是一个什么模样的人。"

"杨青天，你是个明官、清官啊！"

看到乡亲们这般亲热，杨震眼睛湿润了，再一次觉得自己这些天的苦没有白受。也深切体会到了，只要肯为老百姓着想，老百姓是能感受到的。谁说百姓不识字、不通情理？有了乡民百姓们这般的理解和信任，我杨震就是吃再多的苦，受再多的委屈都不算个啥！

面对一脸真诚和感激的百姓，杨震有点哽咽了："乡亲们，当官就是要给乡亲们解难的，当官不给民做主，不如回家去教书。我杨震感谢乡亲们了！但是，州府眼下困难，还拿不出什么招待大家，州府还有很多救灾公务要我去做，我没有更多时间和大家拉家常。等过了这阵，大家都有吃有喝了，我把大家请到州府来！"

乡民们开心地笑了。

"杨大人，你真是和我们一样，是个穿布衣的大官，不愧是青天大老爷，和那些官不一样。到时候，我们带上家乡最好的东西献给杨大人。"

杨震拱手说："杨震谢过，谢过啦！"

送走了热情的乡民们，杨震立刻转身回到府衙长案前。尽管老百姓称他"杨青天"，但他心里明白，梁田被正法仅仅是反贪追赃的第一步。一个小小的索县县令竟敢目无汉律，贪赃枉法，侵吞府库皇粮，那么其他县令呢？往上追究还有太守，再往上呢？杨震不敢往下想了。但是，如果不去惩治这些贪赃枉法之流，那老百姓的苦日子谁来解救？朝廷的地位谁来维护？如若朝廷出现变故，最终受害的还是天下百姓。当今朝廷若想根基牢固，那么，必须要有一批懂礼、贤明、仁爱之士为朝廷所重用，这样，才可保大汉江山万古传承！

眼下，梁田虽已正法，但他出任县令数年之久，况且亦是荆州当地人，虽无多少才能，却会趋炎附势。杨震初来索县，就闻得梁田系武陵郡太守樊闰弟子，亦是心腹，多年来两人互相勾结，狼狈为奸，假公济私，强取豪夺，已成荆州之大患。然梁田在此地根基牢固，又有樊闰暗中助力，加之羽林郎袁礼又是樊闰之婿，更让事情错综复杂。看来，真要暗查、惩办樊闰，并不是一件容易的事情，当须慎重行事。杨震想着，感觉身上的压力更大、担子更重了。

想到了这儿，杨震放下手中的文书，唤来周广、袁礼和冯宝。

"周郎，你尽快吩咐府吏，通知各郡太守明日一早到州府议事。袁郎，你通知原州府中供职的所有从事，一律继续留用，半年后，根据各自的表现再决定去留。"

杨震一到荆州府衙，府衙上下的大小官员和衙役们知道杨震在索县严惩贪官的事，都对他肃然起敬，交口称赞他为"杨青天"。这时，当他们得到继续留用他们的消息后，一个个兴高采烈，奔走相告。

这时，只见周广拿着一份文书喊着："大人，大人，朝廷下诏令了！"

杨震接过朝廷文书，急速展开看着。

原来是邓太后针对眼下国力贫弱，针对各级官员的浪费奢侈、铺张奢华的不良风气，下了一道诏令：

"太后诏：诏令三公九卿倡节俭，禁奢侈；太仆、少府减省黄门鼓吹费用；马匹非皇帝日常所乘御者，食料减半；各项造作工程，若非宗庙园陵之用，一律暂停建造；削减太官、导官、尚方、内署所管的膳肴、择米、刀剑、帷帐等一切御用衣服车马、耗物费工之物，以及珍馐美味和各色奢靡富丽用品；如非供祀陵庙，稻粱不得选择，早晚各一餐即可。其节省的巨大开支均用于补给赈济四十一郡国，补给西羌战争粮草供给。"

另外，针对南方四十一郡国水灾下了一道诏令：

"太后诏：诏令凡淹死者在七岁以上、无家属或仅存弱小者，郡县收殓死者埋葬，并为设祭；有家属但特贫无力埋葬的，每人赐钱一千予以埋葬；房舍损坏，按房舍损坏轻重分别赐钱予以修补；失去食谷者每人发粟一石；农田被淹者，按田亩减少田租。荆州疾疫流行，派朝中官员带太医巡行治病。"

杨震看到此，真是有一种说不出的高兴，不停地念叨："太后太圣明了！真是个明后！能体恤下边的疾苦，体恤万千乡民百姓的疾苦。大将军说得一点儿不假。"

周广告诉杨震，朝廷送达诏令的同时，还送来了他们三人前三个月的

俸禄。

正在这时，忽见袁礼神色慌张地跑来说："大人，大人，不好了！梁田那个姘妇和她的兄长，在王密押解州府途中，遭遇一群蒙面人抢劫，中刀身亡了！"

杨震大惊，感觉情况不妙。

原来，梁田那个姘妇胡蝶和她的兄长，本来是要与杨震几人一起进入荆州城，被押解到州府的。可是，由于杨震几人起身太紧，只好让他们随后押来。王密反复保证，随后由他负责，押解荆州。在这紧要关头，这两个人被一群蒙面人抢劫身亡，可真是有些蹊跷。

这里面一定有问题。杨震意识到这个抢劫身亡的背后，有着极为复杂的因素。

这是否是杀人灭口？如果是，那查出荆州问题的线索便就此中断了。

杨震急于严惩梁田，杀一儆百，以儆效尤，可是，他忽略了一点，没有继续深挖，让梁田供出其他贪官。这样的话，杀了梁田反倒掐断了深查的线索，帮了那些与梁田有牵连的贪官的忙，使这些人高枕无忧了。

杨震彻夜难眠。

但是，令杨震万万没有想到的是，有一件事的发生，几乎影响了他的一生。

五　一桩冤案

　　雨过天晴，空气格外清新。

　　杨震站在州府后院树下，闭上眼睛，深深呼吸这久违了的清新的空气，他忽然想起家乡潼乡来，想起了母亲，想起了妻儿，想起了学馆的学子们。虽然偶有家书告知家里一切都好，让他安心赈灾；虽然每次从学馆来的书信都告知学馆一切皆好，让他勿念……但他总免不了牵挂，总在想：不知老母的腰还疼吗？不知道陈翼、虞放两人把学馆打理得如何？学生们是否还能如他在时那般齐全，会不会有学子辍学呢？学馆窗户上的窗纸有些破了，走时忘记叮嘱他们，不知道他们能不能修好？还有那个叫关敬的学子，总把孔夫子的《论语》背得颠三倒四，惹得众学子课堂上发笑……

　　想着想着，一股乡愁涌上了心头，杨震的眼睛有些湿润了。

　　荆州赈灾，几十万灾民已顺利渡过难关。之后，朝廷又下拨了赈灾钱粮，调拨了稻种，要求各地修复家屋、恢复生产。

　　杨震带领乡民，修筑家屋，疏浚江道，加固江堤，筑坝拦洪，插秧播种。杨震的亲力亲为，使荆州各级官员和百姓都心生敬意。经过一年多时间的耕耘，百姓们已经收割了两季稻子，生活得到保障，并开始上缴税粮，一半郡县的府库已经有了不少囤粮。

　　武陵的春天来得早，没出正月，勤快的人家已经下地整理稻田。

　　吃过早饭，杨震就到沅江边上视察。他下令在夏季雨水没有到来时，要加快防洪堤坝建筑的速度。这时，州府从事跑来找他说："杨大人，朝廷有重要文书到。"

杨震与州府从事回到府衙,只见大堂公案上放着一份朝廷文书。杨震打开来看,原来这是一封御史台的文书,只见里面写道:"张生杀人之案,依律而办。否则,以'见知故纵罪'而奏。"

张生之案,之所以拖达一年之久,是杨震有意为之,他始终不相信张生是真凶。

这个案件,虽然案犯张生至今没有上诉,但为了慎重起见,他决定给张生留下足够的上诉时间,因此,当时就给判了个"斩监候"。按汉律规定,上诉一般以三个月为限。但这些年,在一些地方,凡有犯人上诉,官吏并不立即复审,经常是无限地拖延下去,以致发生"有罪者久而不论,无罪者久而不决"的现象。但是,杨震不是那样,他之所以一拖再拖,是因为他要为自己最终核准案件留下充分的理由和充足的时间。汉代刑律办案,重口供,轻证据。杨震接手"张生杀人案"之后,深深觉得,这种做法弊端颇多。他一反旧俗,坚持办案重证据,不轻信口供。

然而,时间过去了一年多,张生杀人案还是"斩监候"。杨震并不知道,原来,樊闰在暗中上奏朝廷,说杨震庇凶纵恶,本应给张生判"斩立决",杨震却给张生判了个"斩监候",直到朝廷责问下来。

现在,杨震再没有什么话可说,只好做最后核准。他再次提取犯人张生复审。张生的身体与一年前相比,显得更加瘦弱,可是,对于杀害王灵母女一案,张生仍然供认不讳,所述作案过程与一年前相同。

杨震大恼,问道:"你年纪这么轻,又熟读诗书,怎能下此毒手?"

张生说:"我恨死了她们娘儿俩,她们娘儿俩嫌贫爱富!"

杨震摇摇头,只好在核案呈文上写道:"与两审同,依律当斩,按'斩立决',准刑。"

写完,他松了一口气,自言自语道:"王灵母女终于可以安息了。"

几天后的一个中午,通往江边刑场的道路两旁,拥满了男女老少。索县乃至武陵郡、以及邻近郡县的乡民,连同荆州城内的居民,都拥到沅江边上,他们要亲眼看看这个极其残忍的杀人不眨眼的恶魔究竟是一副什么样的面孔,要看看这个恶魔的最终下场。

监斩台上,坐着荆州刺史杨震、武陵郡太守樊闰、索县县令王密等三十多个州郡县的官员。午时三刻快要到了,只见一辆囚车囚着杀人凶犯张生快速向刑场驶来,囚笼前的牌子上写着"杀人犯张生"。囚车的周围围着一圈刽子手。

这时,百姓们纷纷踮着脚抻着脖子,看着中间道上囚车里蓬头垢面的张生。不少人将石块砸向囚车里的张生,还有不少人指着骂着囚车里的张生。

可是,谁也没有想到,囚车到了刑场,张生被从囚笼里拉出来,刚押上行刑台,这时,只见他突然挣扎起来对着监斩台上的州郡县官员大喊:"大人,我冤枉啊!冤枉!我没有杀人!我没有杀人!"

观看的乡民百姓们听到张生的喊声,一下子乱了。

坐在监斩台上的杨震、樊闰和王密等州郡县官员也都听到了。樊闰听到张生喊冤,先是一脸错愕,继而表情复杂。

杨震听到喊声,不觉一惊,他知道,依照新颁布的律法规定:出现犯人法场喊冤的情况,必须停止行刑,案件必须上报朝廷,听候朝廷裁决。

杨震看着在刑场挣扎喊闹的张生,以及像江水一样翻滚的乱哄哄的人群,沉吟片刻,心想:不管怎样,必须立刻停止行刑。于是,他果断地命令王密:"传令下去,即刻停止行刑!"

接着,杨震又下令袁礼、周广:"将犯人张生重新收监。"同时,命令樊闰让衙役们驱散观看的乡民百姓。

杨震回到荆州府衙。府衙大堂里,坐了一圈荆州各级地方官员,他们一个个情绪激动,议论纷纷。坐在公案后的杨震,大脑也在急速地运转着。

杨震想不到,尽管自己做官做事慎之又慎,但走入仕途还不到三年时间,若在自己的手里出现了一桩大冤案,自己受到应有的责罚事小,而受冤人遭受这么大的冤屈事大。他不敢再往下想。

他说:"诸位大人都知道,按照律法规定,张生杀害王灵母女这个案子,不能执行了,需重新审理。"说着,他看向坐在一旁的王密:"王县令,张生这个案子,就由你们索县来重审,一定要查实。既不能让受冤的人再受冤屈,

也不能让真凶逃脱律法的惩罚,逍遥法外。"

在座的官员纷纷转头瞅着王密。

杨震说完之后,回到自己的书房,准备起草上报朝廷的奏折。

杨震走后,大堂里,有些官吏走了,还有一些官吏没走。他们知道,依照新颁布的律法,一旦张生冤案平反,所有涉案官员都必须受到问责,严重者要受到刑责。因此,在场涉嫌的州郡县官员,一个个皆忐忑不安。

杨震在向朝廷起草奏折前,为了"张生法场喊冤"一案,除再次翻看查阅律法中关于"疑案呈报"和"录囚制度"的有关条款外,还专门研读了董仲舒提出的"春秋决狱"。

至此,杨震才认识到:"王灵母女被杀案"就是个疑案;"张生法场喊冤案"是个涉及官员犯罪的大案,按照律法中关于"疑案呈报""录囚制度"的规定,"张生法场喊冤案"必须如实呈报朝廷廷尉府,听候朝廷裁决。

于是,他冷静坐下来,向朝廷写着奏折。

与此同时,在索县县衙奉命复审的王密,却在县衙大堂徘徊犹豫。

原来,当接到杨震的命令后,王密一下子犯难了。因为张生的案子,是恩师杨震用了一年多时间亲自核审,在执行前又核准的,而恩师与自己的关系及他对自己的知遇之恩,从索县到荆州,不光在官场上无人不知,就是在乡间也是广泛流传。因此,自己如果秉公执法,审出冤情,那恩师就可能要受到问责,重则受到刑责,那不就等于把刚刚走入仕途的恩师的前途断送了?自己背上忘恩负义的骂名事小,关乎恩师生死事大。但如果自己草率断案,不做详察,甚至徇私枉法,自己多年来苦读的儒家的圣贤之书不是白读了?

王密没有立即着手重审案子,而是带着重重顾虑乘坐马车来到荆州府,向恩师请教。当他愁眉苦脸拜见杨震时,不等他开口,杨震马上意识到什么了,就说:"王密,老夫知道你来干什么。你不用说,秉公执法,该怎么审就怎么审。如果你徇私枉法,我与你在荆州的名声就都倒了。"

几句话,王密的顾虑就被打消了。

回到索县,他按照恩师要求,立即着手对喊冤案进行复审。他命县衙一干衙役把人犯带到县衙大堂,升堂审理。王密在验明正身,堂下的人犯确属嫌犯张生之后,便开始重新审案。

这时,只见张生跪在地上,一再磕头哭着:"王大人,你是一个好官,你在乡间的为人小的早有耳闻,今日才有幸一见,真令小的感激涕零。而我张生的为人,你到索县城一访就知道了。两起命案发生时,我……我就不在索县!"

在场的大小官员都吃了一惊。

原来,张生与王灵两人在索县城一起长大,青梅竹马,两小无猜,互相爱慕。张生的父亲叫张旺,人称"豆腐张"。母亲在他十岁时就去世了,父子俩相依为命,张生父亲靠做豆腐的小买卖把他拉扯大。但是,王灵的母亲楚氏,一开始时对张生还好,自从王灵的父亲王泰去世后,对张生的态度有了变化。她不嫌张生家境贫寒,但担心张生保护不了她们娘儿俩。案发的前一年,张生一气之下,跟父亲要了点盘缠,跑到外地学做大生意,立志混个人样,再回来见王灵母女。张生出了家门,两眼一墨黑,也不知道该做什么生意好。后来跑到洛阳,遇到一个从长安来的古董小商人,这小商人叫王福。张生不知不觉,跟着这个小商人跑到长安,在王福的古董店帮工。古董店的生意还好,给王福帮工的过程中,张生立志,有一天自己攒下钱,也开一家古董店。就这样,一走就是一年多。王灵母女先后被害,他一点儿都不知道。那段时间,他在长安听说荆州又闹水灾,就带着攒下的钱财,匆匆赶回索县。那晚,他由于心急,步行走了一夜,天明时刚刚到县城,没有歇一口气儿,也没有顾得回家看父亲,便径直跑到王灵家的店铺。也许去得早了点儿,店铺还没有开门,他敲了几下,见里面没有动静,以为母女俩晚上为人缝补衣服熬夜还没有起床,就先回家看父亲。可是,回到家里,由于一夜未睡觉,实在太累,就倒在床上睡了一觉。也不知道啥时候,估计是午后时间,还没醒来,就被官府衙役稀里糊涂带到县衙,这一去,就再也没有回家,而是被打入了县衙大牢。

这时,张生跪趴在地上一再哭喊:"大人,冤枉啊!我真没有杀害王灵,我爱她都爱不过来,怎么可能害她呢?我也没有杀害她娘。再说,我苦读圣贤之书多年,我知道纲常伦理,我知道律法,我一个儒生,怎么会干杀人的事

情……我是被严刑拷打，屈打成招的……"

王密一惊，问："严刑拷打？谁对你用大刑？"

这下，张生详细道出了他受冤的经过。

原来，那天张生被从家里抓到县衙大堂审讯时，根本不承认是自己杀害了王灵母女。梁田便让衙役用刑，衙役一拥而上，棍棒齐下，打得张生痛不欲生。之后，张生站都站不起来，他们便把张生扔进县衙大牢。

天黑时，梁田来到狱中，打发走狱吏，对张生说："荆州刺史杨大人天天催着破案，我们要给上边交差。你不知道，杨大人在荆州停不了多长时间。"接着，梁田又诱骗张生承认自己是杀人犯，说："你得先受受委屈担着扛着，不管到郡府，还是州府，都说人是你杀的，等杨大人一走，我们就把你放出来。你在牢里所受的罪，本官保证给你赔偿。金银珠宝都是小事，你不是爱读书能写文章吗？到时，本官保你到县衙当个书吏，跟王灵的父亲一样。但是，如果你到了上边府衙，不按本官说的办，那个府衙都是用大刑的，不怕你不承认，最后只有死路一条。"一番恫吓的话，张生听了，吓得魂不附体。梁田又说："你死了，谁来管你爹呀？"

张生仍不肯承认。梁田说："你还不承认？从你家已经搜出了王家被劫的财物。"张生说："那些钱财是我从长安带回的几年来积攒的钱，是给我爹的，不是王灵家的。"梁田又叫来手下衙役用棍棒一顿乱打，张生还是不招。之后，梁田就又令衙役用蚊香烧炙熬审：衙役们先是用单个点着的艾蒿条在张生背上烧，见张生还不招，就把整把的艾蒿条点着在张生背上烧，致使张生背上伤痕累累……

"不信你们看，到现在还没好。"张生说着，泣不成声。

张生是个儒生，读书人的斯文脸面使他不好敞开衣服光着脊背让这么多人看。这时，王密走下堂，走到张生身后，轻轻揭起张生上衣的后襟，果然看到在张生的背上，一点点、一块块疙里疙瘩的暗紫色烧伤，他不禁呆住了。

王密没有注意到，这时，在场不远处的几个衙役表情复杂，特别是县丞牛寿的表情紧张得不得了。王密放下张生的衣服后襟，又回到堂上。

张生继续供述，他因受不了酷刑，几次想死。后又想，自己死了，丢下卖豆腐的老父一人怎么办？想着不由得号啕大哭起来。后来，梁田又安抚规劝，骗他说定案后绝不会处以死刑，他疑疑惑惑，也出于无奈，这才同意招认王灵母女是他杀的。最后，就按梁田的吩咐和教他的办法，拿上梁田早已编造好的一套奸杀王灵母女经过的简牍，死记硬背。

几天后，张生再次被审讯时，当堂就承认王灵母女是他杀的。

在汉代审案中，重口供、轻证据，审讯中，犯人的口供是定罪量刑的主要依据。因此，在审讯张生时，梁田为了取得口供，便对张生进行刑讯逼供。他深知"棰楚之下，何求而不得"的道理，因此，没有多久，张生便招了。按律法规定：取得口供三日以后再进行审判，看供词是否相同。梁田急于上报郡府复审，把这个环节简略了。

张生凭借一个儒生学子的超强记忆力，把梁田为他编造好的一套奸杀王灵母女的经过记得滚瓜烂熟，一道道走完了县衙、郡府和州府审理程序。

王密深入审问："此案已历时一年多，历经县衙初审、郡府复审、州府核准多次审理，你一直没有翻案，而到行刑时，你才法场喊冤，这是为何呀？"

张生哭着说："因为梁县令说不会处死我，说杨大人走后就放我……"

张生糊涂，他虽是儒生，却是个书呆子，连杀两人的凶犯，哪里能够免死？在狱中羁押一年多，直到他被囚赴江边处决，看到凶煞的监斩官、闪闪发光的鬼头刀，这才如梦方醒，不顾一切喊冤。

就这样，张生把他从县衙到郡府再到州府都没有翻案的原因，跟王密说了一遍。

王密真是哀其不幸、怒其不争，问道："张生，你真糊涂啊！你既然没有行凶杀人，你怎么就敢相信梁田的话？"

张生说："当时我也疑惑，后来，经过一夜的反复思考，可以说，一下子清醒了，根本就不相信他说的鬼话。但是，我知道，如果我不按照他说的去做，说不定我走不出县衙大牢就被他们活活打死了。因为过去，在牢里打死犯人的事情常常发生。天下哪有像王大人这样好的县令爷！之后，我只有走一步看一步，先保住性命，日后才可能有翻案的机会。王大人，我想，我遇到你和

杨刺史杨青天,该是翻案的机会来了。"张生说得情真意切。

王密一时沉默了。

尽管梁田已死,死无对证,但汉代是一个重口供、轻证据的时代,王密觉得就凭张生这些供词就可以使他的冤情得以昭雪。

王密就这样不辞辛苦,提取人犯,日夜审讯,终于使张生的冤情有了一些眉目。这些重要情况,王密必须尽快报告给老师杨震。

于是,审案结束后,王密就准备去荆州城。这时,县丞牛寿跑来,拦住了王密,他说:"大人,你还真的要去州府禀报?"

"是呀。怎么啦?"王密问。

牛寿说:"你也不想想,你给杨大人汇报,而身为刺史的杨大人,对这个案件是负有主要责任的,他该怎么做?还有,那些听说了法场喊冤这件事的其他原审官员,为了保住自己的乌纱帽又会如何做?你想过没有?"

王密没有去理会他。

作为这个案子复审主审的武陵太守樊闰,那天,在荆州府衙上,见到杨震指派王密重审这个案子,回到府上后,一直惶惶不安,特别是刚刚有人把王密在县衙重审的结果,尤其是张生翻供的情形报告给他后,他再也坐不住了。他让衙役赶着车驾,拉着他先王密一步到了州府衙门。

杨震一见樊闰,觉得好生奇怪,因为这樊闰一向对荆州府衙傲视慢待,今日却一反常态。杨震边让座,边问道:"樊大人有何公干,今日不请自到?"

樊闰坐定后说:"大人,下官在此先表个态,在复审张生杀人案时,下官没有使用大刑,而是依律办案,按律法规定的在取得犯人口供三日以后再进行审讯,看犯人供词是否相同。下官如此进行,张生仍然供认不讳。"

杨震不解地问:"樊大人是想推脱责任?"

"不、不。"樊闰摇着头,"主要是此乃关乎大人自己和荆州几十位官员前途的大事。"

杨震不解地问:"关乎本官、关乎荆州几十位官员前途的大事?如何讲？"

樊闰说："下官想请刺史大人掂量掂量，如果这个案子真要重审，最终是谁核准的？当然是大人你呀。如果这个案子翻过来，对大人你、对荆州审过此案的官员会是什么后果？大人想过没有？"

杨震问："那按樊大人的意思，眼下这个案子如何是好？"

樊闰一看杨震向他讨主意，就说："顺水推舟甚好。"他说着，两手不断地做着各种动作，意思就是：你刺史大人当时核准的这个案子，要得过且过，不然，不光荆州那么多官吏被牵涉进去，也把自己搞得没有退路。

杨震沉思着，但见樊闰好似在等着他的态度，于是，个性刚直、做事一贯一丝不苟的杨震慷慨陈词道："怎么能这样做事？你应该知道，此案关系百姓的生死，是非曲直应当公正审理。我也是读书人，我决不会为自己的仕途前程、为自己头上的乌纱帽，而让一个无辜的人再受冤屈。"

樊闰一看杨震的态度，赶紧收住话，不再多说，转身就离开了荆州府衙。

樊闰走后，王密就来了，详详细细地向杨震禀报了刚刚重审张生的结果。

性情沉毅耿介的杨震听了王密的复审禀报，怒气难平，决定一定要将张生的冤案查个水落石出。

在旁边一直听着的袁礼和周广都在为杨震担心。他们知道，这个案子一旦平反，作为荆州最高行政长官的杨震是脱不了干系的，是要受到问责，甚至刑责的。

杨震也懊悔不已。因为，"连环奸杀母女案"是在他荆州赈灾期间发生的，而梁田破案审案那段时间，正好是他带人在索县乡下追查粮仓皇粮被掏空的那段时间，因此，对于梁田这段时间的所作所为一概不知，对县衙和郡府报的结案呈文，虽然也复核复审了三次，而且又拖了一年多时间，结果还是酿成了今天这个冤案结果。

杨震不知道，州府还有不少官员在替他担忧。

杨震本是关西潼乡乡间的一个穷夫子，打从小时候读书起，就受儒家仁爱思想的影响。拜师桓郁以后，就将儒家思想作为自己一生的信仰追求。教书授

徒后,他将儒家的仁爱思想遍洒学生心间。答应出仕后,他决心救荆州百姓于水火之中。

荆州发生了这个大冤案,下一步如何办?袁礼和周广的意见发生了分歧。袁礼认为,应该公正重审,还事实的真面目。

而周广则不以为然,他说:"喊冤案如果真的平反,把案子翻过来,那杨大人一定要受到问责,严重的话要受到刑责。所以,杨大人应该把喊冤案敷衍一番,得过且过,不了了之。"

然而,杨震不会那样做。他打从潼乡走出的那刻起,到踏上荆州的土地,就把儒家思想作为自己从政的准则:正直为官,清廉从政,时刻把百姓的生命利益放在第一位。

这时,杨震告诉在场几人:"不管怎样,一定要将喊冤案审出个结果,要将真正的凶手捉拿归案,杀一儆百,给死去的王灵母女一个交代,还受冤者张生一个清白。"

几人走后,已是掌灯时分,杨震身披外衣,点亮烛灯,展开书简奋笔起草奏章。杨震在奏章当中,将荆州武陵郡索县发生的"连环奸杀母女案"的前前后后奏报一番,接着写了荆州地方三级府衙对杀人疑犯张生的审理过程,以及一年后才将案件最后核准,将案犯张生验明正身押赴刑场,案犯在法场上喊冤。最后,杨震打破律法中规定的"录囚制度"的有关条例,提出了请求,表示此案暂不上报朝廷,先由荆州府衙再次重审,重审结果最后一次上奏廷尉府裁决。

杨震的奏报,以八百里加急送到朝廷,"张生法场喊冤案"连同荆州索县的"连环奸杀母女案"一起,一下子震惊朝廷。廷尉府复文,同意此案先由荆州府衙重审,最后上报廷尉府裁决。

此刻,在荆州上下,人们议论纷纷。议论的焦点是,张生到底有没有冤。杨震提出,只有一个办法,就是提审张生供词中提到的各类人证证实。

杨震下令,要索县县令王密先将人犯张生从索县押解至州府大牢;然后再把张生的父亲"豆腐张"等人,从索县送到荆州城;最后,由张生的父亲作为人证,来证明张生在案发期间在没在索县,同时证明张生在索县大堂翻供时所说的话是否属实。

王密接到杨震的文书之后，还没有把张生的父亲找来，武陵郡丞金武就赶到了索县。原来，樊闺在荆州府杨震那里碰了一鼻子灰之后，心还不死，又听说杨震命王密把张生父亲送到荆州城做证，就急派郡丞金武到索县阻拦王密送人。

王密愤慨地说："人命大于天，真相必须查清，怎敢草率断案，陷无辜庶民百姓于死地？"

金武说："王大人，你如果不把张生的父亲送到州府，对你、对郡府，以及整个荆州从上到下的所有的官员都有好处。但是，如果你硬要把张生的父亲送到州府，那对你极为不好。你是荆州当地人，刚刚当官，前程远大，如果你把荆州上下的所有官员都得罪了，别说你在荆州这个地方不好当官，就是以后想在荆州这个地方生活都很难。"

然而，血气方刚的王密没有为这些威胁蛊惑所动摇，他说："金大人，不管是谁让你来的，但你要知道，这是刺史大人交办的差事，刺史大人让如何办，下官就如何办。如果我只顾自己头上的乌纱帽，徇私枉法，草菅人命，必然遭到索县，乃至武陵、荆州人的唾骂，那我就真的不好混了。不光我混不下去，连我的后代子孙都无法在此地混下去。"

不管金武怎么说，王密始终不为所动。

金武碰了一鼻子灰，悻悻地走了，急着回郡府给樊闺汇报。

金武走后，王密安排衙役，抓紧先把张生的父亲用一驾马车连夜送到荆州府。至于那些参与的县衙其他衙役，他安排随后陆续送到。

张生的父亲被送到州府后，杨震连夜升堂对证。大堂上，坐着荆州不少官吏，杨震坐在正中听审。

杨震先是让把张生带上来，履行了审问过程；接着，把张生的父亲带了上来。

张生的父亲一见到身着囚衣的儿子，还没有来得及下跪，就扑向儿子。他抱着儿子，手不断地摸着儿子的头，老泪纵横，号啕痛哭。此情此景，铁石心肠的人也得流泪。

张生见到满脸皱纹的父亲，不住哭喊着："爹！儿没有杀人，儿没有

杀人！你要为儿申冤，要为儿喊冤啊！王灵娘儿俩不是儿杀的，儿冤枉啊！……"说着，又大声哭喊："杨青天，杨大人，我没有杀人，我没有杀人！……"

杨震看到此情此景，眼里满含泪水。

接下来，主审官治中从事问道："堂下跪的可是张生父亲张旺？"

张生父亲答道："是、是、是！"

从事问："你儿子张生近一两年都在哪里？干什么事？"

张旺直起身子说："我儿自小听话乖顺，聪明过人，喜欢读书，与街上店铺的姑娘王灵相好。后来，王灵她娘嫌我家穷，不让他们来往。我儿发誓要争口气，跟我要了些盘缠，离家出走，一去就是一年多没归家。到今年八月十四……不对，是八月十五一大早回家，这一跑就是整整一年半。"

从事又问"豆腐张"知不知道儿子这一年半在外面都做什么事，张旺老汉说，儿子给家里来过几封信，叫他不要担心，说自己在长安一个古董店做帮工。他说着哭起来："我儿不会杀人，他在家连鸡都不敢杀，他怎会杀人、干伤天害理的事情？"

张旺说到这里，坐在大堂上的杨震的心中像有一块石头落了地，因为张旺的证述与王密重审时张生说的一模一样。不用多说，张生确实不是杀人凶手，可以排除嫌疑。但是，他的心又悬起来了：如果凶犯不是张生，那真凶还在逍遥法外。这个案子最初是索县原县令梁田审理的，但他已被处决，如果他在，他不仅是最关键的一个人证，而且也是一个当事人。可是，如果是梁田有意为之，他不可能是一个人，肯定有帮凶，这些帮凶肯定在县衙里。对，只要从县衙衙役着手，一定会查出个结果。由此看，张生的冤案很快就能翻过来了，而连环凶杀案也一定会有重要的线索。想到这儿，杨震的眼前出现了一丝亮光。

张生确属冤枉的消息一出，荆州上下皆知，城里乡间一片哗然。

樊闰听了郡丞金武游说王密的结果，又听神秘心腹探到杨震审问张生父亲等人证的结果，如坐针毡。他知道，依照朝廷前年刚刚颁布的律法规定，冤案一旦平反，自己不但官职不保，而且还要受到刑责。反反复复思考之后，他横下心来：将错就错，将冤案坚持到底。

杨震没有想到，樊闰还会再来找他。

杨震说："看来樊大人还真关心儒生张生的命运。"

樊闰尴尬地咧了咧嘴："大人，下官不是关心张生，而是关心杨大人。大人想想，您是荆州的最高父母官，荆州各级府衙的官员都是大人的下属，大人在这个时候不保护下属，而是坚持要把一个个下属都牵连到张生的案子里，不是把这些人都坑害了？把这么多人坑害了，大人以后还能不能在荆州待？"

任凭樊闰说来说去，杨震依然不为所动，他铁了心要平反冤案。樊闰没辙了，只好让马夫赶车打道回府，心里却狠狠说道：杨夫子，走着瞧！

为了彻底为张生平冤，践行杨震提出的重证据、轻口供的审案主张，王密不顾连日审案的辛苦，与袁礼一同走访王家店铺的左右邻居，挨家挨户调查了解。

王家店铺东邻，是一个卖杂货的小商铺。商铺里三十岁左右的掌柜一见官府来人，吓得浑身筛糠："官爷，我……我……我可没有杀那娘儿俩，你可到城里打听我的为人。"他脸上写满了恐惧。

王密说："既然没杀人，就不用害怕。我问你，这娘儿俩平时有啥仇家没有？"

杂货铺掌柜闻言，站直身子整理了一下衣服，说："不曾听说有什么仇家，那娘儿俩平时待街上的人可好了，待八方来客都是和和气气的。"

袁礼问："有没有发现有行为不端者常到店铺来？"

掌柜回道："都忙着做生意，也不进人家店铺，不曾发现这样的人。"

袁礼又问："两次案发的晚上，你听没听到过隔壁有什么声音？"

掌柜摇摇头："没有，没有，知道都是第二天早晨的事了。"

王密问："你是怎么知道的？"

掌柜说："第一次是第二天早晨还没开门，听王灵她娘在哭；第二次，是我一早到房后小便，看到后窗大开着，赶紧叫来其他邻居一起敲门。"

王密又问:"你住在隔壁,这么大动静的凶杀案,难道你就没有听到一点儿异常声音?"

掌柜想了想:"那晚我睡得糊里糊涂的,除了听到打更老头打更的声音,再没有啥异常。"

袁礼紧接着问:"你听到打更是什么时辰?"

掌柜说:"应该是丑时吧。"

袁礼一激动,说:"你再仔细想想!"

掌柜肯定地说:"对,就是夜里丑时。"

袁礼再问:"打更是常事,难道你就没有注意吗?"

掌柜说:"平时不注意,这不是隔壁死了人嘛,晚上就睡不安,特别是那晚上,我虽睡着了,但总觉不安宁,糊里糊涂听到了打更老头的打更声。"

出了杂货铺,王密与袁礼又来到王家店铺西邻的布庄。

布庄的店主是个又矮又胖的四十岁左右的男子,趴在柜台上少言寡语,他那老婆却是个话匣子,听见王密他们打听杀人的事情,急忙走出来说:"哎哟,那娘儿俩是知书达礼的人,怎能有仇家?人家会说话,人和气,也会做生意,来来往往的客人也多了,我们也没看见人家做啥出格的事啊。"

王密问:"这两次案发的晚上,你们可曾听到什么声音?"

一提这话,那话匣子表情夸张地眉飞色舞:"哎哟!一提到这个,吓死人了!隔壁那女子死后,我们这掌柜的啥事没有,只顾呼噜呼噜死睡。我吓得一连几天都睡不着。王灵她娘死的那晚后半夜,我迷迷糊糊听见几声猫叫——哦哦,还有打更老头从这里走过,其他再没有听到啥动静。"

袁礼追问:"那是什么时辰?"

话匣子说:"应该是丑时……肯定是丑时!那晚我起夜刚睡下就听见打更声。"

"找打更的老头!"袁礼示意王密,两人急匆匆地从布庄走出来。

费了几番周折,终于找到打更老头的家里,可打更老头的家里只有老婆一人在家。听说来找老头子,那老婆一下子急了起来。原来,老头子已经几天不见回家了,她也正到处找人呢。见到官府来人,她不知道出了什么事,更加着急惊慌，恳求大人一定要帮她找到老头子。

打更老头失踪了？王密和袁礼面面相觑，同时意识到打更老头的失踪绝非偶然，与王灵母女被害必有关联，打更老头很有可能就是杀人案的目击者，这是一条十分重要的线索。眼下，要紧的是要设法找到打更老头，但是不能声张，只能秘密寻找，以免老头遭到灭口。如果能找到打更老头，王灵母女的案子就会有新的转机，可能就会有重大突破。

这时，袁礼突然想起来什么，看着王密说："我感觉那天验尸的仵作也有些异样，值得怀疑，他会不会在验尸过程中发现了什么，有意隐瞒实情？"

两人随即赶到仵作住处，不想，仵作也失踪了。

袁礼"唉"了一声，追悔莫及："又一次失误。仵作和打更老头是破解这桩奇案的两个重要人物，却让我们这样忽略了。这两条线索一断，案情就将陷入僵局。"

王密很是惭愧，说道："我就是把索县掀个底朝天，也要把这两个人找出来！"

袁礼回到州府，向杨震禀报了去索县走访调查王家店铺左右邻居的情况。

杨震听后，也觉得打更老头和县衙仵作的失踪很蹊跷。他在反复琢磨中发现，王灵母女惨遭奸杀的情形极其相似，除奸杀、挖乳房外，王灵母亲被割了头，王灵被割了舌头，而且都用无血刀，这明显是出自同一个凶犯之手。而且，杨震还想，这会不会是案犯在警告其他人，不要多舌？如果是这样，必然与追赃赈灾有关；如果有关，那么，就是自己去王家店铺，给王家母女带来了杀身之祸。如果是这样，自己倾其一生都要将此案查个水落石出，使案情大白于天下，否则一生都无法安宁。

樊闿的反常，使杨震隐隐觉得，在这个连环奸杀案的背后，有着更大的隐情，这个隐情一旦揭开，也有可能揭开荆州这些年来的一些黑幕。因此，他下决心，一定要弄清其中的隐情，抓住幕后的黑手，从而铲除邪恶，为民除害。为此，他更加抓紧时间，安排"张生法场喊冤案"进一步重审事宜。

洛阳皇宫，巍峨恢宏，气势磅礴。

宫廷院内，几个宫女宦官抱怨着日头，议论着后妃们的明争暗斗。

一宫女犹犹豫豫小心翼翼走进长乐宫。但见那小宫女一头乌溜溜的秀发，在头顶上绾成漂亮的三鬟髻，袅袅婷婷，轻轻盈盈，飘飘悠悠，异常生动，嘉德殿门口一小宦官正目不转睛地看着她。

安帝此时正倚在大殿一侧的宣室嘉德殿，万般无聊地翻看着书简。安帝不上朝时，时常穿着宽松的金黄色龙袍，头戴一顶向头顶直直伸翘的酷似喜鹊尾巴的刘氏冠，这是高皇帝潜龙之时做的冠，后来成为皇帝的专属。

这时，一宫女小心翼翼进来，手上端着茶盘将茶水捧在安帝面前。安帝无意抬头看了一眼。这一看不打紧，立时怔在那里，眼睛放出异样的光芒。

那宫女轻轻地甜甜地叫了一声"皇上"，安帝觉得她很面熟，却想不起来她是谁。但见她颈项如玉，袅袅婷婷，小小的瓜子脸上，一双大大的桃眼很是迷人。她面庞娇艳，口含桃红，两弯欲蹙不蹙的秀蚕眉，一双秋波潋滟的桃眼，上着翡翠绫罗长袖衣，下穿紫绡云霞裙，脚上穿着一双红鞡，步履轻盈，正是说不尽的体态风骚，风姿绰约，倩影婀娜。安帝痴痴地望着那小宫女，越看越入迷，越看越出神。"宫中有这等美人，朕怎么都不知道？"安帝边看边想。

"你是谁？新来的？朕怎么没见过你？"安帝急切问道。

宫女见安帝一眼不眨地瞅着自己，却不认得，就说："回禀皇上，小女乃是伯荣，您不认得了？伯荣叩见皇上！伯荣斗胆进宫，还请皇上恕罪。"说着就跪在安帝脚下。

安帝一惊："哎呀，原来是伯荣阿姐。哎呀，快快平身，免礼！免礼！"安帝高兴得满脸绯红，情不自禁地站起来，扔掉手中的书简，走出龙案，一眼不眨地傻呆呆地瞅着伯荣。只见伯荣蚕眉桃眼、杨柳细腰，心想：这伯荣几年不见，竟出落成了一个小美人。

伯荣顿时受宠若惊。

"怪不得朕觉得面熟。这些年你为什么不来宫里玩？"安帝上前拉住伯荣的手。

伯荣抿嘴一笑说："你现在是皇上，我一个乳母嬷嬷的女儿，哪里有这般福分能进出皇宫来伺候皇上。"

安帝幼稚地说："皇上怎么了？皇上也有朋友啊！"

伯荣"扑哧"一声掩口而笑："皇上还和小时候一样讨人喜爱。"

安帝看着亭亭玉立的伯荣，听着那颤颤的娇声，魂不守舍，六神无主，情不自禁伸手去摸伯荣的脸："阿……阿姐，咱们到朕的寝宫里说说话吧……"说着，拥着伯荣去往寝宫。

侧边的宫女低下头偷偷地笑着。

寝宫内，摆设豪华辉煌，令人目眩眼花。四周的窗格和墙壁，挂着轻纱幔，地上铺着红色的波斯地毯，靠墙安置着一张梳妆台和五个衣橱，中央摆放着一张锦被绣单朱漆床。

安帝直直站在伯荣面前，双颊绯红，嘴唇嗫嚅着说："朕常常想起与你小时候在一块玩的日子。宫里太寂寞，只有上朝，只有看书，只有宦官和宫女，根本就没有朋友。"

伯荣在安帝直勾勾的目光下，挣脱出来，袅袅娜娜地走到床边，蓦然回头，嫣然一笑，千娇百媚，撒娇地说："只是伯荣再也见不到皇上，今日里也是装扮成宫女才进来的。"

安帝拉着她的手说："朕准你以后每天都可以来。"

伯荣娇羞地点点头，安帝急不可耐地扑过去抱起伯荣，两人倒在龙床上嘻嘻哈哈地滚在一起。

夜幕降临，宫内烛光摇曳，月光透过窗纸泻在那张朱漆龙床上，纱幔在夏日的微风中飘动着，勾勒出两个人影影绰绰的轮廓。

伯荣微微细喘，散开的刘海湿淋淋地贴在额前，两腮绯红，目光灼热，身裹白巾，酥胸裸露，浑身上下每一寸肌肤似乎都荡漾着风情，充斥着令人无法抗拒的诱惑。

邓太后摄政以来，对安帝要求极为严格，他小小的年纪，除了规定的临朝见习政务外，还有读不完的书、练不完的剑。皇宫像一座牢笼，囚禁着他，除了按照太后的吩咐看奏章拿出初步意见，在朝廷上听那些公卿百官叫急喊穷，不是南边受灾就是西边被扰，似乎没有一天消停。安帝已经厌倦了这宫里的生

活,感觉自己就是一个小傀儡,任由太后摆布。他知道自己是诸侯王子过继袭位,太后与他并非血亲,对处处强势的太后,安帝除了敬畏,更多的是不满。虽有樊丰等宦官鼎力相助,但终究不敌太后的铁腕强势。随着年龄的一天天增长,对权力的欲望让他对邓家势力的逐步强大心生不满,也对刘氏的江山社稷心生担忧。

伯荣的到来,让他体会到自由生活的快乐,也让他释放了多日的积怨跟烦恼,更品味了快乐跟幸福。

他抚摸着伯荣桃花一般姣好的面容和柳枝一样柔软的身体,真想脱下黄袍逃出皇宫,与这美人浪迹天涯海角。

他双手按住伯荣的身子,生怕伯荣会一下消失:"荣姐,答应朕,留下来不要走,答应朕!"

伯荣两眼湿润:"奴婢如何不想日日陪伴皇上?怎奈我一个乳娘之女,身份卑微,又有何等福分服侍皇上?即使皇上宠爱奴婢,那太后岂能容我?"说着说着,满眼含泪,更加楚楚动人。

安帝一听,又是太后,就心生不悦:"荣姐莫怕,朕是皇帝,在这里朕说了算。朕喜欢荣姐,就要荣姐留在宫中。朕长大了,也要有三宫六院,到那时说不定还要纳荣姐为妃。"

伯荣感动了,伏在安帝的肩上嘤嘤地哭起来:"有皇上这句话,伯荣就是死了也愿意。"

安帝紧紧搂住伯荣,心疼地为她擦去脸上的泪痕。看着怀里这般花容月貌的美人,心瞬间就被融化了,嘴里不住地说着什么。

伯荣一看,天已经很晚了,赶紧起身要走,她知道邓太后的厉害。可是,安帝抱着她不让走。伯荣挣扎着说:"阿母常常给我讲宫中的规矩,如果我留在宫中,让太后知道,就算不死,也得被那些宦官打得体无完肤。"

安帝虽身为一国之君,小小年纪却有很多自己的无奈。

安帝想留伯荣在宫中陪他玩。可是,两人虽然小时候在一起玩耍过,是玩伴,但现在毕竟一个是当朝天子,一个是出身低微的嬷嬷的女儿,如果留在宫中过夜,传出去既不太好听,叫人笑话,让太后知道后,追查下来也不得了。

安帝想到这儿，只好作罢。

次日一早，安帝洗漱装扮后就乘着六羊车到永安宫去给太后请安。

伯荣的突然出现，让他体会到了人间最美妙的感觉，也让他意识到了他这个皇帝的空虚和无奈。伯荣的爱给了他力量，正如中常侍樊丰所说，坐在朝廷龙椅上的只能是他安帝一个人。他已经成人，不能再任人摆布。先皇和帝刘肇像自己这个年龄，已经开始亲政。因此，从今天开始，自己要像个真正的皇帝，要给太后说，自己要让乳娘的女儿伯荣做自己的宫女，陪伴自己，将来要纳伯荣为妃。

安帝信心十足，浑身充满了力量。

他走进太后理事宫，正好遇见太后和大将军在说话。

只听太后说："法场喊冤？有这等事？这在我朝可是个惊天奇案。"

"儿臣给母后请安！"安帝看看邓骘的铁面孔，突然没有了说话的勇气。

邓太后拉过安帝坐在自己身边："皇儿，邓国舅武功过人，剑术超群，深谋远略，智勇双全。皇儿要常常向邓国舅请教治国安邦之策，练就一身平叛定乱之能，少与那些心术不正的宦官交往，与宫女接触更要谨慎。毕竟咱们是一家人，对外人不得不防。"

"是，母后。"安帝看了看邓骘威武的身躯和一身的豪气，又看了看太后慈爱中透着威严的眼光，不知道为什么，刚才浑身的力量顿时消失殆尽，准备好的一肚子话此时一句也说不出来。

"皇儿可有心事？"邓太后盯着安帝轻声地问道。

"没、没有。"安帝一下子慌乱起来，感觉太后那严肃犀利的眼光已经穿透了他的心，看透了他的心思。他一句话也不敢多说，请安后，起身立刻逃离。

安帝走后，邓骘和太后继续刚才的话题。

邓骘说："杨震已经向朝廷呈报了奏章，表明他要重审此案。"

邓太后："那就好，从他荆州赈灾的能力看，他会把这个喊冤案审好的。"

远在京城皇宫的太后和邓骘都没有想到，后面接连出现的问题，把荆州搅到了让他们无法收拾的地步。

五　一桩冤案

六　贪官们的绝地反击

武陵郡府中，连日来，樊闰一直寝食难安。

他已经感觉到杨震要借"张生法场喊冤案"深查荆州的一连串问题。这样一来，杨震成了他在荆州的一大障碍，别说挡住了他的晋升之路，如果允许杨震这样查下去，闹不好，他可能栽在杨震的手上。与其束手就擒，不如采取主动。

想到这儿，樊闰决定主动出击，先发制人。他给朝廷写了一道奏章，参奏杨震。

奏章中，他先是表功，说自己在武陵郡这些年，平定南蛮，赈灾救荒，将汉人先进的农耕技术引进到南蛮，等等；接着参奏杨震，说杨震到荆州后，做事武断，固执己见，不听进言，而且猜忌下属，今天找这个太守的事情，明天寻那个县令的问题，搞得荆州官员人心惶惶；最后，请求朝廷将杨震调离荆州。

樊闰写好后，却一时不知道如何送到朝廷。因为，他知道，朝廷眼下是邓太后主政，皇上并不掌权，而邓太后相信杨震，他的奏章一时难以取信邓太后。思来想去，最后决定，先将奏章送到族兄中常侍樊丰手中，由他去找司徒刘凯商量。刘凯看过奏章后，认为由他在朝堂之上公开为樊闰说话极为不妥。商量来商量去，刘凯决定，由他私下拜会皇上，递上奏章。因为，他毕竟是刘祜的皇叔，让皇上在朝堂之上出面最好。

荆州府里，杨震几夜未眠。

樊闰几次三番阻止重审"张生法场喊冤案",不仅阻碍了案件重审工作的进行,而且,杨震再次感觉到,在"张生法场喊冤案"背后,隐藏着一个不可告人的秘密。

当初,在审讯贪官梁田时,梁田在人证物证面前,承认自己侵吞府库皇粮,但并没有供出此案与樊闰有牵连。加之,胡蝶兄妹押解途中遇劫身亡,杨震没有抓住樊闰徇私枉法、贪污皇粮的直接证据,也就一时无法治樊闰的罪。但在决定重审"张生法场喊冤案"的时候,杨震发现了樊闰很多反常举动。另外,他认为,樊闰作为朝廷命官,明明知道老百姓挣扎在死亡线上,可是为了私利,为了自己的所谓政绩,不顾老百姓的死活,要求各县催缴赋税。再说,为了赈灾,已经严惩了梁田这个贪官,而你樊闰仍然肆无忌惮,气焰嚣张,没有把朝廷赈灾的大事放在心上。于是,杨震决定,寻找证据,向朝廷弹劾樊闰这个贪官。

对樊闰这个人,杨震多少有些了解。七八年前,荆州发生水灾,听人说,那时的樊闰血气方刚,做事有些凶劲和狠劲,出任武陵太守,用他的办法,赈灾有功。他的族兄樊丰现在朝中担任中常侍,而樊闰又是司徒刘恺的得意门生。也就是说,樊闰在朝中有最大的保护伞——位列三公的宗室成员刘恺。

杨震清楚,自己刚刚踏入仕途,就碰上了一个不可轻视的对手。

对一般人而言,面对秉公执法弹劾太守樊闰和顾忌高官刘恺的情面知而不报的抉择,都会选后者。

而对耿直的杨震而言,他知道,那样,对于荆州百姓、对于大汉朝廷则是有害无益。但如果上奏,又将会面临难以预料的窘境,毕竟之前弹劾樊闰的奏章,朝廷至今都没有批奏,而今,要把一个有靠山的太守革职问罪,似乎更加困难。但是,如果不把樊闰这样的贪官污吏革职,那他在荆州今后的工作,将无法开展。

弹劾不弹劾樊闰,在这个问题上,此时的杨震十分纠结。从他的内心来讲,他特别看不惯樊闰的做派。同时,他一直怀疑从索县到荆州出现的一连串事件,都与樊闰有牵连。因此,他很想上奏弹劾,但是,一时还拿不到有力的证据。正在这个时候,他得到消息,樊闰已向朝廷上了弹劾他的奏章。

"这真是恶人先告状！"耿直的杨震勃然大怒，他决定上奏弹劾樊闰，其他罪状还一时拿不到证据，但是，梁田被严惩，却是无法改变的铁的事实。

当天深夜，杨震给朝廷写了弹劾樊闰的第二道奏章，他在奏章中写道："武陵郡太守樊闰，在大灾之年，不顾灾民死活，催缴往年拖欠赋税，致使流民急剧增加；在管理武陵郡郡务时，用人失察，疏于管理，以致让梁田这样的贪官大肆侵吞府库皇粮。请求朝廷以玩忽职守罪将樊闰革职问罪。"

杨震写好后，派周广将弹劾奏章送去朝廷。他知道，奏章传到太后手上，还有个过程，所以，他一边满怀期待地等待着朝廷的批奏，一边思考着"张生法场喊冤案"下一步如何进行。

一个月过去了，杨震迟迟没有见到朝廷的批奏。

杨震想，奏章已送到朝廷一个多月了，也该到太后和皇上的手上了。樊闰明明恶行昭彰，朝廷为何不下旨严办？樊闰胡作非为，难道是有司徒刘凯撑腰和保护？

杨震的奏章到底去了哪里？原来，在朝廷，上奏太后和皇上的奏章都是先到尚书台，然后，再由中常侍樊丰呈到太后和皇上手上。由于每道奏章都要经过樊闰的族兄樊丰之手，杨震初到荆州的那三份奏章根本到不了太后和皇上的手上，就被樊丰截留了。上次樊丰截留隐匿了杨震的三份奏章，太后追查三份奏章的下落，樊丰死不承认见到过这三份奏章。由于一时没有证据证明樊丰截留藏匿奏章，加之后来杨震给邓骘的那封信，把前三份奏章要说明的问题都说了，没有造成过大损失，太后再没有追查，这事也就过去了。

但是，这次杨震上奏弹劾樊闰的奏章送到尚书台樊丰手中，他在偷看了奏章的内容后，把奏章呈给了太后。

太后看了杨震的奏章后，一时沉默不语。

与此同时，樊丰已经将杨震奏章的内容，派人火速送往荆州。樊闰看了兄台的信笺，非常震惊。当樊闰的罪行即将被杨震揭开之时，这个已经处于死地的太守，没有被震怕，在惊慌之余，还是准备来一场绝地反击。

杨震初到荆州时，樊闰曾采取拉拢手段，但是，杨震根本不吃他那一套。樊闰便开始动手打击。

梁田被严惩之后,"张生法场喊冤案"发生,在几次三番阻止杨震重审此案没有效果之后,就一直龟缩在郡府不出门,他隐隐约约感觉到杨震在两起案件中掌握了自己的蛛丝马迹。他仔细回忆着梁田给自己行贿的点点滴滴,分析着哪里会出现纰漏。据他的神秘心腹所报,杨震自从发现府库皇粮被掏空后,特别是"连环奸杀母女案"的凶手张生被抓捕归案后,没有顾及凶案的审理事宜,而是亲自奔赴各郡县,挨个召见太守和县令,或好言相劝,或旁敲侧击,那些个心怀鬼胎手脚不干净的家伙们经不住责问,都答应捐钱捐粮。

樊闰曾担心,前边审讯梁田时,梁田一旦开口,会牵出索县乃至整个武陵郡,甚至荆州府衙一大批人,而关押在狱中的胡蝶兄妹一旦开口,必然牵出他樊闰,因此,他让这兄妹俩死在押解途中。没有人知道,梁田在巴结讨好他的同时,还曾把美女胡蝶献给他消遣快活过。

很少有人知道樊闰这些年的苦心经营。七八年前,樊闰一到武陵郡,就开始精心编织了一张"三权交易网",他的三权交易就是权权交易、权钱交易、权色交易。他想着,有宗室刘凯当靠山,在山高皇帝远的武陵郡搞搞权权交易,为自己谋私利,可以使金钱纷至沓来;有了金钱,既可以贿赂上司,为自己手中的权力保驾护航,同时,美色也会如影随形;有了美女,不仅能满足自己的肉欲和填补精神空虚,而且必要时还能献给上司,以巩固自己的地位和权力。所以,在樊闰看来,单单会贪钱和玩女人,不算什么本事,还要善于巩固自己的地位,掌握捞取权力的资本。

朝中有人,樊闰觉得还不够,他还要培养自己的私党。荆州几个太守和武陵郡不少县令,都是通过樊闰的举荐才得以任职的。和帝时期,樊闰只要看谁不顺从、不顺眼,就给朝廷上奏章将之换掉。在樊闰的操作下,他到武陵郡仅仅七八年时间,荆州各郡的太守和武陵郡各县的县令几乎都换了一遍。谁想当太守或县令,明码标价,每个职位数千或数万两黄金,而这些钱大部分进了樊闰的腰包,少部分樊闰还要拿来孝敬上边保护他的人。这些受过樊闰"恩举"的地方官都成了他的心腹和爪牙。他还把当地富商搞定,常常用隐晦的手段,达到自己的目的。比如说有些富户想得到保护,还有的想当官,那就一个字:钱。樊闰的态度就是,你有钱我有权,各取所需。梁田的索县县令就是他的富

商父亲用钱给他买来的。可以说上自荆州府衙主要官员,下至流氓地痞,到处是樊闽的心腹爪牙。樊闽就这样,从上到下,结了张结结实实的权力大网。这个权力网固若金汤,有了这么一道防线,他当然是底气十足,飞扬跋扈,气焰极为嚣张。杨震能否冲破这张大网,荆州正直的官员都为他捏一把汗。

然而,就是这么一个财迷心窍的大贪官,因为当年平定南蛮民变有功,又因为久居武陵郡太守之位,就被朝中司徒刘凯和九卿太常刘章以造福武陵郡百姓有功的名义,极力举荐为封疆大吏荆州刺史。

而此刻的樊闽深知自己罪不可赦,如果朝廷派人细查,一切会暴露无遗,他不但大肆贪污、卖官鬻爵、广收贿赂,而且结党营私,杀人无数,仅是结党营私一条罪行,就足够掉脑袋了。

于是,作为官场老手的樊闽,开始绝地反击了。他准备了四招:第一招,杀人灭口;第二招,毁灭罪证;第三招,向朝廷弹劾杨震;第四招最为歹毒,就是造谣诬陷,群起攻之。樊闽用造谣诬陷发起舆论攻势的办法,污蔑杨震,对杨震进行反击。

樊闽暗中指使和鼓动荆州各郡太守中的死党和他的下属武陵郡各县县令中的爪牙,纷纷向朝廷上奏章,诬蔑杨震,说杨震在荆州为政不力,好多灾民死于饥荒;说杨震在荆州如何不尊重地方官员,任意训斥,甚至任意打骂;说杨震给朝廷上了几道奏章,目的就是参倒武陵郡太守樊闽,他自己想当荆州刺史;更有甚者,诬陷说杨震与已被连环奸杀的王灵母女有染,常常深夜偷偷去王家店铺——这种桃色事件最能吸引人的眼球。说王灵母女,本来好端端的,多年来过着平稳安宁的日子,却因一个满嘴儒家学说的杨震在这个家庭的几次出现,使一些歹人争风吃醋,产生了杀人的念头,致使王灵母女俩不明不白地被人连环奸杀。樊闽利用人们的好奇心理,一下子就把杨震变成了一个疑点重重的杀人嫌犯,以此给朝野造成杨震人品和能力都极差的印象,混淆视听。

樊闽的这些招数,目的只有一个,就是在朝野把杨震的名声搞臭,不挤走杨震,也要打垮杨震。当这些奏章密集地送达朝廷后,这样声势浩大的举动,使得本来简单的事件,开始向宫廷斗争层面发酵。对于樊闽这种异常嚣张的做法，朝野正直人士议论纷纷。

这天，樊闳的族兄、中常侍樊丰捧着一摞奏章进来，他看了一眼邓骘，转向太后吞吞吐吐地说："禀太后，尚书台接连收到荆州各郡县奏章不下百份，纷纷参奏，弹……弹劾杨……杨震……"

邓太后听罢眉头一皱："弹劾杨震？为何？"

邓骘也大吃一惊，急切地看着樊丰。

樊丰又瞥了邓骘一眼："有的弹劾杨震初任荆州刺史期间，为官不力，失之防范，惊天的血案在杨震管辖的地盘发生，致使州民母女无辜丧命，作为荆州刺史，杨震难辞其咎，请求免去杨震刺史一职；有的弹劾杨震在荆州为政不力，好多灾民死于饥荒，罪不可赦，应以问罪；更多的官员弹劾杨震，说杨震在荆州如何如何不尊重地方官员，任意训斥，甚至随意打骂；还有……我不敢说。"

邓太后大怒："还有什么你不敢说？说！"

樊丰嗫嚅着继续说道："荆州满城传闻，说杨震与已被连环奸杀的母女有染。有人看见他几次在夜间到过王家店铺，说他与王灵的母亲寡妇楚氏有奸情……"

邓太后盯着樊丰问："还有吗？"

樊丰说："荆州不少官员纷纷上奏，弹……"

邓太后大喝一声："好了！不必说了，之前，皇上还转来你那个族弟的一道奏章，我看与你说的这些奏章内容是如出一辙。但是，大将军那儿也收到不少奏章，褒奖杨震在荆州处事清明，刚正不阿，清廉奉公。"

樊丰一脸尴尬："这……"

邓太后平静了一下："折子就扔到那儿。杨震在荆州以雷霆之势赈灾反腐，哀家就知道，那是一个真正的栋梁之臣才能做到的。"

樊丰观察了一下太后的表情，见太后已经息怒，才壮着胆子说："太后，听说王灵母女是蛮人，如不追究杨震的责任，恐怕南蛮人会闹事吧？"

邓太后愤愤地挥了挥手："你退下吧！"

樊丰走后，邓太后低声对邓骘说："卿兄，看来你得即刻赴荆州一趟，作

为钦差传哀家懿旨，命杨震回京复命接受审查。"

邓骘一惊，不解地问："太后，这是为什么？"

邓太后说："以后哀家再给你解释，你奉旨办差就是。"

邓骘愤愤地说："太后，疑人不用，用人不疑。杨震在荆州做出了那么大的功绩，非但没有嘉奖，如今还要听信谣言审查他，你让兄长这张老脸如何面对杨震？"

邓太后声色俱厉地看着邓骘："那你是要抗旨了？"

邓骘搞不清太后为何如此，但他也知道太后的脾气，便不再追问："好吧，臣遵旨。"说完转身离去。

杨震很快知道了樊闰及其死党爪牙对他的反击，听到了那些人对他的诬陷。对樊闰一伙造谣惑众一事，一贯性情耿直的杨震，这回没有勃然大怒，而是笑了，在他看来这完全是狗急跳墙、黔驴技穷罢了。因为铁证在手，杨震对樊闰一伙的举动没有过多在意。

杨震知道樊闰是个非常狡猾的人，而且有通天的本事，但他绝不会放弃自己作为一个刺史所负有的职责。他决定再上一道奏章，即第三道弹劾樊闰的奏章，想一举把樊闰参倒。

在奏章中，为了引起朝廷重视，杨震罗列了樊闰五大罪状：玩忽职守，贪污腐败，卖官鬻爵，广收贿赂，结党营私。要求朝廷严查严办，对樊闰革职问罪。

另外，在奏章中，杨震就"张生法场喊冤案"和梁田侵吞府库皇粮案提出质疑，认为两案均与樊闰有关。其理由有三：其一，樊闰阻挠重审"张生法场喊冤案"，指示郡丞金武到索县游说阻止王密审案，阻止不成，又前后两次亲自到荆州府衙阻止自己重审喊冤案。其二，王灵母女被害，樊闰脱不了干系：先是王灵被害那晚，正好是樊闰从索县请杨震进荆州府那晚；王灵母亲被害那晚，正好是自己一再催促开仓放粮时。其三，胡蝶兄妹的遇劫身亡与樊闰有关，因为，胡蝶兄妹在被审讯时，曾两次提出，梁田把侵吞的皇粮和出售赃粮的赃款转身送给了他的上司，梁田在荆州的上司除了樊闰，再没有第二人。鉴于以上三点，杨震认为，两案均与樊闰有关。

　　这次的弹劾状，杨震增添了新的内容，补充了最新调查证据，包括新的人证、物证和犯罪细节，也有一些新的贪污数据，事实更具体，证据更确凿，更进一步揭露了樊闰的贪污腐化罪行。杨震觉得，如果樊闰的这些罪状到达太后和皇上手中，一定会得到批奏，罢免樊闰是指日可待的事情。当杨震的这道奏章再次送达朝廷后，各种谣言在朝中也传得沸沸扬扬，文武百官议论纷纷。

　　事情到此，杨震认为，这次一定可以将樊闰严处，但是事实并非如此。

　　邓太后看了杨震的奏章后，把刘凯召来，进行询问。因为，是刘凯极力举荐了樊闰。太后让刘凯看了杨震三次上奏弹劾樊闰的奏章。

　　这场震惊朝野的杨樊之争，越来越受到关注。毕竟杨震是著名的儒学大家，关注他的人本来就很多；并且，他一个乡野教书先生，被朝廷任命为荆州刺史；加之，他上任不久，很快就查出了荆州的贪腐大案，更使得朝野震动。而樊闰的种种做法，一下子也引得朝野上下议论纷纷，这让一直举荐他的刘凯很被动，而且面临着一种尴尬局面。

　　邓太后问："刘爱卿，此事，你怎么看？"

　　官场老手刘凯只是意味深长地笑了笑，淡淡地说了一句："夫子意气。"

　　刘凯这句话的意思就是，夫子都这样，夸大事实，穷追不放。他避重就轻，歪曲事实，巧妙地淡化了樊闰的罪行，还化解了太后对他的疑虑。

　　于是，邓太后没有再吭声，看样子没有治樊闰罪的意思。

　　在杨震和樊闰的问题上，邓骘和邓悝是站在杨震一边，而刘凯和刘章是站在樊闰一边的。

　　其实，刘凯此时给邓太后说的，都是是非不分、恶意歪曲的话。刘凯之所以这么干，其一，如果不遮掩樊闰的事情，将会影响恶劣，且不说乡野百姓，就朝局而言，如果那帮平时就喜欢议论朝政的读书人了解多了，更会拿这些案子说事儿，让儒生们，以及与儒生走得近的公卿士人倒向邓太后，于己不利。其二，这个案子牵涉到刘凯本人。一来是他刘凯当年举荐樊闰到武陵郡任职，而今又是他刘凯极力举荐樊闰升任荆州刺史；二来樊闰和刘凯有师生关系；三来这个案子也牵涉部分朝廷要员，他们不仅与武陵郡地方官员有各种关系，而

且都是刘凯一党。其三，刘凯认为，杨震的三次奏章，表面看，好像是针对樊闰一个地方官而发，但整体上看，显然是向给樊闰当靠山的刘氏宗亲提出质疑，他必须对这些负全部责任。他当司徒也才三年多时间，就出了这么大的事儿，还牵连到他本人，他怎么会秉持公心不与樊闰站到一边？杨震上奏朝廷的那些奏章，数斥樊闰的罪行，早就为杨震和刘凯二人关系恶化埋下了祸根。

荆州府衙里，大家正在兴奋中，忽听衙吏来报："大将军到！"

杨震又惊又喜，连忙起身相迎，以为他弹劾樊闰的批奏随大将军到来了。

邓骘见了杨震没有寒暄，开门见山地说："先生在荆州的举动已惊动了朝野，奉太后旨意，回京复命吧！"

杨震一下子愣住了："大将军，荆州百姓的生活才刚刚开始好转，眼下下官正在紧锣密鼓重审'张生法场喊冤案'……"

邓骘说："这些本官都知道了。"

杨震着急地继续说："还有，下官已考察过，荆州的防灾工作，有一个重大工程，就是用五年左右的时间，彻底修好荆州的沅江及各支流江道的堤坝，防止沅江泛滥。这项工程必须由朝廷拨款修造……"

看着杨震真诚的样子，邓骘无言以对，无奈地低下了头。

看着大将军的神情，杨震难过了。他对当官本无所求，但既然来到了荆州，还没有开始施展自己的才能，还没有来得及实施自己的方略，就莫名其妙地被召回京复命。官场的黑暗和无常，他初来乍到就已经体会了。

这几天，他还一直在想着，王灵母女是因自己而被人暗害，张生是因自己而受冤，自己在荆州任职期间，一定要将这两个案子查个水落石出，将残害王灵母女的真凶严惩，将喊冤案平反。

昨天晚上，他做了两个梦，都是噩梦。

一个噩梦是他隐隐听见耳旁有哭声，仔细一看是王灵。王灵披头散发，满脸是血，胸前两个黑洞往外喷着鲜血。他想伸手去拉王灵一把，自己的手却被什么东西困住了，怎么也抬不起来。他使出浑身的力气拼命挣扎……惊醒后，才知做了个噩梦，一摸脸，满是汗水。

心惊地想着刚才做过的梦，到后半夜才睡着。睡着后，又做了一个噩梦，梦见王灵母亲哭喊着跪倒在地："杨大人，你是青天大老爷，要为我娘儿俩申冤哪！"杨震泪眼蒙眬，扶起楚氏说："王灵娘，你放心，我今生就是不要这个官，就是追到天涯海角，也要把残害你娘儿俩的凶手捉拿归案。以后，我就是你们的亲人……"醒来后，杨震躺在那儿想，开弓没有回头箭，既然走上了仕途，就要像楚国的三闾大夫屈原那样，做一个爱国爱民的好官。

到荆州以来，查办王灵母女遇害案，惩办梁田，追赃赈灾，种种烦扰困住了杨震，让他身心疲惫，心力交瘁。他着实没有料到，荆州的情况千头万绪，如此复杂，难怪大将军三顾潼乡，固执地坚持将如此重担委任于他。来荆州的时候，他就给大将军承诺过，要竭尽全力赈灾济贫，为朝廷解忧，他坚持要等荆州百姓的难关渡过了，过上好日子，再进京拜见太后。可如今……杨震真是心急如焚。

可圣命难违，杨震无奈地点点头，又摇摇头。

这时候，邓太后的态度非常明确，非常果断，为了使荆州的事不至于再向朝廷层面扩大，她快刀斩乱麻，迅速召回杨震。但是，太后的决定，给不明真相的世人造成了一种误解，都以为是杨震荆州主事不力，被朝廷召回责罚。

一时间，杨震被传旨进京复命的消息传遍荆州各郡县。

荆州北门外，黑压压站满了拦路的百姓。突然间，那成千上万的南蛮人和汉人，在王密的岳丈章贤的带领下，呼啦啦跪倒在城门口，齐声乞求："杨青天不能走！杨青天不能走！……"邓骘看着这场面，不由得大惊。

杨震也被这场面感动了，他眼含热泪，两拳相抱："各位父老乡亲，你们一定要相信朝廷。请让开路，朝廷会很快让我回到荆州的。"

而羊孙、陈汤也忽地走到邓骘跟前，拦住他说："杨大人不能走，他走了，我干娘和我干妹的命案谁来破？我干娘和我干妹的命谁来还？"

邓骘一下子愣住了，这分明是胡搅蛮缠。

百姓们跪在地上，没有一人愿意起来，局面一下子僵在那里。

杨震一看，也"扑通"一声，跪在地上，满含泪水地说："乡亲们！该跪

的是我杨震,而不是你们。我愧对荆州的百姓,没有把你们的事办好;我愧对王灵母女,没有保护好她们,让她们死在歹人的刀下;我愧对张生,让他蒙受冤屈。但是,请你们放心,我就是不当官,也要和袁郎、周郎把凶手捉拿归案,以安王灵母女的冤魂!"

邓骘感动了,没想到杨震如此受百姓拥护。他急忙上前搀扶起一位老者,大声说道:"乡亲们,本将军在此立誓,一定很快让杨大人回到荆州!"他说着,"嗖"地用右手抽出佩剑,在左手腕划了一下,鲜血"唰"地流下。

百姓们看到邓骘此番举动,一惊,这才让开一条道。

冯宝牵着马车走在前边,袁礼、周广各自拉着马低头闷闷不乐地跟在后边。

王密拉着杨震的手依依不舍。

杨震郑重地对王密说:"王密,重审张生喊冤的案子,就先托付给你了。请你务必重视,此案不清,你我都无法对荆州的百姓和天下交代。"

王密含着眼泪拜别杨震:"恩师,王密怀才不遇,得到恩师赏识举荐,才得以为朝廷效力,知遇之恩永生不忘!恩师的嘱托,学生定会肝脑涂地,尽忠效力!"

杨震离开荆州,成千上万的荆州百姓来送行。杨震不断向百姓招手致意,可坚毅的神情里,不免有一丝悲怆。

十多天后的一个午后,大将军邓骘一肚子抱怨,垂头丧气地从永安宫出来。

这个太后妹妹自幼就聪颖好学,颇有政治才能,是家中唯一的女子,也是主意最多、最有担当的,治国安邦不让须眉。邓骘坚信太后的才智,可是,在杨震这件事情上,他却无法理解太后的用意。刚才在宫里,邓骘就告诉太后,杨震到荆州后,走遍荆州的山山水水,遍察百姓疾苦,大刀阔斧,惩治贪官,追赃赈灾,前后几个月,收集赈灾粮米上千石,不仅使荆州几十万灾民很快渡过难关,而且生活已经好转。同时,开始加固沅江堤坝,疏浚江道,在武陵山里修筑梯田,蓄水拦洪,治理沅江水患,插秧播种,发展农业生产。杨震忠心可嘉，深得荆州百姓拥戴，我们不能过河拆桥吧？可是，太后似乎也有难言之隐，自己乃一介武夫，不懂用人之策，无法理解太后用意。这会儿，他还不知道该如何面对杨震呢。

其实，太后何尝不想把杨震继续留在荆州为民造福？杨震在荆州推出的"追赃赈灾"，特别是严惩贪官，不仅对于荆州赈灾起到了很大作用，对于地方官员贪腐，也起了一定的警示和震慑作用。但由于操之过急，打击面太大，不免遭到荆州官员暗地里的消极抵抗。加之发生"张生法场喊冤案"，这些官员在樊闰别有用心的唆使下，特别是在武陵郡郡丞金武的带领下，集体签名，联名参奏杨震，在荆州各郡形成了一片"倒杨"声势。奏章中声称："杨震不免，荆州官员将集体辞官。"在这样的情势下，太后不得不下旨把杨震调离荆州。

杨震与冯宝在驿馆已经住了两日了。

离开荆州，他们经过将近半个月的晓行夜宿，到达洛阳。邓骘安排他们在驿馆住下后，说自己要进宫去面见太后。都两日了，杨震既不见邓骘，也不见朝廷来人传唤他觐见，他不知道太后这葫芦里卖的是什么药。杨震人在京城，可这心还在荆州。不知道王密把"张生法场喊冤案"重审得怎么样？真凶仍然逍遥法外，这让王灵母女的冤魂何时安息，张生的冤屈何时昭雪？

冯宝见杨震又在担忧荆州的事，就宽慰他说："老爷不必担忧，看得出王县令是个靠得住的人，像老爷一样，很执拗，抓住一件事，不搞出个眉眼不松手。在索县，要不是王密，老爷可能会寸步难行。"

两人正说着，邓骘走了进来，杨震急忙上前相迎。

邓骘抱歉地说："先生，让你久等了。惭愧，你回荆州的事，终于被……被……唉！不说了。"

看着邓骘为难的表情，杨震心生疑窦，急着问："大将军，太后让我什么时候进宫面圣复命？什么时候回荆州？荆州还有很多事等着我……"

邓骘连忙按住杨震的肩膀让他坐在床边，犹豫了一下，好像下了决心似的说："先生，不瞒你说，荆州你回不去了。先生，实在对不起，我已经尽力了，我……"邓骘惭愧地低着头说不下去了。

杨震愣怔了好大一会儿:"那荆州的百姓,那'张生法场喊冤案'……你可是对荆州百姓保证过、立过誓的!"

邓骘说:"看我,只顾说话,把大事都忘了。太后要召见你。"

杨震失落地摇摇头:"既然这样,就让我回潼乡吧,再召见还有什么用?"

邓骘见杨震如此失望,唯恐杨震不肯觐见,着急地对杨震说:"先生,太后你还是要见的,她这样做可能有她的道理。你不能走,一定要见见,看太后咋说。"

杨震听从邓骘的劝说,次日一早觐见邓太后。

杨震进宫看见太后,跪地就拜:"臣潼乡布衣杨震叩见太后!"

"免礼!先生请起,快赐座。"

杨震面圣是在太后的永安宫。毕竟杨震是闻名朝野的一代儒学大家,太后对这个著名的儒家夫子只闻其名,未见其人,既敬佩也很好奇;加之杨震在荆州赈灾搞得山摇地动,震动朝野,她也想就一些事情听听他的意见。

杨震起身,这才抬头望向邓太后。杨震一看,只见邓太后坐在御案后,案上奏章有一尺多高。邓太后面带微笑,欣喜地看着杨震。果如大将军说的一样,太后头后缩髻,一身素裙,真像一尊菩萨,让人既感到和善,又令人敬重。

邓太后示意邓骘和樊丰退下,然后对杨震说:"先生,你就是当今我大汉的第一名儒,'关西夫子'杨伯起?走上前来,让哀家好好看看,看看荆州百姓口中的青天大老爷。"

杨震站起来,躬身低头,道:"杨某不敢。杨某不过是关西潼乡乡野的一个孩子王罢了。"

邓太后初次见杨震,就有一种亲切感。只见杨震身材高瘦,宽额朗目,留着一把不长的有点发白的胡须,颇有威仪,而且举止儒雅。

邓太后笑了笑:"听说先生精通孔孟儒学,哀家也很敬重孔老夫子,以后还要多多请教先生。"

杨震谦虚地说:"杨某也是略知皮毛而已。"

邓太后说:"先生,你这次出任荆州,不仅赈灾有功,更重要的是平息南方的特大水患、消弭南蛮民变,为大汉王朝立了大功。"

杨震说:"太后夸奖。臣拿着朝廷的俸禄,就应当为朝廷尽职尽责。臣不过是尽了臣应尽的本分而已。"

邓太后见杨震果然不俗,便心生爱惜:"先生哪,没想到你一个夫子,却有如此胆略和卓见。你不仅查出了一个贪官梁田,还将贪官当众正法,杀一儆百,震慑了那些贪赃枉法之流。你提出的'追赃赈灾,募捐赈灾',既弘扬了我大汉仁爱之风,又狠狠地惩治了官员腐败,不仅让荆州山摇地动,让一些贪官闻风丧胆,而且传到京城,朝堂皆惊。大将军果真给我朝举荐了一个奇才啊,难怪荆州百姓依依不舍。我大汉若再多几个先生这样的好官,那江山社稷定将万古长青。"

"太后过誉,让臣无地自容!"杨震本以为太后削了自己的职,定是召他来问责,没承想太后如此夸赞自己,这让一贯处事淡然的杨震真有点儿受宠若惊了。

邓太后对杨震的赞赏是发自内心的,跟杨震第一次的交流,就让她认定了自己的想法:"先生,你在荆州赈灾有功,理应奖赏。可是,荆州发生惊天血案,发生了震惊朝野的'喊冤案',你作为刺史,难辞其责,应当责罚你。所以,哀家削了你荆州的职,算是罚你。现在,哀家又要留你在朝中委以重任,算是奖你。这一罚一奖算是抵消了吧。先生,这样如何?"

杨震一听太后要自己留在朝廷任职,就急了,他恳切地说:"禀太后,请准我继续留在荆州吧。'张生法场喊冤案'正重审到关键处,那些防沅江洪水的堤坝还须有人领着去修筑,能否让臣把做了半截子的事情做完,也好给荆州百姓一个交代啊!如果为官一地,不能造福一方,还不如不当官;如果当官为民做不了主,还不如回家让我教书啊!"

邓太后见杨震如此坦诚,如此不计得失、心系百姓,便更加敬重他的为人,更加赏识他的才能。但是,正因为如此,她更不能让杨震再去荆州。

太后道:"先生,荆州需要你,可朝廷更需要你。比起治国安邦,让你去治理荆州那是大材小用啊,先生就不必再推辞了。"

杨震还是那么固执:"杨震不才,朝中人才济济,杨震只宜在野,带领百姓开山治水,使其安居乐业。至于在朝,恐才学不够,难负圣命。若不然,还是让杨某再回故里吧。"

正在这时,太尉张禹来报:"禀太后,东部黄河下游的青州、兖州、冀州等州二十八个郡国遭受暴风、冰雹、蝗灾!"

邓太后道:"说说详细情况。"

张禹说:"五月初,这些郡国已经成熟的小麦还未来得及收割,便遭遇风灾。大风过后,又是暴雨,暴雨把成熟的麦子打落,麦粒遍地,乡民们一个个哭天喊地。接着,新种的黄豆苗刚刚一尺来高,又遭遇冰雹。倾盆大雨夹着小石头一样的冰雹狂泻而下,把黄豆苗打得花实零落。东莱灾荒不断,东部沿海一带台风海啸袭击沿海数县,西部蝗灾伤稼半数以上——东莱太守已垂垂老矣!"

闻言,太后愁眉不展,最终,她把目光转向杨震。杨震一心牵挂荆州,并未注意。太后深知这关西夫子执着的品性,她想,也好,让杨震在地方官上再历练一番,待关键之时,再作大用。最终,太后下旨道:"杨震听旨:既然先生执意不在朝中,那哀家就依你,即任先生为青州东莱太守,即日赴任。"

杨震听罢,知圣命难违,一时再无法回绝,虽倍感压力,但只得领命。

杨震跪地道:"臣领旨,谢太后隆恩!"

邓太后起身走下御台,走到杨震面前扶起杨震:"先生快快请起!如果先生在那里能够治理灾害,发展农桑,致富百姓,也是为朝廷分忧解难。先生啊,哀家身为女人,临朝主政也是迫不得已。当今我大汉百废待兴,边关西羌纷扰,国内灾害丛生,内忧外患很让哀家烦忧。今天先生做外放,有朝一日哀家和朝廷需要,还望先生能以大汉社稷为重,鼎力相助。"

杨震听此,说道:"太后放心,我杨震既已出仕,就定会为我大汉效力。"

邓太后喊道:"樊丰拟旨。再次诏令倡节俭、禁铺张,着令将旧太官、汤官的固定费用每年的二万万缗钱敕令停止,其他费用每日减少,此一项可裁数千万钱,其节省钱粮,用于东部赈灾。调拨丹阳、豫章、会稽等郡租米,赈济东部二十八郡国饥民。以谷仓储粮贷给二十八郡国受灾贫民。

郡国被蝗伤稼十分之五以上者，不收当年田租；不到十分之五的，按实际免除……"

虽然已三年多时间，但袁府新房的大瓜皮灯笼还高高挂在那里，屋内弥漫着新婚燕尔的温馨气息。

袁礼随杨震一到京城，就急切地回到府院，与阔别多时的夫人团聚。

三年前，袁礼与新娘子新婚不久，就被朝廷外派随杨震一同去往荆州。这次回来，袁礼就再也不想远离新婚的妻子了。没承想，朝廷再次派他和周广随杨震远赴东莱。不是自己不想去，杨震刚直不阿的品行着实令袁礼敬佩，他自然愿意追随这样有胆有识有魄力的人。可是，在荆州，杨震与岳丈之间因公务闹到水火不相容的地步，让他这个做女婿、做下属的十分为难。为此，妻子樊月还在与他怄气。

"杨震在荆州暗查我爹，你一点也不给我爹透露。这还不说，杨震弹劾我爹你也密不透风。你还是我们樊家的女婿吗？"

樊月是樊闰唯一的女儿，老两口视若珍宝，从小娇生惯养。樊闰差点被杨震置于死地，埋怨女婿胳膊肘朝外拐。樊月听后也十分生气，决定等袁礼回来，跟他大闹一场。

袁礼心里委屈，自己不过是个郎官，只负责保护杨震的安全，怎么能干涉公务？这些道理跟樊月解释了好多遍，可樊月还是不依不饶。听樊月这样数落自己，袁礼也失去了耐心，不耐烦地说："杨大人做事向来谨慎，不该我问的，我也不能多问。再说了，荆州发生了那么大的水灾，又饿死了那么的多人，那些贪官中饱私囊，谁也不想为灾民做一点事，杨大人追赃赈灾那也是不得已。还有，荆州多是蛮人，水患又多，事务也不好干。再说，杨大人严惩了那个贪官县令，又为受冤的张生平冤，与咱爹无关，咱爹管那么多干啥？"

樊月一听袁礼不但不认错，反而还在替杨震说话，更加愤怒："你一句一个杨大人，是杨大人亲还是我们樊家亲？你分不出远近亲疏吗？别的事你可以不问，但有关于我们樊家的事你不能不管。我们樊家倒了，你的日子就好过了吗？"

袁礼见樊月如此不通情理，也恼了："樊家倒不倒难道是我一个羽林郎官能左右的吗？我就希望樊家倒吗？你没见你爹在荆州赈灾这么重要的大事上是怎么做的，说心里话，我都看不下去。如果不是朝廷有人，也许他早被责罚了。"

"好你个袁礼，说来说去倒是我爹的不是了，那你怎么不也跟杨震一同上奏，把我爹跟那贪官一同处死呢？"说着樊月呜呜大哭起来。

袁礼没有办法再与妻子沟通下去，任凭樊月哭闹，径直开门出去了。

来到堂屋，这里是将军府的会客厅。案几的棋盘旁坐着两人：一边坐着一个四十多岁将军模样的人，身穿紫色的宽松袍服，颏下一撮不长的黑胡须。他就是当朝骠骑将军袁贵。另一边坐着一个穿着绫罗绸缎缝制的直裾深衣制服饰的中年贵妇人，她是袁贵的妻子。

贵妇身后坐着一个十七八岁的姑娘，她眉如柳叶，眼若秋水，身材颀长，仪表极美。身穿向后交掩、下垂掩不见足的小袖曲裾式襦裙，丝带系腰。她的发髻，是按拧旋式的那种梳法，将长长的头发拧成多股，在脑后高处绾了发髻，左右剩下的头发束成两绺垂于胸前两侧，整个发式看上去是那种流苏髻式样。她的发髻上插着珠花、步摇等各种饰物，脖子上戴着佩玉。她的一颦一笑是那么平淡自然、含蓄委婉。她斜倚在美人靠上，纤纤玉指拈一朵粉红莲花，颇有大家闺秀之风范。她是袁礼的妹妹袁仪。

袁礼见父母、妹妹都坐在会客厅，估计他们一定听到了他与妻子的争吵，担心老人家生气，连忙给二老请安。

袁贵心里清楚儿子的为难之处。本想着小儿子这次从荆州回来就可以跟随大将军在京公干，没承想朝廷又派他随杨震去往东莱。

这时，袁礼说："父亲，您去求求大将军，不要让我再跟着杨大人了。在荆州，我夹在岳父和杨大人中间，十分作难。"

袁贵将目光抽离出正在琢磨的围棋，听了儿子的乞求，沉思了一会儿，手抚了抚颏下那绺漆黑的胡子，说："儿啊，邓家在朝是权倾朝野，让你跟随杨大人，不仅是大将军的意思，也是太后的懿旨，怎能抗命？"

袁夫人不高兴了，说："老爷，礼儿两口子拌嘴你都听到了。你就去找一下大将军说说。你作为三朝元老，当朝骠骑将军，在大将军面前说话会顶用的。"

袁贵瞪着夫人，有点儿生气地说："你让我怎么说？我去说我的亲家公樊大人与杨大人不和，把我儿子夹在中间为了难？礼儿，为父跟你说，我袁家人都是武官出身，不会阿谀奉承，给朝廷做事只知道执行命令。杨大人一介儒生，为人刚直不阿，但是……唉，他不知道官场的复杂，这样的人并不适合做官哪！"

这时，一直没有说话的袁仪开口了："父亲，不为别的，就为了我哥，为了我嫂子三年独守空房，您就去求求太后吧！"

女儿的话一出口，袁贵顿时难住了，是让儿子谨遵圣命继续跟随杨震，还是为了儿子婚姻的稳定，自己觍着老脸去求太后收回成命？

七　东莱的福使

初夏季节，黄河下游地区，庄稼地里，刚刚灌浆的麦穗儿被一场冰雹打得粉碎，只剩下光秃秃的麦秆儿，一片惨景。

通往山东青州的驿道上，杨震和冯宝两人还是坐着那辆普通的马车，车上放着行囊和书简，朝东莱驶去。一袭绛紫长衫的周广披着黑色披风，跨在自己的踏雪黑骏马上，守护在杨震的马车旁。

这次到京城，按说杨震应该去看恩师，给恩师吐吐自己心中的烦闷，但他没有去。因为目前这种情况，他觉得无颜去见恩师。

杨震伸出头看着庄稼地里光秃秃的麦秆儿，心情沉重。他对两个随行的说："小满时节，正是小麦等夏熟作物颗粒开始饱满时，遇到那场冰雹，这一年的辛劳都白费了。"

周广和冯宝的心情也很沉重。

见此情景，杨震就转了个话题："冯宝，你没有去过东莱吧？它在黄河的下游，离海不远，到了那里我们就可以看见大海了。窝在我们潼乡一生很难看到大海。我们家乡的潼水和学馆后面的渭河，先是流入黄河，最后流入大海。"

冯宝一听，立刻精神了许多："那我们就可以看见大海了？"

周广笑了笑："是啊，到时候咱俩去海边游泳，你敢不敢？"

冯宝不屑地说："游泳有啥不敢？我家就在渭河边，渭河往下走不远，就流入黄河了。小时候，一到夏天，我们就去渭河，腰间绑个干葫芦下河去游泳，一直要游到河对岸，再游回来。到了秋季涨水的季节，河里就流鱼，大人

小孩手里拿个捞网去捞鱼,把捞下的鱼和南瓜在锅里一熬,好吃极了……"

周广听冯宝说得香,咽了下口水:"冯宝,你把我说得都流口水了,没想到你这家伙还懂这些。"

杨震看着两人说笑,也笑了。

冯宝笑着,忽然想起了袁礼:"哎,周郎,袁郎说他啥时候来?我还真挺想他的,毕竟我们仨随大人在荆州三年多了。"

周广好像有点儿失落:"袁弟他告假了,不知道啥时候能来,说不清。"

冯宝听了,坐在车辕上也低头不语。

周广说:"大人,荆州的事,我还一直为你愤愤不平呢!"

杨震没有吭声。

周广心有不悦:"朝廷没有良心。大人,到了东莱,我们不能再那么心实了。"

杨震叹了一口气:"唉!食君之禄,就要忠君之事。对上,要报效朝廷;对下,要安抚百姓。到东莱一样要为官一地,造福一方。"

路过大圣人孔夫子的故乡曲阜,杨震说让马也歇一歇。冯宝和周广安顿了马,杨震领着两人,走进孔庙,拜谒孔子。

年轻的时候,杨震在京城跟恩师桓郁求学,一年暑期,他跟几个学子来到曲阜,拜谒大圣人。重游此地,杨震倍感亲切。

孔庙是祭祀著名思想家和教育家孔子的祠堂,位于曲阜中心鼓楼西侧。杨震三人焚香叩头跪拜。

拜过孔庙,杨震回首曲阜,遥望泰山,心中难以平静。

那边杨震三人念叨着袁礼,这边袁礼一样在记挂着杨震他们三人。

虽然找了借口告了假,但袁礼心中并不愉快。荆州三年跟随杨震,虽然生活艰苦,日夜奔波,但心里充实。看见杨震离开荆州时成千上万百姓依依不舍为他送行,想着一个朝廷官员能得到老百姓如此拥戴,即便不会名留青史,也不白活一生。袁礼敬佩这等官员,朝廷也需要这等官员。袁礼知道杨震他们已经上路,自己坐在家中,心里空落落的,甚至后悔没有追随杨大人。刚才母亲还在督促着袁礼去岳父家多走走，多解释解释，缓和一下这尴尬气氛，可袁礼真的不想去樊家。不知道为啥，他总感觉岳父家弥漫着一种诡异阴森的气氛，若不是为了自己心爱的月儿，他才懒得登樊家大门呢。

樊月见袁礼听了自己的好言相劝，没有跟随杨震去往东莱，心里也舒服了许多。她明着说是赌气回娘家，实际是想去看看母亲。

进了家门，樊月看见父亲心情愉快地和母亲坐在院落中央的树荫下说笑，她不知道父亲什么时候从荆州回来的，感到十分惊喜。

自从得知把杨震从荆州挤走的消息，樊闰万分高兴，他感谢天、感谢地，感激上苍对他的恩赐。下一步，他就要按步骤实施他的计划。

父女俩一见面，都有说不出的高兴。没想到，一提到袁礼，樊闰不高兴了：

"原想着袁家几代骁勇善战，堪称将军世家。袁礼深识礼数，颇有教养，文韬武略，英俊潇洒，我女儿跟着袁家可以尽享荣华富贵，父亲也能背靠大树乘了荫凉。岂料父亲不仅没有乘到半点荫凉，我那姑爷倒成了我们樊家的叛贼。"

樊闰一想起自己那个女婿如此为杨震卖命，心里极不舒服。

知道樊闰的气一时未消，樊月摇着父亲的胳膊撒娇："爹，为了你这事，我跟礼儿都闹了几天了，这不，他就不再跟杨夫子去东莱了嘛。爹，莫要生气了。再说了，你那个学生不争气，贪得无厌，连累到了爹，也怪你用人不善不是？爹虽然受了些惊，但终归有惊无险，之后定会否极泰来。"

樊闰被这伶牙俐齿的宝贝女儿说得无言以对，特别是听女儿说到"否极泰来"，一下子又高兴起来："说到这儿，爹得赶快见一下你大伯。"

崇德殿散朝后，安帝与太后乘坐羊车一直到达永安宫。太后留下安帝，把安帝拉到自己身边，像娘亲一样抚摸着安帝的头和脸，显得亲切又慈祥："祜儿，今年多大啦？"

太后应该知道自己的年龄，今日怎么又问起？安帝知道太后有话要说，便低头小声回答："回母后，儿臣今年十六啦。"

太后好像刚刚知道安帝的年龄："哦，十六啊，那还小啊，还不到成婚

年龄。"

安帝心里有点儿慌乱:"母后,这……儿臣……"

邓太后抬起安帝低着的头:"皇儿年满十六,正当青春勃发的好时光,一定不要虚度。皇儿为我大汉江山社稷苦学苦练,母后都看在眼里。母后也是明理之人,皇儿的婚事母后一直放在心上,皇儿不急。"

安帝这会儿已经知道太后的意思了,想起与伯荣的那些事,心里更加胆怯,根本不敢看太后的眼睛,只是嗫嚅地说:"儿臣听凭母后安排。"

邓太后笑了笑:"祜儿真的长大了,懂事了,能体会母后的良苦用心了就好。等你学好了本事,能独理朝政,母后就可以不用这么辛苦,就可以颐养天年了。"

"儿臣谨遵母后教诲,定当勤学苦练,不负母后期望。"

"好好好,这样母后就放心了。"太后停了一下,侧着头看着安帝的眼睛,"母后听说有个叫伯荣的姑娘常去你的寝宫,想来是那些下人又在无事生非了吧?你身边的那些人要好好管管,皇上的私事也是他们可以议论的吗?"

太后的话没有说完,安帝就被惊吓得乱了方寸,脸上绯红,无地自容。他结结巴巴,像是自言自语般地说:"回母后,她是儿臣乳母之女,自小与儿臣一同长大,来宫里就是玩……就是玩……"

邓太后见安帝丢了魂似的,拍拍他的头,慢慢说道:"祜儿,你是大汉的皇帝,你的言行要符合一个天子的规范。伯荣的情况为母是知道的,你们打小的情分母后自不论长短,可是有损皇上尊严的事母后决不允许!你知道有多少宗室子觊觎你这个皇位吗?母后立你为帝,那大汉的江山社稷就是交与了你,有了江山,你还愁什么没有?"看着安帝不停地点头,邓太后掷地有声地说道:"记住,婚姻对你来说,只是形式,真正的实质是江山社稷!祜儿,母后累了,你可以回去了。"

说完,邓太后在宫女们的簇拥下头也不回地向寝宫走去。

安帝半天没有挪身,待宫女们催促时,他这才回过神来,擦擦额头的汗珠,丢了魂一般怔怔地走出永安宫。

七 东莱的福使

樊闳托人给宫中族兄樊丰捎话，让樊常侍回家一趟。他忍痛把家中的镇宅之宝让族兄带上，以便找人说话，把他的事情办成。

朝廷调走了杨震，荆州的百姓不干，纷纷闹事，他们不找县衙，不找郡府，而直接找州府，把个治中搞得焦头烂额。因为荆州刺史之职暂时空缺，治中只好一封封向朝廷递奏章。

邓太后接到荆州来的奏章，正在烦心。

樊丰见安帝一早来给太后请安，便找话题说："太后、皇上，荆州……"

邓太后抬了抬眼皮冷冷地说道："这些还用你给哀家提示吗？宦官不得参政议政，你又忘了？要不是念你这几年侍奉哀家有功，即刻就把你逐出宫门！"

樊丰见太后动了真怒，赶紧跪在地上："奴才该死！奴才该死！奴才自己掌嘴。"说着，抡起巴掌在自己脸上左右开弓。

安帝见状，不知道是该走还是该留，正左右为难，忽见樊丰给他不断使眼色，不明其意。原来，樊丰是想告诉安帝，伯荣整日在家等着他。樊丰知道安帝的心思，最近一段时间，也曾为安帝与伯荣幽会暗中跑前跑后。

伯荣自打与安帝有了私情，便整日心猿意马，只知在家中精心打扮，做梦都盼着皇上哪天能用四马车驾接她进宫。

这时，屋子里有一个五十岁左右的中年嬷嬷在打扫屋子，她身穿灰色麻布做的那种形制简单的上衣下裾式衣裳，头发简单地绾在头顶用巾子裹着头。她的面容不看倒也罢了，一看才发现，她长有一双怪怪的金鱼眼。她就是伯荣的母亲、当朝皇上安帝的乳母——王圣。

王圣乃贪心之人，对皇上的恩惠并不满足，眼见邓太后被尊为皇太后，心里多有不快。她因为喂养过安帝，对安帝的情分重些，听说安帝虽为当今皇上，皇权却掌握在皇太后邓绥手中，心里自然为安帝不平。加之早年在宫中看多了皇宫里的荣华富贵，终是羡慕不已，于是与老宦官樊丰来往密切，想着樊丰是可达天听的人，早晚有机会把伯荣招进宫里伺候皇上，那她王圣自然也就是皇亲国戚了。没承想伯荣这女子还真的有魔力，一次就勾住了皇上的魂。这下好了，如果荣儿能当个嫔妃什么的，那她王圣可就有享不完的荣华富贵了。

这娘儿俩正在做着富贵梦，忽然见樊丰推门进来。伯荣一阵兴奋，往樊丰身后瞅了半天也没见皇上的影子，便失望地耷拉下脸。

王圣一见樊丰神情就觉出不对了，赶忙热情地迎上去："哟，樊常侍，今日咋有兴致到寒舍来呀？不怕低了樊常侍的身份啊？"

樊丰不作声，色眯眯地盯着王圣的金鱼眼。

王圣看了看伯荣，给伯荣使了个眼色说："荣儿，你到院外玩去，看来樊常侍又有宫中大事找阿母。"

伯荣不高兴地出去了。樊丰一见伯荣出门，扑上去就要搂抱王圣。王圣推搡着他："想老娘了？这么长时间干啥去了？"

樊丰觍着脸："常侍，常侍，还不是整天侍候太后，想来都来不了。"

王圣说："快说，今天到底有啥事来找老娘了？"

樊丰极力想拥抱王圣，王圣半推半就，被樊丰抱住了。"还不是我族弟樊闳晋升荆州刺史的事。"樊丰说着，从身上掏出一支金簪子塞到王圣手中："太后赏的，我特意给你留着的。"

风华正茂的安帝刘祜正当朝气蓬勃、青春萌动之时，与伯荣的恋情，让他体验了几次男欢女爱，那种神秘的感觉让他神魂颠倒、心思不宁。

安帝坐在御书房发呆，手中的书简颠倒着被他卷起又展开。一旁的宫女窃窃发笑，安帝烦躁地嚷着："都没用，都滚开！"

几个宫女和小宦官吓得急忙退下。

可是，就有一个宫女竟敢抗命不遵，不但不退下，还径直走到了门口。安帝听见脚步声，抬头刚想发火，只见那宫女摘下了头巾。安帝一看又惊又喜，原来是伯荣，她是偷偷溜进长乐宫安帝的御书房的。安帝痴呆呆地看着她。

伯荣扭着小蜂腰，两手提着粉红色曳地长裙，如风吹树叶般轻轻地飘过来，头上云髻高耸，耳鬓青丝长垂，颈项如玉，那双大而有神的桃仁眼，那副摄人魂魄的模样，那身四散的狐媚气令安帝惊呆了。安帝迎着手提缎裙飞奔而来的伯荣，一把拦腰抱起，"心肝宝贝"地叫着。两人啃着咬着亲热了一阵。

这时，只见伯荣"咕咚"一声跪地就拜："奴婢今日冒险进宫是有一事相求。"

安帝赶紧扶起伯荣："荣儿免礼，有何难事尽管说给朕听。"

伯荣站起身说道："皇上，您是否知道和帝年间，有个替朝廷在武陵平息南蛮叛乱的大臣樊闰？"

安帝点了点头："朕有所耳闻。"

伯荣急着说："听说，当时蛮人和当地的汉人联合起来，反对大汉王室，这些人捕杀地方官吏，焚烧官府，冲进武陵郡府，差点杀了太守。太守逃离武陵，吓得不再做官。朝廷震惊，竟无人敢到武陵任职。当时，吏曹的一个小吏樊闰，自愿前去平息事端，朝廷无奈恩准了他。后来，樊闰竟然领兵平息了武陵蛮的反抗，朝廷自然也就让樊闰做了太守。可是……"

安帝听了一长串，急了："可是什么？"

伯荣一脸无奈："可是，荆州眼下正缺个刺史，樊闰在太守一职上已经干了七八年，听说政绩卓著，他想为朝廷分忧解难，可空有一腔热血无人举荐，心有不甘。"

安帝说："哦。可是荣儿，他与你有何相干？为何你要冒险进宫为他求情？"

伯荣一副可怜相地拉着安帝的手："皇上不知，那樊家祖上对我父亲有救命之恩，前些日子来求阿母在皇上面前说句话，可是阿母不想仗着曾经奶养过皇上而给皇上增添烦恼，就回绝了樊家。虽然回绝了，可救命之恩未报，阿母终日不安。荣儿不忍见阿母两难，今日大胆进宫，求皇上明鉴，在太后面前求个情，就让樊闰升任刺史，如此，皇上可多一个心腹，阿母也得以心安。"

安帝觉得伯荣说得有理，日后自己独理朝政，的确需要有心腹之人为自己效力，如此说来，帮樊闰就是帮荣儿，也是帮乳母，还是帮自己。想到这儿，安帝拉住荣儿的手放到自己脸上，亲昵地说："荣儿不必担忧，朕自有办法。"

永安宫中，邓太后在认真批阅着奏章。樊丰恭敬地候在一旁，不时帮着太后把批阅过的奏章摆弄整齐。

　　前一天司徒刘凯禀报太后,说派往青州的催粮官来报,因风灾和雹灾,今年青州的赋税迟迟收缴不上来。

　　说着青州,太后一边批阅奏章,脑子里却想到荆州。刺史杨震一调走,刺史一职,一直尚未顾上指派新任。眼下青州赋税收缴不利,而荆州府衙无人主事,赋税是否能按时收缴?邓太后在脑子里把现有的官员挨个过了一遍,也没有找到个满意的人出任荆州。

　　"儿臣拜见母后,给母后请安。"安帝兴冲冲地跑了进来。

　　邓太后抬起头疼爱地说:"皇儿,瞧这满脸汗水的,干什么去了?"

　　安帝擦擦脸上的汗水:"儿臣刚跟大将军习完剑。"

　　邓太后抬手伸向安帝:"来,跟母后说说,最近都读的什么书啊?"

　　安帝走过去坐在太后身边,认真地说:"儿臣遵听母后教诲,最近一直在读《太史公书》中的历代本纪。"

　　邓太后点点头:"嗯,就挑些史上前朝明君治国的篇章读,反复读。另外,那个伯荣姑娘最近还到皇儿宫中去吗?"

　　安帝一听急忙回答:"母后叮嘱过以后,儿臣就不再与她来往了。"

　　邓太后笑了笑说:"那就好。"说着又转向樊丰,"快去,把御膳房才给哀家做的绿豆糕拿来给皇上尝尝。"

　　安帝见樊丰转身退去,连忙对太后说:"母后,杨震调往东莱,可荆州刺史还是空缺。"

　　太后一惊,问:"祜儿是有合适人选?"

　　安帝说:"儿臣听说武陵郡太守樊闰,在太守任上已有七八年,而且政绩卓著,据说,他还是当年平定武陵蛮人叛乱的功臣……"

　　邓太后打断了安帝,对几个宫女说:"你们都先下去。"然后又转向安帝:"看来皇上是开始关心朝廷大事了。"

　　安帝一听太后这话,赶忙解释说:"太后,不是……"

　　邓太后看着安帝,缓缓地说:"既然皇儿提起樊闰,那母后就给你说说他吧。这个樊闰,在那年平息武陵蛮人民变时是立了大功,但是,这个人性情粗鲁暴躁,但凡派去荆州任刺史的人,都与他不合。其中有一任刺史,从荆州回来后从此辞官隐退,至此一年多时间,荆州由治中别驾主事,刺史空缺。三年前,荆州一带发生特大水灾,武陵山的特大山洪暴发,毁屋淹田,几十万灾民无以渡过难关,朝廷根据杨震上奏,同意开仓放粮。殊不知作为太守的樊闺督查不严,以致他的下属索县县令梁田掏空府库,侵吞府库皇粮上千石,致使多少灾民饿死,而樊闺却高坐武陵府衙不察民情,不问其政。"

安帝吃惊地说:"果真如此?儿臣不知。"

邓太后接着说:"就在杨震赴任荆州前,朝廷就接到荆州弹劾樊闺的奏章。当时,樊闺并不知情。为了能让朝廷多拨赈灾钱粮,他欺上瞒下,奏报朝廷,以蛮人民变为由,要挟朝廷。母后听闻当然着急,恐他从中煽动,再次诱发蛮人民变、骚乱。在这危难时刻,大将军才力荐杨震前往。杨爱卿不负圣望,查处了贪官梁田。据说,梁田是樊闺心腹,两人关系密切,有人怀疑梁田贪污府库皇粮与樊闺有牵连,因证据不足,所以才没有惩办。"

安帝听了太后一席话,对樊闺的看法也有了些改变。但是一想到伯荣的托付哀求,想到乳母的两难处境,安帝还是乞求太后说:"哦,原来是这样。母后,樊闺虽有赈灾不利之嫌,但终究是平定叛乱的功臣。既然没有有力的证据惩办他,能不能再给他一次机会?先不免他的太守之职,让他担任刺史看看。儿臣听说这樊闺虽然性情暴躁、独断专行,却胆识过人,能镇得住当地的蛮人。下一步马上要收缴朝廷赋税了,不如就让樊闺任荆州刺史。如果他能按时完成朝廷赋税数额,自然可以为朝廷所用;如若依然政绩平平,收缴赋税不力,那咱们就可以以此免了他的职,他就无话可说了。"

邓太后拍拍安帝的肩膀夸赞说:"皇儿果真成熟了许多,母后深感欣慰。好吧,看在皇儿的面上,可以考虑他试职。"

安帝说:"这次,想必樊闺会恪尽职守,不负圣命。"

邓太后迟疑了一下说:"那好,就依皇儿所言,只是千万要告诫他……"

荣儿求他的事,没想到尽管不顺但还是办成了,安帝高兴得都快在太后面前憋不住了,恨不能即刻飞出去把这个好消息告诉荣儿,让荣儿也高兴高兴。

安帝拜谢了太后出来,就看见樊丰鬼鬼祟祟,他知道樊丰一定是偷听到了刚才他和母后的谈话,先狠狠瞪了樊丰一眼,然后示意樊丰上前来悄声说:

"樊常侍,赶快想想办法,母后洞悉世事,明察秋毫,我和伯荣的事怕瞒不住她了。"

樊丰贴近安帝的耳朵小声说:"皇上对我樊家恩重如山,樊家兄弟定会肝脑涂地,追随皇上。皇上,先不要惊慌,老奴设法给皇上在宫外找个安全的地方,绝对不会让太后的人发现,皇上自管快活就是。"说完,嘿嘿坏笑了几声。

"哼,你个老奴才!"安帝说了樊丰几句,哼着小调跑了。

"樊家有喜,飞黄再起!樊家有喜,飞黄再起!"

樊闰刚刚从宫中回来,见了太后和皇上,领了圣旨,这会儿心里的高兴劲儿无法表达。一进家门,就听见那只老鹦鹉报喜,樊闰心里那个舒坦啊,心想:"连老樊家的鹦鹉都知道讨好当官的,可那个杨震却不把我樊闰放在眼里。这个老夫子,榆木脑袋,迂腐成性,有机会让他见见,他一定都想不到我樊闰摇身一变成了他的后任。哈哈,气死你个杨青天!哼,跟我樊家作对,就是跟朝廷作对,我们樊家可是皇亲国戚啊,哈哈哈!"

荆州府衙,面貌一新。

这天,府衙内外,张灯结彩,高朋满座,热闹非凡。

大堂后堂议事厅内,摆设着七八桌酒席,荆州衙吏跟各郡太守,个个满脸堆笑,轮番向新任刺史道贺。

很多人想不到,杨震回京复命,再没有回到荆州,而接替他的人竟是他在荆州一直弹劾的武陵郡太守樊闰。由此,这一事件在荆州的上上下下,再一次引起轩然大波。当然,更多的人在担忧,在这样的时刻,朝廷突然变动荆州主要官员是何用意?而随着新刺史的上任,那个即将弄清真相的"喊冤案",将会是什么结果?就这样,这个眼看就要有结果的案子,这时突然变得莫测起来。

不少人都知道,这个樊太守很有背景。首先,他是当朝皇上的皇叔刘凯的得意门生,当年赴武陵郡任职,虽是他主动请缨,但在关键时刻刘凯助了他一臂之力;后来,又是刘凯向和帝刘肇力荐,给樊闰封了个武官,赐了个平蛮将军。之前，杨震本以为罪证在手，就能将樊闿参倒，不料作为樊闿靠山的刘凯在皇上面前使出一招，借机将杨震排挤出荆州，解除了对樊闿的威胁。其次，是他认祖连亲的族兄樊丰，作为朝中资格最老的中常侍，整天跟在太后左右伺候太后，朝中大小事情不少都由他掌握。再次，樊家在汉光武帝时期就是皇亲国戚，几代帝王中，有些事情奈何不得他。再就是他在武陵郡平定南蛮民变的政绩，朝中少有人可比。这一切都成为他的资本，使他有傲视他人的资格。还有就是荆州上下的不少官吏把他当作父母或者神明一样敬着，因为，他到武陵郡已经七八年了，这七八年中，他广泛培植党羽，眼下，他所管辖的十二个县令，除了索县的王密，都是经他手向朝廷举荐任命的。

这时候，在荆州赈灾中卓有成效、被荆州百姓称为"杨青天"的杨震突然被调走，而政绩平平的武陵郡太守樊闿出奇地接替了杨震，明眼人一看都知道是怎么一回事。

樊闿接任荆州最高长官之后，并没有卸去武陵郡太守一职，而是继续兼任，那么，"张生法场喊冤案"能否公正审理，荆州人对樊闿拭目以待。

这时，只见樊闿神采奕奕，满面春风。他一边对前来祝贺道喜的太守、县令、社会名流频频回礼，应付着满堂宾客，一边四下张望着，看着应邀的人是否已经到齐。

治中跑到樊闿跟前，附在他耳边道："回大人，各郡太守、社会名流和附近县的县令都到了，只差大人特邀的索县县令王密未到。"

樊闿脸色即刻阴沉下来："怎么回事？"

治中悄悄说："好像还在忙着调查张生那个喊冤案。要不就再等等？"

樊闿扫兴地摆摆手："不等，开宴！"

席间，宾客碰杯换盏、道贺恭维，樊闿眉飞色舞、高谈阔论，荆州府衙从未有过如此的热闹。他把这次道喜会，办成了荆州"褒樊倒杨"的庆功会。

酒过三巡，樊闿起身清了清他那破锣嗓子向各位道谢："承蒙各位大人、荆州名流如此看重樊某，樊某不胜感激。这次皇上钦点樊某到荆府任职，一是皇上念念不忘当年樊某平息武陵民变有功，二是看重樊某对荆州的情深。一方

水土养一方人,樊某虽未生于荆州,但做官于斯,自然对这片土地和乡民感情深厚。没有在这里生活过的人,哪里懂得这里的风土人情啊,今天弄点这花样,明天弄点那花样,不就是为了哄哄朝廷吗?"樊闰扫视着在座的人,见大家一个个兴高采烈,弹冠相庆,接着说:"所以说啊,这些个动作就是摆花架子给朝廷看,糊弄糊弄上面,好在太后面前邀功请赏啊。这样可不行!朝廷高兴了,荆州人心不稳;荆州人心乱了,咱们可就遭殃了。弄不了几天,人家一走,扔下这烂摊子还得咱们自己人收拾……"

"是是是!对对对!刺史大人说到点子上了,咱们荆州的宝座就得要咱们自己的人坐。"众人喝彩,樊闰扬扬得意。

宴会进行了一个上午,宾客们已经酒足饭饱,又相互恭维了一阵后散席。

樊闰新官上任,送走了社会名流和赴宴县令,留下各郡太守,在州府大堂举行了各郡太守参加的第一次州府议事会。各个太守一进大堂,又纷纷趋之若鹜,开始拍马逢迎,巴结讨好。

"樊刺史走马上任,荆州必定迎来一个甚好的局面。""樊刺史大人是上天派给荆州的父母官。""樊大人的就位,是荆州百姓的福音!"各种拍马溜须之声不绝于耳。

这时,樊闰抱拳说:"谢谢各位同僚的抬爱。今天留下各位大人议事,还是关于'张生法场喊冤案'的有关事宜,本官想听听诸位的高见。"

在座的这些同僚中,大部分是不希望翻案的官员,这个时候还有些担心,因为是前任刺史杨震亲自上报的这个"张生法场喊冤案",认为张生是有冤的,他们担心樊闰会按照这个路子审下去;少部分正直的官员,则都希望樊闰能按照杨震的思路往下审。

于是,有个不识时务的太守想拍马溜须,说道:"樊大人,你走马上任,肯定是公正审理,如此,大人肯定会青史留名。"

他的话刚一出口,不少人便把目光投向樊闰,看着樊闰的态度。

这时,樊闰表态了:"今天召集诸位,就是要告诉各位大人,这个案子我要重审!"他说话的时候,能感觉到他咬牙切齿的态度。

同僚们纷纷看着那个拍马的太守,而荆州、武陵郡涉案的官员个个惊呆了。

自从杨震命王密让张生父亲上堂做证后,张生不是真凶,是遭人诬陷的事实,不光在索县,就是在武陵和荆州都已经传得沸沸扬扬,众所周知,无法掩盖。

然而,杨震被贬,樊闰接手,他在今天的酒后议事会上一通歪理邪说,曲解律法中的"春秋决狱"。他说:"前汉的大儒董仲舒把儒家思想引到司法审案中,提出以《春秋》经义来断案决狱,受到历代皇上沿用,用儒家的礼义学说作为判断是非、善恶,以及贤、不肖的标准,作为审判案件的根据。"

樊闰说到这里,看了一下在座的官吏的反应,发现官吏们一个个面无表情,他干脆挑明说:"张生不是真凶,但查遍荆州,恐怕只有张生有杀人动机。同时,张生在王灵母女毁婚之后,不顾礼义廉耻,无休止纠缠。作为一个常读诗书的儒生,仅这一点,张生的这些做法,就有悖于礼义之大宗,也属于离经叛道、大逆不道行为。仅此,也应定罪,也应斩首。"

在座的官吏都知道,"张生法场喊冤案"被复审之后,张生马上就要无罪释放了。樊刺史的话,是不是真话?

"说句心里话,"樊闰接着说,"像张生这样的人,哪里是好百姓?人家王灵的母亲嫌你穷,你就走开算了,却像个无赖,三番五次纠缠人家的女儿。像这样的刁民,按照律法,咋能不治罪?"

官员们在认真听着他的话。

"再说,"樊闰说,"本官不会因为这样一个人,而让跟随本官多年的同僚们无辜受冤,你们说对吗?"

官员们一个个听得热血沸腾,欣喜若狂,都纷纷抱拳赞同。

跟随樊闰多年、为樊闰鞍前马后伺候樊闰的助手武陵郡丞金武,抱着拳头,差点把身子摇倒了。

樊闰主政荆州以后,本来要把金武也带到荆州府衙任职,但是,他还兼任武陵太守,因此,他把武陵郡府一摊子政务就交给了这个金武处理。这时候的金武,名义上是武陵郡的郡丞,而实际上已经成为武陵郡的当家人郡太守,或者说是代理太守。为了能长长久久跟着樊闰,好有一天真的坐到太守的宝座

上,这个金武不但把樊闰巴结得更紧,而且不断跑到荆州府衙,为樊闰出主意想办法。

这时,这个金武直起身子,说:"刺史大人说得甚对,我替同僚们表示赞同。樊刺史如同我们在座官员的父亲,我们今后的仕途,都要靠樊刺史这个父亲罩着。"

"说得甚好!"同僚们都起哄叫好。

听到金武这么一说,樊闰更加得意。

这时,只听樊闰说:"最后,告知诸位,本官已决定,马上换掉案子的主审人员,重审案子。"

樊闰说到做到,州府议事会之后,他就开始动手了。杨震在荆州时,"喊冤案"由索县县令王密主审,现在他重新任命,就是由他的心腹武陵郡丞金武来主审。同时,又把索县县丞牛寿调来,协助金武审理,而把县令王密排挤在审案人员之外。

这天,牛寿来到武陵郡府与金武一见面,金武就给牛寿说:"我们是同舟共渡啊。刺史大人把这么重要的案子交给我们审理,是对我们的器重和信任,我们要'公正'审理啊!"

说毕,两人心照不宣地笑了。

于是,"张生法场喊冤案"的重审工作由索县县衙搬到武陵郡府衙大堂,主审官由王密改为金武。

堂上坐着金武、牛寿。

堂外的木栅栏外,站着王密和不少在旁观看的乡民百姓。

堂下,随着衙役一阵"威武——"的喊声,张生再次被带上来,两个衙役取掉他脖子上的枷锁。

金武"咣"地一拍惊堂木说:"罪犯张生,为了彻底弄清你到底有没有奸杀王灵母女,以后这个案子就交由本官来审。"

张生弄不清眼前的情况,回头看了看堂下木栅栏外的王密,又回过头看了看堂上坐的金武,就说:"感谢青天大老爷!"说毕,连连磕头。

金武说:"把人证带上来。"

七 东莱的福使

这时，两个衙役押着一个陌生老头走进来。

金武道："张生，先别忙着磕头，你先看看这个人你认得不认得？"

张生看着陌生老头，老头也看了一眼张生。张生看了好一会儿。

金武又问了一遍："张生，这个人你认得不认得？"

张生肯定地摇摇头。

金武又问："老头，你认得不认得眼前这个年轻人？"

老头说："认得。"

金武问："他是谁？"

老头说："他是县城街上'豆腐张'家伢子。"

金武说："打更老头，你就把两次见到'豆腐张'家伢子的情况给本官说说。"

老头说："就在前年七月二十六和前年八月十四这两个晚上的丑时，我在索县城打更时，看到他在大街上鬼鬼祟祟出现过……"

张生马上奋起抗争："你胡说！我根本就没有在索县，你血口喷人！"张生接着大喊："大人，我没有在索县，我没有杀人……"

堂外的土密看到这儿，脸色铁青，差点冲进来。他在想，眼前这个打更老头，到底是不是当时在索县大街打更的那个老头？如果是，在自己重审时，曾和袁礼到打更老头家寻找，家里人说他失踪了。那这么长时间他在哪儿？一个个问号出现在王密的大脑里。

金武说："让打更老头画押后，把他带下去……"

由于张生的不断大声叫喊，法堂上下顿时乱成一团。

这时，王密怒不可遏，但由于他不是重审官，没有办法左右审案。

审案结束后，金武赶紧跑到荆州府向樊闰汇报了审理结果。

樊闰慢悠悠地说："这样甚好。"

金武问："大人，你看还要不要再鼓动几个证人，到堂再证实一下？"

樊闰说："眼前的证人足以证明张生在说谎，为什么还要劳心伤财？再说，从打更老头的供词里，我们可以看出，这个张生分明是对王灵母女怀恨在心。第一次于前年七月二十六晚上潜回索县县城，作完案后，悄悄离开索县，

135

为的是杀了王灵让她的母亲后悔一生；之后，相隔二十天，二次潜入索县县城，再次杀死王灵的母亲，顺手拿走王灵母女家的钱财，到天明才回家，给人造成他两次案发都不在现场的假象。这还不解恨，又割了王灵母亲的头，挖了母女俩的乳房，割了母女俩的屁股。现在，没有什么可说的了，张生没有被冤枉。"

几句话说得金武不住点头。

正在这时，王密走了进来，金武一见就走了出去。

樊闰吊着脸问："王县令有何公干？"

王密说："我想问问樊大人，张生这个案子，下官在复审时，在所有的案卷中，根本就没有打更老头这个人证，为什么这会儿突然出现了这个打更老头？"

樊闰鄙视地说："王大人，你应该明白，本官现在是荆州刺史，不是武陵太守了。你作为索县县令，知道衙门的程序，有公干的事，应该到武陵郡府找现任的代理太守金武申明，怎么能越级行事？再说，你已不是审案人员，有什么问题，也不应该找本官，而应该找本案的重审主审官去。"

王密一时无话可说，气得没有再吭声，就走了出去。

王密不知道，这个打更老头，是武陵郡郡丞金武伙同索县县丞牛寿密谋策划，用钱财贿买的做伪证的人。

经过数日路途奔波，杨震三人跋山涉水渡过莱河，终于来到了东莱郡府。

他们老远就望见一群人把郡府大门围得水泄不通。冯宝刚要上前拨开人群，被杨震挡住了："先看看是咋回事再说。"

杨震他们不作声，站在人群中间，看着两个衙役正在驱赶着围观的人群："去去去，都滚开，滚开！"

一些不愿离开的人被衙役挥着棒子连推带扯往外撵。杨震走上去，问那两个衙役："这是咋回事啊？"

衙役一边撵人一边瞅了瞅问话的杨震，但见杨震除了衣服穿得干净，就是一副普通的乡民打扮，就道："咋回事？刁民告状呗！见天都有。都走，都走！赶你的路，不要在这儿看热闹。"

挤到人群前面，杨震这才看见府衙门口地上跪着一个年轻庄稼汉子。他身穿破破烂烂的短衫短裤麻布衣裳，脚蹬一双破烂草鞋，一脸憨厚，浑身是伤，右手拄着一根棍子，左手拿着一片满是尘土的木牍，看起来已经不是第一次来了。

杨震看那个年轻人就知是个本分可怜人，他走到年轻人跟前弯下腰说："老侄，有啥事起来说，这地下潮湿。"

那两个衙役看杨震不但没有走，还管起闲事来了，上前一把推开杨震大声骂道："你这个老汉，我说你耳聋啦？快走你的路，少管闲事！"

这时，周广一步跨上去，抬手就打了那衙役一个耳光："我打你个仗势欺人的东西！睁开你那狗眼看看，这是新来的东莱太守杨大人。"

几个衙丁一听是新任太守，惊恐万分，一齐跪地磕头。

刚才还嚣张跋扈的那两个衙役一下子慌了神，头磕得"咚咚"响："小的有眼无珠，小的有眼无珠，请杨大人原谅，请大人原谅！"

杨震道："起来回话。这到底是咋回事？"

衙役依然跪着不敢起来，指着那个年轻人："这个刁民告恶状都半年了，天天跪在这里，引得众人围观，扰得府衙无法办公。"

听说是新来的太守，那年轻人赶紧跪着爬到杨震面前说："大人，小民冤枉，大人要替小民做主哇！"说着，扭头转向两个衙役气愤地说："你们胡说！"

杨震对年轻人和气地说："起来回话。你姓甚名谁？哪个县的？状告何人？"

告状的年轻人使劲拄着棍子晃晃悠悠站起来喘着气说："我叫李四，黄县河东村的，状告黄县恶霸汪豹。"

杨震问："为什么不在黄县县衙告？"

李四说："黄县县衙收受贿赂，官官相护，有失公正，小民不服，这才上告东莱府衙。"

杨震又问："那前任太守如何审理的？"

李四回答:"前太守说小民是黄县人,应属黄县管辖,不予受理。小民无钱,又被打伤,进不了京城,只能在这里跪求府衙伸张正义,为小民做主严惩恶霸。"

一贯为人耿直、做事雷厉风行的杨震,听罢李四一席话,转身对周广说:"周郎,放下行囊,准备升堂!"

杨震三人顾不得鞍马劳顿,顾不得口干舌燥,没喝一口水,交割了朝廷文书,安放了行囊,安顿了车马,就开始升堂问案。

"威武——"随着一声威武的呼喊声,杨震坐在了郡府府衙大堂的正中央。

郡府的郡丞、记事、掾史看着新来的太守刚一进门就升堂审案,自觉脸上无光,便都慌忙就位装模作样站在两旁。

李四拄着棍子跪在堂下地上。

杨震大声问:"堂下跪的是何人?"

李四说:"黄县河东村乡民李四。"

杨震又问:"李四,你有何冤情,不在县衙告,跑到郡衙来告?"

李四说:"小民状告黄县恶霸汪豹。"

有个衙役听着李四说话,"扑哧"一声笑了出来。杨震眉毛一横,那衙役连忙捂上嘴低下了头。

杨震看着李四继续说道:"公堂之上,不得怠慢。李四,你把冤情细细说来,让本官听听。"

李四挪了挪跪疼了的两条腿,愤愤地诉说着冤情。

原来,黄县地方豪强汪豹家有一个百亩大园,里面也没有种什么庄稼,只是种了一些花草树木,专供自家射猎、骑马游玩。李四家有一块地,离游园不远,他没有牲口牛骡耕种,就雇了齐家一头牛为自家种地。一天,李四为自家耕地,耕完地收拾耕犁时,该死的耕牛趁李四忙没注意,撞进了汪家园子吃草。汪豹的管家发现了,喝令手下家丁一顿乱棍将牛打死不说,还扣下了打死的牛,煮着吃了。这还不算,又将李四拖去痛打一顿,将李四腰腿打伤,并且还说牛踩踏了他家游园花草,让李四赔偿。李四是为自家耕地,齐家的牛被汪家家丁打死，李四已没钱给齐家赔偿，哪还有钱赔偿汪家的花草？汪家就强行把李四家距离汪家游园不远的那块地抢占了，说是抵钱。李四既赔不起齐家的牛钱，又白白地丢了自家的养命地，无奈告到县衙，县衙老爷惧怕汪家，徇私枉法，恶意判案，让李四以地抵债，再赔偿汪家被牛踩踏的花草损失一千缗钱。现在，李四既要赔齐家的耕牛，又丢了地，又要赔汪家的花草钱，还要自己疗伤。李四说，他几年挣的辛苦钱都赔不起齐家的耕牛，更赔不起汪家那些值钱的花草。

杨震问："那你后来是如何赔的齐家的耕牛？"

李四说："小的没有办法，只好卖身，给齐家打长工，让东家从每月工钱里扣，以抵偿耕牛钱。可是，汪家还不依不饶，家丁家兵到处追打小的，要小的赔那花草钱。小的一家老小，实在过不下去了。"

杨震想了想说："李四，本官现在先给你一点儿钱疗伤。你先回去，在家边疗伤边等着，什么时候传你，你就到。"

李四一听太守大人要给自己钱用来疗伤，吓了一跳，说啥也不敢要："大人，小的我不敢要大人的钱，我只要公道。大人，莫不是想用小钱堵小的嘴，让小的在家空等吧？"

站在杨震身边的郡丞一拍公案，站起身来大声呵斥："大胆刁民，不知好歹，竟敢污蔑太守大人！"

杨震一看李四这般惧怕，只好没法尽快安抚李四。

八　推新政

　　杨震从身上掏出钱，让周广递给李四。

　　杨震说："李四，你先回去好好养伤，近日本官就到你们黄县去。五天内没听到我传唤，你再来郡衙找我杨震。到时，你赔齐家的牛钱，就从我这个月的俸禄中拿。"

　　李四一听，更是丈二和尚摸不着头脑。他无论如何都不相信新来的太守能替他赔钱，怀疑杨震是不是在变着法子打发自已，就说："大人，你的钱我不能要，我还是要大人为我做主。"

　　杨震说："不是给你，是借给你，你得给我写借条，还得摁手印，等你把官司打赢了，再还我。相信我，我会把官司给你打赢的。"

　　李四这才恍然大悟，连连磕头，在借条上画押摁印。

　　堂上堂下的衙役们没见过这般断案的太守，都盯着杨震，惊奇得不知所措。

　　杨震已经在公堂上夸下了口要在五日内断完这桩荒唐案的海口，所以就顾不得一路劳累，只是匆匆洗漱了一下，安顿了一番，第二天就换上那身素袍，乘着马车，带着周广一行人风风火火赶到黄县衙门。

　　昨天就听闻新来的太守要来黄县，县令陆原一早就通告县衙一干衙役到县衙大堂候着。杨震在荆州追赃赈灾之事早已传遍全国各地，大小官员都知道杨震一身正气两袖清风，有敬的，有怕的，有恨的。陆原又听说杨震被停职回京复命，没想到眨眼工夫便被调任东莱，来东莱的第一天就碰上了李四这个刁民。若不是这个李四在郡府死缠烂打地闹事，怎么会把杨震引到黄县？杨震这一来，对黄县是福是祸，陆原心里真是没底。

看到杨震一行乘着马车这么快就到了县衙，陆原同一干衙役慌忙上前迎接。但是看到杨震的打扮没有一点儿太守的官相和官派，有的只是一介夫子的儒生气，对杨震的畏惧一下子消失得无影无踪。

陆原慢吞吞地道："不知太守大人驾到，下官陆原有失远迎。大人在荆州的政绩，下官早有耳闻，真是久仰久仰，敬佩敬佩。"

杨震开门见山地说："本官今天来黄县有两件事，一是体察民情，二是调查审理李四被殴打一案。李四已上访东莱郡府，我想听听案情的原委。"

陆原咽了口唾沫，梗了梗脖子说："李四放牛，闯入人家汪家花园，糟蹋人家名贵的花草，汪家家丁打死了牛，又打伤了李四……"

没等陆原说完，杨震打断他道："慢！陆县令，到底是李四放牛，还是李四收拾耕具，不慎让耕牛闯入汪家花园？"

陆原眨了眨眼睛，似乎想了想，说："哦哦，是李四收拾耕具，不慎让牛闯入汪家花园。"

杨震摆摆手说："好，好，清楚了。那陆大人是如何判的？"

陆原心里已经开始发慌了："回大人，本县以律法判案。耕牛闯入花园，糟蹋了花园名贵花草，损坏人家财物，应当照价赔偿，自古天经地义。"

杨震点点头说："对。继续往下说。"

陆原更加紧张地说："正因为这些，耕牛闯入花园被打是应该的，李四管牛不慎被打……"

杨震接着说："也是应该的，对吗？还有呢？"

见杨震步步紧逼，陆原慌乱了，说："李……李四赔偿汪……汪家花草也是天经地义的……"

杨震紧紧盯着陆原的眼睛说："应该赔偿多少？"

陆原赶紧低下头说："本官断定赔偿一……一千缗钱。"

杨震脸色铁青，厉声问道："陆大人，我问你，这是依据汉律的哪一条？"

陆原头上冒出豆大的汗珠说："人家的花草可是名贵花草……"

杨震"啪"地一拍桌案说:"简直是糊涂官!"

陆原小声嘟囔着说:"那……那也不能说……说李四有理。"

杨震用手指着陆原的鼻子说:"陆县令,你是百姓的父母官,你为百姓想过没有?按照律法:其一,李四犯错不属有意;其二,即使牛误撞花园踩踏花草,也不应该被打死;其三,即使李四管牛不慎,也不应该被殴打;其四,即使赔偿花草,哪里有赔偿一千缗钱的道理?其五,即使牛踩踏了那点儿花草,也不应该把人家一家人养命的土地霸占据为己有。你知道,土地和牛是庄稼人的命根子……"

陆原知道问题严重,赶忙跪下说:"杨……杨大人,我……下官错了!下官错了!"

杨震盯着陆原说:"你有没有收汪家贿赂,徇私枉法?"

陆原一愣说:"大……大人在上,下……下官不敢!"

杨震"哼"了一声说:"一个乡民一年收入才有多少?再名贵的花草能比人、土地和牛值钱?陆大人,你既然知道错,本官就命你重新升堂,本官要看着你审理。"

陆原一看大事不好,连忙摆手说:"大……大人,下官着实不敢。"

杨震冷笑一声说:"你心里没鬼为何不敢?那好,本官就借用县衙大堂来升堂重审,你在堂下陪审。"

陆原一看杨震真的要坐堂亲审,赶忙走到杨震面前小声讨好地说:"这……下官不得不把实情告诉大人。这汪豹兄弟是京城洛阳一个大官的外甥,这恐怕……"陆原低声嘀嘀咕咕地还在说。

周广厉声说道:"恐怕什么?你徇私枉法,还有什么可说?"

杨震大喊一声说:"大汉律法上对君王下对庶民。打开衙门,公审此案!"

杨震听了陆原的述说,得知东莱第一豪强恶霸汪虎、汪豹兄弟,通过巧取豪夺,兼并占有上千亩土地和几十家织染坊,致使无数百姓丢失土地、流离失所、无以为生、乞讨流浪,郡县地方官吏畏惧其势力及背后的靠山,奈何不得。杨震决定好好惩治惩治汪家兄弟。

跟在身后的郡丞东明好言相劝说:"大人,你真要动汪家?大人有所不知,汪家兄弟有在京城做官的舅舅做靠山,惹不得。多年来,汪家兄弟倚仗舅舅在京城的权势,欺行霸市,抢男霸女,抢夺民田民宅,专横跋扈,无人敢惹。前些年曾有太守想治一治汪家兄弟,结果还没动,就落了个卷铺盖走人的下场。自此以后,凡来的太守都是听之任之,犯不着与汪家及其靠山作对,引火烧身,自毁前程。"

杨震却说:"我不相信他汪家兄弟和背后的舅父有多大的能耐,如果我真为民做不了主,还不如不出仕,在关西学馆教我的书。"

杨震要陆原贴出告示,告知乡民百姓,公开审理"李四牛踩花园"一案。听说新来的太守亲自公审恶霸汪豹,十里八乡的百姓早早就将县衙栅栏外围得水泄不通。

大堂之下,陆原跪在中央,一边跪着李四,另一边一个高大威武的年轻人站着不跪,怒视堂上。

杨震一拍惊堂木问:"堂下站的是何人?"

威武青年耸了耸肩说:"乡绅汪豹。"

杨震问:"乡绅汪豹?为何不跪?"

汪豹说:"我身为皇亲国戚,何以要在一个县衙下跪?"

杨震问:"你是什么皇亲国戚?"

汪豹说:"我们汪家七八十年前就是汉光武帝的国舅。"

杨震说:"即便你是皇亲国戚,王子犯法与庶民同罪。况且,你既没有封侯,也没有袭爵,更没有封王,仅凭一个汪姓,就断定祖先是国舅,不怕天下人耻笑?你口里称的是乡绅,气派要的是皇贵。你仗势欺人,私设公堂,殴人重伤,目无我大汉律法,实属一个刁民。还不跪下!"

汪豹语塞,但仍高傲地仰起脸说:"哼,皇亲国戚,怎会向一个太守下跪!"

杨震说:"一个小小的太守,也是替朝廷办差,替皇上理政。你跪的不是太守,你跪的是大汉律法,跪的是皇上!"

汪豹还是不跪。

杨震一看汪豹果真凶蛮，心想，不杀杀他的威风，以后这东莱还怎么治理？随即大喊一声说："周郎、衙役，将这个冒充皇亲国戚的刁民杖责二十，棍棒伺候！"

"是！"周广、衙役如猛虎扑羊般将汪豹按倒，汪豹来不及挣扎，就被一棒接一棒地打着。

"一十，十五……"不大的公堂被掌杖声和"哎呀！哎呀！"的叫喊声占满了。

一会儿工夫，汪豹被打得趴在地上，爬不起来。

杨震看了看堂下趴着的汪豹，大声问道："堂下人犯，招还是不招？"

趴在地上的汪豹挣扎了一下，有气无力地说："我的家丁打了李四，杀了他的牛，占了他的地。小民知错了，小民愿赔他的牛钱、看病钱，退回他的地……"

杨震转身对主簿说："让汪豹画押，五日内送到东莱郡府。散堂！"

木栏外围观的百姓哈哈大笑，既解恨又痛快。

谁都知道，汪豹的舅舅在京城洛阳做大官。于是，杨震秉公执法杖打恶神的事，被乡民们描述得绘声绘色，一时间十里八乡迅速传遍。

杨震审理完李四的一桩诉讼官司，歇息了一晚，第二天就乘着马车带着周广、冯宝去青州府衙，拜会上司青州刺史法雄。

法雄一见面就说："关西大儒，你怎么跑到青州这个鬼地方来了？"

一句话说得杨震无以回答。

法雄赶紧解释道："听说太后让杨大人留在朝中做京官，大人坚辞不肯，要做地方官。地方官有什么好的？本官到这儿五年了，几次想挪走，甚至想进朝廷做京官，一直苦于无人提携、无人举荐。这地方就不是人待的！"

原来，青州连年天灾人祸不断，民不聊生，土地兼并严重，大多土地集中在恶霸豪强手中。没有土地的乡民要么落草为寇，要么成为流民，到处流浪；少数有土地的乡民，年年要遭受天灾，不是蝗灾，就是冰灾，特别是每年一次或几次台风带来的风灾。最后都归结为人灾。

法雄说:"你的前任那个老太守,多次向朝廷提出辞官,都被好言相劝留任,再不来人,他可能就病死或老死在任上了。"他说着,叹了一口气。

杨震也叹着气,满腔忧虑难以纾解。

杨震是北方人,他想,比起荆州,这里与关西几乎在东西一条线上,更加接近潼乡的地理环境。当年西门豹到邺地治邺,他打算像西门豹一样,了解水土,体察民情,治理东莱的自然灾害,以劝课农桑为重,促使地方百姓发展农耕,充盈国库,富足百姓。

杨震早年丧父,小时候靠母亲纺线、织麻布、编麻鞋,到潼乡集市上摆摊喊卖,一个钱一个钱地攒着供兄弟俩读书。杨震稍微大点儿后,与弟弟去后山打柴,到潼乡集市上去卖,维持家庭生活。因此,他对百姓的疾苦有深切体会。杨震想,既然走上仕途,就要解救像李四那样的百姓于水深火热之中。

"你这回算是摸了老虎屁股了,"法雄说,"那个汪豹还是个小老虎,他的兄长汪虎才是大老虎。兄弟俩一虎一豹,不光在东莱,就是在青州,也是一霸。你到东莱上任的第二天,就责罚了汪豹,以后,官府都不得安宁了。那汪家欺民霸田的事多了,那算不了什么,多少太守和刺史奈何不得他们,谁想动他们,得先看汪家在洛阳的舅舅高兴不高兴,看你头上的乌纱帽还要不要。"

汪虎、汪豹的舅舅,就是在京城任洛阳尹的江京。这汪家兄弟俩,倚仗舅舅,在东莱甚至青州,横行乡里,无恶不作。

汉时实行盐、铁专营,从生产到销售全都由官府控制。汪家兄弟与一个官员勾结,在渤海湾一带合伙经营食盐生意,由于有他们舅舅罩着,没有人敢惹,兄弟俩没几年就挣足了钱。

汪家兄弟既是东莱的首富,也是东莱的首恶。多年来,东莱的社会秩序混乱,恶性案件时有发生,这些案犯杀人越货、烧杀抢掠,十分猖獗。州郡县衙每每查案捉凶,案犯便藏匿到汪家庄园,衙役捕快连门都进不了,更别说捉拿凶犯。这样一来,不少大案要案不了了之。从此,官员们普遍不作为。

杨震对法雄说:"汪家兄弟干了这么多违法乱纪、危害百姓的坏事,像这样十恶不赦的恶霸不除,东莱的社会秩序如何得以安宁?我们又如何向东莱百

姓交代？"

法雄笑着摇摇头。杨震愤愤地说："难道就没有王法了？"

法雄说："王法？以后你就知道了。"

杨震说："我在路上看到不少流民，一路也看到不少荒地。我看可以动员没有土地的流民'改荒植粮，改荒植麻'，先使这些乡民有饭吃、有衣穿。"

法雄说："土地归朝廷所有。再说，即使垦荒，连粮种都没有，咋办？"

杨震说："下官临行前，太后不是让朝廷下诏令，想办法赈济东部了吗？怎么，朝廷的诏令法大人还没有接到？"

因为杨震临行前，邓太后已经恩准，把朝廷各项开支缩小，节省下来的钱物用于东部二十八郡国赈灾济贫。

法雄说："朝廷的诏令不知道啥时候才能到州府。再说了，太后即使有想法，也未必能落实下来。这些年，朝廷筹集到的赈灾钱粮，不是被户曹有些人扣下了，就是被大司农府有些人扣下了，不知道都肥了谁。"

杨震说："法大人，咱们联名向朝廷上一道奏章，给朝廷把这里的情况陈奏一下，恳请朝廷允许乡民'改荒植粮，改荒植麻'，大人觉得如何？"

早闻这关西夫子学问人品不凡，今天又与之一席交谈，法雄十分赞赏杨震对东莱的分析和设想，也体察到了一介夫子志高心远的境界和淡泊明志的追求。这样的贤才，太后岂能让他隐没在乡间学馆？

法雄说："既然杨大人有信心，咱们就一起上奏章。"

杨震从青州回来，路过黄县李四家的河东村，便与一行人到路边的老农家歇脚，顺便聊聊田稼农桑之事。坐在这黄土垒墙、茅草苫顶、透风漏雨的茅屋里，农夫村妇们怀里搂着光腚娃娃，说起赋税之重和徭役之苦，个个说个没完。

汉朝自景帝以后，一直实行"三十税一"制度，即按收入的三十分之一收税。表面看来，百姓的负担并不重，但由于朝廷常以灾害、战乱，以及修建皇宫、驰道、皇陵工程等名义随时增税，地方官吏又借机巧立名目强取豪夺，广大百姓的负担实际上达到了"十收五税"。此外，老百姓还要缴"人丁税"，每人每年一百二十钱；生了孩子要缴"添口税"，每个孩子二十三钱。同时，汉律规定，每个成年男人每年必须服兵役一个月，兵器行装干粮自备，加上路途遥远，往来几个月的生活盘缠，令家中耕作和生活都受到很大损失。

说起这些事情，农夫们愤懑有加，农妇们垂泪不止。杨震听到这里，就说些劝慰的话，顺手从身上摸出几十个钱留下来以表心意。

杨震从青州回来后，就开始到各县了解民情。

一天，天下起雨，快黑的时候，杨震一行人又来到黄县河东村看望李四。

一个漆黑漏雨的房子里，一截几近烧干的松树枝，微弱的火苗不停跳跃闪烁，随时都可能熄灭。

杨震与周广、冯宝坐在李四家那张破烂的蒲席上，环顾四周，家徒四壁。跟李四聊了半个晚上，李四说的话，印证了青州刺史法雄说的那些。这里的土地都被地主豪强占有，多数乡民没有土地，除了落草为寇的和外出流浪的，就是给这些地主打长工，或者到地主的织染坊做工，辛苦一年，工钱被地主恶霸以各种理由克扣，到头来全部收入还是不能养活全家。

连着多日，杨震走遍了东莱十三个县，看到东莱一带的百姓土地丢失，徭役赋税沉重，长年与饥饿和贫穷抗争。如此下去，地主豪强势必会加速土地兼并，而广大乡民将面临破产。他把到各县了解、调查、察看到的情况，记录了几十卷竹简，回到郡府，反复看着，琢磨着，研究着。

乡民靠土地为生，一个乡民手中没有自己的土地，仅靠给地主打长工，那永远也富裕不了，只能是祖祖辈辈一穷二白。而地主豪强们兼并霸占大片土地，以低廉的工价雇用乡民，剥削克扣，巧取豪夺，用乡民的血汗肥了自家的良田，世世代代尽享荣华富贵。

杨震出身贫民之家，知道土地对乡民意味着什么。看到东莱的百姓以各种原因丢失了土地，民不聊生，杨震不禁仰天长叹，时不时吟诵着屈原的"长太息以掩涕兮，哀民生之多艰"这句名言。

杨震在东莱上奏朝廷："东莱一带，土地兼并之风十分严重，富者田连阡

陌,贫者无立锥之地。贫苦百姓饥寒交迫,流离失所,不得不卖身为奴,贫富分化日趋严重,农耕生产日渐凋敝,民生之状况令人担忧,长此以往,国将不国。卖身为奴的人,主人又随意欺凌、买卖,甚至不跟官府打个招呼就可自行处死,其境况之悲惨,闻者皆唏嘘。臣在东莱将推行'改荒植粮,改荒植麻'新政,争取做到人人有田耕、有衣穿、有饭吃。建议朝廷研究制定相关法规,从而推行一套'均贫富、扶贫弱'的国策。"

几天后,朝廷关于赈济东部二十八郡国的诏令下达到郡府。

杨震迅速召集东莱各县县令,在郡府议事。

议事厅的正墙上,挂有一醒目条幅"官为民之仆"。

议事会上,杨震先告知了朝廷下发的诏令,接着说:"连日来,本官走访察看了各县乡民的生活,所到之处,民不聊生,令人心痛。都说东莱位于黄河下游平原,土地肥美,但乡民们却忍饥挨饿,家徒四壁。郡府根据朝廷的诏令,赈济无以为生家庭:特困、孤弱家庭每人六斛谷,贞节义妇每人十斛谷。甄别赈济门庭,推崇高尚德行,打击恶霸豪强家族。"

接着,他把自己到东莱后,看到东莱的现状所萌发的设想和盘托出:"这些天本官想了很多。乡民只有有了土地,自耕自给,发展农耕,赋税减轻,他们的吃饭穿衣才能得到真正保证。郡府已有一个初步打算,借鉴光武帝的做法,把荒地分给贫困的乡民,准备推行……"

正在这个时候,朝廷差人又送来了新的诏令。

杨震急忙展开浏览,看完后,说道:"太好了!朝廷又下了一道诏令,本官当着各位大人宣读一下。皇太后制曰:'诏令禀贷受灾无经济来源百姓,允许无田百姓开垦荒地,三年后再行纳税;其渔采山林池泽,不需纳税;将鸿池借与贫民,可以在其中捕鱼;广成苑可租给贫民垦殖开辟,郡国公田借予贫民垦种度荒。'"

广成苑是西汉时期建于河南汝州临汝镇西北的一座皇家游乐宫苑,辟广成泽而成,为皇家狩猎游乐的禁地。宫苑中风景优美,鸟兽虫鱼俱全,堪称天然猎场。

杨震和法雄联名把东莱土地兼并现象严重、无田流民众多的情况上奏朝廷，想不到朝廷这么快就有回应了。

闻此，县令们个个高兴，称颂朝廷体察天下民心。

杨震也高兴地说："本官刚刚说到郡府准备推行一项新政，叫'改荒植粮，改荒植麻'，就是把能种的、能利用的荒地按块划分给没有田地、到处流浪的乡民，让这些乡民根据土地性质合理利用荒地，能种植粮食的种粮食，不能种粮食的可以种麻。粮食自种自给，麻自纺自织做成衣、鞋等，一些留给自己用，多余的由郡府以合理价格收购，上缴朝廷。乡民得了钱，既可以维持日常的开销，还可以弥补粮食的不足。今天本官把东莱十三县的父母官请来，就是想让大家议议，献计献策。"

杨震话音一落，县令们纷纷赞成："好主意啊！杨大人已经替下面想到了。"

杨震看到大家的情绪，心里宽慰许多："父母官，父母官，老百姓把咱们当父母，朝廷把咱们当他们的执行官。咱们是先做父母后做官，如果当不好百姓的父母，又怎能当好朝廷的官？"

有个县令喊着说："杨大人，你是太守，你说咋办，我们就咋办！"

杨震说："各县尽快把朝廷的诏令告示出去，动员流民回乡，尽快恢复农耕生产，垦荒植粮、垦荒植麻。虽然错过了播种时间，但郡府将差人到朝廷找大司农府，调拨谷种和麻种，抓紧时间，争取尽快种上秋庄稼，秋季收获一季豆、麻。郡府将奖励垦荒成绩突出的县乡亭官员，处罚辖区内田畴荒芜严重的官员。"

县令们正准备起身，杨震又道："还有一事差点儿忘了，就是动员落草为寇的乡民脱匪的事，你们在告示中，特别要把这一点提到。只要这些为匪的乡民脱匪，同样给划分荒地。"

郡府议事会后，杨震推行的"改荒植粮，改荒植麻"新政在东莱各县得到百姓的大力称赞和拥护，特别是那些流浪在外的流民，得知朝廷诏令，纷纷返乡回村，按照乡亭划分的地段，开垦荒地。有了自己的土地，一时间，沟坡道旁，到处是面带笑容开荒种地的乡民。这片土地上，出现了少有的热闹景象。

杨震到黄县现场察看，看到这些，自然心里也高兴。但一到晚上，他不由自主就牵挂起荆州那边：王密把那个喊冤案审清了吗？杀害王灵母女的真凶抓到了吗？张生的冤屈昭雪了吗？

而在荆州，不久之后，樊闰觉得张生的案子可以结案了。他让金武拟了一道给朝廷的奏章，内容主要是张生的案子以"斩立决"维持原判。折子中写道："索县'连环奸杀母女案'案犯张生，无冤喊冤。县、郡、州三级数月数堂审理，通过不少人证上堂做证，证明张生即是发生在索县的连环情杀案之真凶。请朝廷明察、裁决。"

奏章拟好后，稍通律法的金武这时才忽然想到，依照律法规定，像这种出现喊冤的案子，向朝廷奏报，须先有县衙的重审结果奏报，然后才是郡府、州府的复审结果奏报。于是，他把这一切禀报了樊闰。

樊闰听了禀报，就派金武到索县让王密出具重审结果奏报。几乎所有的官员都没有想到，索县县令王密出具的重审结果奏报是："'张生法场喊冤'经本官数次上堂审理，证明张生确属冤枉，应无罪释放，方显汉律之威严。"

王密接着说："到眼下，在本官所审理的张生法场喊冤案中，所有证据都证明张生是冤枉的。因此，本官秉持一个县令的职责和良心，坚持张生无罪。"

金武很快把这一情况汇报给樊闰，樊闰怒火冲天，他没有想到王密到了现在，竟然还是坚持张生无罪。这下，他才感到，虽然他采取手段把对手杨震挤出荆州，贬了职，但是，杨震的死党王密仍然是个绊脚石。想到此，他把牙咬得咯咯响。

王密坚持张生无罪，弄得这个不可一世的荆州刺史樊闰一时间一筹莫展。后来，樊闰经过反复思考，认为解决"张生法场喊冤案"这个问题的最好办法就是把王密弄走。王密是受杨震举荐做了索县县令的，是秉承杨震的思想来重审此案的，不想办法把王密这个人弄走，这个案子最后还是不能结案，而且自己以后在荆州也很难坐稳。他在思考着把王密弄走的办法。

金武得知樊闰的想法后，担心樊闰弄不走王密。樊闰的鼻子哼了哼，说：

"一个荆州刺史都被本官挤走了，一个小小的县令算得了什么！"

之后，樊闰暗中指示金武给朝廷上了一道奏章，弹劾王密担任索县县令，目无上级衙门，冒犯上司，做事恣意妄为，请求朝廷罢免王密索县县令一职。果然，朝廷真的批准了金武的奏章。

朝廷批奏下达后，樊闰派金武带朝廷宣旨官到索县县衙宣旨。圣旨中只说革去王密索县县令一职，到京复命，其他什么也没有说。

王密接到圣旨，一时沉默。只是，王密没有立即离开索县，他不吃不喝不睡，一个晚上，他从屋里走到县衙院子，又从院子走进屋里，循环往复，不知道他在想什么，一直到天明。最后，他简单地收拾了一下行装，连家都没有回，就去京城向朝廷复命。至于朝廷是调他去某个地方上任，还是罢官免职，他无从知道。

傍晚，永安宫静悄悄的，几个宫女轻脚慢步走来忙去点着宫灯。邓太后还在忙着批阅奏章。

邓骘兴冲冲进来说："参见太后！太后，东莱又有好消息了！"

邓太后抬起头，面露喜色说："什么好消息？卿兄免礼，快快起来说话。"

邓骘高兴地说："杨大人在东莱，按照朝廷诏令，落实他推出的那个新政'改荒植粮，改荒植麻'，流民们纷纷返乡回村，开垦荒地，东莱秩序很快稳定。杨大人上奏朝廷，请求大司农府解决谷种和麻种，还想尽快下种，今年收获秋庄稼。"

邓太后兴奋地打断邓骘说："此真乃明智之举！后汉开国之初，为了富民，先皇光武帝下令返乡民土地，才使大汉一直兴盛。如今杨震提出'改荒植粮，改荒植麻'，是先皇富民精神的延续啊！"

邓骘说："是啊，这样一来，东莱的老百姓不光能解决吃饭、穿衣问题，还能发展副业。"

邓太后使劲点点头说："先生不愧为明臣、能臣，哀家相信，这样才智双全的人才，不论走到哪里都能推陈出新、建功立业啊！好，好！尽快传哀家懿

旨，请大司农府赈给青州谷种、麻种。"

太后和邓骘对杨震赞不绝口，一旁站着的樊丰脸色阴沉。邓骘高兴地匆匆出去后，太后问樊丰，皇上这几天在干什么。樊丰回答，自然在读书。

可是，下午时，御书房的安帝心思并没有在书上。安帝处在情窦初开之际，长乐宫、后宫掖庭，有近百个宫娥侍女服侍他的起居、饮食、读书、游玩和练习骑马剑术等。安帝跟这些少女在一起的时间长了，总觉得没有一个宫女让他称心如意，这时，他就想伯荣。上次，安帝与伯荣在御书房偷偷摸摸享受鱼水之欢之后的多天，伯荣的笑靥和提裙飞奔的倩影总在安帝眼前晃动。安帝终于按捺不住，几次求樊丰说，想见见伯荣。

这晚，在樊丰的安排下，安帝改换行装，往樊丰为他们幽会安排的地方走。他前面有两个宦官提着灯笼，后面跟着中常侍樊丰和两个宫中侍卫，趁着夜色，秘密出宫。到了洛阳京城郊外的一座宅院门外，樊丰让车夫、几个宦官和侍卫在门外候着守护，安帝则悄悄推开虚掩的门走进去。

屋子里，伯荣衣裙敞开，松散着秀发，坐在床前发呆，满脸愁容，眼含幽怨，越发迷人。伯荣听到有人进门，回头一看是安帝，草草系了一下带子，提着裙裾奔过来。安帝看着伯荣飞奔的风姿和袅娜的体态，当下魂都丢了。其实，安帝一进门，他身上的香味随之飘进屋里，伯荣已经闻到了。欲火焚心的安帝一边叫着"荣儿"，一边急急脱掉外黑内红的长披风，疯了一般抱起伯荣滚在一起。

一番云雨过后，安帝捧着伯荣的脸亲昵地说："荣儿，这么长时间为何不进宫来看朕？想死朕了，害得朕夜不能寐，只得偷偷摸摸跑来与你幽会。"

伯荣倒在安帝的怀里嘤嘤哭着说："皇上如此深爱阿荣，阿荣又岂是那无情之人？阿荣朝思暮想着皇上，恨不能变成鸟儿飞进宫中夜夜陪伴皇上。可是，太后她……阿荣惧怕太后威严，岂敢毁了自己又连累皇上……"说着，哭得更加伤心了，让安帝心疼不已。

听伯荣一番话语，安帝把伯荣搂得更紧，也更加迁怒于太后，说："荣儿别急，朕设法尽快亲政，等朕亲政后，做的第一件事情就是光明正大地迎你进宫，封你为妃、为皇后，永远陪在朕的身边。"

伯荣听罢，娇羞地躲进床帐里说："皇上夜晚出宫，当心有人看见。"

安帝指指门外说："有樊丰呢。唉，朕虽然贵为皇上，好多事也是身不由己，朕出宫一次也不容易，这还得樊丰安排呢。现在，不光要防太后，还要防朕身边的侍女和宦官，他们个个都是太后的耳目。"

伯荣摸着安帝的脸庞说："阿荣体恤皇上的难处，阿荣就在这儿日日夜夜等待皇上，阿荣想永远伺候皇上。皇上，今晚能不能不回宫啊？皇上一走，阿荣不知何日才能见到皇上，今晚就留下来吧。"

安帝已经被伯荣的娇羞可爱迷得神魂颠倒，恨不得让伯荣做自己的后妃，便说："朕依你，今晚就让你为朕侍寝。"

两人就这样搂抱着睡了一晚。

次日天不亮，安帝在樊丰的催促下，依依不舍告别伯荣悄悄回宫。

"儿臣给母后请安！"一大早，安帝带着侍从宦官，慌慌忙忙乘着六羊车匆匆赶到永安宫，向太后请安。

邓太后为了大汉江山社稷，殚精竭虑，通宵达旦地批阅奏章，到现在还没有合眼呢。

"皇儿，昨夜没有睡好吧，怎么脸色不好？"邓太后揉了揉发涩的眼睛，看着安帝的脸。

安帝一下子惊慌起来，说道："回母后，儿臣昨……昨晚看《太史公书》，看得晚了。"

看着安帝慌张的神态，太后没有答话，随即看了看旁边站着的樊丰。

樊丰有些惊慌。

邓太后说："就剩下这一份了，哀家看完也得休息会儿。"她说毕，又叮嘱了让安帝用功的话，就让安帝回去，然后继续低头批阅那最后一份奏章。

听了太后的话，安帝稀里糊涂地回了句："谨遵母后懿旨。"然后又带着侍从，乘着六羊车忐忑不安地离开永安宫，返回长乐宫。路过御花园时，所有的嫔妃宫女宦官拜服于地，齐声问安，而安帝心神不宁，全然不觉。

早饭后，太后听到亲信密告安帝夜间偷溜出宫的事情，非常生气。特别是忽然闻知安帝喜好女色，过于贪玩，不以国家社稷为重，凤颜大怒，不无担忧

地叹道:"皇儿这样下去,将来怎么接掌天下,怎样做黎民百姓的国君啊!"

于是,她召来班昭商量。

对于安帝的婚配问题,太后采纳班昭建议,根据"五经"之说,在光武帝刘秀、太后邓绥及孔子的后裔和居住在京城的王公贵族中,广择德才兼备、容貌端秀的女子,为皇上选配皇后和嫔妃。

班昭说,按《周礼》之说,天子应有十二个妻妾以合十二月的历法,象征每月临幸一个,如此才能广生皇子,继承大统。太后将此事项交由班昭与长乐少府负责。两人不辞辛苦,经过层层选拔,共选出十二名女子,供皇上以广继嗣。遴选国母是关系国家命运的大事,邓太后非常重视,亲自主持,对选出的十二名女子进行了严格面试。在考察容貌时,对十二名女子的脸型、肤色、腰围、腿长、身条、胖瘦等进行了详细的测量;除了考察容貌、举止、风度、礼仪外,重点还问了一些有关五经、大汉历史常识的问题。经过三轮考察淘汰,最后确定兵曹尚书、步兵校尉阎章的孙女,长水校尉、北宜春侯阎畅之女阎姬为皇后。

太后绝不允许一般女子迷惑安帝,她为安帝选了一个知书达礼、深明大义的女子做皇后,太后觉得只有这样的女人做皇后才是大汉的幸事。

杨震知道,前汉末年,土地兼并之风愈演愈烈,最后导致大批乡民失去土地沦为奴隶,使得民不聊生。于是,杨震决定推行"双改"新政,但是他的新政触动了大豪强的既得利益,很快就遭到了这些人的激烈反对。

在洛阳城的洛阳尹府衙的会客厅,一个四十岁左右的京官正在烦闷。他留着八字胡,中等身材,头戴官帽,身穿宽袍大袖官袍,足穿一双奇特的官靴。他的领边袖口都镶着边,腰间的绅带上挂有玉质的饰物,他就是洛阳尹江京。

此刻,江京正在为争取晋升朝廷在京官职烦心着,外甥汪豹来到了府上。汪豹兄弟俩原本是一介武夫,有勇无谋,这些年全凭舅舅江京罩着。杨震到东莱后,因为"李四牛踩花园"一案,汪豹不但挨了打、受了罚,还退回了李四的那几亩地,威风扫地,第二天就赶去京城向舅舅告状诉苦。当时,江京叫汪豹先回东莱，容他考虑考虑对付杨震的办法。后面几日，他为了自己升官的事情，还没有顾上对付杨震，这汪豹去而复返。

一进门，汪豹看不出舅舅情绪低落，高喉咙大嗓门喊了起来："舅舅，你看咋办？杨震又在东莱推行'双改'新政，刚一开始，原来在咱织染坊做工和在咱庄园种地的那些乡民，好多都去开荒种地了。咱那些地也没人种了，活儿也没人干，眼看要停了……"

"汪家是皇亲国戚，你就任那杨震当着众人的面杖打，还有脸来见我？出了事不赶紧想办法，你那脑子是干啥用的？你收拾前几任太守的损招都哪儿去了？蠢货！你们兄弟俩好好商量商量。他杨震想在东莱坐住阵，没门！"

汪豹经过江京的责骂，似乎明白怎么对付杨震了。

江京还在骂着说："杨震这个老东西，在荆州时，向朝廷弹劾樊闰，差点革了樊闰太守的职务，引得朝野议论纷纷。最后被樊闰灰溜溜赶出了荆州。如今又到东莱拿我的外甥开刀作样。"江京想着，实在咽不下这口恶气，一定要想办法以牙还牙，让这个老东西知道知道他的厉害。

汪豹的哥哥汪虎，这段时间正好到渤海湾高句丽游玩。在高句丽，他一天换一个女郎尽情享乐，东莱发生的事情，他一点都不知道。

汪豹带着委屈来，又遭舅舅一顿臭骂，心里对杨震又恨又气，他眼睛一转，想出一个坏主意说："等哥哥回来后，想办法抢东莱郡府，灭了杨震！"

江京先愣了一下，然后拍着汪豹的肩膀恶狠狠地说："好主意！在荆州，樊闰把杨震赶走；在东莱，本官要让杨震死无全尸！"

汪豹回到黄县，躺在家中的太师椅上喝着甘醴哼着小曲，得意扬扬。

管家乐颠颠地跑过来俯身在汪豹耳旁说："小少爷，还不断有人退出织染坊。"

汪豹欠了欠身子说："别急，你看着，他们将来种的庄稼叫蝗虫一吃，没有办法了，还得求我这个乡绅。到时，他们想回坊里，都不要他们了。真想回来？行，都收下，但工钱减半，还要签下卖身契约。"

管家巴结地笑着说："呵呵，还是小少爷高明啊！"

时间已经是七月中旬。

东莱城外细雨蒙蒙，悄然滋润着新开垦的荒地。

杨震正在城门洞避雨，一边看着淅沥秋雨，一边在急切地等待朝廷的消息。因为返乡回村的流民，已经开垦了不少荒地。这时，忽见郡丞东明从雨中兴奋地跑进来说："大人，大司农府调拨的麦种、麻种随后就到。"

杨震一拍巴掌，高兴地说："好！这几天，正好下了雨，天一晴，就叫各县来领种子，抓紧时间，趁早下种，不可误了下种时机。"

"遵命！"东明兴高采烈地领了命。

天晴后，朝廷赈济的麦种和麻种很快就发到了各乡亭的乡民手中。乡民们根据各自地质情况，有的种上宿麦，有的种上麻。

这年的雨水也好，种子下到地里后，又下了两场雨，谷苗、麻苗一露头，就像竹园的竹笋那样往上蹿，不几天，就蹿到了膝盖那么高了。

正当嫩绿的麦苗长到齐膝高、麻苗长到一两尺高的时候，郡府突然接到黄县来报，说满天遍野的蝗虫，遮天蔽日，飞到庄稼地，开始蚕食谷苗和麻苗。人们都万分惊恐，因为东莱多年闹蝗灾，蝗虫过处，庄稼被吃得一片空。再闹蝗灾，一家人辛辛苦苦多日开出的荒地，种下的庄稼，就会被蝗虫吃光。

杨震接到来报，赶紧派人到各县动员乡民捕杀蝗虫。他亲自带人到黄县，组织乡民驱赶消灭蝗虫。

"蝗虫来啦——蝗虫来啦——"

一声接一声紧急的呼喊，乡民们顾不得停歇，奔走呼叫。

"老天爷呀，难道你也是个势利眼吗？你咋就不可怜可怜穷人啊！你咋就光欺咱穷苦人呢——"

黄县野外的荒地前，乡民们捶胸顿足，一片哀号……

杨震教给乡民们消灭蝗虫的方法，他要大家不要害怕。他在书中看过，蝗虫追火，但又怕火。他让乡民们在地头挖上壕沟，晚上点上火堆，蝗虫见到火光，纷纷成群飞向火堆，大部分就会被火烧死，没有死的，再用土把它们埋掉。

乡民们拿起铁锨锄头，按照杨震的办法，纷纷赶往新开垦的田间地头，男女老少齐上阵，挖沟开壕。到了晚上，又都纷纷在沟壕堆起柴火点着。果然，蝗虫飞来，一只只像飞蛾扑火，自行灭亡。没有被烧死的，也被乡民们抄起铁锨挖土埋掉。

就这样，一场无法躲避的蝗灾，被杨震带领东莱百姓消灭了，那些开垦荒地的乡民们欢呼雀跃。

这一年，东莱一带再没有闹过蝗灾。

第二年，刚一开春，乡民们纷纷下地给小麦锄草，盼望着新一年小麦的丰收。

东莱处于黄河下游的平原地区，因为地势平坦，每年夏季的风都比较大，又因为临近东海，就容易发生台风。这年夏季的五月，成熟的麦子眼看就要收割了，杨震的心一天比一天紧，因为他一直担心着今年的台风。

突然，一天早上，他觉得东南风有些强劲，他预感今年的台风来得早，就让郡府尽快告知各县，不等小麦完全成熟，就开始动镰收割。有些人不理解，嚷嚷着说，麦粒还不够饱满，收下的小麦，一经太阳晒，就瘪了。

杨震说："不抓紧收割，台风一刮就来不及了。瘪一点，总比被风刮到地里强。"

果然，风越刮越紧。听从劝说的乡民大都把麦子收到了打麦场里，虽然还没有碾打，但是，总算从地里收回来了。

台风刮了一个晚上，第二天一早，不听劝说的那些乡民到地里一看，傻眼了，因为麦粒都被阵阵台风刮得落在地里，他们想哭都没有眼泪。

看着那些不听劝说、受了风灾的乡民一个个哭天喊地，杨震决定，第二年春天一开春就通知各县，动员乡民植树造林。乡民们都在说："过去的太守，有谁这样关心乡民的生活？杨大人真是爱民如子，难得的好官！"

又是一年开春，东莱各县按照杨震的指示，在各乡亭的地界和各县的地界处，动员乡民们植树造林。杨震要求，以县为一体，以乡、亭为一体，造一圈圈防风林带，长远治理台风对沿海各县的袭击。

树苗植好后，一年多时间，喜光耐旱的杨树和柳树就都长成了一道道防风

林带,挡住了台风,使东莱百姓避免了一场场风灾。

连着三年,青州一带几乎是风调雨顺、五谷丰登。

那些占有少数土地的乡民百姓已经过上有吃有穿的日子,而那些当初流浪在外的百姓,后来纷纷返乡回村,在朝廷诏令和杨震推行的"改荒植粮,改荒植麻"新政下,也已经解决了温饱问题。

然而,一系列棘手的问题又摆在面前,使得站在郡府后院的杨震愁眉不展。

首先是朝廷的赋税年年完不成:一是少数有土地的农户只能缴少数;二是那些返乡回村的流民朝廷同意免缴三年赋税;三是占有大量土地的恶霸豪强谎报土地亩数,少缴或抗缴赋税。

其次是不少郡府、县衙时不时遭到恶霸豪强冲击和平原盗匪抢劫,其中有个县令就在晚间被杀,究其原因有二:一是恶霸豪强对官府推行"双改"新政不满,致使百姓纷纷返乡回村,他们兼并霸占的土地无人耕种,开办的织染坊无人打工;二是盗匪帮伙中落草为寇的那部分乡民认为贪官污吏与恶霸豪强互相勾结,掠夺了他们的土地;再是落草为寇的那部分乡民,被盗匪头目牢牢控制在山林海湾,而他们的妻儿老小,仍然沿街乞讨,生活无着。

各种问题盘根错节,错综复杂,一个一个缠绕着杨震,让他不得安宁。

"杨大人,朝廷的催粮官还在后堂候着。"这时,郡丞东明来催杨震。

杨震回头说:"告知他们,我就到。"

东莱郡府大堂后堂,朝廷的催粮官已等候杨震多时。

杨震推行的"两改"新政深受东莱百姓欢迎,可是,朝廷赋税年年难以完成,这让杨震无法给朝廷交差。最可恨的是,那些霸占着大片土地、开着染织坊的地主豪强,平日里财大气粗,横行乡里,可是当官府收缴赋税的时候,他们却以冰灾风灾、蝗虫肆虐导致颗粒不收等种种借口变着法子偷税漏税,或抗缴或少缴。据说,往年的东莱郡府欺弱怕强,对下威逼百姓,对恶霸豪强则巴结讨好,结果一年的赋税完成不到一半。如今,杨震不可能采用这种卑劣的手段。

杨震一见催粮官便抱拳致歉说:"让大人久等,实在抱歉!实在抱歉!"

几个催粮官中,一个年轻的说:"久等事小,完不成赋税事大。杨大人,你也不想想,收缴不上赋税,国库入不敷出,国家如何发展壮大,如何抵御外侵?"

杨震说:"这些道理本官都懂。请各位大人再容本官半年,等今年秋收后,把这几年拖欠的一并缴上。"

送走了催粮官,杨震开始了连日的调研,他不是到乡下走访乡民,就是在郡府翻看书简,然后苦思冥想。

有什么好办法既能不给百姓们增加负担,又能让地主大户们找不到抗税的借口,能顺利完成朝廷下派的赋税?

杨震想了几天,反复地翻看着到东莱的这些日子里他下乡体察民情时所做的记录,认真地分析着里面的问题,苦思冥想,终于,一个两全其美的办法从那厚厚的民情记录簿中跳跃出来:清田查户。

杨震经过多日的思考,不光针对收缴赋税问题想出办法,而且对解决东莱目前的困境,有了一个统筹考虑。他决定从三方面着手:一是在东莱普遍进行一次清田查户,然后按人头和田亩收税;二是严惩恶霸豪强,归还掠夺的乡民土地;三是瓦解削弱盗匪势力,从而消灭盗匪力量,给百姓创造一个安稳的生存环境。以期遏制贫苦百姓到处流亡,严厉制止富豪大户掠夺土地。

杨震把周广、郡丞东明等人叫到郡府大堂,说出自己的想法。

"什么叫'清田查户'?"东明听杨震说出这个词,大为不解。

杨震解释说:"就是清查田亩的数量与人口数量,这样,既能限制豪强地主继续兼并土地和奴役人口,又便于朝廷州郡征收赋税和征发徭役。"

周广一拍巴掌说:"真是个好办法!"

东明说:"不过,在全东莱郡开展清田查户工作,不是一件容易的事情,说不定困难重重啊。"

周广说:"没有困难,要我们这些拿朝廷俸禄的人干什么?"

杨震若有所思地点点头说:"肯定有很多困难,我打算用一年时间完成。"

东明赞成地点头说:"一年时间,好。"

杨震说:"每一个新政的推行都不会很容易,因为新政总会影响到一些人的利益,那咱们就要看看影响的是谁的利益。如果影响的是老百姓的利益,那肯定不行,因为老百姓是大汉江山社稷的根基;如果影响到的是一小部分人的利益,那就要坚持推行。我看,新政就先从黄县开始试行,一旦可行,就在全郡普遍推行。"

周广说:"这样甚好。"

杨震对主簿说:"下令各县,重新编造版籍,把各县的户口、土地情况先登记造册,为后边'清田查户'做准备。"

县令陆原一听又一个新政从黄县开始,就心存抵触。他不清楚杨震为何总盯着黄县不放,啥难事都要先从黄县开始。唉,都怪自己先前没有把李四被打的官司处理好,这才惹得杨震从上任第一天开始就对黄县县衙有了偏见。陆原听说过杨震在荆州严惩贪官的事,难道这次来是想让自己成为第二个梁田?

陆原心里有鬼,越想越怕。这不,正想着,杨震突然带人就来到了县衙大堂。杨震二话不说,先问陆原编造版籍,人口、土地登记造册情况。陆原支支吾吾,因为他准备敷衍杨震的这一决策。

陆原讨好地说:"大人的吩咐,下官一定照办!"

杨震表情严肃地说:"陆大人,黄县的清田查户就由你亲自督办,全县各乡各亭各户一个都不能漏,每户土地多少、人丁多少,都要仔细登记造册,尤其是那些大户,还请陆大人认真仔细核实才是。这次再有疏忽,本官新账旧账一起算。"

陆原鸡啄米似的使劲点着头说:"是是是,大人放心,陆某一定认真督办。"

陆原就带着十几个衙役到乡间清田查户,但并没有去大户家。他先来到河东村,第一个去的是李四家。陆原站在李四家门口,命令衙役丈量房屋田舍。

李四看着不对,就嚷嚷着说:"陆大人,咋能把我家的房舍都丈量了?我家房舍又种不成粮食,咋能算作田亩?"

陆原指着李四的鼻子说:"李四,你说的没错,按说房舍不能算田亩,但是，这是杨大人要求这样丈量的，所有土地不管房舍或是田园都得算作地亩。照你说，那大户人家的庄院游园就都不算了？那样的话那些大户人家还不高兴死了？"

李四一听是杨大人让这么丈量的，觉得也有道理，那地主家的房舍里落那么多、那么大，如果不算地亩不是便宜了他们？虽然心里觉得吃亏，但也说不出不让丈量的理由，就由着他们丈量。

陆原忙了一天，回到县衙已是夜晚。跟那些个穷乡民们唠叨了一整天，这会儿陆原也累了，刚想上炕睡觉，就听见有人悄悄敲门，原来是县里一个开染坊的孙姓大户，因为长得瘦小、机灵，擅长算计，人送绰号"猴儿孙"。

"猴儿孙"进门不说话，只把一个枕盒大小的盒子放在陆原面前。

陆原打开盒子，见是满满一盒各式珠宝，连忙合上盖子生气地说："你这是何意？贿赂本官是要治罪的。"

"猴儿孙"歪着嘴嘿嘿笑着说："看大人说的，小的哪有那胆量贿赂大人。小的只是看着陆大人为黄县百姓操劳，心里感激涕零，不知如何表达。这几日大人走乡串户丈量田亩实在是辛苦，能有这样的父母官真是黄县人的福分哪！今日有心孝敬大人，还请大人笑纳，万万不要推辞。"

陆原一听，也就默不作声了。

"猴儿孙"看陆原不吭声，心里就有了数，说："大人，听说那个杨震来东莱搞什么清田查户，不光要查田亩，还要丈量房舍、里落，我们的庄院都是住着家人和家丁的，又没种粮食，给我们算作地亩，不太公平吧？这个杨震，听说把荆州搞得一团糟，这又跑东莱祸害咱们，唉，大人在这种人手下做事也难哪。"

陆原听这一席话，心里舒服点儿，说："唉，知道本官不易就行。丈量房舍里落，是本大人亲自督办的，那老夫子又不盯着，怕啥？该松该紧本大人心里有数，你就不要多操心了。"

"陆大人才是我们真正的父母官啊！""猴儿孙"一听陆原的话，赶紧竖起大拇指，那脸上堆的笑容就跟没馅的包子似的，全是褶子。

陆原带领那几个衙役又忙了整整几天，才丈量完一个亭的土地，刚刚准备

收工回去,就见有人过来悄声给他说了几句话。陆原打发走了那几个衙役,就跟着那个人走了。

进了汪家阔气的厅堂,陆原看见桌上已经摆满了上等佳肴。陆原是汪家常客,自然也不客气,坐下来就问:"大掌柜的咋啦,这么长时间,咋不见大掌柜的?"

汪豹说:"去外地了。"

陆原说:"大掌柜的豪爽,我就喜欢和大掌柜的一块儿喝酒。"

汪豹端起一樽酒递给陆原说:"李四那事,让陆大人受牵连了,小的一直有心给大人道个歉。无奈新官上任,一把火接着一把火烧,看大人忙得没有喘息的时间,也担心大人与小的常来往会让杨震不悦,影响大人前程,所以,一直不敢面见大人。今日见大人亲自到亭里去落实清田查户,知道大人十分辛苦,小的特备薄酒一席,给大人解解乏。等我兄长回来后,再好好招待大人一番。"

于是,两人各端起酒樽相碰。

陆原痛快地喝下那樽酒说:"咱们是多年的交情了,不用说这些客套话。"

汪豹连忙又给陆原敬上一樽酒说:"大人说得对,大人说得对。陆大人真不愧是有情有义之人。"说着,从抽屉摸出一个精致的首饰盒递给陆原,然后贴着陆原的耳朵神秘地说:"宫里的奇货。"

陆原客气地推辞了几下,就接过来装进自己的口袋,却也不好意思当面打开。

汪豹又给陆原敬上一樽酒说:"听说那个杨震又出了新花样,要弄啥'清田查户'?清啥田,查啥户?在荆州整的是你们这些当官的,来这儿又整我们这些个大户,我看他就是见不得人家锅里有肉。哼,在荆州弄了个半截被朝廷削了职,我看这次也弄不了多久,说不定哪天就又被朝廷削职了。陆大人,朝廷有人盯着他杨震呢,说不定哪天他就灰溜溜地滚蛋了。一个外乡人,在咱们这儿指手画脚,你说他能长久吗?"

一连十几樽酒下肚,陆原舌头都有点儿打结了,他不停地摸着口袋里的那个"皇宫奇货",心里明白汪豹的心思,便结结巴巴地说:"管那个老夫子清不清、查不查的,这黄县是咱的,那就是咱说了算。你那些个土地啊庄园啊,谁能量得过来呢?你就自己写个底子交给我,我让衙役照你写的抄上就成,你还以为我真能到府上来丈量吗?呵呵,汪老弟,有朝一日本官有为难之事,还想请老弟朝里的舅父大人照应哩。"

"那是,那是,陆大人客气,这算啥嘛,小事!其实,我舅舅早就知道你陆大人给我们汪家可是帮了不少忙了。陆……陆大人,实话告诉……你吧,那些田地,那些织染坊,都……都是我舅舅的,我们兄弟俩,只是给他看家护院哩……"

两个人都喝高了,说着心里话,碰酒樽时,"叮叮当当"碰不到一起。

沆瀣一气的陆原和汪豹高兴得过了头,就在他们狼狈为奸暗中做手脚不久,一道道诉状,把他们的恶行上诉到了杨震那里。

九　暮夜却金

东莱府衙大堂里，杨震在公案上仔细阅览乡民写来的诉状。

"双改"新政在东莱的推行，得到百姓的拥护和朝廷的肯定，杨震心里稍有宽慰。可是，"清田查户"的决策却进展缓慢，因为关系到每家每户赋税分摊的数额，郡府每天都会收到来自各县的不少诉状，多数是乡民们不服丈量数据，以求公平公正。

看着看着，一封诉状的内容引起了杨震的注意："黄县县令、亭长多不公平，优饶豪右，侵刻羸弱。百姓嗟怨，遮道号呼……"诉状之中列举了陆原在黄县清田查户时自定规矩、宽严不一、穷富有别、保强欺弱等十二条劣行，末尾署名河东村李四等乡民三十七人。

杨震看罢，脸色铁青。

正当此时，周广进来禀报："大人，我从黄县刚刚回来。据下官了解，黄县的清田查户问题严重，漏洞百出。多数地主大户号称他们是'大姓''兵长'，家中拥有武装。那个在黄县欺压百姓的汪家兄弟俩，声称是皇亲国戚，拥有庄园百亩、良田万顷，还豢养着一支上百人的家兵队，每个家兵都配有长矛大刀，那气势真是有如皇宫禁卫军哪。汪家等大户极力反对'清田查户'，刻意隐瞒田地和人口，地方官吏因为惧怕，遂与他们相互勾结，狼狈为奸，视公府为私产谎报田亩，任由这些恶霸豪强肆意摆布。而对于其他乡民，则无视郡府章法，自定规则，不仅丈量田地时亲疏有别、松紧不一，还把房舍、村巷都作为田地进行统计，招来百姓不满，以至于百姓对大人推行的新政产生误解，怨声载道。"

杨震听后，摔掉手中的诉状，勃然大怒："明天，我亲自率郡兵进入黄县汪家庄园和汪家织染坊查田查人，如若属实，严惩不贷！"

汪家庄园果真气势恢宏。朱漆大门，彩绘龙虎护院，家兵守卫。庄园修有坞堡，四周筑有夯土高墙，高墙之外有丈许深沟围绕，高墙之上筑有二层、三层、四层高度不等的哨楼，哨楼上有家兵手持长矛巡查守卫，远远望去，确如一座小小皇城。

"呵呵，真乃皇亲国戚呀！"杨震在远处望着那个透着威武霸气的庄园，冷冷笑道。

郡丞走近杨震说："这些家兵都是当地的青壮年乡民，每年二三月青黄不接，或寒冬来临时，这些家兵还会进行战射训练，以防土匪及百姓攻袭。"

杨震又笑了笑，转身命令郡兵们："喊门！"

周广和几个郡兵边敲门边喊："开门！快开门！郡府来人！"

庄园大门突然大开，一下子冲出几十个家兵，手拿大刀和长矛，不问来者，上手就打。周广一看，大喊一声"保护好大人"，然后带着郡兵一起与汪家家兵打成一团，一片混乱。

汪家的家兵都是看家狗，惯在本地逞强，虽然凶猛，但是，他们这次面对的可是武艺高强、见过大场面的羽林军郎官周广，没几个回合，地上就倒了一片，哭爹喊娘地满地求饶。一场战斗，也让东莱郡府的郡兵们大开了一回眼界。

周广命令郡兵将汪家那几十个家兵看押起来，汪家那些个奴工们战战兢兢地躲在远处张望，不敢上前。

杨震看着那些被看押的家兵说："袁郎，先将这些家兵关押在黄县县衙大牢中，然后抓捕首犯汪豹。"接着又转身命令郡丞东明："本官命你带人速速去县衙将县令陆原抓捕归案，押往郡府大牢。"

虽然汪家部分家兵被押，但汪豹有京城的舅舅撑腰，他依然逍遥法外，躲在暗处唆使管家与家丁们继续设法与郡府周旋，致使"清田查户"困难重重。

在郡府大堂，杨震这会儿正在思考如何处置汪家这个东莱一霸。

周广说:"大人,据我们这些天了解,这些年,汪家兄弟凭借朝中有人做官,有恃无恐,霸占财产,掠夺民田,抢掠民女为婢妾。有个乡民向我透露,汪家老大汪虎曾看上一民女,让人将其绑到庄园调戏奸污,民女含羞投河而死,民女父母上告多年,无人理睬,最后双双含恨投河而死。"

杨震"啪"地一拍桌子:"太可恶了!把这些都记录在案。"

周广点点头继续说:"大人,汪家已经不是一般的恶霸了,是十恶不赦的豪强恶霸,对付这样的人不能再手软。我想,如果他们再抵制'清田查户',就以上次对抗官府为名,通缉汪家兄弟,查封田地,抄没家产。不做出个样子来,后面的事情就更难办了。"

杨震决定动手,先拿东莱最大的豪强汪家开刀。

他敲了一下桌子:"好,就依周郎所言。据说汪家老大汪虎一直未见在家,因此,可随时注意汪家老二汪豹的踪迹,一旦发现,立即将其捉拿归案。"

这天晚上,杨震翻阅了半宿在东莱记下的民情记录簿。

到后半夜,杨震刚刚吹灯睡下,忽然听得院子里有响动,他透过窗纱往外一看,只见几个黑影在院子里摸着向他寝房走来,他不由得一惊:不好!是土匪来抢劫郡府。他刚想叫周广,忽然想到,周广带着郡兵被调去剿匪了,便朝着院子大喊:"郡丞,有土匪抢劫!"

听到喊声,各个房子的衙役和守护郡府的郡兵都拿着大刀、长矛欲冲出屋子,保护杨震。一群蒙面土匪迅速向各个住屋奔去,堵住门口,一阵乱杀乱砍。冲出屋子的衙役和郡兵,很快被土匪乱刀砍倒。屋里的衙役和郡兵一看,不顾一切冲出屋子,在大院子与土匪展开厮杀。

这时,郡府大门已被土匪打开,一群群土匪喊着拥进大院。由于郡府这天晚上的衙役和郡兵有限,寡不敌众。杨震一面指挥,也一面拿着棍棒与土匪厮杀。

只听几个土匪大喊着:"杀了太守!杀了这个狗官!"

郡丞东明高喊:"保护杨大人!"

杨震喊:"不要管我,快杀土匪!"

不少衙役和郡兵被杀了。土匪人多势众,眼看只剩下几个郡兵,郡府很快就要遭殃了。

正在这危急时刻,忽听到大门方向有人大喊一声:"袁礼来也!"

原来来者是羽林郎袁礼。他喊着,腾空而起,飞一般踩着土匪们的头顶,拼杀到杨震跟前。黑暗中,杨震一看,果真是袁郎,还未说话,只见袁礼一把把杨震推进屋子,然后抽出佩剑,与土匪们厮杀起来。袁礼武艺高强,身手不凡,杀得土匪们招架不住,纷纷后退。

袁礼带着几个郡兵步步进逼,终于把土匪又赶出大门,然后把大门紧紧关上。

东方已经露出鱼肚白,天渐渐亮了。

杨震拉着袁礼的手,感激地说:"袁郎,多亏了你!"

袁礼说:"保护大人,是我的职责。让大人受惊了,袁礼罪该万死!"

杨震说:"不说了,让郡丞赶紧打扫院子。你等周郎回来后,要尽快查清这股土匪是哪里来的。"

郡丞带着衙役和城外调来的郡兵,在收拾打扫郡府院子的尸体和斑斑血迹。

杨震与袁礼在屋里商谈着土匪血洗东莱郡府的事。

自从杨震离京赴东莱不久,袁礼也离开了京城。在荆州时,王灵母女一案就让他心里像压上了一块大石头,怎么也搬不走。回京多日,一闭上眼睛,眼前就是王灵那双扑闪扑闪的水灵灵的大眼睛和她惨遭杀害的情景。他恨不得立即抓住那个凶手千刀万剐,可是,还没有等到那一天,他和杨大人就被迫离开了荆州。

袁礼跟杨震一样,心里一直放不下王灵母女被害的案子和受冤的张生。离开京城后,他悄悄地一个人直奔荆州,乔装打扮,明察暗访,希望暗中帮王密把张生受冤案审个水落石出,还张生清白,然后抓住残害王灵母女的真凶,用凶手的鲜血来祭奠王灵母女的冤魂。但是,时间一天天过去了,依然没有找到蛛丝马迹。街头巷尾,茶余饭后,人们还在议论着那桩凶杀案。无奈,袁礼失

望地离开了荆州，回到洛阳，正好兄长袁飞也从西北边陲前线回来。

他一进自家大门，就被家的温暖包围了。兄长袁飞、小妹袁仪正在说笑，见到袁礼回来，一家人惊喜万分。不苟言笑的父亲袁贵显然抑制不住内心的激动，高兴地拍拍这个儿子，摸摸那个儿子。自己戎马一生，为朝廷立下汗马功劳，两个儿子也子承父业，一个战斗在沙场英勇善战捍卫大汉疆土，一个奔波在四方智勇双全保护百姓平安，两兄弟名声显赫、威震四方，让袁贵心里无比骄傲。袁仪是袁家唯一的女孩，天生丽质、品质超群，不仅袁贵老两口视若掌上明珠，袁飞袁礼两兄弟也对这个妹妹疼爱有加。

一家人难得的一次团聚，都格外亲热，袁礼见兄长已蓄下胡须，更添几分英武与成熟，便说："兄长一别已近五年，双亲甚是惦念啊。"

袁飞捋了捋胡须道："我是奉命回来向朝廷催要粮饷的，不然全家还不得团聚呢。"

袁礼在京城待了一段时间。他一直记挂着杨大人，便告别了兄长，告别了父母，然后，一路到东莱追随杨震。

这时，袁礼对杨震说："大人，请放心，袁某乃朝廷任命追随大人的羽林郎，做好分内事务理所应当，等周郎回来，我们一起查清这股土匪的来路，然后，带兵剿灭这股土匪。"

看着袁礼如此深明大义，杨震心生感激："袁郎不愧为羽林出身。"

傍晚的时候，郡丞跑来告诉杨震："大人，这血洗郡府的事情，有可能是汪家老大干的，有人在前两天看见汪家老大汪虎在东莱城里出现过。"

杨震一惊："这个情况非常重要，你再了解了解，有情况及时报告。"

黄县汪家的庄院里，站着几个家兵。屋内，一个比汪豹还壮的年轻人与管家正在说话。管家说："大少爷，外边看不到郡府的兵。"

汪虎说："趁着天黑，我得赶紧离开，不要告诉别人我回来过。真可惜，昨天晚上没能杀了杨震那个老家伙。"

管家问："那咋办？"

汪虎说："不要紧，我再另想办法。过几天，我和老二再组织更多人力兵

力,一举杀了杨震这个老东西。他抓了我们家的人,罚了我们家的钱,我与他不共戴天!我得赶紧给我舅舅把这儿的情况说说。"

京城江府里,汪虎站在屋子中间焦急地张望,看见江京,慌忙迎上去:"舅舅大人,杨震亲自带人进了庄园,打伤了家兵,强行丈量田亩、清点家奴,过几天可能还要查咱那些织染坊哩。杨震还派人到处抓老二,我怕连累舅舅,刚才都是翻墙进来的。舅舅,你快想想办法,我不能再出头了。"

江京听了汪虎报的忧,气就不打一处来:"蠢货!事情都让你们搞砸了,哪有这么明着跟官府对抗的?武装对抗官府是要治罪的,这正好给杨震落下口实。老二长那么大的个头就只会吃饭是不是?这会儿让我想办法?现在朝廷的大权都在邓氏手上掌着,杨震又是邓家的人,你知道这次我为升职费了多少周折还没办成。不是为了咱的那些田园产业,我犯得着讨好巴结朝廷那些酒囊饭袋吗?我总不能正求人办事,又参奏杨震吧?这次弄不好还得把你舅舅我也搭进去哩!"

汪虎一听舅舅数落个不停,就把自己血洗郡府暗杀杨震没有成功的事说了。

江京一听先是一惊,继而说:"有种,还是老大有种,但不该失手。"

汪虎又问:"舅舅,那……那……那下一步咋办?"

江京转转眼珠子说:"你先找一个可靠的地方躲起来,没我的话你就不要露面,一旦被杨震抓住,你小子就出不来了。快,现在就走,从偏门出去!"

看着汪虎的身影在门口消失,江京这才放下心。

周广剿匪回来后,与袁礼一起调查郡府被袭一案。后来,郡丞又告诉杨震,说在打扫清洗郡府院子时,有个郡兵报告,发现有身穿汪家家丁衣服的尸体。

杨震得知袭击郡府是汪家兄弟俩所为,当即命令:"袁郎、周郎,命你二将,明察暗访,抓捕汪家兄弟汪虎、汪豹。这次一旦抓捕,严惩严办。对于汪家兄弟这东莱一霸,要先斩后奏。"

几天后，周广兴冲冲地进了门："大人，好消息！东莱首霸已被捉拿归案。"

杨震忽地站起身来，连声说道："好好好！二位将军辛苦了！"

袁礼接着道："大人，我们在明察暗访中还获悉，两年前，汪家老大汪虎欲低价收购一麻农的麻丝，因为麻农不肯，汪虎便与县衙勾结，诬以'大逆'之罪将其捕杀，强行霸占了麻丝和财产。一年前，汪家老二汪豹又想低价购买一户乡民田地，遭到拒绝后，他采取同样手段，将乡民打入大牢，掠夺了乡民的田产。据知情人透露，汪家兄弟这些年前后侵夺民田民产折钱数以亿计，并且还贩私盐，证据确凿。另外，在'清田查户'时，据清查，汪家兄弟在东莱共占有良田一万余顷，织染坊大小五十家，多数在黄县，还有两家已开到了东莱城里，总计雇用奴工一千二百余人、奴农五百余人。"

杨震听着袁礼列举汪家兄弟的一条条罪状，怒气冲天，一拳砸在案上："有这么多的铁证在手，不怕严惩不了这一对恶霸！"

"大人，"周广说，"这次捉拿汪家兄弟，县令陆原立了大功。他对自己因惧怕豪强、贪图钱财，被汪家兄弟利用后悔莫及，表示愿意立功赎罪。他主动承认，在汪家清田查户时，漏登出田一千多顷、人口二百多人。在调查、捉拿汪家兄弟时，他不但提供了不少汪家兄弟多年来欺压乡民为非作歹的证据，还提供了汪家庄园坞堡的地址和坞堡内的情形，这才使得我们能顺利抓捕汪家兄弟。"

杨震点点头，大声命令："袁郎、周郎！"

二人应声答道："在！"

杨震道："恶霸豪强汪虎汪豹两兄弟，作恶多端，恶贯满盈，十恶不赦。命你二人将二罪犯速速押解，秘密关押，严厉审讯。一经审结，立即行刑，不得延误！县令陆原真心悔改，将功补过，不计前嫌，官复原职！"

"遵命！"袁礼、周广领命立即去往郡衙大牢。

郡丞提醒杨震："大人，是不是应先奏报朝廷？毕竟其舅在洛阳为官啊。"

杨震谢了好意，但他坚持不论背后是谁，违犯大汉律法，就要严惩。

袁礼、周广领会杨震意图，知道汪家兄弟自称皇亲国戚，朝中有人，大人命令他们二人严厉审讯立即行刑，就是担心夜长梦多，一旦汪家兄弟被抓捕归案的消息传到洛阳，很快就会有人说情送礼甚至威逼恐吓，设法干预郡府执法，让不法之人逃脱法网。如此，大汉律法将形同虚设，东莱郡府的威严将严重受挫，黄县百姓的日子也将更加难熬。于是，袁礼、周广二人联手，连夜突审二犯，通宵达旦，二犯因背有靠山，目中无人，拒不认罪。

这时，法雄让人告知杨震，要他速速去一趟青州。杨震乘坐马车，赶到青州府。

杨震被法雄请到后堂会客厅，他一眼望见一案酒席旁边站着一个京官，穿戴非常讲究，留着八字胡，这时笑着向杨震迎过来。杨震心里不觉一惊。

法雄说："本官来介绍一下，杨大人，这是专从京城来的大名鼎鼎的洛阳尹江大人。"又转向江京："江大人，这就是关西一代名儒杨大人。"

杨震一听说是江京，立即生出警觉。

法雄又说："杨大人，江大人敬仰您的学问人品，特来拜会杨大人。"

江京连忙笑脸相迎："杨大人，知道您一直公务繁忙，不敢打扰，今日特备薄酒，专门拜望您这一代儒学大师。"

"江大人不必客气，杨某已经用过餐。有什么事你就说。"杨震推托着没有往酒案边上坐。

"哎呀，能面见杨大人，真是三生有幸。难得一见，杨大人就不要推辞了，快快入座。"江京见杨震不入座，就拉着他的胳膊往酒案上推。

杨震用手推开江京的手说："谢江大人盛情，杨某的确已经用过餐了，不必客气。你有话就说，没事，杨某就告辞了！"

说罢，杨震转身就要往外走。法雄也不好拦挡，就瞅着江京说："江大人，那你有什么话就说。"

江京说："我们总不能站着说吧，要不换个地方？"

杨震说："就站这儿说吧。"

江京只好说："本官有一事相求，还望杨大人相帮，高抬贵手。"

杨震笑道："那要看是什么事，看是在为谁帮忙。若为老百姓办事，那杨某定当鼎力帮忙；若是为地主豪强的事，那江大人就免开尊口！"

杨震几句话气得江京一肚子火，又不好发作。

"如此，那东莱百姓就有福了。"江京虽恨得咬牙，但只得先周旋应酬，"听说大人在东莱推行'清田查户'新政，连朝廷都交口称赞啊……"

"新政正在推行，实施起来还真有一些困难，主要是触动了那些大户的利益，这些人不但不配合，还无法无天以武力对抗官府，甚至血洗官府。这些恶霸豪强不除，不但新政难以实施，百姓也将永无宁日，还望大人多多支持。"

江京说："但是，朝廷有规定，对属个人勤苦劳动置办的田产，应予保护。"

杨震说："不错。但是，掠夺来的乡民的田产，不在范围内。"

江京本想给杨震来个下马威，没承想反倒让杨震先下手将了他一军，这个气啊。但江京心里再气，也不能表现出来，他要等待时机狠狠教训这个老夫子。

"好、好、好，"江京拍着杨震的肩膀，"推行新政是众望所归，江某定当鼎力支持，义不容辞！"

"好。"杨震避开江京的拍打，一下子来了劲，"江大人，听说东莱的豪绅汪家兄弟是大人的外甥，兄弟二人在黄县甚至东莱霸占田产、欺压百姓、虐待家奴、豢养家兵；在郡府开展'清田查户'过程中，贿赂县令，恶意隐瞒田亩和家丁数量，且以武力对抗官府，实乃恶棍暴徒是也，本官已令府衙捉拿汪家兄弟二人，严惩不贷。江大人，刚才您再三声明要为青州百姓着想，支持杨某推行新政，想必大人也一定会匡扶正义，大义灭亲。"

江京眼看杨震这是张了口袋让自己往里钻，心里又恨又气，没想到这杨震如此口齿伶俐，如此老练，如此硬骨，寥寥几句就已占上风。

江京假装吃惊地说："哦，我的亲戚中竟有如此恶贯满盈之人？大人放心，若汪虎兄弟俩真有违犯汉律之劣行，我绝不庇护！"

杨震双手鼓掌，大喝一声："好！那在下就替东莱的百姓先谢谢江大人了。杨某告辞！"说完，一甩长袍转身而去。

江京脸色红白数变。

在大量确凿的证据面前,连日连夜审了几天,汪家兄弟俩还是死不认罪。

杨震从青州回来后,袁礼和周广把情况禀告了杨震。杨震道:"不怕他们不伏法,对汪家兄弟的罪行,按土匪论处,明日午时三刻斩首,就地正法!"

关于强行问斩东莱恶霸汪虎两兄弟,按新颁布的汉律,须报青州刺史法雄核准。次日一早,杨震拿着问斩呈文到了青州府,刺史法雄犹豫不决了好一会儿。他知道,一旦核准同意,自己必然惹下江京;反之,他如果不同意,首先没有理由,再就是杨震的身后是太后支持。他犹豫之后,拿起笔写上:"核准,依律当斩。"

午后,牢门打开,汪家兄弟心中一喜,想着该是京城那个做大官的舅舅来解救他们了,没想到进来的两个狱吏端来酒肉给他们送行。

在二人被押赴刑场的路上,百姓在路边纷纷欢呼雀跃,齐声叫好,汪家兄弟在囚车上咬牙切齿破口大骂。到了刑场,随着一声号角鸣响,两道亮光闪过,汪家兄弟这对恶贯满盈的恶霸豪强被就地正法,黑血四溅,人头滚地。

汪家兄弟被处斩后,杨震命令,查抄汪家不义之财入公,将掠夺霸占乡民百姓的上万顷良田归还原主人。

杨震为铲除邪恶、安定地方,不顾上司的劝阻,不顾说情人的威胁,砍了汪家兄弟一双头颅的事情,传到千里之外的洛阳,朝廷再次为之震动。

汪家管家连夜乘着马车来到洛阳,向江京报告了杨震在东莱将汪家兄弟俩斩首示众,并抄没汪家产业的消息。江京一下子瘫倒在地上,好半天才回过神来,大喊:"杨震,我要挖你的祖坟,我与你不共戴天!"

杨震的"清田查户"政策,在东莱得到迅速推广。

经过前后一年多的勘查走访,查清了土地和人口,更查清了近二十年东莱土地的归属情况,郡府对没有土地的乡民重新划拨土地。对地主豪强们强行掠夺霸占乡民的三万多顷良田地产,限期退还原主。根据已清查的田亩,将赋税按田亩分摊下去，由县乡亭里层层征收，完成朝廷的赋税任务。

按田亩和人口定税，也就等于制定好了赋税收缴的标准，地多人多的多缴税，地少人少的少缴税，公平合理，杜绝了贪污受贿，百姓交口称赞。

一些落草为寇的乡民得知他们被恶霸豪强侵占多年的土地被退还，纷纷脱匪，返乡回村，开始耕种土地。

秋收过后，东莱赋税的窟窿总算补上了大部分。

近日，东莱各县纷纷来报，不断出现土匪抢劫、骚扰县衙现象。

杨震决定与青州刺史法雄商量，瓦解盗匪，剿灭匪首。

法雄一见杨震，抱拳一再称赞："杨大人之前的做法，令本官惭愧！"

杨震谈了自己关于剿匪的想法。

法雄说："杨大人可能还不知这些人的情况吧？"

于是，法雄向杨震介绍了东莱一带土匪的情况。

东莱是诸多豪强的盘踞之地，多年来，土地兼并严重，朝廷的赋税越收越少，主要的欠税户，便是那些光想兼并土地却不愿上缴赋税的豪强。官府为了完成赋税上缴任务，就只得向百姓加重赋税负担。这些百姓，有的缴不起赋税，有的土地被豪强兼并后没有土地。失去土地的乡民，有的暴动反抗，有的流浪逃荒，拥入县城、郡城、州城，沿街乞讨，更有不少人落草为寇。那些落草为寇的百姓投靠了在平原上势力强大的盗寇刘文河、周文光，而刘文河、周文光又与渤海的海贼张伯路勾结在一起，打家劫舍，甚至专门与官府作对。一些暴动乡民专杀贪官富户，声势浩大。

一次，张伯路与刘文河、周文光攻打厌次，杀了县令，血洗了县衙。朝廷曾派御史中丞王宗督促青州府衙带兵讨伐这些盗匪，但是，这些盗匪得到消息，很快逃之夭夭。还有一次，张伯路带着手下及刘文河、周文光的盗匪，寇掠沿海九郡，朝廷派侍御史庞雄督促州郡兵合力清剿。由于盗匪人多势众，州郡府兵人力有限，几次讨伐，都是收效甚微，反而惹恼了这伙盗贼海匪，差点儿给官府造成灭顶之灾。

东莱位于莱河以东的山东半岛上，更是这伙海贼、盗寇横行出没的地方。

听了法雄的介绍,面对这些邪恶势力,杨震与在荆州一样,没有退缩。

杨震说:"下官此次到青州拜会法大人,就是想商量请求州郡府兵合力清剿这伙海贼和盗寇的事情。"

法雄说:"杨大人有这种想法,本官甚感欣慰。只是,要清剿这伙盗匪,不是容易的事情。杨大人有何良策?"

杨震说:"本官认为,不管是赋税收缴不上来也好,百姓暴动也好,归根结底是豪强兼并土地,才导致社会矛盾激化,朝廷赋税锐减。百姓没有土地、没活路就要造反,就会落草为寇。就是说,问题症结在豪强们身上。现在,我们已在东莱狠狠地打击了这些豪强,退还了百姓们的土地。那些落草为寇的乡民纷纷返乡回村,盗匪的势力一下子被削弱了。这个时候,正是肃清这伙盗匪的好时机。"

法雄说:"杨大人分析得甚好。但说起来简单,做起来谈何容易。"

杨震说:"是不容易。下官认为,应先把东莱的情况如实禀奏朝廷,得到朝廷支持。一年不行两年,两年不行三年五年,杨某就不信这伙盗匪灭不了!"

法雄说:"杨大人有如此恒心,甚好!甚好!杨大人不愧为大将军举荐的能臣。好,咱们再合力讨伐一次海贼盗寇。"

于是,杨震与法雄又联手给朝廷上了一道奏章,陈述了青州匪患情况,请求朝廷调拨钱粮,准许招募兵员,讨伐盗匪。朝廷很快核批了两人的奏章,调拨了一部分钱粮,准许招募兵员,并派大将军邓骘的弟弟中郎将邓悝督促剿匪。

杨震和法雄接到朝廷批奏,不敢懈怠,即刻招募了临时兵员一万作为州郡府兵,由邓悝将军进行半个月的临阵训练。

这时,杨震又派袁礼、周广带人到处贴出告示,动员跟着匪首刘文河、周文光啸聚山林的乡民尽快脱匪,返乡回村。

那些落草为寇的乡民看到告示,闻知官府要给他们分田分地并且要围剿盗寇和海贼,纷纷弃恶从善,返乡回村。

一天,这些人竟齐刷刷地跪在东莱衙门外请罪。他们领头的说:"我们落草为寇，打家劫舍，实在是被贪官、豪强们逼的，是迫于无奈啊！请杨大人治罪！"

杨震说："属匪首、惯犯和有恶迹的，必须严办；属被夺走土地，无奈落草为寇的，一律从宽，赦免其罪，并划分田地，由其耕种。"

这些人当下纷纷叩头齐呼："谢恩！谢恩！杨青天！"

匪徒们的纷纷弃恶从善，很快受到了刘文河、周文光的阻挠。

杨震得知消息，告知了邓悝和法雄。邓悝马不停蹄，指挥府兵郡兵，开始了声势浩大的围剿盗匪的战事。匪首张伯路、刘文河、周文光得知消息，带领不足五千人的匪帮逃往崂山，官兵一路追到崂山，把崂山团团围住，最终把刘文河、周文光困死在崂山；张伯路突围，一路逃到渤海湾，官兵们又一路追到渤海湾，张伯路撑船逃到海上，最终被射死。

杨震到东莱，打击了豪强，剿灭了土匪，纷乱不堪的青州，终于归于太平。

地方官吏、乡绅都想宴请杨震，以表崇敬之情，但杨震不接受私请。

一日，杨震独自在东莱郡府后院的那棵老槐树下坐着，翻阅着一份文卷。

杨震经过几年时间考察，拿出了一个《东莱郡减轻乡民徭役负担令》，其中规定：

为了鼓励乡民农耕，郡府下令减轻乡民的徭役负担：头一年，要求各县乡亭免除征用平民充当急递夫的劳役，改由现役军卒担任；第二年，免除征民搬运戍军衣物的劳役。各县如有违反命令者，百姓可以检举。

此令一出，乡民欢呼雀跃。这是后话。

杨震起身准备回屋，忽听不远处传来一阵低沉而幽怨的埙声。

杨震好奇，顺着埙声走向府衙后院那座花园。心想，是袁礼？

杨震走近一看，果真是袁礼。

听到脚步声，袁礼停下吹埙，回头一看是杨震，连忙起身施礼。

杨震拉着袁礼，找了一些干草树叶一同席地而坐，像父子一样深入交谈。

杨震问袁礼："有心事？可以给老夫说说吗？"

袁礼心实，把杨震当作父辈，就说出自己的苦闷："不瞒大人说，因为荆

州之事得罪了岳父一家人，妻子樊月赌气跑回了娘家长年不归，我一筹莫展，家里双亲也跟着操心生气。唉，我真是不孝！"说完，袁礼低下了头。

杨震拍拍袁礼的肩膀，一时不知道如何安慰这个死心塌地跟着自己的晚生后辈。袁礼抬起头看着杨震，一脸愁容。

"袁郎，你使我想起我年轻时候的一位朋友，"杨震试探着说，"他也姓袁，叫袁贵。三四十年前，我跟随恩师桓郁在京城求学，在恩师家里与他相识，我们谈得很投机。后来，因为各自的生计，我很少到京城，几十年再没有见过。"

袁礼一惊，说："禀大人，他就是家父，现在被朝廷拜为骠骑将军。很早就听家父提起过大人。"

杨震愣了一下，埋怨道："袁郎，这就是你不对了。咱们叔侄在一块儿这么长时间，你为何只字不提呢？"

袁礼迟疑了一下："袁礼并不是有意瞒着大人。愚侄跟随大人，亲眼见证大人为政清廉、正直刚毅、公正无私，担心一旦说了家父的名字，如果处事出现不妥，倒让大人为难，因此就没有提及，还望大人见谅！"

杨震默默地点点头："老夫就说嘛，什么样的世家可以教育出袁郎这样的青年才俊？原来如此。贤侄，将军身体可好？唉，我心里一直惦记着将军呢，有机会到京城一定去看望你的双亲。"

袁礼连忙起身："我在这里替家父家母谢大人！"

杨震拉着袁礼的手说："因为我连累了贤侄，这叫我心中何安？要不这样，这两天你就起程回京，在京城干事，不用再跟随我了，我有周郎在身边就可以了。"

袁礼一听杨震要让自己回京，一下子就急了："大人不可！那晚土匪血洗郡府，多危险啊。周郎身手不凡，袁礼自然放心，但如遇那晚土匪群起之事，恐周郎一时不在，难保大人周全。大人，上次回到洛阳，我也曾想请家父求邓大将军给杨大人另派羽林侍卫，以免我夹在岳父和大人之间作难，但家父坚持不肯，教训袁礼君命不能违，保护好杨大人才是我的本分。大人，说心里话，这些日子袁礼也想了许多，除非杨大人认为我不称职，将我遣回羽林军，否则,就是大人撵我我也不走了。今天我也更加确定了,杨大人不仅是我的贤伯,更是我的老师、我的楷模,袁礼一定要效仿大人,以天下百姓为重,公正无私,一身正气,全力以赴地为朝廷效力,为老百姓做事。"

杨震听了感动不已:"贤侄太过谦虚,这不是更让老夫于心不安吗?"

袁礼接着说:"我知道杨大人离开荆州是迫于无奈,也于心不甘。今后袁礼跟随大人,一是保护好大人,二是还要协助大人将王灵母女被害案查个水落石出。大人,我还有一个愿望,就是希望杨大人和我岳父为了大汉的社稷,能摒弃前嫌,有机会的话,能互相鼎力相助。"

杨震开怀笑了:"看不出贤侄还有如此境界,老夫真是惭愧。可是袁郎,你懂得屈原说过的那句话吗?'鸷鸟之不群兮,自前世而固然。何方圜之能周兮,夫孰异道而相安?'"

袁礼一时无以回答。

杨震接着说:"既然贤侄说到你岳父的事,我就把有些事跟你说开了。为官一地,造福一方。老夫到东莱,就是想通过'清田查户',促进'双改双植'这一新政的实施,通过这一新政的实施,使东莱的百姓不再受苦挨饿,不再无田可种、无饭可吃,促使上缴朝廷的赋税顺利征收,从而使大汉国泰民安。袁郎,你岳父现在是荆州刺史,希望他好自为之。他的事,你慢慢就会知道。老夫只希望他当了父母官,就要像父母一样,把荆州的事情当回事。只要你岳父愿意为荆州的百姓着想,老夫定会与之互不相扰,必要时,可以像袁郎说的那样鼎力相助。"

袁礼说:"杨大人言辞恳切,为国为民情怀光照日月,晚生感激涕零,定会将大人的意见转告我岳父。"

此后,杨震在东莱废除了诸多不合理的苛捐杂税,与百姓同甘共苦,治理东莱。

长期以来,东部的黄海海水常常袭上海岸,毁屋淹田;中部的莱河屡屡泛滥,淹没村庄农田,濒河临海的乡民不断面临水灾威胁。因此,杨震非常重视对黄海与莱河的治理。他知道,治理好黄海与莱河,对于防止洪灾、稳定社会意义重大。杨震下令,规定每年的正月、二月、三月为黄海与莱河堤坝例修

期，禁止百姓砍伐桑树和枣树，同时，令黄海和莱河边上的县乡亭修堤筑坝，并大量种植树木作为防护措施，以防风暴和海水袭击，县乡亭官员要严格巡查，防患于未然。几年后，各地对黄海和莱河的治理渐显成效。同时，杨震对辖区内的多条河流、水道也进行了治理，对农耕经济的稳定、商贾的繁荣都发挥了重要的作用。

杨震为了防止豪强地主再次巧取豪夺，造成贫富两极分化的现象，制定《均田令》奏报朝廷后颁布。太后阅后下诏："《均田令》可行。从收缴赋税中提留部分经费，作为扶贫专款，对生活困难的乡民百姓、鳏寡孤独，给予医病、口粮、耕具等方面补助；每乡亭选出贞洁女子一名，减免赋税。"

东莱风调雨顺，粮麻获得丰收。杨震又在郡府专设了服官，负责管理当地麻织业、印染业和服装、鞋袜的制造业。百姓自做的麻布、衣服、鞋袜可以卖给官府，也可以在集市上自由买卖。卖给官府的，官府则以合理的价格收购，以供朝廷内需和贸易往来。

一天，杨震领着几人在东莱城里访察民情，看到东莱的大街上，粮食、铁器、农具、麻织品、皮毛制品、农副产品和手工艺品琳琅满目，人来人往，交易频繁，原来，东莱已经成为青州乃至周边地区的交易中心，整个市场一片繁荣。

杨震到东莱的几年，不断发展农耕和织染手工业，不光乡民百姓的吃饭穿衣问题逐步得到解决，还为西北边陲抗羌战场送去了不少粮食、衣物和麻被等，大大缓解了朝廷西线战事供给不足的问题，获得朝野一片赞赏。

杨震每到一地一府，都是政绩卓著，在邓骘的再次举荐下，邓太后下旨："东莱太守杨震于社稷有功，宣即刻入朝新任，以辅佐议政大事。"

从荆州到东莱，六年多时间，杨震每到一个地方，都在竭力践行儒家学说"为官一任，富民一方"的箴言。

听宣圣旨，杨震先是惊诧，接着是淡然和泰然，叩首道："谢太后隆恩！"

东莱百姓听说杨震将被调往京城，纷纷准备各种东西送行。为了避免叨扰百姓，杨震一行四人，三更天就收拾好行李，摸着黑驱车上路，离开东莱。

九 暮夜却金

惊蛰前后的天气,乍寒乍暖,早晚的气温变化比较大。

杨震几人半夜起身出发时,天气还冷得让人打战。可是,由于一路不停地拍马驱车赶路,加之太阳已经出来,几个人的身上都慢慢冒出热气。杨震与冯宝坐在马车上,袁礼和周广骑着各自的马,几个人心情愉快地赶路,周广少不了一路哼着小调。

杨震看大家心情都不错,就说让冯宝给大家唱一段潼乡黄河老腔。

冯宝是个忠厚老实的人,一路只顾赶马车,顾不上别的。这时,听杨震说让他唱潼乡黄河老腔,不好意思地说:"老爷,我唱得不好,只是跟我爹溜了几句。"

周广骑着马赶到车辕跟前说:"冯兄,又不是新媳妇上轿,还扭捏?唱啊!你看,大家不说,我都哼唱开了。"

杨震说:"冯宝,大家都喜欢听你唱,我也喜欢听你唱,你就来一段。"

于是,冯宝放开喉咙,唱了一段潼乡黄河老腔"流水唱腔",听得大家十分高兴。

冯宝的父亲是潼亭村潼乡黄河老腔戏班子的头儿,一班子人常年在本村和方圆几十里的邻村为乡亲们的婚丧嫁娶顾事。冯宝小时候没事,就跟着父亲唱,因此,也学会了"慢板唱腔""流水唱腔""哭板唱腔"等不少腔调。

途经兖州昌邑县城,人困马乏,几个人也都饥肠辘辘。杨震让大家在昌邑县城驿馆住一宿,第二日再赶路。他们在驿馆安排停当,洗漱完,吃过饭后,杨震在驿馆看书,周广拉上袁礼和冯宝到昌邑县城街上看看。

他们来到街上,正挨着门店往前走着看看,刚好有一辆马车从他们身边驶过,冯宝猛然间好像看到了一个熟悉的身影,嚷着:"两……两位弟弟,我好像看……看见了荆州的……"

袁礼没有听清楚冯宝急急忙忙在说什么,只听见"荆州"两字,马上心生疑惑:"是谁?是谁?是不是杀害王灵母女的凶手?快快追上!"

于是,几人一边喊着一边跑着追前面的马车。袁礼跑得快,追上了马车,几个持刀衙役正要跟袁礼拼刀,里边的官员伸出头来。袁礼一看,天哪,是

王密!

"袁郎?咋是你?"王密一看是袁礼,两眼放光,一边叫停车,一边制止持刀衙役的莽撞举动。

王密跳下马车,周广、冯宝也追到跟前。此间相遇,王密和几人都惊呆了。

他乡遇故知,人生大喜也!几个人都激动兴奋得不知道说啥好。

一听说恩师路过昌邑,王密大惊,赶紧随几人到驿馆拜望恩师。

进屋后,没说几句,杨震就看着王密急切地问:"王密,你不是在索县吗?咋跑到昌邑来了?我托付你的事有结果了吗?这些年咋没有一点儿你的消息?"

杨震一连串问题让王密苦不堪言,他长叹一声,把杨震走后他如何坚持"喊冤案"的重审,而樊闰一伙如何惠朝廷把他排挤出索县的事说了一遍,最后说:"唉,我后来才知道恩师在东莱,但我无脸见您啊!没有完成恩师的托付,学生心中不安,唯恐遇见恩师无法面对,没想到今天就在这里遇见了,学生惭愧啊!"

杨震不由得心里一紧,但为了安慰王密,他拍拍王密的肩膀说:"朝廷无故把你调离荆州,其中必有蹊跷,是有人不愿让你待在荆州哪。你不必惭愧,说不定还是老夫连累了你呢。"

这时,周广笑着看着王密道:"那,王县令,今天到你的地盘上了,是不是要尽一下地主之谊呢?我们一路奔波,又累又饿,晚饭还没有着落啊!"

袁礼一听周广跟王密打趣起来,赶忙也跟王密调侃着说:"是,咱们晚饭还没有着落,那就要看这昌邑县令是啥意思了,人家会不会嫌弃咱啊?哈哈哈!"

"晚饭我做东,以尽地主之谊。"王密一听这几个人这般调侃自己,脸都红了,加之,难得一见恩师,说啥都要好好招待一番,"哎呀,我盼都盼死你们了,今日见到恩师,见到你们几个,我都高兴得不知道该咋办了。走走走,家里藏了几瓶好酒呢,今晚咱们一醉方休!"

王密让他那贤妻在家中准备了一桌丰盛的菜肴,几人围坐在一起,述说着离别后这几年各自的状况。酒逢知己，千言万语，一直到天黑。

王密把杨震四人送回驿馆，给杨震专门调了一处，其他三人住在一处。安顿好四人歇息，走时，王密专门到杨震住处，告知恩师，他去去就来，还有些话，夜里要单独与恩师说说。

过了一会儿，王密提个包袱又来了。

王密是索县人，杨震在荆州时，他提供情报协助杨震赈灾颇多。师生久别重逢，单独在一起，有说不完的话，两人高高兴兴聊到深夜，还意犹未尽。其间，王密几次跟杨震提起当年在索县的提携之恩。

夜已很深，杨震几次催王密早点回去歇息，第二天按时到县衙理政。

这时，只见王密忽然跪在地上，小心翼翼地拿出一个沉甸甸的包袱，打开包袱，取出里面一个长方形的盒子，双手递到杨震眼前，悄悄说："恩师，您收好。"

杨震惊诧，正要打开看，被王密用手按住了，他小声说："是黄金。"

杨震已经感觉到了，是一盒子黄金，也什么都明白了。

杨震小声问："多少？"

王密满脸堆笑地看着杨震："不多，刚好十斤。恩师，这十斤金子是学生用来报答您的恩情的。俗话说滴水之恩当涌泉相报。学生王密承蒙恩师荆州提携之恩，久存报恩之心，一直无缘相报。今日他乡再遇恩师，恰好了却学生几年的心愿。恩师，这点儿礼物是学生的一片心意，请恩师赶紧收好！"

杨震笑了笑："王密果真是有心之人，不错，做人就是要懂得感恩啊！"

王密悄悄说："恩师初入朝廷为官，如今官场黑暗，没有金银打点是不行的，这十斤金子，定会有用的。再说，恩师这些年把自己的俸禄都救济了贫苦乡民，没有积攒，这十斤金子恩师还可以为子孙置办一些田产、家业。"

没想到，杨震这时脸色突变，转笑为怒，喝道："王密，我初见你时，你穷得食不果腹，这刚干了几年县令，就已积金成斤？难不成我认识的那个一心为民的王密也与那些苟且之人一样贪腐成性？王密，你如实回答我，你这十斤黄金是从哪里来的？"

王密一愣，知道恩师误解了自己，急忙跪倒解释："恩师息怒，容王密

细说。"

原来，在王密屡奔仕途无门的时候，多次遭到老泰山的不屑与嘲笑。杨震在荆州任职时，王密有缘结识杨震并得赏识，在杨震举荐之下当了索县县令，老泰山对这个女婿态度才有所转变。因清贫女婿给他脸上争了光、添了彩，所以，在杨震号召"募捐赈灾"的时候，带头捐钱捐粮。后来，老泰山也知道县令的那点俸禄也一时难以置家办业，遂给了女儿十斤黄金，让他们置家办业，把日子过得像个日子。

杨震听完王密的解释，说："既是老泰山给你置家办业的，你何故又送给老夫？"

这时，王密恳切地说："王密出身贫寒，又在县衙为官，恩师在荆州已为学生树下楷模。学生不羡慕荣华富贵，只求为官一任，能造福一方百姓。古人云：有恩不报非君子。没有杨大人，也没有我王密的今天。学生本想等王灵母女被害一案有了结果再去面谢恩师，今日巧遇，刚好让学生了却心愿。学生知道恩师一世清廉，可这夜深人静，也无人知晓。还请恩师不要推辞，给学生一个报恩的机会吧！"

杨震起身把王密从地上扶起来，恳切地说："王密，你说夜深人静无人知晓，那现在你看，这上有苍天神明，屋中有你有我，天知、神知、吾知、子知，已经四知，岂能说无人知晓？"

王密争辩道："天地凭良心，你我凭真情，我上不愧天、下不瞒地，我王密是为了报恩，不是买官求荣，我问心无愧！"

王密说着，却未曾留意到，老师的神情再一次陡然发生了变化。

一贯个性耿直的杨震强压着愤怒，用极度悲哀的口吻问："王密，我了解你，难道你还不了解我的为人吗？老师是那样的人吗？"

王密已经听出杨震话的分量，满脸羞愧。

这时，杨震的态度也缓和了，耐心地说："即便想要报恩，你也不应该这样做。王密，你这样做，既玷污了我杨震的清白人格，也违背我举荐你的初衷。老夫当初举荐你，就是肯定你的人品，相信你能成为百姓拥戴的好官，可现在，你的做法很让老夫失望。你忘了老夫当初举荐你做索县县令前给你的叮嘱'做人要实在，当官要清白'了吗？王密，报恩的方法有许多种，你能一心为老百姓着想，做一个为民爱民的好官，就是对老师最大的回报，也是老师最大的欣慰。老师再一次提醒你，切记：做人要清清白白，不贪拿他人财物；做官要时时自我警醒、自我戒律，亲政为民，清廉奉公。为政以德贤为本是为官之道。清白是做人的根本，清廉是做官的根本，做一个清白人、一个清廉官，去掉官场上那些恶习。以后不光对我不要这样做，对任何人也无须这样做。"

杨震一番感人肺腑的话，让王密既羞愧又感动。王密这晚的举动，本来除了报恩，还有另外一层意思，就是不想让杨震再提荆州平冤那件事。因为他觉得，那件事，他实在对不起恩师，但面对黑暗的官场，他又无能为力。

但是，杨震的态度让他明白，他不能那样了。王密眼含热泪低着头说："恩师，学生向您保证，我将永远记住恩师的话，誓死做一个好官！"

杨震拍了拍王密的肩膀，重重地点了点头。

王密手提他的包袱刚要转身出门，忽地又想起了什么，转身对杨震说："恩师，学生有一事相求，希望恩师到朝廷任职以后，有机会能再调我回家乡索县任职。学生只有一个念想，就是把家乡那个穷山恶水的地方治理好；另外，彻查王灵母女被残害一案，以告慰我的乡亲王灵母女的在天之灵。"

第二天天刚明，杨震一行就起身赶往洛阳，一个比荆州和东莱更难解的难题将摆在杨震面前。

十　杨震变法

杨震一行一路风尘仆仆，终于到达京城洛阳。

邓太后听说杨震已经进京，掩饰不住心情的兴奋，由于手头正忙，就吩咐樊丰让御膳房准备好酒菜要为杨震接风。樊丰心里想，他杨震不过一介乡野教书先生，弄了点咬文嚼字的什么新政，怎的就让太后如此厚待？再说，那杨震心性歹毒，背后向太后进谗言，几次三番弹劾族弟，好在苍天有眼，惩罚了杨震，让弟弟官升一级。樊丰听着"杨震"这俩字就恨得牙根痒痒。这次杨震入朝为官，也好，以后机会就多了，哼，不信搞不倒这个老夫子！

杨震来不及歇息，一到京城连忙赶到永安宫觐见太后。

走进皇城，杨震看去，巍峨的汉家宫阙，气势雄伟。

宫外，传令宦官告知，太后正在忙着。杨震在宫外候召，只听太后在宫内说道："班勇听旨，现命你为护羌校尉，率领西域四郡，讨伐西羌。"

班勇说："臣遵旨！谢太后隆恩！"

杨震听传令官说，西部司州、并州、凉州一带二十五个郡国发生旱灾，西北雍营八百里加急送来急奏，西羌滇零再次寇掠三辅，威逼长安。

班勇退出后。宦官樊丰说："太后，东莱太守杨震求见。"

太后让宣杨震觐见。樊丰喊："宣杨震觐见！"

杨震走进去拜见太后："外臣杨震拜见皇太后！"

邓太后一见杨震，急忙从台阶上走下来，一边微笑着，一边去扶杨震："先生，你现在是朝廷的有功之臣，平身吧！哀家总算把你盼回来了。哀家记得，那年你从荆州回到朝廷时曾说，如果为官一地，不能造福一方，还不如不当官；如果当官为民做不了主，还不如回家教书。你算是任过两地外官，也为两地百姓造了不少福，这回就不用回去教书了吧？"

杨震不等太后来扶，急忙站起来说："太后过奖。"

因为是第二次见太后，杨震已不是那么拘谨。他抬头看了太后一眼，只见太后一改上一次的衣饰，穿着襦裙女装，足穿绘有彩画的丝鞋锦履，鞋头翘起，鞋底虽然很厚，但走起路来很轻。发髻的编梳，由头顶中分为二，然后将它们各自编成束发，再从下朝上反搭，绾成瑶台髻的梳妆式样。蓬松的美发上插着步摇装饰，饰着金玉花兽，周围五彩珠玉下垂。她蛾眉凤眼，两条长长的蛾眉伸入鬓角发丝里；面若白玉，不施朱红粉黛，却花容月貌，而且洋溢出一种柔静安逸、娴雅超脱和泰然自若的天然风韵。

她转回御案后坐下说："樊常侍，给杨大人赐座。"

樊丰抬起头，皮笑肉不笑地把杨震领到距太后最近的案几后的坐垫跟前，杨震席垫跽坐。

邓太后接着说："先生，哀家把你派到东莱济贫，先生这几年在东莱推行新政、除暴安良、发展农耕、繁荣市场，不仅使百姓丰衣足食，济贫工作搞得有声有色、风生水起，而且干得是惊天动地啊！不光如此，在西羌猖狂进犯时，朝廷国库贫乏，东莱给朝廷上缴的那些赋税、粮食、麻衣麻被，大大缓解了朝廷给西线军饷供给的不足，爱卿真是能力、魄力过人，劳苦功高。"

杨震受宠若惊，连忙低下身子说："太后过誉。太后乃一国之母，为江山社稷呕心沥血，真正是劳苦功高。臣能为太后效力，是臣的大幸。"

邓太后听罢，很是高兴："这次召先生回京，又有大事委托。记得那次你从荆州回来面见哀家，哀家曾说，有朝一日哀家和朝廷需要，还望先生能以社稷为重，鼎力相助。所托之事，就是辅佐哀家，主持官员的选贤任能……"

"选贤任能？"杨震不觉一惊，他知道这是一个并不好干的差事。

邓太后说："不过你也别急，可以慢慢考虑。哀家今儿个先嘱托你三件事：一是以后常到永安宫给哀家讲讲你对治国的见解，哀家有事还需向先生请教。二是先生入朝以后，担任皇上的太傅，隔段时间给皇上讲一回学，主要讲"五经"及《太史公书》中古代圣明君主的治国之道，因为皇上没有当过太

子,也没进过太学,给皇上讲课就算补课吧!还有让皇上多读一些有用的书,皇上胸中装了这些东西,在朝务中再历练历练,待民富了、国强了,皇上成熟了,哀家就放政,颐养天年。"

杨震并不知道,就在他进京前不久,他的恩师桓郁曾向太后修书一封,举荐杨震,说杨震早年丧父,家境贫寒,但他从小安贫若素、为人勤快,特别是孝敬母亲,抚养拉扯弟弟,周济街坊邻里。同时,勤奋好学,为人谦恭,学养深厚,所交之友都是饱学贤达之士,在民间很有声望。步入仕途后,严于律己,品行正直,两袖清风,为官清正,还经常拿出自己的微薄俸禄,周济乡间穷苦乡民,其品格广受称誉,也令闻者十分敬重,望能封其为太傅。因为桓郁是先皇和帝的老师,所以,太后也把自己丈夫的老师视为自己的老师,对桓郁一向非常敬重。同时,太后考虑到,杨震是帝师桓郁的高足,又是被称为"关西孔子"的一代名儒,熟读经史,学富五车,满腹经纶,所以,爽快决定拜杨震为太傅,恭请他做安帝的老师。

太后喝了口水,继续道:"三是到洛阳城里,找一个叫张衡的才子。据说,张衡这个人,才高于世。东观宫的谒者仆射刘珍、校书郎刘余等人在东观著述,撰集《汉记》,为定汉家礼仪,上书哀家,请求让班昭、张衡参与论定此事。张衡的才华,哀家早已听说。但此人从和帝末年起,几次被推举为孝廉,他都不应荐;后来,大将军向哀家举荐,说此人才能罕见,是个奇才,哀家就命他去征召,可是这个张衡还是不应召。听说此人乐于淡泊,不喜欢与一般的世俗之人交往。哀家命你务必特召张衡入朝,拜为郎中,到东观参与制定汉家礼仪。"

杨震下跪谢恩:"蒙太后厚爱,所托之事臣定遵旨一一照办。今天臣还有一事奏请太后,万望太后恩准!"

邓太后说:"先生请讲。"

杨震说:"索县乃武陵之重,本是汉、蛮杂居的地方,武陵南蛮的几次犯乱,都是从索县开始的。因此,只有对那里的风土人情十分熟悉的官吏,才好与当地汉、蛮相融,便于治理。王密乃是索县土生土长之人,虽为蛮人,但与汉人交情颇深。而且,据说这几年在兖州昌邑颇有政绩。为此,臣请求太后,能否将王密调回索县，永解索县之患。"

邓太后听了杨震的奏请，沉思了一下，说："这两年，樊闰身兼荆州刺史与武陵太守两职，武陵也是治理不善，疏漏频出，虽无大患，但汉、蛮摩擦不断，百姓终日不得安宁，赋税收缴也十分艰难，让哀家有点头痛。爱卿能举荐王密，想必王密一定也是个有胆有识之才。"最后，经与杨震商议，做出决定："既然这样，就不让王密再做县令了，让他到武陵任太守吧！也算是对他这几年在昌邑政绩突出予以擢升吧！"

"我替王密谢太后！"杨震看太后如此清明爽朗，非常高兴。

杨震因为刚刚在宫外得知，家乡弘农一带出现旱灾，心里着急地对邓太后说："太后，还有一事，臣听说司州、并州、凉州一带二十五个郡国发生旱灾。马上就是春分时节了，去年秋天种的小麦，过了一冬，将要开始返青，这一大旱，今年就难保有收成。臣请求先去西部赈灾。"

邓太后道："先生的爱汉爱民之心可嘉。哀家已派钦差赴二十五郡国赈济灾民，先生尽可安心做好所托之务。"

杨震还是心有不甘。邓太后道："哀家知道，弘农是先生的家乡，哀家已经下了诏令倡节俭、止铺张，令将各郡、各封国的贡物，此后数量削减一半，节省钱粮，用于西部赈灾；又令以谷仓储粮赈济三辅及并、凉六郡流散贫民；因三辅连遭寇乱，人丁流散，免除三年欠租；令华州修理郑国旧渠，通利水道，以灌溉弘农民田；精简朝中冗员，减少朝廷开支……"

太后说到"倡节俭"，杨震忽然想起了什么，于是说道："禀奏太后，微臣还有两个建议。"

"什么建议？先生请讲。"

杨震出仕以来，对官场挥霍浪费现象早已深恶痛绝。他说："微臣早听说太后倡节俭，微臣在此恭请太后和皇上不光倡节俭，而且要带头'躬行节俭，省简诸用'，为官员做表率，从而在全国大倡勤俭节约之风。"

太后听到这儿，心想：人说杨震是关中人"直杠杠"，果不其然。除了他，谁敢当面让哀家带头节俭？她的脸先是一红，进而一笑："先生真是难见的耿直之臣啊！哀家接受了。那第二个呢？"

杨震说:"第二个建议,微臣无论是在荆州做刺史,还是在东莱做太守,深感老百姓生活太苦,建议朝廷制定相关法规,禁止地方官吏借各种名目巧立'苛捐杂税'。"

太后欣慰:"先生作为百姓的衣食父母,真是对他们体察入微、关怀备至啊!"

从永安宫出来,杨震打算先去拜见安帝。

此时太阳已经一竿子高了,侍从说安帝还没有起床。

杨震心想,二三月春困时节,正是春眠不觉晓的时候,皇上一定起床较迟,既然这样,他不如先去看望老师。于是,杨震到北市买了些礼物,就跑去看望自己的恩师桓郁。

杨震来到桓府,桓郁身着锦绣深衣燕居在家。得知杨震将被朝廷封为太常,桓郁既高兴,又担忧。高兴的是,他再次看到了学生的进步;担忧的是,国家的现状。长期以来,朝廷选拔官员都是"举孝廉"。为此,从上到下,除了少数正直人士之外,大多数官员在"举孝廉"时,是非亲不举,因而,举荐的新官员不是官德太差,就是学识浅薄,很难选拔到贤良方正之士。

桓郁说:"伯起,为师知道你的脾气,你出身于师者,事事要求甚高。下边举荐的官员官德学识太差,从你手上都过不了关,更无法给朝廷交差;举荐好的,下边又难以做到。为师看得出,你是想改变过去旧有的官员选任办法。"

杨震说:"学生就是这个意思。恩师不愧是恩师,一眼就看到伯起心里的疑难,伯起就是想来听听恩师的意见。"

桓郁更加忧心忡忡:"官员选任,几十年来,已成为朝廷的一大痼疾。沿用旧法,必然难以为朝廷选出好的官员;变革新法必然会遇到阻力,遇到众多官员的反对。现在从上到下,多少官员的子弟、亲友都想通过'举孝廉'这条路,进入仕途当官。如果变革新法,必然挡住了这些人进入仕途的路,影响到这些人的利益,因为,这些人的子弟、亲友大多都是不学无术之辈。"

杨震说:"恩师,如果沿用旧法,不光无法改变眼下官员选任弊端丛生的局面,而且,也辜负了太后的圣意。"

桓郁说:"当年商鞅在秦国变法,变法失败,最后落得个车裂的结局,因此,你要有思想准备。"

杨震说:"学生已经走上这条路,再别无选择。"

太阳已上三竿,杨震拜见完恩师,又回到宫中给皇上请安。安帝还躺在锦帐里熟睡,侍从说皇上还没有起床。安帝自从娶后纳妃之后,只要不上朝,常常这样。杨震只好站在宫门外等候。半个多时辰后,安帝才睡眼惺忪地走出寝殿,来到外厅。

"微臣杨震参见皇上!"

安帝不上朝,不戴通天冠,时常习惯头戴耸立于脑顶的高八寸、宽三寸的鹊尾冠。他听闻杨震已等候多时,连忙说:"爱卿平身!爱卿平身!朕昨晚苦读《太史公书》到深夜,今日起晚了,让爱卿……哦,不,让太傅久等了。"

安帝说完,旁边站立的小宦官忍不住"扑哧"笑出了声。安帝狠狠白了那个小宦官一眼,小宦官急忙捂住嘴。杨震一看,心里明白了八九分,安帝肯定不是因昨晚夜读《太史公书》今晨才晚起的。

杨震一点儿没猜错。其实,昨天夜里,安帝既没有在皇后的甘饴宫,也没有在那十几个妃子的掖庭寝宫,而是又偷偷化装出宫,在小宦官的掩护下,在樊丰重新安排的一个秘密的私人花园里与伯荣私会。

昨晚,安帝仰卧在床上,半裸着的伯荣将窗帘拉开了一条缝,一束柔和的月光刚好洒在伯荣的侧面,光影中的伯荣好似下凡的仙女,身体随着光线的摇曳若隐若现,缥缥缈缈,勾人心魄。安帝用力地睁大眼睛,但总也看不清伯荣那张柔美的脸。安帝急切地把伯荣拥在怀里,陶醉地闭上眼睛,恨不得将她融化。

待伯荣从安帝怀中挣脱出来的时候,这个美人已是满面泪痕。安帝明白伯荣的心思,他也受够了这种偷偷摸摸的日子。身为一国之君,却不能大胆拥有自己喜欢的女人,而由太后亲自为自己确立皇后妃子,自己这个皇帝做得竟如此窝囊。

眼看天要亮了,安帝偷偷潜回宫里,久久不能入眠,直到天色大亮,他才迷迷糊糊睡着。不想,太后给自己安排的太傅杨震却早早恭候在寝宫门口,如

若让太后知道，免不了又要质问。所以，安帝才撒谎说自己读书到深夜耽误了睡眠。

好在杨震也是头天上任，只是请安而已，且在休朝日，不用上朝。

第二天，太阳刚露脸，几个宫女服侍安帝梳洗罢，穿上九龙金丝云纹皇袍，蹬上翘头玉珠丝履，赶紧整冠上朝。

大殿之上，邓太后与已是青年的汉安帝并坐着。她头戴凤冠，目光镇定，眼神里流露出一个非凡女人特有的刚毅。文武百官参拜过后，邓太后就示意身旁站立的樊丰宣旨。樊丰展开圣旨，大声宣读：

"皇太后制曰：东莱太守杨震，治理东莱数年，功绩卓著，现擢升为太常，领吏曹事，掌管朝廷及地方官员选任。钦此！"

这时，只见文武百官纷纷翘首扭头寻看着朝野传颂的不畏邪恶、公正执法的一代大儒，看看他长什么样。

只见身材瘦高的杨震出现在文武百官中间的夹道上，跪地谢恩。

看着杨震，百官表情各样。接着，樊丰又展开御旨，宣读第二道圣旨：

"皇太后制曰：羽林军中郎将袁礼，忠孝有加，礼仪兼备。且三代忠勇效国，有家风传世，福泽荫及子孙。故礼武略不凡，文采兼及，逐成卫国之材。今封为侍中、卫尉，掌管皇宫禁卫，封万安侯。钦此！"

袁礼跪地谢恩。当他站立起来的时候，百官纷纷看着受封的这位青年武官。

这年，袁礼才二十五六岁，身穿用鳞状甲片编成的鱼鳞铠甲的武官服，头戴青铜盔兵冠，盔上有一撮红缨，足穿鞜，腰间的革带上挂有玉质的饰物，整个人看上去英俊潇洒、朝气蓬勃。满朝文武皆被这个英气逼人的青年才俊所折服，纷纷点头称赞。

邓太后看着袁礼一身戎装更显威武，也频频点头："打今儿往后，只有大将军和九卿卫尉袁礼准许佩剑入宫。"

大汉立国之初，高祖刘邦只许一代名相萧何佩剑入朝，现在太后准许袁礼佩剑入朝，由此可见对袁礼的信任。袁礼跪地再拜。

邓太后接着道："尚书台拟诏，为中兴大汉，诏令公卿举隐士、大儒，务取高行，以劝后进，从中遴选博士，力求选拔可用之才。"

今天的朝堂上，由于杨震和袁礼的新任，以及太后颁诏向天下广选贤良方正之士，百官心情激动，纷纷点头。

这时，樊丰扯着娘娘腔喊道："有本上奏，无本退朝！"

文武百官皆无本，杨震环顾一下四周，手举朝板出列禀报："臣有本上奏。"

文武官员纷纷扭头，目光都瞅向站在群臣最后边的杨震。只见他穿着朝服，头上戴着那种前高后低的进贤冠，足穿朝靴。那张方脸有棱有角，颏下留着一把开始发白的胡须；那双看起来温和的眼睛，细细端详，目光冷峻深厉；那张看似慈祥的脸上，透着刚毅、执拗和沉着。

一身书卷气的杨震显得清瘦，初入朝廷，在百官之中很难显山露水。但是浑厚的声音，使他刚一开口说话，就一下子引起了众人的注意。

同僚们都静静地听着，想看看这个夫子出身的新同僚会有什么奏陈。

邓太后说："爱卿请讲。"

杨震说："臣以为，我大汉三百年能一脉相承，乃秉承了儒家的治国思想。由此，要使我大汉兴旺发达、民富国强，须坚持在政治上坚持孝武皇帝所确立以儒家经术统一思想的方针，处理好我汉民与南蛮、西羌等少数民族的关系；在经济上则应实行轻徭薄赋；在思想上坚持仁爱和君臣伦理观念，以民为本。如此，大汉方能兴盛。"

安帝在上面皱了皱眉头，百无聊赖地看看这个，看看那个。

邓太后感兴趣地说："杨爱卿的主张甚合我朝实际。皇上看呢？"

坐在旁边的安帝慌忙说："毋庸议。"

邓太后道："准奏。呈上来。"

杨震上前几步递上去，樊丰接过后递给邓太后。

杨震说："太后、皇上，臣还有一事要奏。"

邓太后说："爱卿请讲。"

杨震说："臣奏请太后、皇上，变革'举孝廉'的选任官员制度。"

杨震话音刚落，安帝就不耐烦地说："择日再议。下去吧！"

邓太后看了一眼安帝，说："慢！变法之事甚大，杨爱卿把话说完。"

杨震说："光武帝建后汉以来，朝廷和地方官员的选贤任用均采用'举孝廉'的办法进行。实施伊始，效果甚佳，为大汉选出了无数人才。但实施百年，所选官员鱼龙混杂，甚至有的鱼目混珠。发展到后来，多数地方官所推举者多数名不副实，以至于高门权贵子弟无论优劣，都可以做官，而许多出身低微但有真才实学之人却得不到朝廷重用。"

杨震入朝后，太后让他负责为大汉国家广揽一批官员人才。杨震经过几天反复思考，查阅回顾了大汉朝建立三百多年的选官用人制度。起初沿用秦制，军工授爵，孝武皇帝改制后，沿用的是"举孝廉"制。

实施上百年后，鱼龙混杂，鱼目混珠者比比皆是。直至杨震任太常之前，朝廷根据州郡县举荐征辟任用的不少官员名不副实，甚至导致新的任人唯亲的腐败之风再度出现，而且极为严重，到了"举孝廉，不知书"的地步。

杨震列举了"举孝廉"的不少弊端，引用了民间对"举孝廉"弊端的讽刺歌谣。他说："太后、皇上，民间到处流传着这样的歌谣：'举茂才，不知书；察孝廉，父别居。寒素清白浊如泥，高第良将怯如鸡。'据臣所知，天下读书人大多为仁人志士，他们读书并非都为做官发财，不少读书人是想为江山社稷出力。如果没人举荐，他们可能一辈子都将被埋没。由此来看，'举孝廉'选任官员的办法弊端甚多。为此，臣以为，这种沿袭了多少年的选拔官员之法，不利于朝廷选出贤良方正之士，这种办法应加以变革。"

杨震的话一落，朝堂上顿时像捅了马蜂窝，乱哄哄一片。

接着，杨震又深刻指出："孝和之时，由于一味推行仁政，致使朝廷和地方人人引荐和举荐亲朋死党入朝做官，使得庸俗之辈充塞朝廷，堵塞了贤良之士上进之路。"

这时，刘章出列道："杨大人所说，真乃一派胡言！那按杨大人之意，如何选官？"

杨震不畏刘章的锐气，道："太后、皇上，微臣以为，为了遏制遍及官场的这股腐败之风，应该变革'举孝廉'这种办法。"

邓太后问道："如何变？"

杨震说:"实行一种'两相结合'的办法。就是,凡为朝廷和地方选拔官员,应把'举孝廉、贤良方正'和考试相结合,通过两种形式结合而选拔出来的青年才俊,才能进入仕途。这样就可以排除徇私因素,达到唯才是举、任人唯贤的目的。"

杨震的变法主张牵涉到整个官僚贵族阶层的利益,立即招致不少文武大臣的反对,甚至还有谩骂,一下子在堂下引起轩然大波,官员们议论纷纷。反对最激烈的是司徒刘章、太尉刘凯。三公重臣就有两公反对。刘章甚至有些暴跳如雷,指责道:"杨大人这是逞能!'举茂才,不知书'那只是个别,不能代表整个制度法规。再说,杨太常出身乡野教书先生,他是把朝廷选仕这样的大事,当成小孩子讲堂考试那样的儿戏耍……"

刘章的话还未说完,就引得堂下百官哄堂大笑。

杨震气得牙齿打战、胡须抖动。

文官之中,有一个四十岁出头、中等个儿、黄胡须的中年官员。他有点沉不住气,眼睛转来瞅去,然后出列反对说:"太后、皇上,微臣以为,祖宗之法不可改。孝武之后一直沿袭着这一制度,为什么到了本朝,偏偏就不行,偏要变法?"他是九卿太仆谢恽。

这时,在文官队列中,又有一人站出来说话:"启奏太后、皇上,微臣以为,杨大人的变法没有错。任何制度法规,在它刚推出来时,都能起到积极作用,但实施日久,肯定会存在这样那样的弊端,必须有新的法规来代替它。"

她的话一说完,堂下立时一片鸦雀无声。她就是当朝大才女太傅班昭。

班昭接着道:"天下事没有什么不可变的。道不平就要修,人有错就要纠,祖宗之法不合情的就得改。为此,微臣以为,杨大人所言极是,要使大汉兴盛,必须变法,变革那些不合理的、不利于大汉兴旺发达的种种弊端。"

正在气头上的太后,听了班昭的一番言辞,转头问安帝道:"皇上以为如何?"

安帝有点儿蒙,一时不知道说什么好,就干脆说:"由母后定夺。"

邓太后当即朗声表示:"这个办法好!就依班太傅和杨太常所言,准奏。"

但是,堂下仍然有不赞成的嘀咕声。

邓太后说:"杨爱卿说说,你准备如何变?"

杨震说:"禀太后,新政的办法是:先昭告天下,朝廷要选拔官员,号召天下饱学之士报名应召;朝廷通过学识考试,初选出一批知识渊博之士;然后再调查这些人在家乡的孝廉情况、人品情况。通过两步到三步的筛选,便能把那些真正具有辅国理政才能的贤良方正之士推荐出来,为朝廷效力。这样一来,天下有才能的读书人,不管高低贵贱,均有为江山社稷出力的机会。"

这时,司徒刘章又出列反对:"皇上、太后,杨大人所言不妥。要变法,则应先举后考,若是先考后察,必然给朝廷招来一群不懂政令、法纪的书呆子。"

下边有官员发笑。

杨震说:"太后、皇上,微臣提出的变法,准确点说,就叫'以考带察,两相兼顾',并不像刘大人所言的,强调一面,而忽视一面,顾此失彼。"

这时,有点头赞成的,仍有摇头反对的。

邓太后说:"这个选拔官吏制,不论出身,只讲才学与品德,真是废陈出新、利汉利民之策。即按杨爱卿所言,开始推行。"

文武百官中,有些人高呼:"太后圣明!"

安帝这会儿心乱如麻,后悔刚才匆匆表态,阻止杨震上奏。太后本就对自己不放心,迟迟不放政。这次失误的表态肯定更会让太后不满。

邓太后接着道:"从前帝王秉承天命治理百姓,无以掌握天文仪器,通晓日月五星变化。哀家以薄德之身,临理一国大业,阴阳不调,变异时见,万民饥寒流离,羌虏叛逆。日夜反省,忧心如焚。永初二年(108),曾令公卿郡国令长'举孝廉',荐举贤良方正之士,远求博选,希得儒才,以匡不逮。但所得俱是浮华、无卓识远见之人。为政根本,无有比得到人才更重要。褒奖贤良人士,是圣人法制首要。'有众多人才,文王所以安宁。'大汉欲得到忠良正直的臣下辅佐。哀家以为,这个'以考带察,两相兼顾'的新法,不仅应该成为一个新政,还应成为一项国策,还望杨爱卿尽快整理出章,以昭告天下。

今诏令，改'举孝廉'为'以考带察，两相兼顾'之选官制，着令三公九卿、文武百官荐举贤良方正、能直言极谏之士，凡有治国治世之才，明政术、达古今、研究灾异阴阳、通晓天文律令之士，上报吏曹，公府选任，造册备文，用以补任令、长、丞、尉，清廉孝顺、敦厚耿直、有治政之才者任公卿，经书奥义明晓者任博士，以匡扶大汉，安抚天下百姓。视事三岁以上，都得考察举荐。杨震、谢恽听旨。"

杨震、谢恽出列道："臣在。"

邓太后今天的心情特别愉悦，没有想到，这个杨夫子第一天上朝，就提出了一个国策性的主张。她兴奋地说道："任命杨爱卿为这次科考取仕的主考官，谢爱卿为副主考官，并由二位爱卿主持这次选贤变法。"

两人叩头齐呼："谢太后隆恩！"

将退朝时，安帝扫了杨震两眼，脸上略有不快。

这时，堂下有个宦官快步把一卷奏章递与堂上靠边的樊丰。樊丰正在犹豫该不该把奏章呈给太后，不想，太后看到了，道："樊常侍，呈上来。"樊丰只得殷勤呈上。

太后展开，仔细看了片刻，大声道："哀家刚刚接到新任武陵太守王密的一份奏章，奏陈了新任太常杨爱卿前不久在赴京任职路过昌邑时'暮夜却金'的事，读来甚为感动，哀家将此事的经过讲给文武大臣听听。"

于是，邓太后带着钦佩的感情，给文武百官讲述了杨震在昌邑县对昌邑令王密"暮夜却金"的事，堂上堂下都深受震动。文武百官纷纷扭头，再一次对杨震刮目相看。

最后，邓太后叹道："好一个'天知、神知、吾知、子知，何谓无人知晓'，真是两袖清风。尚书台拟旨颁诏，将'四知夫子'的这种清廉事迹、清廉品质，作为我朝吏训，就叫'暮夜却金，四知吏训'，广泛传扬，以期堂下诸位百官切切效仿。"

邓太后讲完，堂下一片赞叹之声。接着，太后又道："为了给百官带个头，哀家在此口占一绝，名为《却金》：'人间无处不天公，却笑黄金馈夜中。千载四知台下过，马头犹自起清风。'此绝作为哀家懿旨，下发各州

郡县。"

邓太后的文采，再次引得堂下一片钦敬之声。

散朝后，刘章与谢恽一同走出朝堂。

司徒刘章原为太常兼任吏曹尚书，现由杨震接任。吏曹侍郎谢恽本以为刘章官升一级后，他就可以顺利"转正"，去掉"副"字，升任吏曹尚书兼任太常，没有想到半路杀出个杨夫子，一下子挡住了他的晋升之路。

一个朝会，谢恽极为不悦，他一直在想，怎样才能使杨震的官员选任变法失败，从而搬掉杨震这块拦路石。他满脑子在想招数，如何给杨震使绊子。

谢恽想：你杨震在荆州暗查弹劾人家樊闰，最后被樊闰逐出荆州；后来又到东莱，清田查户，将人家江京的俩外甥斩首示众，差点被暗杀在东莱；现在，又跑来朝廷，搞什么官员选任变法。朝廷不是荆州，吏曹也不是东莱，不是事事都由你杨震说了算。你挡住了我谢恽的晋升之路，我要让你变法失败，我要你成为大汉的商鞅，最后不车裂也难得活命。

刘章嘴里不说，心里也老大不悦。因为，杨震刚接任他的太常，便处处逞能，反衬出他在太常一职上的无能。他在心里想：这杨震就是能不尽，难道是想叫人把他称为能臣不成？

在长乐宫大殿门外，袁贵赶上了杨震。袁贵对杨震说："愚弟早年在京城与杨大人相遇桓恩师家中，素知贤兄饱读圣书、学富五车，数年不见，今日再会，果真气宇非凡。"

杨震抱拳以谢："袁大人将军世家，早令杨某心生景仰。"

袁礼官升九卿卫尉，袁、樊两家皆大欢喜。

袁夫人催着小儿子袁礼趁着心情大好赶快去把妻子月儿接回来。在娘家住了那么久，传出去也不好听。

袁礼依照母亲的吩咐，提上母亲为他准备好的礼物，骑着马往樊府走。他头戴漆纱二梁进贤冠，足穿靸，腰侧的革带上系着九卿银印青绶，印绶旁边佩带一把剑。

樊府坐落在洛阳城的大街上，远远望去，近年才新盖的楼宇屋檐高挑，气势雄浑。大门外停着两辆马车，两个仆人正在收拾车马。这样的豪宅，在楼宇林立的洛阳城里不仅没有被掩没，而且由于它的独特位置，更加显眼。

袁礼下马走进大院，樊府一片祥和热闹的景象。袁礼因为在荆州和东莱为杨震保驾护航有功，被朝廷提升为侍中、卫尉。卫尉是九卿之一，属于朝廷内阁成员；羽林军统领，即皇家禁卫军司令。官阶不但超过了岳父樊闳，而且与新拜的老师杨震平起平坐。

毕竟姑爷升官是个大喜事，今天姑爷一定会专门登门报喜，樊府早已做好了盛情款待的准备。果然，袁礼神采奕奕，提着厚礼走进大院。樊闳一家，这天一个个身上穿戴着绫罗绸缎所制的漂亮的直裾深衣制服饰，就连丫鬟、仆人一个个都穿得体体面面。

这天的樊月，由于要招待高升的夫君，特意做了一番打扮。只见她穿着一身一向很少穿的白绸黑边的小袖、对襟齐腰"无缘裙"式的襦裙，丝带系腰，襦裙长可曳地，裙上绘有精美华丽的纹样；发髻的编梳，是那种少妇的"结椎式"梳法，即将头发束于脑上，高高绾于头顶，而且发髻上插有珠花、步摇等各种饰物，脖子上戴着佩玉，手指上戴着指环。尽管裙长曳地，行不露足，但由于兴奋，走路步子一大，仍然可以看到足穿绘有彩画、系有五彩丝带的帛履。她那圆月般的脸上敷施着粉黛，颊上施朱，弯月似的双眼含情脉脉。她的装束、举止，整个看去，显得是那么俊俏、自然、飘逸。

那樊月也早就等候不及，一见夫君载誉归来，喜不自胜，赶忙出堂门相迎。袁礼迎着手提裙边、飞奔而来的樊月，幸福洋溢在脸上。

袁礼随樊月走进披金挂珠的堂屋，十分丰盛的贺喜酒宴早已摆在那里等待。

入席后，樊夫人不停地夸赞袁礼聪明能干，忠孝两全，直夸得高婿都有点儿不自在了，只能频频给樊夫人敬酒，感谢岳母这些日子照顾月儿。

樊夫人接过袁礼的酒，突然郑重其事地跟他说："母亲有一事一直放在心上，今日贤婿得以官升九卿卫尉，实乃咱樊家大喜。你这些年一直跟着杨震干，听说杨震入朝做了太常，掌管吏曹和朝廷选官大权。眼下，为朝廷选拔官吏的事又开始了，咱家的彪儿已二十多了，你与杨震关系不薄，还望贤婿设法举荐，让杨震给彪儿谋个一官半职，让他也跟你一样，为朝廷效力。"

袁礼一听岳母提出的这个请求，实在是为难得不得了。袁礼太了解樊家这个内弟了，从小娇生惯养，蛮横任性不说，还不学无术，嚣张跋扈，一个十足的纨绔子弟。这样的人到朝廷做官，别说杨震，就是袁礼自己也不会同意的。可今天是大喜日子，岳母大人说出口了，月儿也正在兴头上，袁礼想了想，尽量婉转地告诉岳母，给杨震举荐樊彪有点儿不妥。

樊夫人不以为然："有啥不妥的？咱樊家也是达官贵人。既是贵族，我们也有贵族的做派，谋个一官半职又有啥不妥？这样吧，家里还有一些珠宝首饰，等会儿给你带上，你送给杨震，咱也不让人家白白帮忙是不是？你放心，官场这些礼数为娘也多少知道点儿的。"

袁礼一听岳母还要给杨震行贿，慌忙说："杨大人办事向来认真，他不管皇亲国戚还是达官贵人，都是一视同仁，在选拔官吏上更不会马虎，他也不会收取任何人的礼物的。况且，朝廷刚刚定下在官员选任上实行变法。岳母，其实彪儿更适合做生意，若他实在想入朝做官，可去参加选拔，完全不必去跟杨大人开这个口。"

樊月看出袁礼不情不愿，心里早就不痛快了，袁礼刚一说完，她就抢着说道："变法、变法，依照杨震那个什么变法，连那些出身卑微的人都能参加选拔，那么多的人参加选拔，那咱彪儿能选上吗？再说了，如果彪儿如你一般勤奋，那还要你跟杨震开口干啥？看你，母亲都给你说话了，你推三阻四的，就不能爽快点儿？"

袁礼看樊月转喜为怒，心里也生出不快："我跟随大人多年，太了解大人的秉性，我即便开口，杨大人他也不会答应的。"

"哼，还没等杨震回绝，你就先回绝了是吧？我看你就根本没有把彪儿当作你的内弟，否则你就不会是这个样子！"樊月赌气扔下筷子不吃了。

袁礼见樊月身为妻子，一点儿也不了解自己的为人，不但不替丈夫解围，还帮着岳母为难自己，心里越发生气："月儿你说话太无理，别说我的内弟，即使是我的亲弟，我也不会去！"

"好吧，那你就好好做你的卫尉吧，樊家的事不用你操心了，你请回吧！"樊月见袁礼如此愚钝，心中十分生气，原本打算这次就跟着袁礼回去，见袁礼这般靠不住，干脆就下了逐客令。

袁礼没想到做了夫人的樊月还如从前那般任性无礼，心想，这样的妻子不要也罢。一赌气，转身出门离开了樊府。

望着袁礼走出去的背影，樊月跺着脚号啕大哭。

樊夫人看着这小两口刚要和好，为了彪儿的事又闹出矛盾，心里又堵又气。她唉声叹气，想着这会儿老爷远在荆州，一时半会儿也回不来，这朝廷一年一次选拔官员的时间已经到了，老爷自是远水解不了近渴。樊夫人思前想后，突然想起一个人也许能帮这个忙。

樊夫人备了份厚礼，趁着暮色即刻去往耿宝府邸。耿宝是安帝的亲舅舅，有他在皇上跟前说句话，那要比那个杨震分量重得多啊！

一进耿府大门，耿宝见到无论何时都是一身绫罗绸缎、珠光宝气的樊夫人，很是惊奇。

樊夫人左一个大将军、右一个大将军地唤着，耿宝一边乐得合不拢嘴，一边又谦让地说："樊夫人能光临敝府，真是稀客稀客。但是，万不可称大将军，如今有邓大将军在朝，这话传出去可不好。"

樊夫人心里明白得很，她知道邓骘在朝廷手掌实权，这耿宝心里多有不快："任他谁呢，在我们樊家人的眼里，耿国舅就是大将军。我家老爷不在，我是无事不登三宝殿，今有事，需要大将军帮忙。"

耿宝客气地说："只要本将军能帮上忙，定会鼎力相帮。"

樊夫人递上礼物，小声说道："我儿樊彪，今年二十二岁，求大将军在杨太常面前美言几句，让我儿入朝为官，还望大将军莫要推辞。"

耿宝看了看樊夫人放在桌子上的那盒珠宝，面露难色："夫人知道，我这些年一直在西北雍营镇守边关，近日因为战事稍缓，回家看望。朝中的事，听说杨大人刚刚要实行什么人事变法，我还不曾细察。"

樊夫人说："啥变法不变法的，还不是那邓骘推举的穷茂才在那儿搞花样，在朝廷显能呗。听说皇上本就不同意这个变法，是太后一意孤行。唉，可怜皇上都到亲政年龄了，就是亲不了政，只能任凭那邓家人当道。"说到这儿，樊夫人看了看流露出不悦神色的耿宝。

耿宝赶紧说:"皇上亲政不亲政,这话在外边可不敢胡说。在我这儿说,本将军权当没听到。"

樊夫人接着又说:"耿大将军乃当今国舅,有您在杨太常面前说句话,那杨震必会给您面子的。他杨震难道不知道,这天下是刘家的?"

耿宝点点头:"樊夫人这话不假。不过,樊常侍也是太后身边的人,樊夫人为何不去找一下樊常侍?这件事有中常侍出马,定可水到渠成。"

樊夫人贴近耿宝的耳朵悄声说:"大将军是推辞我哩!大将军难道不知,我家彪儿他伯父,说起来是个常侍,其实就是个宦官总管,服侍太后也是君命难违。大将军应该知道,他伯父私下里是与大将军的外甥皇上心近的。再说了,他也只是个宦官,是个老奴,哪里有资格跟人家说话哩?在朝廷,谁不知道耿大将军是大鸿胪,是朝廷外交大臣,主管朝廷外交事宜,人缘极广、手眼通天,没有大将军办不成的事情。"

作为前将军的耿宝,这时主要担任九卿之一的大鸿胪。大鸿胪的职责主要是掌管接待诸侯和少数民族使者。此时的耿宝很少到边塞去,作为大鸿胪,他很少管少数民族的事,只把自己的心思重点放在接待诸侯上,整天住在京城,借与这些人喝酒、下围棋和替别人跑官给自己网罗关系。

耿宝一边谦虚推辞,一边又看看桌上的那一盒珠宝,摆出一副十分为难的表情说:"樊夫人,这件事的确不好办啊,但夫人既然托付于本将军,念及樊家与耿家的那点儿旧情,耿某就去一试,如若不成,还请夫人不要责怪才是。"

樊夫人一听,喜上眉梢:"哪里哪里,大将军这是哪里的话!只要大将军肯出马,那杨震不会拎不清轻重的。大将军您多费心了,等我家老爷回来再来府上重谢。"

从耿府出来,樊夫人一路心里好高兴,可是,回到家里,想着想着,又怎么都觉得不踏实。儿子入朝做官的事情毕竟是大事,必须派人到荆州,把朝廷的决定告知老爷,叫他必要时回京城一趟。

这天,在荆州城外的武陵山的树林里,樊闳领着一个妙龄女郎和郡丞金武在打野鸡。只见樊闰双手握着弓箭走在前边；后边跟着一个满头大汗的妙龄女郎；再后边的金武一手提着一只野山鸡，一手提着樊闰和那个妙龄女郎的行李。

只听那个妙龄女郎一边喘气一边说："州太爷，歇会儿吧，受不了了！"

樊闰回过头，一手握弓箭，一手把那女郎拉到跟前，用手撩起女郎脸旁散下的一绺头发，趁给女郎擦脸上汗水之机摸着女郎的脸庞。

这时，一个衙役气喘吁吁地跑过来，边跑边喊："大人！大……大人……"

樊闰停下来，回过头看着。

那衙役跑到跟前说："大……大人，有……有……有一个不好的消息。"

樊闰镇定自若地说："会有什么不好的消息，用得着你这样追来报信？"

衙役说："王密回来了，王密拿着太后的懿旨回来了！"

"他回来干什么？"樊闰还是一副毫不在意的样子。

"他拿着太后的懿旨，来荆州，接替大人的武陵郡太守之职。"衙役说。

樊闰一听，惊得手中的弓箭掉在脚下，身子往后一斜倒在地上。女郎身后的金武也惊得手上的野鸡、行李掉在脚下。

樊闰登上刺史宝座之后，很快把认真审案的官员王密弄走，拔除了眼中钉。但是，还没有等他把案子上报了结，已经在荆州的乡间有了流言蜚语。而且，在朝中的兄长樊丰给他写来书信，说朝中也有人议论此案。为了把这个案子做成铁案，樊丰在信中叮嘱，要弟弟缓一缓、拖一拖，待一切风平浪静，趁人不注意，短期结案。

因此，他抱着"三十六计拖为上计"的心理，没有急于给朝廷上报"张生法场喊冤案"的结果，而是开始舒舒心心地过着他荆州最高长官的醉生梦死的日子，整日游山玩水，赴吃不尽的宴请。

本来，他打算给朝廷保荐金武做武陵郡太守，但是，他觉得自己这些年还没有捞够，因此，他要等自己捞得满足了，再给朝廷举荐金武接替他的武陵郡太守。

然而，王密杀回荆州了，这完全打乱了他的阵脚。

　　樊闰在金武的搀扶下，回到荆州城里的州府之后，开始等待王密这个新任太守来府上拜望他这个荆州的最高长官。可是，王密没有来，不是在郡府理事，就是在武陵郡的十二个县察贫问苦。

　　由于同住在一个荆州城里，在樊闰看来，王密成了他这个荆州最高长官的最大威胁。他日夜在想，是不是朝廷不相信自己？而且，王密杀回来，对他把"张生法场喊冤案"做成铁案增加了更大的阻力。因为，王密是重审"张生法场喊冤案"的主审官，他对案件的内情一清二楚。而且，他重返荆州的内幕到底是什么，樊闰心里一直有些发慌。

　　时间过去了不知多少天，樊闰不见王密有任何动静，心里稍稍放松。

　　这天，樊闰在金武与另一个妙龄女郎的陪同下，在沅江边上游玩。因为他多日没有出门，这个妙龄女郎缠着他，要到城外游山玩水。

　　江边不远处停放着樊闰的那二马车驾。

　　樊闰正与那妙龄女郎在江边浅水处互相拍打着戏水。樊闰把江水不住拍向妙龄女郎的身上，而妙龄女郎则用双手往樊闰身上撩水，两个人好像比赛一样。最终，妙龄女郎的身上湿透了，那修长的丝质留仙绿裙几乎全部贴在她的身上，那突出的胸部和臀部，显示出了女人优美的线条。

　　女郎生气似的噘着嘴说："州太爷，你弄湿了我的衣服，让我怎么见人？你赔我，你赔我！"说着，就往樊闰身上蹭。

　　樊闰的衣服也湿透了，贴在身上，他顺势把女郎抱在怀里，如同两个赤条条的男女叠抱在一起一样。这时，只见樊闰用手指在女郎的额头上一点说："你脱下来，我就赔，就赔！"

　　女郎抱住了樊闰的脸，两个人一下子更加紧密地抱在一起。

　　这时，州府一个衙役跑来，喊："大人，家里来信了。"

　　樊闰听到后，有些扫兴地放开了怀里的女郎，两人回到江边。

　　那个衙役递上家书，樊闰让女郎先上了马车。樊闰快速看完了家书，是夫人派人来到荆州了，要他回京城商量儿子的事情。

　　其实，京城家中的夫人派人到荆州之前，他对儿子入仕的问题另有一番打算。他准备把荆州"张生法场喊冤案"等大事摆平之后，就进京找刘凯、刘章两个皇叔，解决儿子樊彪入仕做官的事情。

樊闰打发走那个衙役，然后钻进了马车，让金武赶着马车回到荆州城里的州府。樊闰刚下马车，一个衙役跑过来说："大人，张生的父亲正在荆州城到处喊冤告状，大人看如何办好？"

樊闰一听，心想，在这种情况下，自己是无论如何都不敢离开荆州的。

长乐宫御书房里，杨震头一次给安帝讲课。

邓太后拜杨震做安帝刘祜的老师，她要求杨震给安帝讲经授典，这正好是杨震的专长。杨震与安帝在一个低案两边的锦垫上相对跽坐。

杨震以儒家思想为核心给刘祜讲课。毕竟杨震是闻名朝野的儒学大师，安帝对这个儒家夫子既敬重也好奇，加之经常听太后和一些文武大臣夸他，因此，对杨震讲的课总是认真地听。

杨震认为，这是用儒家思想来正君心，使安帝修其身、治其国、安平天下，成为一代明君，从而实现儒家理想的最好机会。

杨震讲课以孔子的《礼记·大学》中的"正心、修身、齐家、治国、平天下"为主要内容，他讲道："皇上，孔子在《礼记·大学》中曰：'古之欲明明德于天下者，先治其国；欲治其国者，先齐其家；欲齐其家者，先修其身；欲修其身者，先正其心；欲正其心者，先诚其意；欲诚其意者，先致其知。致知在格物，物格而后知至，知至而后意诚，意诚而后心正，心正而后身修，身修而后家齐，家齐而后国治，国治而后天下平。'"

杨震讲道："皇上，孔圣人这段话的意思就是：古代那些要想在天下弘扬正大光明品德的人，先要治理好自己的国家；要想治理好自己的国家，先要管理好自己的家庭和家族；要想管理好自己的家庭和家族，先要修养自身的品性；要想修养自身的品性，先要端正自己的思想；要想端正自己的思想，先要使自己的意念真诚；要想使自己的意念真诚，先要使自己获得渊博的知识。获得渊博知识的途径在于多读书，认知研究万事万物。通过读书，通过对万事万物的认知研究，才能获得知识；获得知识后，意念才能真诚；意念真诚后，心思才能端正；心思端正后，才能修养品性；品性修养后，才能管理好家庭、

家族；家庭、家族管理好了，才能治理好国家；治理好国家后，才能使天下太平。"

安帝小时候也读到过这些，只是对其中的意思还有些懵懂模糊，现在杨太傅这么一讲，他一下子明白了许多。

杨震又继续讲道："皇上，你注意到了没有？这段话里边，有一句话很重要，就是'物格而后知至'。这六个字的意思是，通过观照外物通达至善，减少自己的贪念，来让自己头脑清醒，是非曲直分明。正念分明后就要努力在待人处事的各方面做到'真诚'二字，努力断恶修善，久而久之，自己的修养就提高了，有智慧了。这时就可以把自己的家庭经营好了。家庭是国家的基石，能把自己家庭经营好的人也一定可以把国家治理好。一个能把自己国家治理好的人，那么他也一定能让天下充满和谐，充溢太平。因此，还可以概括为另六个字，就是'存天下，抑贪欲'。"

安帝一边听着，一边点头。

头一天的课，对安帝和杨震来说，是一个良好的开端，君臣师生之间洋溢着融洽和谐的气氛，安帝专心致志，一心听讲。

杨震讲课，安帝沉浸在知识的大海里，无忧无虑；可是，杨震一走，除了门外的宫女和宦官，只剩下安帝一个人，御书房空荡荡的，安帝就又烦躁不安起来。

安帝那日在朝上被太后当着百官的面驳回圣命后，心中自是不满。虽然在朝堂之上不敢吱声，但回到寝宫后便大发雷霆："朕还是不是大汉皇上？为什么每道圣旨都要以太后诏、加太后玉玺发？为什么？为什么？"

当时，安帝一边嚷嚷着，一边摔东砸西的。宫女们吓得低着头不敢吭声，赶紧收拾被砸烂的瓶瓶坛坛。

安帝刘祜为邓太后和邓骘所立。安帝性情软弱，又自认为出自支庶，名义不正，加之邓太后总认为他还不成熟，因此朝中大权自然不敢交与安帝。随着年龄的增长，安帝心中多有不满，再有一些排斥邓家的宦官从中挑唆，安帝与邓太后之间便不知不觉生出嫌隙。很多事情，安帝表面上听从于太后，私底下却有自己的一番想法。安帝如今二十岁，早已成年，亲政的心情就更为迫切。

想着荣儿每日里独守空房苦等自己,安帝就坐卧不安。如果自己亲政,怎么可能让自己最爱的人遭受如此折磨?这些都怪太后独断专行!如果自己是嫡出,那太后岂能独霸朝权至今?如今,又给自己安排个太傅,说起来是给自己传授治国安邦之道,实则是安插在自己身边的密探而已。那个杨震,到底有多少学识?整日里就知道给太后出些鬼点子,这样改、那样变,早晚会改得天下大乱!

安帝砸累了,喊乏了,就躺在床上胡思乱想。

安帝想着那天的事情,就有些烦,转而想到伯荣,就沉浸在思念中。而太后和班昭为他层层选出的皇后和十多个妃子他很少临幸,几乎形同虚设。

"皇上,太后请皇上到永安宫去。"安帝正想着,忽听小宦官来报。安帝急忙整理好仪容,乘着六羊车、带着宫女宦官匆匆去往永安宫。

邓太后见刘祜请了安坐下来,便开门见山地问:"太傅给皇上讲课了吗?"

安帝说:"讲了,今天讲第一课。"

邓太后问:"感觉怎么样?"

安帝说:"太傅讲得太好了,儿臣都听得入了迷。"

邓太后突然问:"祜儿,听说杨太傅上朝的第一天,皇儿回到寝宫砸东摔西的?是不是急于亲政啊?"

安帝没想到太后会如此问话,一时不知道该如何回答,只低头不语。

太后见刘祜不作声,便接着说:"皇上今年二十了,论理也该亲政了。其实,母后已经跟班太傅和大将军商议着是不是该让你独理朝政了。这么多年跟随母后理政,皇上应该学会不少东西了吧,怎么涵养不深呢?身为一国之君,你那天在朝堂上的表现很不好,不仅表现出对太傅、老臣的不尊重,也显示出你浮躁的心性,令母后很不放心。祜儿,不要着急,江山社稷最终是你的,你现在要做的,就是要跟着杨太傅多学点治国安邦之道。杨太傅是我大汉少有的圣贤之人,难得的栋梁之材。皇儿要好好跟着杨太傅习文、读书,只有改了浮躁的心性,遇到大事能心静气定,方能担负起复兴大汉的重任。如此,母后才可安心将江山社稷交付与你。"

安帝看了看太后,又低下头说:"母后,儿臣记住了。"

刘祜当面应承,但背地里听了刘凯、刘章关于刘氏的江山刘家人要尽快掌政的话,对邓太后迟迟不交政仍是极为不满。

杨震按照太后的旨意,在洛阳城里寻找那个叫张衡的才子。

他经过多方打听,终于在一个胡同小院里见到了正在院中朗读文章的张衡。张衡四十七八岁的年纪,杨震告诉了他来意,并做了自我介绍。

"杨震拜会大汉第一才子!"

"你就是朝野传颂的大清官关西夫子?请坐!请坐!四知公。"张衡好奇地说。

杨震谦和地说:"杨某早闻张才子的《二京赋》名满长安和洛阳,只是一直未曾读到,一直希望拜读大作。"

张衡也谦和道:"四知公过誉。等有时间了,张衡再抄一份,送到府上请教。"

张衡自幼刻苦向学,少年时便会作文章。然而,他更倾心研究算学、天文、地理和机械,深得大将军邓骘和邓太后赏识。他平日里从容淡泊,不慕功名富贵,不喜与俗人相交。杨震了解到这一切,深深敬佩张衡的人品。

张衡为人品行与杨震十分相似,杨震在荆州和东莱救民爱民、打击豪强、造福百姓的事张衡也早有耳闻,对杨震也是肃然起敬。今日相遇,两人一见如故。

张衡热情地对杨震说:"四知公是一代明公,张某早已敬仰不已。"

杨震谦虚客气地说:"岂敢岂敢!张才子懂天文、识地理,知识渊博,博古通今,相比之下,吾辈真是惭愧万分。"

张衡说:"四知公过奖了。大人在荆州追赃赈灾,救荆州百姓于水火之中,朝野皆知;到东莱又不畏豪强,清田查户,推行'两改两植',使东莱百姓有饭吃、有衣穿。如今,在太后和皇上眼中,四知公是朝廷的有功之臣;在百姓眼中,是青天大老爷。提起四知公,百姓拥戴,朝野佩服。"

杨震说:"身为人臣,尽职而已,这都是过去的事了。今日登门,主要是奉太后懿旨，请张才子入宫，为江山社稷献智献策，还望张才子不要推辞。"

张衡说："本人是个直爽之人，不瞒大人，那年，大将军把你从关西请出山后，又来到寒舍请张某出仕。但张某厌恶官场，对当时的朝廷并不抱什么希望。但是，时过多年，国力蒸蒸日上，太后的英明有口皆碑，连大人这样的一方名儒、圣贤之人，都愿意献策献力。如今大人带着圣意，礼贤下士，光临寒舍，张某还有什么可推辞的？"

杨震听到这儿，心里的一块大石头总算落了地。

张衡说："四知公入朝以后，推行的官员选任变法，利国利民，实乃选官之良策，开了选官之先河，天下学子叫好，本人非常赞成。"

杨震与张衡相谈甚欢，都有相见恨晚之意，整整谈了一个上午。

太常府衙，因为官员选任变法，一片忙碌景象。

杨震身兼太常及吏曹尚书，他将办公地设在了太常府，于是，把尚书朝务与吏曹朝务一起在太常府合署办理。

自从那日杨震在朝堂上书推行官员选任变法的主张后，朝廷内外就炸开了锅，反对声赞扬声此起彼伏。官僚集团强烈反对，莘莘学子极力称赞。杨震清楚，任何一项变革或变法都会触及一部分人的利益，但也会让更多人受益。有了太后的首肯，杨震对这场变法更有信心。但他也清楚，变法必定是前人没有做过的，也是有风险的，一旦变法失败，自己身败名裂事小，江山社稷不稳事大。因此，杨震多日来也是频频走访各方人士，听取对变法的不同意见和声音，仔细修改变法方案，使之更加完善。

这会儿，杨震正在太常府与来向他请示汇报的太仆、吏曹侍郎谢恽探讨、商量官员选任变法事宜。自从为太后请出大汉奇才张衡后，且路过之处，又听到了各方面对官员选任变法的反应，杨震对这次变法信心大增，决心搞好。

杨震说："谢大人，你在吏曹署理多年，对于官员的选任经历颇多，希望在本次变法中，多多献策献力。"

杨震不计较谢恽那天在朝堂上对他提出的变法持反对意见，因为，太后安

排谢恽作为这次开科取士的副主考官,也是他这次变法的助手。

"那是,那是。"谢恽对杨震这次变法心怀不满,打算在暗中与杨震抗争到底,把杨震搞成第二个商鞅。他也知道,这次变法,杨震背后的最大支持者是邓太后、班昭那部分读书人和邓骘那些贤良,因此,他不会再在朝廷的公开场合反对。只不过,作为这次副主考官,他不会任由杨震摆来摆去的。

杨震就变法的具体事宜,谈了自己的意见和想法。他说:"这次考试的内容主要是'五经',以此考察备选官员对为官的一些基本常识的掌握情况。由太学院出题,你我二人审查,太后、皇上批准,考试由吏曹具体组织,包括出告示、负责报名等。谢大人觉得如何?"

谢恽说:"杨大人,我们是在为朝廷选拔官员,而不是选拔博士,下官觉得用这些内容考察不妥。"

杨震说:"这些学识,是作为一个官员必须知道的常识。"

谢恽一时语塞。

杨震又说:"这次开科取士的考试,考场就设在太学院,由太学院具体负责安排试场、安排监考人员、批阅试卷等等。谢大人意下如何?"

谢恽皮笑肉不笑地说:"杨大人,你在这方面是内行,但是,下官觉得不妥。为朝廷选拔官员,考场应该设在我们吏曹府衙大院,由太后、皇上下旨,从九卿六曹官员中抽人监考、阅卷才是。"

杨震有些不悦:"那么多考生,他们考试用的案、垫从哪里筹备?习惯了养尊处优的官员是否能把监考坚持下来?谢大人不知道想过没有?"

这些,谢恽当然没有想过,因为,在他的思想里,这些都是不合时宜的夫子做法,因此,他默不作声。

接着,杨震又就被选官员考察方面的事宜谈了自己的意见。因为往年"举孝廉"均采用地方官员举荐的形式,其弊端就是举荐人往往夹杂有个人的偏见、亲疏、私心、爱好等主观色彩,容易使舞弊之人、投机取巧之人乘虚而入。杨震表明,这次变法,就是对通过考试初选出的备选人员,由朝廷派人到他们的原住地、生活地走访乡民邻里,了解备选人员所在地的乡民邻里反映,特别是是否忠孝节义、贤良方正,真正能把德学兼备的人才选拔到朝中。

谢恽虽心中反感，但又说不出自己的成熟意见，只能按杨震说的办。杨震夜以继日，对这些变法内容反复修改，最终推出了一个变法的文本，报请朝廷批准。邓太后和安帝御览后，批奏实施。

连日的劳累，杨震深感疲惫。这时，他还在太常府后花园里，来回踱着步子，还在思考着变法过程中可能出现的漏洞和不足。

"爹——爹——"突然，杨震好像听到小儿子杨奉的叫声，一回头，恍恍惚惚看见小儿子从太常府的大门口向他跑过来。

直到杨奉扑到杨震的怀里，他才如梦方醒。杨震一把抱住杨奉，这才看到妻子柳氏也站在了他的面前。他倍感意外，惊喜交加地问："他娘，你们怎么来啦？"

柳氏身穿一身干净的麻布做的皂色上衣下裙式衣裳，下裙的裙摆是用四幅麻布拼合而成的，长不及地。柳氏的发髻，仍然是乡下妇人绾法，将束于脑后的头发反绾成盘髻式的露髻式垂髻。柳氏的全身上下给人一种干净朴素的感觉。她回头给杨震指了指后边微笑着的袁礼、周广。

"袁郎、周郎，这是怎么回事啊？"看见袁礼、周广在笑，杨震问道。

原来是邓太后安排袁礼、周广二人悄悄地把杨震的妻子从关西潼乡接来，照顾杨震的饮食起居。同时安排二人，让杨震夫妻先住在太常府侧房，然后由朝廷出租金，为杨震在洛阳城里租一处比较宽敞的院落。

杨震看着站在面前的三子杨秉和小儿子杨奉，心里非常高兴。杨秉已二十出头，是初次来洛阳，他身着百姓人家常穿的短上衣、长裤子。

这时，已十一二岁的小杨奉仰着脸抢着说："娘说来看爹，我好想爹，就缠着娘来了。三哥是为了一路照顾娘和我才来的。"

杨震眼睛湿润了："朝廷大事，太后通宵达旦、日理万机，怎能让杨某这等琐事给太后添烦？万万不可！租房的事情，就由冯宝去办。奉儿娘儿俩既然来了，就住两日，由冯宝送回去。"

柳氏有些为难地说："我本不想来，因为他婆在。可是，两位将军……"

杨震又问道："几个娃在家都咋样？听不听话？放松没放松读书？"

柳氏说："你让老三和老五给你说。"

老三杨秉不慌不忙地说："爹，这些你就放心吧。农忙时，大哥就领着我们仨，没黑没明地在庄稼地里干活。下雨天、农闲时，我们就起早贪黑各人读各人的书。我已经把《论语》《诗经》《楚辞》都抄写了几遍了。不信你问我娘。种地的事，不信你回去问问村里人。"

柳氏点点头："都勤奋着哩，就是老二有些懒散。"

杨震瞅着小儿子杨奉："奉儿，你呢？"

杨奉歪着头："娘不是都说过了吗？都勤奋着哩！"

杨震故作严肃地逗着小儿子："但你娘没说你读啥书呀。"

杨奉机灵地一笑说："我不让几个哥哥知道，爹，我今儿个跟你和娘说了，我把《诗经》已经读得滚瓜烂熟，有时间了我给你背几首。还有，三哥光说他们在地里干活，我在家也帮娘照顾婆婆哩。"

杨震扭头瞅着柳氏说："不管怎么说，对娃的管教，永远不能松劲，尤其是我们这些在朝廷做事的人家。"

柳氏点了点头。

杨妻柳氏携子来洛阳的消息不胫而走，想不到这竟成了一些人给杨震进贡送礼，求他办事的借口。

十一 以考带察

杨震租住的屋子位于洛阳城西北角平民区一个窄小的巷道里。院子不大,坐北向南,只在靠西边院墙盖有一排三间老式的单面坡瓦房。房上的瓦松株株挺立着,房下的土墙年代久远,看得出,这是一座几十年甚至上百年的老房。据说主人嫌这个院子太小,后来挣下钱,盖了一个比较大的院落,就把这儿租出去了。

三间屋子,每间各一扇门一扇窗。杨震与妻子柳氏住上屋,两个儿子住中间,冯宝住在下间。上屋对面的东边,搭了一个茅草屋,用作灶房。

上屋是杨震的居室兼书房。杨震让冯宝到街上专门找木工做了一块长方形的木板,他写上"心忧天下"四个字,作为匾额钉在他上屋的门楣上。

院子东边的一块空地,冯宝开始用铁锹翻地,准备种蔬菜,又在菜地边扎上了一排不高的篱笆。

小院中间有一棵李树,树冠撑开,遮着阳光。杨震住进来后,冯宝做好饭时,地上铺一张蒲席,放上一个矮腿小案,杨震与妻子、儿子们及冯宝围着小案吃饭。整个院子被冯宝打扫得干干净净。

再说耿宝,自从收了樊府的礼,便把答应的事挂在心头。他一直苦于没有借口,恰巧杨震妻子来京,于是,耿宝借口看望杨夫人和孩子,提着重礼来到杨震住处。他站在街门外,通过半掩的街门,看到院子里的一切,感叹了一番:"人说杨震清廉,不曾见到,但杨震的俭朴由此可见啊!"然后敲门进院。

柳氏在灶房与冯宝做饭,杨秉和杨奉到街上去了,杨震正好跽坐在树下的

蒲席上，趴在小案上看变法文本，听到敲门声，起身一看是大鸿胪、车骑将军耿宝，忙迎进院子让座。耿宝进门就说："听说杨夫人带孩子来了，就带点东西来看看。"

杨震脸上表示出歉意。两人于小案旁相对而坐，刚寒暄几句，耿宝就切入正题："杨大人，本官就不绕弯子了，本官今儿来还有一件事，就是举荐一个官员的儿子樊彪，年方二十，早年读书识字，如今已成人，欲让太常大人纳荐，入朝做官。"

杨震说："现在朝廷正在推行官员选任变法，已不再是过去的'举孝廉'了。这些，我想将军都是知道的。选官面前人人平等，将军这样就让本官为难了。"

耿宝说："变法不过是针对平民而已，今日举荐的是朝中樊常侍的族侄，本将军想，这应另当别论。"

杨震说："不管谁家的子侄，只要有才学，定会选上，不用任何人说情，也不管有没有什么关系；如果没有才学，即使是皇亲国戚也不行。"

耿宝知道杨震为人个性刚直，今日一看，杨震果真油盐不进，只好把话说明了："那好，就实话告诉大人吧，举荐这人是皇上的旨意，我只不过是传达圣旨罢了。咱们都食皇上的俸禄，为皇上做事，杨大人不会连皇上的面子也不给吧？"

杨震说："如果是皇上的旨意，应有尚书台文书。请将军出示尚书台的文书。"

耿宝是安帝的舅舅，耿家在京城洛阳也是名门望族，开国功臣的一支，世代的爵位，不好惹，朝廷一些官员从来都要看他脸色行事，不敢惹他。可是个性耿直的杨震不看他脸色，不怕惹他。

这时，耿宝被杨震说得哑口无言，面露愠色，起身就往外走。

"将军且慢。"杨震连忙叫住了耿宝。耿宝心中一喜，以为杨震想通了，转过身来面带微笑，刚想说话，就见杨震站起来把他刚才拿来放在小案上的那些东西递到了他的手中，笑笑说："将军的东西忘带了。"

耿宝只好提起礼物出来，扭头对着杨震的街门"呸"了一下，转身愤愤离去。

耿宝从杨宅出来后,心里很不高兴,回到将军府,让人从宫里把樊丰叫来,叙说了他见杨震的情形,樊丰当下脸就吊下了。他告诉了耿宝一件事,他听说,邓骘的儿子邓凤和弟弟邓康也要参加这次的朝廷官员选拔,叔侄两人长于武技,而学业都一般,可邓骘也想让儿子和弟弟借这次选官之机入朝做官。

樊丰说:"大将军,咱就等着看,他杨震搞什么变法,如果邓骘的儿子和弟弟能入朝做官,我们樊家的樊彪也照样能入朝做官。"

后来,谢恽以为自己是本次开科取士的副主考官,杨震与他搭班,肯定会给他面子,就提前向杨震打招呼,推荐自己的两个弟弟谢笃、谢宓,但也被杨震拒绝;三公之首太尉刘凯没有去杨震小院,而是在太常府向杨震推荐自己的亲信,也被杨震拒绝。司徒刘章听说了耿宝、谢恽、刘凯几人在杨震那里碰钉子的事后,对这三人说,等这次杨震变法过后,自己可以把他们举荐的那几人安排在司徒府,提为自己司徒府衙的副官佐或属吏,因为,按朝廷规定,这些人员可以由各官署的主事自选,不由朝廷任命。于是,这些人更加感激刘章,而更恨杨震。

之后,还有不少官员来到窄巷小院,借故看望杨夫人和孩子,找杨震请托送礼,都被杨震谢绝。杨震要改变之前一切官场陋习,秉公办事。

这天,杨震来到了京城太学院,专程拜见当朝大学者、太学院院长许慎。

许慎一身布衣长衫,美髯垂于胸前,屋中堆满书籍,令杨震肃然起敬。

杨震一见到许慎,即抱拳施礼:"伯起拜会字圣许君!"

许慎推崇古文经,耗尽半生心血,倾心研究"五经"。他认为现存各家对"五经"的解说混乱,褒贬不一,遂潜心致力于编撰《五经异义》,在"五经"的研究上,无人能及,世人尊称为"许君"。

杨震走到许慎面前谦和地说:"大博士真是学富五车。早听说许君精通'五经',乃一代经学大师,今儿个一见,果然名不虚传。"

许慎也抱拳还礼:"太常大人过奖,老夫不过一介儒生。大人光临寒舍,未曾远迎,失礼!失礼!杨大人乃关西夫子,一方大儒,学问人品鄙人仰慕已

久。大人入朝不久,昌邑'暮夜却金'的故事在朝野已传为佳话。消息传至太学院,博士、学子们个个钦佩不已。许某已议定,在太学院开设'四知课',课程的精髓就是'暮夜却金,清廉为吏',鼓励准备走入仕途的学子们以四知公为典范,做为民谋福、为国谋利的廉吏。"

杨震说:"许君过奖。杨某前来太学,是想请教有关'五经'方面的疑问,还请大博士不吝赐教。"

许慎是一个颇有学养的大学者,他手拂雪白长须,微笑着说:"四知公过谦,赐教哪敢,'五经'方面,许某虽穷极一生精力钻研,但仍知之甚少,只得皮毛,不得精髓。"

杨震说:"最近要在全国推行官员选任变法,通过考试选拔官员,考题限制在"五经"范围之内,因此特来求教。"

许慎说:"此乃国家社稷大事,马虎不得,随便不得,容老夫细细思量后,再给杨大人一个详细答复。"

杨震说:"另外,许君,此次选士,还要在太学院设考场,由太学院的博士监考、阅卷,需要得到您老的支持。"

许慎说:"老夫定当鼎力配合。"

最后,杨震说:"听说许君近日有一新著,企盼早日能拜读大作。"

许慎说:"大作不敢,就是一部研究仓颉造字的文稿《说文解字》,一旦脱稿,定送至府上,请求夫子赐教。"

杨震说:"赐教不敢。有什么需要相帮的尽可告知。"

从太学院回来,杨震一边忙着变法的事,一边还惦记着皇上的学习。

杨震担任太傅后,殚精竭虑,倾平生所学,教授安帝"正心修身齐家治国平天下"的学问和道理。安帝按照太后给他的安排,每逢单日上朝前,一早跟着太傅杨震读书;双日上朝前,则跟着大将军邓骘练剑,学习骑马射箭之术。每逢单日在长乐宫西侧的尚书房里,安帝在杨震的教授下,对着成堆的书简,诵读子曰诗云,学习治国之术、兴国之道。安帝明白,未来的他将接替太后独自理政,主掌天下。他知道,自己没有经过太子阶段的学习和历练,真要掌政还得学习。为此,他埋头苦学治国理政的知识本领。

杨震到太学院把出题、考场、监考、阅卷的事一落实，就又来到了安帝的御书房，因为这天是给皇上讲课的日子。进了御书房，看见皇上正手捧《孟子》认真阅读，便轻轻走到安帝身边问："皇上，《孟子》一书读得怎么样了？"

安帝说："遵照太傅的教诲，每日在读，已能记下来，但每日还在温习着。"

杨震点点头："《孟子》中的'寡人之于国也，尽心焉耳矣'作何解释？"

安帝认真地回答道："梁惠王对孟子说：'我对自己的国家是费尽心力了。当河内地方遇到饥荒时，我便把那里的百姓迁移到河东，同时，又把河东的粮食调运一部分到河内；当……'"

杨震抬手示意，让安帝停止回答，然后说道："臣希望皇上对《孟子》一书中的篇章，不但要熟记于心，而且要记住要义。这些篇章的要义主要是孟子提倡的'民为贵，社稷次之，君为轻'的民本思想。孟子一贯主张仁义，反对诸侯武力兼并，反对暴政害民。"

安帝点点头："朕明白了，不仅要熟读，还需领会其中意味。"

杨震递给安帝一卷书简："皇上说得极是。这本《论语》，臣几十年仔细研究，受益匪浅，还为书中的内容做了注释。还请皇上把它和《孟子》一样熟读领会。"

自从杨震给安帝讲课后，安帝好像一下子成熟了许多。他从太傅给自己读的书中，悟出了治国安邦的一些道理，也开始思索朝中那些看起来简单实则复杂的事务，忽然觉得，过去处理朝中事务时，自己在太后面前显得是那样幼稚和无知，难怪太后不肯把皇权交付自己。现在看来，自己真的要承担起复兴大汉的重任，须得好好跟太傅学习治国之道、兴国之理。

安帝正在思索，看见樊丰在旁边对他挤眉弄眼。他合上书，知道樊丰想让他做什么。是的，很久没有见荣儿了，一定是荣儿想他，让樊丰捎信进来，约他出宫相会。以往，安帝接到这样的信就会迫不及待地出宫，可今天，一想到母后给他说的那些话，他不能去。上次跟伯荣见面，是在半个月前了。那天，

安帝跟伯荣颠鸾倒凤一晚上,这事很快让太后知道了,邓太后把他狠狠教训了一番。安帝决心与伯荣断绝来往,他让樊丰给伯荣带信,提出以后不再见面了。

谢府大院,晚上,从屋子里映出微弱的烛光。屋里,谢恽正愁眉苦脸。

白日里杨震传太后口谕,要吏曹把官员选任变法的告示贴遍全国十三州一百一十四郡。谢恽心想:国家这么大,我们吏曹的官员有限,那要贴到何时?可杨震却让我把后边抄好的诏令、文告,送交尚书台,由尚书台以朝廷的名义下发各州郡。杨震说得轻巧,他是太后跟前的红人,是当朝皇上的太傅,可以指使尚书台,那我谢恽是谁?尚书台会认我吗?

第二天一早,谢恽尽管心里不情愿,可碍于情面,还是硬着头皮去了。果真如他所料,尚书令不买他的账,说:"既是太后口谕,为何不让杨太常来传?杨太常想要变法,就叫杨太常来。"说来说去就是不接这些东西,非得让杨震去不可,让他碰了一鼻子灰。谢恽心里窝火,但又不能给杨震说,怕杨震笑自己无能,就直奔永安宫去找邓太后下懿旨。刚走到永安宫门外,就碰见樊丰,听他说明来由,樊丰说:"此项变法乃杨太常所主张,杨太常不找太后,你去面见太后,这是越级行事,不光太后不会给你下旨,而且杨太常知道后,定会记恨你。"樊丰的目的是让杨震到尚书台碰壁,削弱其意志。

谢恽听樊丰说得有理,也是为自己好,便又从永安宫出来了。临走时,樊丰悄声跟他提起自己侄子樊彪参加科考的事,希望他能给予关照。

谢恽回到家里静下来想想白天的这些事,不禁对樊丰心存感激。要不是樊丰,他说不定就冒冒失失见太后了,不但很有可能在太后面前碰壁,而且可能闯下不恭大祸。哼,都是这个杨震,明明知道各曹侍郎没有权力去尚书台办那些事,还指使他去办,让自己既丢了面子又显得无能。这会儿想起来,谢恽对杨震更是恨得牙痒痒。

谢恽担任太仆,掌管皇上车马,又兼任吏曹侍郎,已经好几年了,但是他知道,他伺候皇上伺候得再好,要想进入三公,今生都无望。可是作为九卿之首的太常就不一样了,从近几任看,都进入了三公。因此这几年,他一直瞄着

十一 以考带察

太常一职，做了太常，就是九卿之首，既有油水，又有位列三公的机会。刘章晋升司徒，进入三公，正好有了一个空缺，可是太后却从外放的地方官吏中调杨震进京，做了太常，挡住了他的升官之路。

这次变法，同是九卿，太后让杨震为主考官，却让他为副主考官。

谢恽正想着烦心事，忽然听家丁禀报说樊闰的夫人来到府上。樊闰现在荆州是一方封疆大吏，大权在握，朝中既有太尉刘凯这个大靠山，又有天天侍奉太后的族兄樊丰，迟早都会发达的，因此，谁见了樊府的人都得另眼相看。

谢恽慌忙起身相迎："哎呀呀，什么风把樊夫人吹到敝府来了？"

樊夫人逗笑着说："什么风？香风！"说着把一大盒贵重的礼品放在桌上。她自从得知耿宝到杨震那里碰了钉子之后，就想，干脆找副主考。

谢恽瞥了一眼那个礼盒，掂量着礼盒的分量。两人相视而笑，彼此心照不宣。

"夫人，何事需要谢某帮忙请讲，谢某一定效劳。"谢恽直截了当地说。

樊夫人笑了笑："还是谢大人豪爽。最近要开科取士，我那儿子樊彪，年方二十二，已在学馆学了几年，这次报名，想请谢大人从中周旋。"

谢恽一听是这事，连忙摇头："哎呀，还真要让夫人失望了。这次变法，大权在杨大人手中，谢某真是无能为力。"

樊夫人见谢恽推辞，忙说："谢大人乃当今朝廷吏曹的主事，管着全部官员的命脉，生杀大权在握，只要谢大人肯帮忙，这事易如反掌。"

谢恽慌忙解释说："夫人高抬了谢某。这事放在几个月前，可以包在谢某身上。但是现在，谁都知道，敝职手上的这点儿小权，如今让新任的太常、尚书杨大人抓走了。况且，杨大人正在推行的官员选任变法，更是让谢某不好弄，谢某真是无能为力了，还请夫人见谅！"

樊夫人闻此，只好起身告辞。临走时谢恽指着桌子上那些礼品，樊夫人笑了笑："不管谢大人是否肯帮这个忙，这点心意就给大人留下了。"说完就出了门。

杨震听谢恽说了他在尚书台碰壁的事，心里对这些庸庸碌碌的官僚就生出

不满。这些官僚,该认真的时候不认真,不该认真的时候故作认真。但是,杨震不知道,这些人对他推行的官员选任变法多有不满。

杨震也不屑与那些官僚争高论低,第二天一早,还是去觐见太后,就加大力度选仕变法一事,请求太后下旨,以朝廷名义下发诏令,昭告天下。

杨震进宫后,看见旁边站着一个陌生的中年宦官。杨震禀报了自己的来意,邓太后爽快地答应了,对杨震说:"准奏。先生,拟诏,昭告天下,全国推行官员选任变法,招贤纳士。"

杨震迅速拟好,放下笔,拿着诏令,拜谢太后转身要退,邓太后又叫住了他:"慢!先生,这里有一人对你仰慕已久,你看看认识吗?"

杨震一看,就是旁边站着的那个陌生的中年宦官,他摇摇头。只见那宦官快步上前施礼道:"小的蔡伦,仰慕大人已久,今日得见,请受蔡伦一拜!"

杨震大惊:"公公莫不是'蔡侯纸'的发明人蔡伦?"

邓太后这时插话说:"是啊,他就是尚方令蔡伦,专门进宫看望哀家来了。他发明的'蔡侯纸',使我朝的文化生活出现了崭新的面貌,功德无量啊!"

杨震向蔡伦拱手说:"蔡尚方,你是天下读书人的福神,杨某进京后,一直想到洛阳纸坊拜望尚方令,一直苦于没有时间,今日在此,先代天下读书人感谢你了!等抽出时间,一定去纸坊看望你。先告辞了!"

有太后懿旨,尚书台再没敢刁难杨震,将推行官员选任变法诏令加盖大印,下发到各地。于是,大汉疆土之上的读书人,听到消息,奔走相告。

杨震完成了这一步,像了却了一件心事。他一回到窄巷小院,就脱下儒冠朝服,换上家常穿的淡青色粗布长衫和妻子为他一针一线制作的黑帮白底浅口布鞋,高兴地与妻子和两个儿子围坐在李树下蒲席上的小案旁一起进餐。

冯宝看一家人吃得高兴,便对杨震说:"老爷,您也太苛待自己了。按太后的旨意,就让袁郎租一个宽敞一点的院落。您看看朝中其他公卿,什么府呀第呀的,而您却让夫人和少爷住着这样一个窄巴巴的普通小院子……"

没等冯宝说完,柳氏就看着冯宝说:"能在京城有这样一个小院子住就行了,我们本是穷苦人出身,用不着学人家有钱的官宦人家的摆设。"

十一 以考带察

杨震的妻子柳氏，略知诗书，通情达理，容貌端庄，性情温和，是典型的贤妻良母。由于家里孩子多，日子过得十分艰辛。到冬天时，常常是天冷了，孩子们的厚实衣物还没做好，因此整日只见她没黑没明地纺线、织布、做衣做鞋。尽管这么辛劳，但她还是与杨震一样，不愿多占朝廷一点儿便宜。

杨震点点头："奉儿他娘所言极是！但太后的心意迟早要报答。"

柳氏又说："是啊，朝廷有这么好的太后，天下难得不好。"她说着，看了看杨震，接着说："以考带察看来影响很大，我在洛阳城里各处都听到人们在议论呢。老爷，这次能不能让老大、老二他们也参加考试？这是一次他们为朝廷效力的机会啊！以后他们年龄过了，想考也考不成了。"

杨震摇摇头说："不行，这次我是主考，要避嫌。"

冯宝追着说："两个少爷是凭真才实学参加考试，又不是让您谋私哩！"

杨震说："即使他们是凭自己的能力考上的，旁人也会认为是我用权谋私哩。"

柳氏有点不高兴："老爷是怕影响了一世清明。"

杨震说："我的一世清明事小，影响了朝廷选拔栋梁人才事大。"

三儿子杨秉停下吃饭，插嘴说："爹，那我改名换姓报名能不能考？"

杨震拍着杨秉的头："秉儿才思敏捷，生性好学，你现在好好学，以后有的是机会。爹也希望你们兄弟五人为朝廷效力呢。"

杨秉高兴地说："爹，秉儿记住了，秉儿一定好好学，将来跟爹一样当个朝廷的好官，为朝廷效力，为百姓造福。"

杨震高兴地点点头，一手摸着杨奉的头，一手摸着杨秉的头。

"假舆马者，非利足也，而致千里；假舟楫者，非能水也，而绝江河。君子生非异也，善假于物也……"

陈留乡间的一条河边，流水潺潺，书声琅琅。远处的青草地上，三五头牛低头安静地吃草；近处的小河边，七八个孩童坐在水中的石头上，光脚踢打着河水，摇头晃脑地念着书。不远处一棵大树底下，一个清秀的三十岁左右的农夫后生专心致志地看着书，一会儿望望读书的孩子们，一会儿又低头沉思不

语。他穿着朴素,上身穿的是一件淡青色麻布做的短衫,下身穿着短裤,由于天热,短衫敞开着。他光着脚,头戴竹笠,埋头入神地看着手里的书。

"杨伦,杨伦,变法了!变法了!"一个老年乡民边跑边喊。

那位后生站起来迎着乡民说:"爹,啥变法了,这么高兴?"

老汉气喘吁吁地说:"朝廷选官变法了,跟往年不一样,穷人也能考,变法昭示都贴在陈留的街上了,你快去看看吧!"

"真的?"杨伦一听,赶紧对那几个读书的孩子们说,"孩子们,放学了,赶快牵上牛回家吧!"说完,一溜烟跑了。

陈留郡府门前,杨伦拨开人群,用力挤到前面,这才看清楚高墙上贴着朝廷的诏令。他一边看着,一边轻声念着:"……为振兴大汉,朝廷决定变法,变革原有的'举孝廉'选拔官吏制度,将考试与察举结合起来,'以考带察,两相兼顾'。凡我大汉子民,不论出身贵贱,不论年龄大小,只要有真才实学,只要愿为江山社稷出力,只要愿为大汉的兴盛献智献策,均可报名参加……"

杨震推出的这项新政,迅速传遍各地,广大儒生学子,无不欢欣鼓舞。

杨伦一边念着,一边兴高采烈地说:"太好了!太好了!我们穷读书人也有当官的机会了。"

"好是好,就怕朝廷纸上说一套,实际行的又是另一套。"

"不管是真是假,咱们去试试吧?"

"考试是在京城,我连盘缠路费都没有。"

听着人们议论纷纷,想到自己家徒四壁,杨伦刚才的高兴劲儿一点儿也没了。

回到家里,看见爹娘坐在炕上。见杨伦回来,爹娘把他叫到了身边。他爹说:"儿啊,不要担忧,爹这就给你准备盘缠。这些天你就先不要给那些孩子上课了,在家好好看书温习,时间一到就赴京赶考去。记住,给咱乡下受苦人争个气!"

杨伦不知道爹娘会从哪里给自己准备赶考的盘缠,但他的确不想错过这次机会，他"扑通"跪下，满眼含泪地说："爹、娘，二老放心，孩儿一定竭尽全力为您二老争气！"

在荆州，正当樊闰为张生父亲到处喊冤告状感到焦头烂额时，治中手里拿着一摞朝廷的诏令文书来到府衙大堂："大人，朝廷官员选任变法的诏令文书到了，要求诏令各郡县，让四方学子都要知晓，说是要在全国招贤纳士呢。"

樊闰一听，当下就上了火。心想，这个杨震，在荆州几次参奏自己，差点儿让自己丢了官，好在自己上下活动，把他赶出了荆州。没想到，到东莱混了几年，转了一圈，那么快就被朝廷召回升了官，搞什么选官变法。是想学商鞅？这都不说了，主要是这个变法偏偏就掌管了儿子的仕途命运。这老天是咋安排的，咋就总跟自己过不去？难道杨震来到这个世上就是跟自己作对来了？

樊闰想着，气着，恨着，看都没看，没好气地说："先压着不要发。什么选官变法，都是那杨震搞的一些新玩意儿哄太后开心，向太后邀功献好。邓后理朝，总希望弄点儿新政出来，这实在弄不出新鲜东西了，就让杨震搞什么变法。哼，这朝廷命官是一般下层读书人能做的吗？纯粹是玩新花样，不发！"

治中为难地看看樊闰："大人，这可是朝廷的诏令啊，咱们私自压住不发，如果朝廷追查下来怎么办？"

樊闰怒气冲冲地说："怕啥？朝廷追查下来有我顶着，你怕啥？"

治中见樊闰恼怒了，不敢再作声了。而樊闰一直在想：这次我彪儿选不上，我要让他杨夫子就算变法不失败，也难过安生日子。我现在就把朝廷的诏令文书压住不推行，本官就是一手遮天了，看荆州谁能把我怎么样！在荆州，只有我樊某说了算，不管他杨震推行什么变法，在荆州都别想行得通！

一面是张生的父亲到处喊冤告状，一面是王密重回荆州必然引发"张生法场喊冤案"的重审，现在又来了个官员选任变法，挡着儿子当官之路，樊闰有些焦头烂额。

武陵郡府后堂侧面的王密的书房里，王密手持一卷律法在研读。他一会儿低头读，一会儿抬头思索，一会儿又禁不住读出声：

十一 以考带察

"录囚制度就是皇帝、刺史、太守审录在押囚犯,检查下级府衙的缉捕、审判行为是否合律,是否有差错,以便平反冤案,及时审决案件的制度……"

读着读着,他又抬起头思忖着:"皇帝、刺史、太守审录在押囚犯……是否合律,是否有差错……以便平反冤案……"

王密重回荆州,已经有不少时日了,他没有到荆州府衙去拜望他的上司樊闰,而是做着三件事:一是时时在思谋为张生平反,为了张生这一案,恩师被贬职,自己差一点儿被革职。他此次重回荆州,荆州和武陵郡不少官吏都在揣测,王密回荆州,有两种可能:要么是带着太后的懿旨以自己官升一级的地位,与樊闰大干一场;要么吸取教训,从此默默无闻,不再过问"张生法场喊冤案"。无论前者,还是后者,他的所为都在情理之中,因为,他已经为此案付出了代价。可是,他两者都没有选,他选择了自己的方式,他要悄无声息地把平冤工作进行到底。他回荆州要做的第二件事是,用五年左右的时间完成杨震在荆州没有完成的工程,就是修筑武陵山和沅江的防洪工程,造福武陵的百姓。因为杨震被贬出荆州之后,他原来正在修筑的防洪工程立即停止了。樊闰担任荆州刺史兼武陵郡太守,不光武陵郡的郡务他无暇顾及,就连荆州的州务他都懒于管理,整日只知道花天酒地、醉生梦死。王密重回荆州后,樊闰虽然有所收敛,但关于荆州的民生工程从来不去考虑。王密回荆州的第三件事,就是想办法收集樊闰违法犯罪的证据,把樊闰绳之以法、严惩严办。

这时,一个衙役跑进来,说:"大人,张生的父亲又到郡府大门口喊冤告状了。"

王密听后,一时沉默无言。因为他无颜面对老人,也无法给老人一个明确的答复。

原来,几年前,张生的父亲自在荆州府衙见到了成为囚犯的儿子,悲痛欲绝,但当听了杨震杨青天的审理,又感到儿子有救了,老人相信杨震定会为儿子洗雪冤情的。可是,一个多月过去了,儿子非但没有被无罪释放出来,而且杨大人和王县令都被调走了,新的主审官金武在审理时,重新认定儿子就是杀害王灵母女俩的真凶。从此,老人撂下豆腐坊,整日在索县县衙门前为儿子喊冤。后来，有一天，碰到一个衙役好心地告诉他，说他儿子已被押解到荆州城里的州府监狱，老人从此沿街乞讨，让人在胸前背后写了两个大大的"冤"字，不是到武陵郡府大门口喊冤，就是到荆州府衙大门口喊冤。

此刻，王密的眼睛湿润了。他不是不愿受理老人的喊冤，是他不能接手。自从王密到武陵郡后，据说郡丞金武向樊闰提出调他到荆州府鞍前马后伺候樊闰去，樊闰不同意，让他继续留在武陵郡府。王密知道，这等于是樊闰安插在他身边的一个眼线，他的一举一动都在樊闰的监控之中。尽管如此，王密还是安排了一个心腹衙役，在暗中保护张生的父亲，而且时不时给老人送一些吃的。老人不知道这一切，只以为是一个不知姓名的好心人可怜他。

王密擦了一下快要流出的眼泪，对衙役说："去，给老人解释说，他儿子的案子已经上解到荆州府，武陵郡府管不了了。"

这时，又一个衙役跑进来说："大人，郡府门口拥了不少儒生，寻事闹事，要见大人。"

王密一惊，不知道发生了什么事情。

樊闰为了儿子的仕途前程，不得不决定回一趟京城。行前，他给金武反复交代，盯住王密的一举一动，盯住张生父亲的行踪。然后，他才急匆匆带着贴身的心腹，坐着车驾，快马加鞭半个月，赶天黑前进了京城。他安排贴身心腹去住驿馆，自己匆匆回家。

刚进自家大院，顾不得喝口水，夫人正要跟他唠叨求耿宝、谢恽给儿子帮忙的事情，突然，族兄樊丰跟跟跄跄颠着小碎步慌慌张张跑来。男人一旦净了身就走了形，相之不似人面，听之不似人声。只见樊丰一进门，用那不男不女的娘娘腔喊着："弟弟啥时回来的？大事不好，大事不好了！我正要差人去荆州报信。"

樊闰心中一惊，急忙抓住樊丰的胳膊："兄长，到底出啥事了？"

樊丰瞪着眼睛问："你是不是扣压了朝廷选官变法的诏令文书？"

樊闰不知所措地点着头问："是……是，怎……怎么啦？"

樊丰一跺脚："咳，怎么了？你闯大祸啦！那个王密一道奏章把你参奏到

太后那里了！"

樊闰"唰"地面无血色，浑身哆嗦开了。想不到王密的动作这么快。

原来，樊闰私自压住朝廷选官变法的诏令没有下发，武陵郡读书人从相邻的州郡听到消息后，找到郡府质问。王密即刻向朝廷上了一道奏章，弹劾樊闰，言辞激烈，请求将樊闰罢官问罪。太后御览奏章后凤颜大怒，责成杨震严查此事。一经查实，严惩不贷。杨震便派副主考谢恽即刻赴荆州追查此事。

樊闰听闻，几乎瘫软，话都说不出来了："兄长，你……你……你说咋办？"

樊丰一时也无计可施，沉吟着说："这事弄不好，别说荆州刺史这顶乌纱得丢了，恐怕还得问罪。"

樊夫人一听这话，已经哭得说不出话了，她流着眼泪央求着樊丰："他伯父，这得要命哪，你得拿办法啊！彪儿的事情还没有眉目，这又出了这等大事，这可如何是好啊？"

樊闰瞪了夫人一眼："你没看都啥时候了，还提彪儿的事！"然后，又眼巴巴看着樊丰说："听说杨震搞什么变法，我当时一听气糊涂了，怎么就没有想到身边这个王密。如果知道，唉，那……那……这个谢恽，我还不熟，还没打过交道……"

"王密是杨震的人，怎么能这么大意？当初为什么把王密挤走？王密这次调回荆州本就来者不善，当时，杨震奏请调王密的时候，为兄就在场。"樊丰说着，突然眼睛一亮，对着樊闰一摆手说，"有了，有办法了！这样，你即刻动身，星夜兼程，赶在谢恽到之前，赶回荆州……"他附在弟弟耳边嘀咕了好一阵。

樊闰一拍脑门，顿时醒悟了。

樊丰低声说："不管熟不熟，都要在荆州自己的地盘上把谢恽拿下……"

樊夫人赶紧插话："我为彪儿的事，还找过谢大人，给他送……"

樊丰打断说："那点儿东西不够塞牙缝，谢恽胃口大得很。"

樊闰只好又叫上贴身心腹，星夜快马加鞭赶回荆州。

一早，治中一进府衙，看到樊闰坐在堂上，心中一惊："大人啥时回来

的？不是说这次回洛阳要多住一段时间吗，怎么这么快就回来了？"

樊闰装出一副轻松的样子说："到了洛阳看看家中也无大事，再想到朝廷那个诏令文书没有发，就回来了。你去把那些诏令发下去，看有没有学子愿意报名。"

治中没有多想，即刻派人把朝廷的诏令发了下去。

没有想到，午后，谢恽很快就到了荆州。

樊闰满面春风迎过去："哎呀呀，什么风把主考官大人吹到荆州了？"

樊闰说着，把谢恽一行迎进后堂会客厅安坐。

谢恽冷着脸说："是副主考官，不是主考官。樊大人，朝廷派本官到荆州，是有大事与刺史大人相问。"

樊闰见谢恽一脸严肃，不等谢恽开口，便主动出击："朝廷如今正在推行选官变法，紧锣密鼓，侍郎大人日理万机，今日怎么有空到荆州来？为何事相问？"

谢恽凶凶地一脸正色说："再说一遍，本官奉朝廷旨意，专程来查朝廷变法这一国策在荆州的落实情况。由于事紧，我也就不绕弯子了，樊大人，武陵郡太守王密把荆州府和你都参奏了。"

樊闰假装吃惊地问："参奏荆州府？参奏下官？为何？"

谢恽说："参奏你扣压朝廷诏令公文……"

樊闰装着大梦初醒一般："哦——，这事啊，那侍郎大人不用说了，王太守参奏下官没错，有这事。大人可能不知，下官这一段时间身体不适，回洛阳瞧了一段时间病，州府的事交由治中主事。谁料他疏于政务，没有及时把朝廷诏令发送下去。下官回荆州后，听闻此事大怒，回来就罢了他的官，让他回家反省去了。朝廷这次推行选官变法，是利国利民的好事啊，是朝廷对天下学子的恩惠啊，这等好事必须及时让那些终日苦读的学子知晓啊。这不，我一回来就命人连夜把诏令发送各郡县了，学子们看了诏令，都对朝廷感恩不尽呢。"

谢恽的两位随员都一愣，啥话也说不出来了。

谢恽一听如此这般，态度也一百八十度大转弯，凶凶的脸开怀大笑："原来如此，真是虚惊一场，虚惊一场哪！本官就说樊大人不会是私压朝廷诏令的人。好了，这样我也好回京复命了。告辞。"

樊闻急忙拦住谢恽："大人这么远来了，哪能不歇息片刻就走呢？到了荆州，也得让下官尽尽地主之谊吧？"

谢恽客气地说："封疆大吏，来日再来，有的是机会。一是圣命在身，二是吏曹最近忙于选官考试一事，实在不能久留，恕不打扰了。"

樊闻拉着谢恽笑着说："长安有珠宝，高句丽有美女，难道谢大人担心江南不会有西施再世、昭君再生？"

谢恽赶紧拦住樊闻，转脸对两位随员说："既然樊大人要尽地主之谊，刚好今天赶路也累了，那咱们就在此休息一晚吧，明天再回京复命。你们俩……"

樊闻随即命人将两位随员好生伺候。

旁人都出去了，就剩下樊闻与谢恽两人。樊闻走到谢恽跟前，悄悄地说："荆州穷山恶水，没有长安的珠宝，也没有高句丽的美女，但也自有本地的特色。"说着，进入内室，从里面抱出一个珠宝盒献于谢恽面前："此乃武陵的珠宝，本就为大人准备，刚好大人到此，就顺便带回，也省得下官跑路了，呵呵！另外，沅江边，有的是庄园风情，正好也从高句丽来了两个风情万种的美女，其品貌远胜前汉的王昭君，更胜过吴越的西施。"

谢恽半推半就地说："樊大人，沅江就不去了吧！"

樊闻说："沅江太远，大人明早还要赶路。下官在荆州城为谢大人安排上等驿馆房间下榻。"

樊闻说着，领着谢恽来到驿馆，二人先吃喝了一顿酒肉，其间，樊闻以关心谢恽的口气，问起谢恽为什么不在刘太常晋升司徒后，抓紧转为九卿之首太常。樊闻显然是挑拨，谢恽一听即刻表现出对杨震横插一杠的不满。樊闻借机夸显自己把杨震赶出荆州的事，谢恽无心多说，樊闻知道了谢恽此时心里想的是什么。这时谢恽也喝得差不多了，樊闻就领谢恽去安歇。樊闻走在前边，推开一客房门，有两个风情万种的女郎直勾勾地瞅着两人。谢恽不觉浑身一软，差点倒地，樊闻扶住把他推了进去。

谢恽说："这……"他来不及推托，就被樊闰拥进了特地为他准备的客房里面享受去了。

第二天，谢恽离开荆州时，樊闰趴在谢恽耳朵边嘀咕："侍郎大人这次主事考试选官，我儿樊彪也跃跃欲试报了名，还请侍郎大人多多关照。"

杨震欲借王密弹劾樊闰扣压朝廷考试选官诏令文书，罢了樊闰的官，从而为王密重审"张生法场喊冤案"搬掉大石，却没有想到，樊闰用"美人计"这一招，使自己化险为夷。

杨伦带了爹娘给他从邻里那里东借西凑的盘缠和准备的干粮，跪拜了父母，就走上了赴京赶考的路。这天，杨伦穿着一身洗得干干净净的麻布短衫、长裤，足上穿着一双翘头麻鞋，头戴草帽，右肩背了一个包袱，精神抖擞地赴京赶考。杨伦知道爹娘不容易，心存孝悌的他一路上不舍得多花一文钱。

徒步行走多日，杨伦总算到了京城。看看脚上的鞋子已经磨烂了，他摸了摸包袱里那双新鞋，还舍不得拿出来换上，心想着等进考场的那一天再换上。

官员选任变法的推行，使京城拥满了考生。客栈的掌柜一见住店的客人多了，马上就涨价，客栈的床铺价格比平时高了三成。杨伦寻找了几家，都因价格太高没有舍得入住，心里骂着这些奸商，就往城一角偏僻的客栈走去。

"这位儒生，是来赶考的吧？来来来这边请，又干净又僻静。"一家客栈门口，掌柜老远看见杨伦就热情招呼着。杨伦已经找了好些家了，也跑累了，看掌柜也像是憨厚老实人，又抬头看了看门额上的门牌写着"悦来客栈"四个字，因此，就停住了脚跟着进了客栈。

"看样子走了不少路了吧？唉，不容易啊。来，这里有个三人铺的，你看行不行？放心，干净得很，我家客栈也僻静，最适合你们赶考的学子，可以安心温习。"掌柜嘴里不停地说着，把杨伦带到一间客房跟前，推开门，看到里面已经住了一个儒生模样的青年。

"你们俩都是来赶考的，你们就住这个三人通铺的屋子，这位公子你看行不行？"掌柜不停地催问着杨伦。

杨伦看见屋里那个比自己年龄还小一点儿的年轻人块头挺大，穿着朴素的暗灰色麻布短衫、长裤，足上穿着一双麻鞋，显得憨厚而质朴。杨伦看到这儿，就点了点头住了进去。

　　见有新客进来，那个块头挺大的青年站起身来，热情地说："你也是来赶考的吧？"

　　正说着，又来了一人。掌柜领来说："你们仨都是来赶考的，你们就住一个屋子，也好相互照应着点儿。"

　　最后来的这人不足二十岁，中等个儿，俊朗清秀，穿着麻布短衫、长裤，足上穿着一双翘头草鞋，显得精明伶俐。

　　掌柜走后，中等个儿就说："互相介绍一下吧，我先自我介绍，我叫高舒，长沙人。你俩呢，都叫啥？"

　　杨伦抱拳给二位施礼："本人杨伦，陈留人，跟二位一样参加考试。有劳二位学兄照应！"

　　大块头的那个说："我，朱冲，长安人，见过二位。"

　　三人同是参加考试选官的学子，马上就有了共同话题。

　　高舒说："听说今年从各地来参加考试的人特别多，都是那位叫杨震的大人推行的官员选任变法，咱这才有了考试的机会啊！"

　　朱冲说："是啊，听说这次主持考试的杨大人，是我们关西的一个读书人，一方大儒，但他整天穿着一身粗布衣裳，人称青天大老爷，还有人叫他四知太常。"

　　"是吗？怪不得我们这些布衣后生能得到他的关照啊。"杨伦边铺开被子边说："如果咱们三人这次都能中举，那咱们就'苟富贵，勿相忘'。三人在此相约，都要像杨大人一样，做个处处为民着想的好官。如果咱们三人都未考中，就相约下次再考。"

　　高舒说："小弟我为什么姗姗来迟，就是因为我们荆州府的狗官扣压了朝廷的诏令文书。要不是朝廷来人查，小弟今年差点儿都考不成了……"

　　第二天就是考试的时间了，杨震忙得不亦乐乎。从考场的设置到考题的审

查再到考卷的阅定,今年推行官员选任变法,千古未有,因此,参加的考生数量之多,太学院现有的案、垫差点儿不够,每一个细节都需要杨震去计划、安排,生怕出了纰漏。

杨震在忙活之余,一直在纳闷一件事,明明王密参奏了樊闻扣压朝廷诏令的事,为什么他差谢恽去调查,回来的结果,却是事出有因?说樊闻当初未在荆州,而在京城养病。这里边到底有什么问题?说不定樊闻这个赃官采取什么手段收买了谢恽,谢恽包庇樊闻。如果是那样……杨震由此对谢恽产生了警觉。本来,杨震以为,就凭这一件事,就可以把樊闻参倒罢官,从而为王密重审"张生法场喊冤案"搬掉一块大石头。

正当杨震忙得连厕所都顾不得上的时候,一个衙吏跑进来说:"杨大人,外面有人找你。"

这个时候,杨震最担心有人找他托关系,非常机警,就问:"什么人?"

衙吏说:"他说他是你的亲弟弟,我们既不敢拦挡,也不敢不报。"

杨震一时愣住了,自己的亲弟弟?杨季?他这个时候来洛阳干什么?

"姐夫,是我!"两人正说着,随着声音,黄六惊喜地走进来。

杨震一看是黄六,就问:"黄六,你到洛阳来干啥?"

黄六兴奋地说:"姐夫,听说你现在是京官了,想让你给我也谋个官做做。"

杨震说:"胡闹!谋什么官?朝廷的官不是谁都可以做的。叫你好好用功、好好读书,你就是不听。你在大门外边等着,我叫冯宝领你回家吃饭,吃了饭,给你拿点钱,赶紧回去,好好把咱的庄稼种好,踏踏实实过日子。"

黄六说:"不当官也行,就在你的啥……啥太常府上谋个跑腿的差事也行。"

"啥都不行!"杨震说,"等你把书读好了再说。"

黄六一看杨震难看的脸色,知道没有希望,只好嗫嚅着往出走。黄六出去后,杨震就赶紧又忙开了。

备受莘莘学子期待的选任官员的全国大考,如期在太学院举行。

十一 以考带察

整个太学院庄严肃穆,异常安静。

大门内外,院落中央,道路两旁,站满了羽林军卫士维持秩序。

这森严的考场让进来的每一个考生心生敬畏,尽管进入考场的队伍排成长龙,但依然没有人敢大声喘气。那些从未进过太学院的穷儒生,低着头悄悄环顾四周,想着今生能进这京城最高学府里看上一眼,即便考不上也心满意足了。

个个试场的门都敞开着,可以看见考生们都席垫跽坐,趴在低案上认真地答卷。

安帝与邓太后相随,由杨震陪同视察这开天辟地的选官考试。

杨震边走边向太后和皇上介绍着:"首次选官考试,全国各地赴京赶考的儒生共有三千多人,共设一百个试场,每个试场三十个考生,有两个监考官:主监考是太学院博士,副监考是太学院学生。"

邓太后问:"这么多的考生,阅卷量很大啊,这得需要多长时间?"

杨震回答:"全部由太学院的老师阅卷,预计十天时间。"

邓太后满意地点点头,转过身对安帝说:"杨太傅这次推行的官员选任变法采用的'以考带察,两相兼顾'的办法,皇上以为如何?"

安帝满意地点点头:"母后,这次考试取士实乃利国利民,听说各地读书人无不欢欣鼓舞啊。从这次参考的人数就能看出来,在民间,有很多有识之士因为出身贫寒,没有机会为朝廷所用,想想真是朝廷的失策。如今杨太傅能推陈出新,弥补过去'举孝廉'的弊端,让朝廷能招募更多的贤良方正人士,大汉何愁没有人才?"

"嗯,嗯,"太后不住地点头称赞,"皇上说得极是。这下祐儿明白母后的良苦用心了吧?母后就是看中杨太傅主张的治国方略和重视人才、重视民生、以民为本的儒家思想,还有他清明廉洁、刚直不阿的品性,因此才决意让他当皇上的太傅。希望祐儿能跟随太傅学习治国安邦之道,担当起复兴大汉的重任。"

安帝诚恳地对邓太后说:"儿臣最近正在读杨太傅推荐的《论语》《孟子》两本书,深感此二书教益极深,通篇都是教人富有仁爱之心。不仅劝人有

仁慈之心，而且教导做君主的也应有爱民之情，堪称崇尚礼仪之模本典范。儿臣受益匪浅，故儿臣以二书为鉴，每日诵读，可当省身正己。"

邓太后笑眯眯地看着安帝，一脸慈祥："嗯，皇儿的心性冷静多了，也成熟多了。多读点书，对人对事就不会人云亦云，而会有自己的见解和主张。皇儿身为一国之君，朝廷上下文武百官，遇事多是立场不同，孰对孰错、该取该舍，都要由皇儿一人定夺，因此，能独立判断是非好恶，对皇儿来说十分重要。"

安帝点点头："儿臣已有感悟。"

邓太后和安帝在杨震的陪同下一路小声说着走着，穿过大门，看到考场内鸦雀无声，考生们一个个都在紧张地答着试卷……

十天后，谢恽手拿一卷名册来到杨震面前："杨大人，阅卷结果已经出来了，这是初录的一百五十人名单，请太常大人过目。"

杨震接过名册一边看着，一边低声念着，当看到几个熟悉的名字，不由得一惊。

十二 舞　弊

　　杨震接过名册一边看着，一边低声念着："杨伦、樊彪、虞放、高舒、朱冲……谢笃、谢宓……"当看到"樊彪、虞放、谢笃"几个熟悉的名字，他不由得一惊。

　　这个虞放是不是自己的学生？这樊彪、谢笃的名字好像在哪儿听过？尤其是樊彪这个名字……他合上名册，脑海中迅速搜索着这个熟悉而又陌生的名字。

　　他忽然想起来，选官考试刚开始时，国舅耿宝和谢恽曾经先后为一个叫樊什么的说情，请求考试中予以关照——对，就叫樊彪！当场就被杨震严词拒绝。难道此"樊"即彼"樊"？也许是巧合吧，同姓的也大有人在啊。唉！算了，我们是为朝廷选人才，无论是这个"樊"，还是那个"樊"，只要有才学，朝廷都会不拘一格予以录用。说不定，耿宝和谢恽说的那个樊什么还真是一个才子呢。

　　想到这儿，杨震在选官初录人员的名单上签名，然后又让太后、皇上过目。

　　选官初录的人员名册交由太后过目。邓太后展开名册看着选官初录人员名字，一边看一边点头，想着杨震把这次选官考试组织得井然有序，心里甚是满意，深信这次官员选任变法是成功的。于是，拿起朱笔一批，让尽快张榜。

　　杨震拿着名单出来，让谢恽尽快张榜公布。

　　太学院门口人头攒动，数千名参考的学子争先恐后拥挤在皇榜前。

　　高大的朱冲挤到了最前面，他一眼看到了名列榜首的竟是杨伦。见杨伦中了榜，朱冲心里着急了，连忙顺着名单往下找，终于找到了自己的名字。

他从人群中用力挤出来,刚好看见杨伦正用力地往人群里挤着,朱冲一把把他拉出来,喘着气红着脸兴奋地说:"杨兄,不用看了,你中了头榜呢!"

"真的?你看见了?看清楚了没有?会不会同名啊?"杨伦不敢相信自己中了头榜。

"看清了,看清了,我也中了,咱俩都中了!"

"那高舒呢?高舒中了没有?"杨伦突然想到三人中还没有看到他。

"杨兄、朱兄,我中了,我也中了!"他们俩正说着,就见高舒也兴奋地跑过来,三个人别提有多兴奋了。

高舒只顾着兴奋,没看见杨伦这会儿倒是一脸愁容。朱冲问杨伦:"杨兄,你中了头榜咋还愁眉苦脸的?"

杨伦说:"不是我不高兴,因为考试才是第一关,后边还有两关呢!"

朱冲说:"两关怕什么?"

高舒说:"不就是问卷、下察吗?怕什么?"

杨伦说:"问卷我也不怕,就怕下察,人家朝廷官员到我家下察,我家穷得一无所有,我父母一见朝廷官员连话都不会说了。"

朱冲一拍杨伦的肩膀:"嘿,那有啥,咱们都是穷苦人。那杨大人不是说了嘛,这次选官不论出身贵贱,只看才能学识,以你的才识肯定没有问题,不要愁。"

高舒也在一旁起哄说:"是啊,中了头榜还愁什么呢!走,买些好吃的到客栈好好谢谢店主吧,咱们三个一起中榜,一定是那个'悦来客栈'风水好,我们住的那间屋子风水更好。"三人说笑着走了。

樊彪刚刚从三人身边路过,听见他们说着谁中了头榜。他在人群后面犹豫着,不敢往前看。等到人都散得差不多了,他这才走到榜单前,心"嗵嗵"跳着,眼睛急切地在榜单上寻找。寻了一遍没有见到自己的名字,他的心跳得更快了。难道自己没有中榜吗?不可能啊!长出了一口气,镇定了一下心情,又从头开始继续找。呀!他差点儿叫出声来,原来自己就排在第二名啊,刚才怎么就没有看到呢?樊彪的心都要跳出来了,他顾不得多想,跌跌撞撞跑回去,一头撞开大门,大声呼叫着:"娘,娘,中了,我考中了,第二名!"

"啥？我儿中榜了？还是第二名？哎哟，娘的心肝啊！"樊夫人一手捂着心口，一手摸着樊彪的头，"快，快，管家，差人给老爷报喜，彪儿考中了——"

此刻，在大将军邓骘的府上，邓骘正心急如焚。原来，邓骘听说榜文已经贴出来，可是，榜文的初录名单上既没有弟弟邓康，更没有儿子邓凤。

邓凤这时火上浇油："父亲，这个杨震也太没有人情了，当初是你不顾众大臣反对，力排众议，三顾潼乡，召他入朝为官的，可是，到了你儿子的事情上，他连你的面子都不给。"

邓康也气呼呼地说："兄长，像这样毫无情面的人，当初你就不应该举荐他。"

邓骘一时无话可说，但他也有自己的理由："你们俩平时不好好读书，书到用时方恨少，怨不了别人，我当初举荐杨震没有错。"

永安宫里，邓太后问杨震："先生，考试初录了一百五十人，那你认为本次正式选用官员人数多少最为适宜？"

杨震微微低头说："请太后定夺。"

邓太后想了想说："初录一百五十人，经过下察再去掉一些品性口碑不符合要求的，那就正式选用一百名新官员，你看怎么样？"

杨震说："甚好。就请太后下旨吧！太后，明日问卷，可一览我朝莘莘学子的不凡风采，臣奏请太后和皇上一同坐考，不知太后能否恩准？"

太后高兴道："好啊！这还是个新鲜事呢，哀家就跟皇上一道去开开眼界吧！"

次日一早，太学院的大教室里坐满了朝廷的文武官员。杨震推行的"以考带察，两相兼顾"的官员任官变法新政中第二个环节"问卷"就在这里举行。有了文武百官的参与和当今太后、皇上的亲自监察，考试取士就更为公平、公正。

邓太后和安帝在杨震的陪同下，在宫女宦官的簇拥下来到问卷场。场内文

武百官见皇上与太后亲临问卷场，无不为之震惊，可见朝廷对这次变法新政的重视前所未有。

百官下跪拜安："皇太后、吾皇万岁，万岁，万万岁！"

邓太后戴着凤冠，与头戴耸立于脑顶的刘邦鹊尾冠的安帝并肩坐在正面的考台前，考台下面依次坐着太尉刘凯，太常、吏曹尚书杨震，吏曹侍郎谢恽和太常府的主簿。

主考官杨震见朝廷百官均已就位，便命传令官："传考生杨伦问卷。"

"传考生杨伦问卷！"传令官洪亮的声音像一口钟，敲响了官员选任变法新政"问卷"的第一锤。

随着传令官声音落地，眉清目秀的杨伦走进问卷场中间。文武官员们的目光纷纷投向杨伦，只见杨伦仍然穿着那身洗得干干净净的麻布短衫、长裤，足穿一双翘头麻鞋，束起的头发上裹缠了一个麻布巾，显得淳厚、质朴、单纯。

杨伦并不清楚这问卷场中都坐了些什么人，更不知道那高台上坐着的一男一女就是当今太后和皇上。因为无知，所以无畏。然而，毕竟是考场，面对如此强大的阵容，杨伦这个没有见过世面的乡下读书学子此刻显得胆怯而不安。

"考生杨伦，本官请你回答以下三个问题。"直到听到有人在叫自己的名字，杨伦这才抬起头。他看到叫自己名字的那个人身穿布衣，声音亲切，面慈目善，乍一看就像私塾里的教书先生。他认定了这个人就是杨震。一听杨震在向自己提问，杨伦不知从哪里来了一股勇气和信心，他深深吸了一口气，站直身子，看着杨震，集中了精力。

杨震问道："如果你为官，如何处理君、民、社稷之间的关系？"

杨伦犹豫了一下，答道："民为重，君为轻，社稷次之。"杨伦嗓音清亮，语言简洁。

四周的百官轻微骚动，他们感到吃惊，纷纷小声嘀咕。有人说："这个考生的胆子不小，敢在这么多人的公开场合说'君为轻'的话？"

杨震继续提问："第二个问题：古代贤明的君主治国，均以什么为核心？"

杨伦回答："孔子认为：'以仁治天下，天下皆安。'孟子认为：'仁者爱人。'为君者若能做到孟子所说的，百姓则莫不拥戴。"

四周众官发出了轻微的赞叹声。

杨震停顿了一下，接着问："本官再问你第三个问题。杨伦，自古忠孝难两全，举孝廉，应如何处理孝与廉？"

杨伦不假思索地回答："孝者，孝敬父母；廉者，为官清廉。为官一任，在家要孝敬父母，在朝要廉洁奉公。当忠孝两难时，应舍小孝，举大廉，为朝廷分忧，为百姓解愁。"

众官似乎忘记了这是在考场，纷纷点头称赞。

杨震提问完毕，转身望着太后："太后、皇上，请明示！"

安帝看着邓太后说："请母后裁定。"

邓太后冲着杨震说："杨伦文采不俗，口才超众，识大体，明事理，果真不错，不愧是考试取士的头甲。准过！"

杨震对杨伦说："杨伦，你的问卷通过了，你可以回家候着朝廷下察了。传下一个考生问卷。"

门口传令官说："传下一个考生问卷！"

这时，一个二十二三岁的青年急急忙忙走进来。看得出，他今天特地穿了一身崭新的白色宽袍大袖，足穿贵族鞜，那绸缎服饰的领口、袖口都镶着金边，腰间的绅带上还挂有玉质的饰物，更显富贵大气。他头顶的发结上，缠着一条白色绸缎带子，由于留得较长，走路一飘一飘的。他的整个着装一看就是富贵人家的子弟。他就是笔试成绩名列第二的武陵郡太守樊闰的儿子樊彪。

看见就座的文武百官，他不仅不怯场，还微笑着向熟悉的面孔点头问好。

待樊彪站定，杨震开始提问："考生樊彪，本官请你回答以下三个问题。第一个问题：如果你为官，如何处理君、民、社稷之间的关系？"

樊彪毫不犹豫地说："溥天之下，莫非王土；率土之滨，莫非王臣。"

"咦！"百官都为樊彪的伶牙俐齿所惊叹。

坐在杨震身旁的谢恽更是面露喜色，暗自高兴。

杨震点点头继续提问："本官问你第二个问题：古代贤明的君主治国，均以什么为核心？"

樊彪笑了笑说:"哦,杀戮是古代君王治国的尚方宝剑,也是他们治国的核心。秦始皇举刀杀戮,统一了六国;汉高祖举刀杀戮,推翻了暴秦,灭了西楚,建立了大汉……"

百官中有为樊彪的答问及见解暗中惊奇的,但也有人开始窃笑。

樊彪看百官表情各异,不知道回答是否正确,有点局促不安。

杨震又问:"樊彪,本官第三个问题:自古忠孝难两全,举孝廉,应如何处理孝与廉?"

樊彪这次不急于回答,他缓了一口气,犹豫了一会儿,道:"孝不就是孝顺吗?古人曰:有其父必有其子。我父对我祖父不孝,我还能对我父孝顺吗?这廉嘛……马不吃草不肥,官不贪财难富……"

百官先是一惊,接着哄堂大笑。

樊彪没有弄明白怎么回事,以为他的回答精彩,自己也跟着得意地笑了。

杨震忍着笑,继续问:"那好,本官再问你一个问题:你看过《尚书》吗?"

樊彪眼睛朝上一翻:"上树?那谁没见过,我小的时候不但见过上树,还上到树上尿到一个老头的头上呢,嘿嘿!"

百官的笑声更加放肆。

樊彪这下才知道自己出错了,满脸通红,两只手搓来搓去,局促不安起来。

谢恽的脸"唰"地红了,他万万没有想到,官员选任变法的第二个环节"问卷"是这么进行的。

杨震看樊彪如此这般,心生疑虑,继续追问道:"本官再问你一个问题:你读过'五经'吗?"

樊彪这会儿开始支支吾吾:"'五经'嘛,父亲让我读,可我不读……"

看着群臣交头接耳,议论纷纷,谢恽看看杨震,示意他是不是终止提问。

杨震已经注意到了谢恽的不自在,他佯装没有领会谢恽的意思,加紧追问:"樊彪,本官再问你一个问题,你要如实回答。既然你未读过'五经',那么,在考试中,你的试卷为何答得那么完满,还考得第二?"

樊彪的头上一下子冒出豆大的汗珠，他双手开始发抖，低着头支吾着说："我……我，有人……有人……"

杨震转身对太后和安帝说："太后、皇上，明鉴……"

邓太后凤颜大怒："杨震、谢恽听旨！着太常杨震、吏曹侍郎谢恽将其余考试初录学子逐一认真问卷，不得马虎。彻查考生樊彪，揪出舞弊黑手问罪！"

杨震、谢恽赶紧跪下领命："臣遵旨！"

考试取士"问卷"结束后，谢恽一下子头大了，他给杨震推托说身体不适，需要回家一趟。谢恽回到家里，差人匆匆叫来两个弟弟谢笃、谢宓。

"大事不好了，偷卖试题的事情被太后和杨震发现了，你们俩不要再参加'问卷'了，赶紧找地方躲一躲，太后要求彻查此案！"

两人惊怕得转身就走，谢恽又想到什么："回来！告知帮你俩卖试题的那人，赶紧逃走。"

原来，谢恽想利用自己保管选官考试试题的机会，偷卖试题。一是准备借机大捞一把，获得一些额外收入；二是让那些曾被杨震拒绝的人买到试题，考试中榜，从而使杨震的变法失败。因此，暗中让两个弟弟谢笃、谢宓找人帮忙，偷卖试题。

治中从索县回到荆州府衙，听说朝廷来人追究荆州府私压朝廷官员选任诏令之事。有人悄悄告诉治中，说刺史大人将责任全部推到了他的身上，把自己洗脱得一干二净。

治中这才明白刺史将他派往索县的用意，心想，樊大人这人和杨大人不一样，杨大人是不管有什么责任，自己担着，而樊大人却是遇到事情就先明哲保身，甚至陷害于他人。治中越想心里越堵，就找到樊闰问此事，没想到樊闰翻了脸："朝廷来人查问此事，你治中不承担谁承担？难道还要我刺史承担不成？"

治中心中便有不忿："樊大人，治中是奉大人之命扣压诏令，这责任由下官一人承担，有失公允吧？"

樊闰瞪着眼睛说："啥叫公允？本官只是让你暂缓不发，没有让你扣压啊！本官回洛阳瞧病，府衙一切事务都交与你主理，你为何不及时下发？反而导致王密等人抓住把柄弹劾本官，本官还没有问罪于你，你倒先来找本官问罪了？哼，枉我平日里厚待于你，这点儿担待你都不愿意！"

治中被樊闰气得一时语无伦次："这……这……这……怎么我……"

樊闰见治中气得脸红脖子粗，知道治中为人实诚，笨嘴拙舌，便缓和了口气说："好了，好了，不要说了，再有人上奏弹劾，本官在前边扛着就是了。"

治中感到心里冤屈，但又说不出口，心想辞职不干，一时又无着落，只好悻悻地转身走出去。

樊闰的心腹一从洛阳打探樊彪的情况回来，就风一样跑进府衙，大口喘着气，兴奋得急忙说不出话来："老……老爷，大……大喜……"

樊闰见心腹长途奔涉回来报喜，心里明白了几分："啥喜？是不是少爷……"

"老爷明鉴，少爷大喜，少爷中榜了，中榜了，第二名哩！"

樊闰一拍巴掌："哎哟我的娘啊！老天开眼啦，彪儿中榜啦！哈哈哈，真乃樊家大喜，大喜啊——"樊闰高兴地笑着，满屋子转着，不知道该干啥了。

"哼，你个杨夫子，看这次你还有啥说的，等我儿入朝做了官，早晚会找你好好算算账！"樊闰一边踱着步，一边搓着双手，想要找什么东西一样。"不急，让我想想，让我想想，看彪儿将来入朝做个什么官最好……对，我得回去一趟，找兄长好好合计合计，看将来做哪个职位最好。你歇息一下，准备随本官回洛阳。"樊闰自言自语地说着。"治中，治中！快，这几天还由你主理府衙事务，本官要即刻回府，我要大摆宴席，好好庆祝庆祝。"他早就忘了刚才与治中的不愉快，拍着治中的肩膀，"咱们胜了，把那个杨震打败了！"

治中看着樊闰欣喜若狂的样子，丈二和尚摸不着头脑。樊闰顾不上发呆的治中，对着侍卫连声喊着："备车，备车，连夜起程，回洛阳！"

樊闿经过长途跋涉，与他的心腹日夜兼程，回到洛阳。

吃过晚饭，他正与夫人商量如何摆庆贺宴的事情。心腹匆匆从街上回来，一进门就说："大人，出大事了！樊常侍叫人从宫中捎出话来。"樊闿一脸惊愕，急切等着下文，心腹接着说："公子在太学'问卷'中，词不达意，洋相百出，惹得群臣爆笑，被杨震看出破绽。邓太后大怒，怀疑考试有舞弊行为，当场下令杨震和谢恽严查问罪。公子见势不妙，趁机溜了，朝廷现在到处捉拿。公公不便出来，他说，樊府都可能被监视了！"

"这个孽障！"樊闿像一堆烂泥瘫倒在椅子上。

这次变法的第一次考试，杨震万千谨慎，思前想后，事必躬亲，精心安排，自认为万无一失，没想到，即便如此，这么重要的一次考试，还是出了那么大的问题。

考题泄露？杨震的大脑急速运转，认真仔细地回忆着每一个细节。考题出自太学院，由杨震一人审查，太后、皇上御览，最后交与吏曹府密室由谢恽一人保管，从未再经他人之手，怎么会泄露？如不是考题泄露，那不学无术的樊彪试卷怎能如此完满，中了二榜？知道试题的人共五人：太学院许慎出题，他不可能，太后、皇上御览，更不可能；只剩下自己和谢恽两人。杨震想来想去，泄题者莫非是谢恽？为何他在出事之后，借故回家？

考试出了泄题事件，不知道这中榜的一百五十人中是否还有其他人也同樊彪一样知道了试题，在这里滥竽充数。这一百五十个人的名字后面难道都要画上个问号吗？

杨震站起身走至窗前，望着外面朦胧的月光笼罩下的夜景，内心越发沉重。想想那些权力的黑手已经伸到了关乎国家前途命运的官员选任之中，那么，朝廷律法的执行、官员的任免等等，哪一个环节躲得过那些黑手的插入呢？

杨震越想越气，他的右手痉挛般地颤抖着，持水杯的左手在逐渐加强着力度，"啪"的一声，水杯被生生捏碎，一股鲜血缓缓地顺着手指滴到地上。

第二天，饭桌上，柳氏见老爷愁眉不展、不思茶饭，便猜想冯宝听说的

小道消息难道是真的？杨震一直不许家人打听朝廷的事情，也不允许家人问他的公务，可看着他如此心神不宁，柳氏甚是心疼。她一边往老爷碗里夹菜，一边试探着问："他爹，今日为何不进茶饭？是不是冯宝听到的消息是真的？"

杨震抬头看了看夫人："冯宝听到什么消息？"

"昨日冯宝买菜时在北市里听说考题泄密了，难道是真的吗？"柳氏说。

杨震点点头，没有作声。

"老爷，"冯宝往小案上端菜时听见老爷夫人说起试题泄密的事，也来插嘴，"我听小道消息说，有人在偷卖考题。"

杨震一惊，紧追冯宝问道："偷卖考题？你在哪儿听说的？"

冯宝皱着眉头想了半天："在哪儿，我还真记不清了。就是过路的两个人在闲谈，说这次考试不公正，有人早就知道考题了，都有人卖考题哩。我当时听着都想笑哩，这咋可能？这肯定是有人想借此发财，弄几个试题胡吹说是考题。我心里也没有当回事，所以也就没给老爷说。"

杨震听完，饭也不吃了，站起身就来到太常府，紧急召来周广："周郎，这次考题出现泄露，考前还有可能有人偷卖考题。你放下手中其他事务，专门协助本府彻查此案，这也是太后的旨意。"

周广突然想起了什么，说："真有此事啊？难怪前几日我在茶馆喝茶听人说，有人偷卖考题，以为是这些人胡言，就没放在心上。"

杨震说："你就从偷卖考题入手，速速查清偷卖考题者，将其缉拿归案。"

杨震又对周广交代道："要迅速查找樊彪下落，将其捉拿归案，从他身上破了舞弊案。"

樊闾从荆州到洛阳，经历了大喜大悲，精神差点儿崩溃。当他再次醒来时，才知道，事情比他想象的更为严重。他那个宝贝公子，不但"问卷"出丑露出破绽，更为要命的是，还将试题拿出去卖钱挥霍了！

"孽障啊，孽障，他要把这个家毁了！"焦虑加上恐惧，樊闰真要崩溃了。他一肚子火没有地方发，一骨碌从床上爬起来，喊着要"家法伺候"，这才听说，那樊彪见自己闯了大祸，早没人影了。忽然想到，兄长还让心腹捎话说，朝廷正在四处捉拿他。

樊闰有气没处撒，只能对着夫人说："都怪你！平时袒护，一再放纵，让他好好读书，就是不听。看看杨夫子家的五个儿子，在读书用功方面，一个胜似一个。"

樊彪这小子从小就不思习文，无意进取，常常偷偷跑到坊间观赏俗歌艳舞。十五六岁就已风流成性，成为一个小混混，是茶肆酒楼和勾栏里的常客，不等家里父母给他定亲成家，就自个儿找青楼女子或风流小娘子搞一夜情，遇有姿容出色的就带回家过夜，还给父母声言要娶了做娘子。樊闰夫妇一看这些女子不是正道人家的女子，自然不会同意。而且得知儿子屡屡在外拈花惹草，樊闰回家气得摔盘子砸碗，但都不管用。樊彪不知从哪里跟谁学的"牡丹花下死，做鬼也风流"的混世做派，搞得樊闰焦头烂额，一筹莫展。

樊夫人也是一肚子火，遂对着樊闰说："子不教父之过。你不赶紧想办法，这会儿倒怪我的不是。你要是有本事在朝中做个二品三品的大官，我还能为彪儿去看人家脸色吗？我用得着偷偷摸摸弄那份考题吗？"樊夫人说着，委屈地呜呜哭了起来。

樊闰心烦地推开夫人："这会儿哭有啥用？这个孽障这次可把他老子坑惨了！杨震多年前就跟我过不去，但是，他手中拿不到证据没办法，这回，叫这个孽障这一折腾，正好是证据确凿。"

樊夫人擦着眼泪说："这事已出了，你就别怨小的怨老的了，快想想咋办！"

这时，下人来报，有人找。两人都吓了一跳，都担心是宫内差人来捉拿人。

随着管家，一人急急走来樊闰一看是谢恽，连忙迎进厅内。

谢恽一进门，樊闰连连作揖："大人息怒，都怪我那孽障连累了大人，下官给您赔罪了！事到如今，大人说咋办，要烂就烂在我樊某身上，无论如何不

能连累了谢大人您，樊闰就是倾家荡产也要保住您……"

谢恽坐在椅子上，铁青着脸，半晌不说话，末了，站起身走了。见谢恽走远，樊夫人关上门说："这个谢大人，一脸丧气，啥话也不说，到底是啥意思啊？"

樊闰冷笑了一下："哼，这种人就是这个德行，收人钱财的时候眉开眼笑的，出了点儿事就六亲不认的样子。看他谢恽咋办，他比咱还着急哩。"樊闰没跟夫人说他在荆州用高句丽美女伺候谢恽的事。

突然下人又来报，樊常侍来了。

樊闰一听樊丰来了，赶快迎进屋。樊丰一进门一屁股坐下，气喘吁吁地瞪着樊闰夫妇："咋把事情弄成这样？彪儿真的在外面卖考题了？"

樊闰和夫人点点头，跺着脚说："这个不争气的东西！"

樊丰一下子站起来说："哎呀，这更麻烦了，闯大祸了！"

樊闰哭丧脸着说："兄长，你快说咋办呀？这朝廷要是查出来，彪儿一辈子可就完了，也恐连累兄长你和谢大人哪！"

樊夫人也带着哭腔说："他大伯，你在宫内见的世面多，你给出出主意，咋个办才好呢？"

樊丰镇静了一下，问樊闰："彪儿人呢？他把试题都卖给哪些人了？朝廷正在四处捉拿他。"

樊夫人说："估计怕他爹打他，从太学院回来，在屋里停了一下，不知道拿了些啥，就跑了。"

"彪儿不回来，一时也问不清。也好，逃到外面躲一阵，免得让杨震他们抓住。这儿的事情……"樊丰想了想，说，"不行了，咱们也要有所行动。"

"行动？咋样行动？"樊闰问。

樊丰想了想说："那天，在'问卷'现场，我看见这次考试第一名叫杨伦。"

樊夫人插嘴说："我也听彪儿说好像是个姓杨的，我心里还想着，他会不会跟杨震有啥亲戚关系呢。"

"有关系。"樊丰阴笑了一下。

246

樊夫人一惊："果真有关系？"

樊丰呵呵笑了几声："咱让他们有关系。"见樊闳和夫人还一脸疑惑，樊丰笑得更响了："不管他们有没有关系，咱们向太后和皇上上一道奏章，参他杨震一本，就说杨震本次取士，名为'以考带察'，实为安插他的亲戚，本次考试的第一名杨伦就是杨震的亲戚。先把朝局搅乱，让杨震首尾不能相顾。"

樊闳跟夫人这才如梦方醒，心里对族兄佩服得五体投地。

安帝正在御书房准备读书，一个宫女燃着三支香插入青铜香炉，一个宫女把准备读的书置放在御案上。

这时，一宦官进来禀报："禀皇上，宫外传上一个考生的奏本，参奏本次主考官杨震，说杨震有徇私枉法之疑。这是那个考生的奏本。"宦官说着，递上奏本。

安帝好奇地说："会有这样的事情？"安帝看着奏章，自言自语，思忖着："杨震为他的本家人杨伦徇私枉法，疑有舞弊的可能。真会这样吗？"

安帝想来想去不得其解，决定觐见太后。

邓太后说，她也接到了这样的奏本，问安帝："皇上，你如何看待此事？"

安帝沉思了一会儿说："依儿臣对太傅的了解，他不会是舞弊之人，儿臣也不相信奏本所言。但这个考生的奏本明明写着杨震为考生杨伦徇私舞弊，而杨震和杨伦恰巧同为杨姓，既已有此谣传，不论真假，儿臣以为还是要查清楚为好。"

邓太后点了点头："皇儿遇事能谨慎三思，的确长进不少。"

安帝见太后夸赞了自己，心里有几分高兴："母后，昨天杨震说要与谢恽下察初录的被选官员，不知走了没有？"

邓太后说："杨震已奏报，并说他负责北方，谢恽负责南方，不几日就出发。"

安帝说："那杨伦的家就在北方的陈留郡，如果奏章属实，杨震会不会借下察去跟杨伦订立攻守同盟？母后，我也不相信太傅是这样的人，但有人参奏，总该查一下吧？如果没有此事，也正好还太傅一个清白。"

邓太后说:"皇儿言之有理。那好,趁杨震还未出行,另做安排吧。樊丰,即刻宣杨震与谢恽进宫。"

杨震接旨来到永安宫中,走到大门口,正好遇见谢恽一同进宫。谢恽遇上杨震,总是不敢正眼看,不是低头就是扭头,躲躲闪闪。杨震一边往太后宫里走,一边问:"谢大人,舞弊案那边有没有什么进展?"

谢恽就怕杨震问这些,但是,他因为已经把善后事情都处理好了,所以壮着胆子回答:"还未找到有用的线索,杨大人。"

杨震说:"我一直想问你,考题一直由你在吏曹秘藏室保存着,怎么可能泄露?有人拿过秘藏室的钥匙吗?"

谢恽内心一惊,估计杨震是敲山震虎,于是说:"没有。考题一直由我一人保管,钥匙也一直在我身上。杨大人该不会怀疑是本官把考题泄露出去吧?"

杨震只是试试谢恽的反应,就说:"谢大人多虑了,我只不过问问情况,出现这种问题,你我都难逃责任。"

谢恽说:"下官也很心急,毕竟考题是由我保管,如果真从我这里把考题泄露了,那我岂不是难脱干系?就目前来说,我已是有嘴说不清了。"

杨震决定先稳住谢恽,说:"这事本官已经安排人查了。眼下,咱们要先去下察那些初录的被选官员,你以为如何?"

谢恽暂且松了一口气说:"甚好,就按太常大人安排的办。"

两人说着就一同进了宫,给太后和皇上行了礼,杨震和谢恽就等着太后问话。

邓太后说:"杨爱卿,你二人下察初录官员何时出发?"

"回太后,"杨震说,"刚才在宫外,我二人商议,为国取士刻不容缓,希望明日出发。"

邓太后点点头:"甚好!只是,二位爱卿各自负责下察的地域,哀家另有想法。杨爱卿,你在荆州待过,而谢爱卿却从未去过南方,对南方不熟,不如杨爱卿去南方,让谢爱卿去北方可好?"

杨震和谢恽跪下施礼:"臣遵旨!"

邓太后与安帝相互对视一下，默默地点了点头。

安帝从永安宫往出走，突然看见一个熟悉的身影。"荣儿？！"他心里一惊，荣儿怎么在太后的宫中？安帝此时是既想见到伯荣，又怕见到伯荣。待那宫女一转身，安帝这才看清，原来是太后身边的一名宫女，那身段酷似伯荣。只要一想到一身狐媚的伯荣，安帝便浑身火烧火燎，亢奋不已。原来，在后宫掖庭，安帝与太后为他选的那十几个嫔妃，甚至皇后在一起，总觉得没有一个让他称心如意。这时，他就会想到伯荣。

刚才那个宫女让安帝原本平静的心再生涟漪。好久没有见到伯荣了，上次安帝让樊丰给伯荣带信，提出以后不要再见面了。伯荣听了伤心欲绝，安帝也痛不欲生。这会儿，伯荣那双幽怨的眼睛让安帝难以平静。他管不住自己，忘不了伯荣，于是，打算晚上偷偷潜出长乐宫，会见伯荣。

安帝最近一直在念着伯荣，因为他觉得与阎皇后及那些妃子睡在一起，没有感觉。进晚膳时，他喝了几杯酒，一想到晚上要去与伯荣厮守，不由得浑身更加燥热。进完膳，他回到寝宫，换了一身樊丰给他找来的宦官衣裳，在樊丰的陪伴下，走出宫门。这次，他没有让那两个宦官提着西瓜灯笼在前照明，而是在伸手不见五指的漆黑的夜里悄悄出宫，只带了个随身小宦官。在樊丰的导引下，几人向皇城的一个角落走去，殿前和辇道两侧亮着一排排大红灯笼。

一见到伯荣，安帝的心就被那张美貌的脸融化了，两人死死抱在一起。伯荣依偎在安帝的怀中，带着埋怨问他："都已经说过分手，为什么还要相见？"

安帝抚摸着伯荣的身体："分手容易分心难哪。荣儿已在朕的心里扎了根，叫朕如何能斩草除根呢？"

伯荣说："奴婢虽然没有名分、没有地位，但奴婢有话不得不说。请问皇上，天下是谁的天下？难道皇上的旨意就可以被太后随随便便地篡改？难道神圣庄严的大汉殿堂之上，皇上说不了一句做主的话？"

安帝沉默片刻，道："太后毕竟是朕的母后，有了她的扶持，朕才做了皇上。"

伯荣生气地说:"奴婢倒觉得你这个皇上当得有点儿不像皇上。太后是你的母后没错,可是,本应属于你的皇权呢?以前你年幼不能独理朝政,可如今你已二十有余,已经该为人父了,可是,皇权却让别人来行使,皇上的光辉却让别人荣耀,皇上和喜欢的女人却只得偷偷摸摸,做一对提心吊胆的偷情鸳鸯,你刘氏江山却被外戚把持。皇上,你就甘心永远这样被太后左右,被邓家左右吗?"

安帝被伯荣说得无言以对,他轻轻叹了口气,将伯荣揽在怀里轻声说:"荣儿,你不懂什么叫朝廷,什么是江山社稷,你只懂儿女情长。可是,朕是皇上,不仅想有儿女私情,更要心怀江山社稷啊。"

眼看天快要亮了,那边小宦官在轻声唤着安帝,提醒他该回宫了。可两人如漆似胶,难舍难分,若不是伯荣的低贱身份,安帝一定要把伯荣娶进宫夜夜享乐。

安慰好了伯荣,安帝偷偷地回了宫。因为一个晚上都没有睡觉,他浑身疲惫。没想到,这件事还是让太后的亲信耳目报告给了太后,太后知道后勃然大怒。

"皇上这是去哪儿了?"突然,太后出现在长乐宫门口。安帝吓了一跳,低头看着自己一身宦官打扮,知道说什么都没有用了。

"皇上这是一夜未归?"太后言语间充满威胁和震慑。

"母……母后,儿臣……"安帝嘴里嗫嚅着,一时无言以对。

"堂堂一个天子,穿上宦官的衣裳私自离宫一夜不归,成何体统!"太后转身呼叫,"来人,将那个不守本分带坏皇上的小宦官拉出去杖毙!"然后,太后压低声音一字一句狠狠地对安帝说:"皇后和十几个皇妃难道抵不上一个地位低贱的嬷嬷的女儿?听着,皇位和那个妖女,二者之间你任选一个。再不与她断了关系,哀家就废了你这个皇上!"

"母后!"安帝一听立刻给邓太后跪下。

邓太后看都没看,拂袖而去。

安帝清楚他与伯荣的这份感情有悖于常理,更不会得到朝廷大臣和太后的认可。在皇位和伯荣之间,他只能选择一样,这就是他做皇帝的悲哀。然而,拥有皇权是很多男人的野心，这份野心，会让这些男人不得不放弃最难以割舍的东西，安帝也不例外。他知道，要拥有皇权，要拥有一切，就必须依照太后的安排，去学习治国安邦之道，去练就一身刀功剑技，去好好临幸阎皇后以及那十几个妃子。以前，安帝或许会为了伯荣放弃皇位；可现在，为了皇位他必须放弃伯荣。尽管痛不欲生，安帝还是选择了放弃。太后的最后通牒让安帝害怕了，他咬破手指发誓与伯荣断绝往来。

杨震与谢恽各自带着两名朝廷官员一南一北开始了变法初录被选官员的下察。

杨震一行乘坐马车在郡县官吏的陪同下，历时一个多月，深入乡亭邻里，在亭长、百姓、街坊中间仔细询问了解了高舒等六十名学子的出身、孝道、德行、人品、学识、处事等多方面的情况，并认真进行了整理归纳，给朝廷最终选任取舍，提供了详尽、真实、完整的第一手资料。

路过荆州，杨震没有去荆州府，而是特意去了趟武陵郡府会见王密。王密见到恩师，不胜欢喜，但是，"张生法场喊冤案"至今没有平冤，"王灵母女被杀案"没有线索，这让王密对恩师心生愧疚。

王密向杨震汇报了荆州眼前的情况，他说："樊闰这个赃官在荆州一手遮天，学生在武陵郡，上有樊闰，下有牛寿，身边有樊闰的心腹金武，这些歹人、赃官把学生团团包围着。张生那个冤案，樊闰把学生死死排挤在重审官员之外。学生本想借樊闰扣压朝廷官员选任变法诏令文书之事上奏弹劾樊闰，把樊闰参倒，却没有想到来了个钦差糊涂官谢恽……"

杨震知道这个案子背景复杂，也知道王密的不易。王密虽为一郡太守，但孤军作战，势单力薄。杨震鼓励王密不要泄气，上边有他，齐心合力，一定能让张生重见天日。他安慰王密，歹人必定会多行不义必自毙的。临走前，杨震让王密陪他一同去往王灵母女的坟上上了一炷香，心里这才稍稍安慰了些。

谢恽一行乘着马车第一站就来到了陈留的杨庄。

杨伦正在地里干活，看见爹佝偻着腰在地头急急地唤他，说朝廷来了个大

官,要面见杨伦。杨伦知道是朝廷下察来了,收起手中的锄头,急急忙忙赶回家。

"大人一路辛苦,请喝口水!"杨伦赶忙从屋里端来三碗白开水。

谢恽示意随行去接杨伦递来的水,而他在杨伦家的院子里转着看了看,转过身子问杨伦:"杨伦,你认得本官吗?"

杨伦行了礼,说:"学生如果没有记错,那天在太学院问卷场,大人应该就坐在考官台上。"

谢恽点点头:"不错。今日本官下察,需要你如实回答几个问题。第一个问题,你到底是不是杨庄人,你与主考官杨大人是不是亲戚?如果你是杨大人的亲戚,这次肯定会被朝廷选中;如果不是,那结果就不用说了。"

杨伦一听就着急了:"大人,小生就是杨庄人,你不是已经见到了吗?我虽姓杨,但与杨大人没有任何亲戚关系,而且根本不认得杨大人。朝廷诏令上说得清楚,不论出身,咋现在又论出身了?"

谢恽一惊,这杨伦真是非同一般,便又哄着说:"这次选官当然是不论出身的,但我跟杨大人是至交,如果你们沾亲带故,我跟杨大人都会照应你的。"

杨伦一下子心凉了,他低着头自言自语地说:"看来朝廷的确是说一套做一套了,既然如此,不当官也罢!"

历时一个多月的下察结束了,杨震和谢恽一同来到永安宫向太后和皇上禀报这次下察的情况。还未进宫,只见周广急匆匆跑到他跟前:"大人,偷卖考题的人犯终于抓住了。这家伙以为考试已过,风平浪静,在一家饭馆喝多了酒,吐了真言,正好碰上我和袁郎在那儿吃饭,抓了个正着。"

杨震惊喜地问:"太好了!人呢?"

袁礼说:"已交廷尉府,先羁押在廷尉府大牢,等着杨大人审问。"

站在跟前的谢恽一听,大惊失色,他担心杨震如果揪着这个偷卖考题的人顺藤摸瓜,一路查出自己,那他一切就完了。因此,他一下子慌了神。

两人一前一后走进永安宫,向太后施礼拜见。

邓太后说："二位爱卿，免礼，起来说吧！"

杨震先禀报："启禀太后，臣杨震本次受朝廷之托，出使南方下察，历时一月，对朝廷备选的六十名新官员下察后，除五人不符要求外，其他五十五名均符合要求。详细情况一一记录在卷，请太后明鉴。"杨震呈上卷宗后退下。

谢恽禀报："禀太后，臣出使北方一月，对本次朝廷初录的四十名新官员下察，除兖州陈留的杨伦等六人不宜被朝廷重用外，其余三十四人符合要求，望予重用。"

杨震听闻杨伦未被下察通过，一下愣住了。

太后要谢恽将下察详录呈上来。谢恽说由于时间紧迫，来不及细录，只有名册。

邓太后说："那你就当着哀家的面，陈述一下杨伦等六人不宜录用的缘由吧！"

谢恽没有想到太后这一招，他本就因为偷卖考题人被抓而内心慌乱，这时更慌了，支支吾吾地说："这……这……禀太后，容臣回去……细细回忆，把六人的情况形成文字补上，细细奏来。"

邓太后说："不必了！"

杨震一看谢恽吞吞吐吐，就知道里面肯定有问题，一下子急了，再次奏请："启禀太后，杨伦考试第一，问卷思维缜密、口才过人，观其品性，实乃一大才子，如无问题，不予选用实在可惜，也无法给天下百姓交代。臣请求再次与谢大人一同赴陈留下察杨伦。"

邓太后说："也不必了！"

半个月后，皇宫大殿，正是上早朝的时候，公卿百官站立两边。

官员选任变法新选出的八十九位新官员，在大堂之下接受面圣。

文武百官以及新官员跪拜之后，邓太后说："樊丰宣旨吧！"

樊丰站在百官之前，宣布朝廷诏令："皇太后制曰：杨伦、虞放、高舒、朱冲……"

谢恽一惊，怎么名册中还有杨伦？杨伦不是被自己下察时刷下去了吗？

原来,樊氏兄弟参奏杨震与杨伦有亲戚关系,邓太后随即命大将军邓骘去往陈留,追查杨震考试舞弊一案。经查,杨伦与杨震虽同姓,但杨震是弘农人氏,杨伦是陈留人氏,无任何亲戚关系,有人参奏,纯属诬告。邓太后即下旨,追查诬告人之责。

这时,杨震上奏太后、皇上,将此次选拔的名优之士且年富力强、德才兼备的精英,按照每个人的专长留在朝廷各部衙门任职。太后恩准,并下旨:留杨伦为大司农府部丞,虞放为廷尉府监理,高舒为御史台谏大夫,朱冲为城门领兵。将其余人,按照成绩和各自专长,任封到州郡县地方补缺。很快,朝廷的朝风和地方衙门的官风为之一新。

邓太后示意樊丰宣旨。

樊丰上前一步大声宣旨:"皇太后制曰:太常杨震推行官员选任变法有功,尤在这次考试中,顶住了来自各方面的说情,秉公办事,为朝廷选拔出孝廉方正人士,即擢升为司徒。钦此!"

杨震跪地叩谢:"谢太后隆恩!吾皇万岁万岁万万岁!"

邓太后道:"杨爱卿,平身吧!另外,哀家在这里还要宣一件事,这次变法,杨爱卿为坚持秉公办事,也得罪了不少皇亲国戚。因此,哀家决定,在宫内开设一皇家学馆,由杨爱卿兼任学馆老师,专门为皇族子弟授课。今年没有被选入朝廷为官的,通过努力,下年再考。"

这时,邓骘禁不住激动地说:"这样甚好!这样甚好!"他边说着,多日以来一直愁苦的脸露出笑颜。

至此,一场在全国轰轰烈烈推行的官员选任变法终于落下了帷幕,剩下的就是对"考试舞弊案"涉案官员的追查与问罪。

散朝后,杨震与大臣们一起走出大堂,这时,老远就看见周广匆匆跑来,看样子发生了什么事情,急着来向杨震报告。

十三　不负重托整吏治

周广匆匆跑到跟前禀报:"杨大人,关押在廷尉府大牢、偷卖考题的人犯,昨夜在狱中撞墙自尽了!"

杨震一听大惊,傻了一般愣在了那里。

其实,周广他们抓捕的这个人,正是谢恽的大弟谢笃。谢恽知道后,买通牢中狱卒,准备劫狱,救出弟弟。但是,劫狱的狱卒被人发现,谢恽为了保住自己,让狱卒将弟弟杀死在狱中,造成犯人撞墙自杀的假象。

这时,杨震命令:"周郎,全国撒网,捉拿涉案人樊彪!"

杨震被朝廷擢升为司徒,位列三公。

就在这个时候,突然老家潼乡水峪口家里来人,告知老母病危。杨震告假,匆匆赶回潼乡,终于与母亲见了最后一面。老母亲瘦弱的手拉着他的手,挣扎着说:"起儿,娘……娘有一句话一直想……想跟你说。咱是庄……庄户人家,你把你的俸禄都攒下,多为儿孙置些田地。"杨震含泪说:"娘,儿是这样想的,儿一直要做清白吏,儿不想给他们置现成的田产,儿要他们一个个靠自己的双手,自己置,儿要他们一个个都做清白吏的子孙。"母亲微微点头,然后安详地闭上了眼睛。杨母撒手人寰,杨震老泪纵横,呜呜哭得昏天黑地,肝胆欲碎。杨震与弟弟杨季带着儿子、侄子,为老母亲办了丧事。由于关西一带灾害不断,庄稼薄收,杨震薄葬了老母。

杨震自从那年出仕为官,离开潼乡,这些年,每年母亲过生日时,他都要亲自回潼乡为母亲祝寿。即便实在因为朝廷事务太忙,他也要派冯宝送寿礼,

叮嘱妻子、弟弟为母亲祝寿。他知道母亲早年守寡，一个人含辛茹苦拉扯他们兄弟俩长大不容易，他永远感恩母亲。每当他有机会回来给母亲祝寿时，也都不忘到学馆看看。他离开潼乡这些年，泉湖学馆始终没有停办。那是附近的众多学子和他们的父母不让关停。他走后，先是由陈冀、虞放和杨震的弟弟接续，后来，虞放参加官员选任走入仕途后，由一直不愿为官的陈冀与杨季、杨震的几个儿子在办着。杨震也常常怀念父亲，虽然每年的寒食节，他因为朝廷事务太忙，无法赶回家，但他要么是买好祭品派冯宝送回家，要么写信叮嘱弟弟和几个儿子要为早已逝去的父亲及祖先扫墓、祭祀。

虽然在十多年前的和帝时期，已经取消了"朝廷官员为父母守孝三年"的规定，但是，为父母守孝三年的风俗在潼乡民间没有取消。尽管弟弟杨季让哥哥放心，他会为母亲在家守孝，但是，杨震总是觉得自己为母亲做得太少。柳氏看出丈夫的顾虑，安慰丈夫，要他放心回朝廷，说自己会带着几个儿子，替他这一门为母亲守孝三年。

走前，杨震要五个儿子把各自读的书拿来让他看看，他说毕，就坐在堂屋方桌旁的椅子上等着。

这时，老三杨秉抱着他抄写的《论语》《孟子》《诗经》《楚辞》和《太史公书》五本书，愉快地摆在书案上。杨震拿到手上，一本一本欣慰地看着。一会儿，老大杨牧抱着自己读的四本书走进堂屋，后边跟着只读了两本书的老四杨让。杨震正在翻看着老大读的书，看见只拿着一本书的老二杨里磨磨蹭蹭走进来，马上来气了，吼道："你看看你还像一个做哥哥的样子吗？"

谁知，杨里的媳妇跑进来说道："他生下来就这么笨，能看书就不错了。"

杨震脸上青筋暴突，吼道："有你这样的媳妇，他能好到哪里去？读书和种庄稼是一样的，就一个字：勤。你把你们种庄稼的样子看看，把你哥和你的几个弟弟种庄稼的样子看看。再不好好学得勤快些，吃亏还在后边！"

杨震的话，把杨里和他媳妇说得满脸通红，杨里羞愧地拉着媳妇出去了。

杨震安顿好家里，又向弟弟杨季问了几处学馆的情况，就离开了家。

杨震回到京城，拜见太后，太后震动。她知道朝廷的规定，就说："先生，你为母亲的孝心，日月可鉴。哀家即刻下旨，恢复朝廷官员为父母逝后守孝三年的规定。"

杨震赶紧拦挡："太后，万万不可！不可因臣而更改朝纲。若要恢复，须在三年后再下诏令，否则，臣就无法躲开徇私枉法的嫌疑。"

邓太后说："那也好。你刚刚安葬老母，辛苦劳累多日，先歇息几日，替哀家到各地走走，了解了解、察看察看各地的民生情况和官员履职情况。"

杨震没有歇息，他回到住宅，草草地准备了一下，第二天，身着乡民便装，告别太后、皇上，带着冯宝，赶上马车，就匆匆离开了京城。

杨震作为三公之一的司徒，掌管朝廷礼仪教化。他效仿前汉的司马迁，用了两年时间，走遍了大汉所有的州郡和大部分的县乡甚至亭村，体察民情，了解民生，感受民风。大汉雄浑壮阔的万里江山让杨震为之震撼。然而，与此同时，他也看到还有许许多多百姓，食不果腹，衣不遮体，陷于水深火热之中。与此形成鲜明对比的是，官僚商贾，霸占良田，吃的是山珍海味，穿的是绫罗绸缎。不仅如此，官风不正，乡风不古。各级官吏以做官为荣，以敛财为耀，卖官求荣在部分州郡日益猖獗，而各地学馆学子越来越少。

两年的时间里，杨震用自己的双脚丈量了大汉的部分疆土，大汉的良田，近一半都在皇族、官僚集团及地主豪强手中。如果国家的四千八百万百姓人人有耕田，九百六十万户人家家家有饭吃，那大汉将是一个祥和安宁的强国。

家风即是国风，家风不正，国风必然不正。如果一个国家的子民不通礼仪、不知俭朴、不懂孝悌，日久天长，国将不国！他为国为民，无限忧虑。

两年来，杨震随身带着《诗经》和《楚辞》，以及父亲收藏的《今文尚书》，带着为他鞍前马后的冯宝，一边走着，一边看着，一边记着。这些年，杨震每到一地，都关心当地百姓生产生活，更喜欢将所到之处的民情、民生情况记下来。这两年，光是记下的民情民生手记就有半马车，他时常翻阅查看，民间的疾苦因而了然于胸，他还给一些地方官提出更新农具等建议，帮助当地乡民生产。他在西部司州一带考察时，帮助乡民改装农用水车，大大地改进了水浇旱地的问题。

在这两年间，杨震的长子杨牧和三子杨秉在大汉的最高学府太学院学习，他们趁着在京城学习的机会，同时参加了第三年的"以考带察"，又一同被录

用进入仕途。杨牧被朝廷分派到西部地方做外放官,杨秉被留在皇城东观宫做郎中整理史籍,正好跟着他仰慕已久的才子张衡学习做人和做学问。

天气变凉,秋分刚过,杨震带着两年来收获的累累果实回到京城,心意难平。杨震一回到京城,急着拜见太后和皇上,向太后和皇上禀报这两年来的情况!他把这两年来的收获写成厚厚的奏疏,呈给太后,在奏疏的最后,他还特别写了一条建言,建议在京城洛阳一带,引导百姓都种宿麦蔬食,务必地尽其力,给予贫穷的农民粮种。

邓太后说:"先生,你不顾年迈,不辞辛苦,踏遍大汉一十三州,替哀家和皇上微服私访,哀家在此谢你了!你鞍马劳顿,一路辛苦,回来后,先歇息几日。下一步,哀家命你着手整顿朝政、整肃吏治,你思量思量。"

杨震一听"整顿朝政、整肃吏治"八个字,倍感压力。

和帝刘肇由于一味推行仁政,使得弊政丛生,吏治腐败,赋税不均,土地兼并严重,贫富分化日甚,贪风炽盛,国库亏空。邓太后临朝执政后,大汉危机四伏,她急于巩固自己的太后之位,创出个新朝新气象,在度过了南方水灾和东部蝗灾、雹灾之后,她起用杨震,先是广招天下人才,现在又要杨震着手"整顿朝政、整肃吏治"。

从皇宫出来,杨震又急于看望已是八十高龄的恩师。

桓郁听说太后命杨震整顿朝政、整肃吏治,就说:"伯起,'整顿朝政、整肃吏治'不比官员选任变法,是个更难弄的事情。现在的朝廷,多少年来,积恶习太久,致使弊政丛生,吏治腐败,贪风炽盛。选官变法,是为天下读书人、天下学子谋好事,拥护者甚多,尽管朝廷有不少人反对,但比不过天下读书人多。但是,'整顿朝政、整肃吏治',是面对一个个朝廷官员、地方官员,乃至官僚集团,百姓称赞,但官员怀恨。历朝历代多少仁人志士入朝为官,就因为'整顿朝政、整肃吏治'付出了性命,你也要在思想上有所准备。"

杨震说:"只要百姓赞同,只要能为百姓谋利益,那伯起就得干。"

杨震回到窄巷小院,草草地吃了饭,让冯宝收拾锅碗,他又来到司徒府。

进屋后,他点亮蜡烛,只见司徒府他的办公桌案后边的高墙上,有一幅大字"清白为官"。那是他进入司徒府后,为时时警示自己而题写的。

这时,杨震简单收拾了一下屋子卫生,就掌灯研墨,连夜起草"整顿朝政、整肃吏治"的奏章,准备奏明朝廷。那天,杨震听了桓郁的话,他清楚,整顿大汉十三州的吏治,不是整顿一个地方州郡的吏治。这些年,由于天灾人祸接连不断,朝廷无力顾及官员的管理,使得从朝廷到地方,积弊丛生,吏治腐败更加严重。要整顿这样的吏治,不下一定的决心,没有一定的魄力,是万不可能的。

第二天早朝,整肃朝政的是这次朝会的主要议题。

公卿百官山呼拜过之后,邓太后说:"着令杨爱卿主持整顿朝政、整肃吏治一事,通过'两整',把那些贪官、庸官、冗官及老弱病残不能履职的官员剔除出朝廷,将地方官员中百姓口碑好的官员调入朝廷,将每年通过'以考带察'新录取的儒生补充到地方郡县任上。下面就让杨爱卿把受朝廷委托提出的'整顿朝政、整肃吏治'的主张奏陈一下。"

接着,杨震陈奏了自己关于"两整"的方案主张。

杨震说:"民为立国之本,官为强国之魂。官员腐败不堪,大汉国也就要完了。所以整顿朝政、整肃吏治、惩治腐败,从严治朝、治官是当务之急。但是,微臣以为……"

百官听后,一片哗然。

邓太后打断道:"哀家觉得,该是整肃的时候了。杨爱卿说得甚好!要'从严治朝,从严治吏'。"

接着,杨震陈述道:"微臣建议'两整'从倡导教化入手,把'惩'和'化'结合起来,即'惩化结合'的'两整'方案。方案中,把政教风化、教育感化等有形和无形的手段结合起来。整顿中,既有皇上的宣谕,又有对各级官员耳提面命的训诫;既向官员正面灌输道理,又注意结合日常事务,使各级官员在不知不觉中达理明事。这样,以各种教化手段,使各级官员都能受到儒家思想的教育,从而通过官风促朝风。对那些经教化后对汉律、对百姓疾苦仍置之不理、置若罔闻、行事不力、贪赃枉法者,严惩不贷……"

邓太后听着杨震的陈述,微笑着。

杨震还在陈奏:"前汉的董仲舒把教化比作防御洪水的堤防。他说:'夫万民之从利也,如水之走下,不以教化堤防之,不能止也。是故教化立而奸邪皆止者,其堤防完也;教化废而奸邪并出,刑罚不能胜者,其堤防坏也。古之王者明于此,是故南面而治天下,莫不以教化为大务。立太学以教于国,设庠序以化于邑,渐民以仁,摩民以谊,节民以礼,故其刑罚甚轻而禁不犯者,教化行而习俗美也。'太后、皇上,臣以为,可在各级官员中推行'惩化结合',在民间倡导形成耕读传家的浓厚读书风气,以促使在各级官员中形成一股风清气正的清廉之风,也就是国风。整顿朝政,从教化入手,在朝野大力提倡古时人人以礼相待的良好乡风和国风。"

大堂之下,杨震将自己的政见奏与太后和皇上,邓太后边听边频频点头,待他说完,向百官道:"杨爱卿以上的奏陈,众爱卿以为如何?"

百官议论纷纷,频频点头称是。唯有司空刘章出列而奏:"启禀太后、皇上,臣以为不可也。"

刘章原为司徒,杨震担任太常一年多时间,很快被擢升为司徒,而刘章则转任司空,虽同为三公,但排序却在杨震之后,刘章对此耿耿于怀。另外,司徒掌管教化,掌管官员管理,握有实权,显然比司空实惠。司空掌管土木工程等,在大汉这个百废待兴的时代,各州郡不是伸手要粮,就是要钱。这样,刘章所掌管的事,不仅没有油水,反而处处作难。因此,他对杨震的所作所为非常不满。

邓太后问:"刘爱卿,为何?"

刘章说:"依杨大人所言,不是把各级官员都看成了在馆读书、还需要再启蒙的学子吗?这不是让百官又回到孩童时代了吗?故臣以为不可。"

杨震说:"刘大人所言差矣!臣建议朝廷倡导的是教化,不仅仅是教育。教化不是教育,'教化'与'教育'虽仅一字之差,但其手段的高明程度却远非教育可比,其要比单纯的教育深刻而奏效得多。"

刘章不以为然:"杨大人此番言论,实属狡辩。再说,古人云:民可使武之,不可使仁之;官可使用之,不可使知之。杨大人的主张,是仁慈的妇人之见。"

杨震性情忠直耿介，刘凯、刘章兄弟因是安帝皇叔，权倾朝野，不少人对两人拍马溜须。可是杨震不但不会，而且政见不同时，还会与刘凯、刘章在朝堂上理论，言辞激烈，不理论出个是非曲直，绝不罢休。

这时，杨震正要开口驳斥刘章的谬论，堂下的班昭说话了："刘大人此番言论，谬言也！文帝、景帝以仁治国，我大汉才出现了长达百年的太平盛世'文景之治'；光武帝以仁治国，我大汉又出现了数百年的'光武中兴'。因此，杨大人所奏，句句皆治国良策。由此也可见，杨大人不仅是一个良臣，而且是一个哲人，一个难得的圣贤。"

"杨司徒所言，是治国良策。"邓骘出列称赞。

安帝坐在朝堂，不发一言。

邓太后见多数大臣都赞同，便说："杨爱卿方才的一番陈述，有理有据，有情有理，情真意切。在全大汉的各级官员和乡民百姓中倡导和推行教化，实乃强我大汉的壮举啊！是国策性的主张，哀家准了。请杨爱卿谈谈贯彻的想法。"

杨震说："臣主张在京城，以太学为中心，教人们学会文明礼仪；在各郡县乡亭普遍推广学馆教育。在全大汉青少年中倡导'耕读传家'，边耕边读。之所以要重视朝中的太学和乡间的学馆，重视人们读书，是因为好的书籍，无论是对朝中的各级官吏，还是对乡间的百姓，都会有良好的熏陶作用。教育要做到像孔子说的有教无类，教化要像董仲舒说的像引导洪水一样，引导人们的行为习惯。实施教化，臣主张教育必须以儒家经典为教材，以儒家伦理为教育之基本内容。这种教育思想对后世将会产生深远影响。"

袁贵插话说："杨大人真乃金玉之言！"

杨震继续上奏："启奏太后、皇上，在推行教化以正国风和乡风过程中，还应该实施'教育兴汉'和'文化强汉'等举措，从京城的最高学府太学院到乡间里弄的学馆，太学院以京城为学区，地方学馆以县为学区，由朝廷指派一名有教化经验的学官，可称'学长'，坐镇指导，监督教书质量，提高育人水平，指导乡民接受教化；在太学院，教授儒家经典五经的博士需要增加，太学院学子数十年内可逐年增长；朝廷还应拨出一定的钱物，为各地的学子修建学

馆,为教书先生修建住所。同时,建议由太学院院长许慎博士牵头,召开有关古典文献整理、天文学、占星术、语言学、数学等领域的学术会议。另外,建议由才子张衡负责,广泛征召有天赋的奇才异士。对凡是精通一门学问,或对经学、天文、地理、兵法、图谶等学科有深入研究的专业人士,由地方官员指派公车礼送到洛阳,由朝廷提供吃住食宿,让其专心著书立说。而对那些蒙人害人的歪理邪说,组织专家学者及时予以批判纠正并公之于世,以防谬误流传。"

朝堂之上,太后听着杨震的陈述,既兴奋,又颇为感慨,十分庆幸自己遇到了一位匡扶社稷的人才。她频频点头称赞:"甚好!甚好!杨爱卿所奏皆准!杨爱卿所言,真是令人耳目一新。杨爱卿的一番高见,甚合哀家之意,这些想法,哀家早已有之,准了!之后,朝廷将昭告天下:倡教化,重祭祀,兴学馆,崇古风,并重修五经诸史。着杨爱卿主持兼施教化、重祭祀、兴学馆事宜;着张衡、许慎、刘珍及五经博士,校定东观五经、诸子、传记、百家艺术,整理脱误,订正文字;选拔三署郎及吏人能通晓《今文尚书》《毛诗》《穀梁春秋》者各数人。"

邓太后深知以教兴国的道理,她不但重用杨震这个名儒,而且通过杨震关怀爱护笼络了像张衡、许慎等一批难得的人才。

杨震的种种主张,深深赢得士大夫之心。

朝堂之上,邓太后因为心情激动,又慷慨讲道:"倡导教化,哀家准备率先垂范,与百官一起学习。兴办学馆,不仅成年人如此,还要从小孩儿抓起。同时,哀家提出,在皇宫内恢复和加强中断多年的皇族子弟就学的学府'辟雍'。哀家之前让在皇宫建了一个皇家学宫,只收皇亲国戚中的成年人入学;现在,凡皇亲国戚中年龄在五岁以上的孩童即召进学馆,请学问人品高尚的博士、大儒做他们的老师,为他们教习经书、传道、授业、解惑。到时候,哀家还要亲自监督考试。"

邓太后的话一落,堂下大臣中的皇亲国戚,一个个面露喜色,点头称赞。

太后接着道:"哀家之所以准奏杨爱卿的主张,倡导教化,兴办学馆,从孩童开始,实在是因为现在沿袭了过去一些不良弊端,世俗浅薄,淫巧虚伪普遍，五经之义衰落，没有教化开导，淳朴世风一天天衰微丢掉。所以，哀家想褒扬崇尚圣人的道义，匡救挽回将失去的淳朴世风和道德风尚。'饱食终日，无所用心，难矣哉！'处在太平时期的皇亲贵戚、享受优厚俸禄的家族，穿好的吃好的，乘坐好车、驱策良马，虽面墙向学，却分不清善恶得失，不晓得品评褒贬，这一切都是祸端出现的由来。明帝永平年间，外戚樊、郭、阴、马四姓子弟从小就被要求入学，就是用以矫正砥砺浅薄的风气，而回归到忠孝的轨道上来。哀家先祖既以武功书之于竹帛，又以礼乐教化子孙，所以能约束修整自己，使他们不触犯汉律陷身罗网。因而，兴办学馆，就是要让儿孙继承先祖的美德。文武百官若能体会这次'整顿朝政、整肃吏治'的根本要义，哀家就很满足了。诸位爱卿勉励啊！"

百官个个洗耳恭听着太后的箴言，无不醉心其中，人人敬佩不已。

这时，邓太后说："杨爱卿，谈谈你的步骤。"

杨震说："这项朝政，计划用三到五年时间来完成。眼下，从两个方面重点入手。一是从倡导教化、重视文化和发明入手；二是从严明法度入手，从严治朝，从严治吏，废黜那些尸位素餐的官员，严惩那些贪官污吏。"

杨震的计划，深得太后赞赏。太后问道："此计划，皇上以为如何？"

安帝说："甚好！请太后恩准。"

邓太后说："哀家准了！"

整个朝会上，杨震旁征博引，讲经论史，谈着经世治民的道理，不知不觉一奏就是一个多时辰。

这时，邓太后说："在此，哀家给皇亲国戚提个醒，特别是邓氏家族。眼下，往往看到外戚宾客，假借皇亲权威，轻薄虚浮，以致浊乱奉公，为民恶患，原因就在于执法怠惰松懈，不即时执行惩罚。今大将军邓骘虽胸怀敬顺之志，但宗族广大，姻戚不少，应明白加以检查整饬。哀家率先严束邓家族人，对邓氏家族与百官一视同仁。凡邓氏家族有犯罪者，定严惩不贷，决不宽容庇护，并特着公卿百官监督施行，凡有邓氏家族宗亲，有犯禁令宪章者，不要姑息迁就，而要严格执法。诏令三公以下，各密奏上书指陈，议论朝廷利害得失。"

邓太后临朝称制后,尽管她一再限制邓氏家族入朝为官,但是,邓氏家族在朝为官者仍不在少数。邓太后是个极为自律的人,此令一出,堂下邓氏诸卿无不浑身一颤,而百官无不肃然起敬。

邓绥临政初期,邓氏家族虽然经过了"阴皇后和外祖母邓朱巫蛊"一案,被株连了不少,但是,邓氏家族在朝中当官者还是为数众多。为了巩固自己的权力地位,邓绥牢记恩师班昭关于"用贤不避亲,用人须得察,用人须节制"十五字箴言,除了加封自己的几个兄弟官居要害之职外,严格限制邓氏家族入仕。尽管如此,整个邓氏家族一门在杨震提出选官变法时,也已经是"凡侯者二十九人,公二人,大将军以下十三人,中二千石十四人,列校二十二人,州牧、郡守四十八人,其余侍中、将、大夫、郎、谒者不可胜数"。

最后,只见杨震手持两本文本道:"禀奏太后、皇上,太史令张衡托臣向朝廷献出他的十年心血之作《二京赋》,以此来表示他的忠君爱国之心。"

邓太后道:"樊丰收下。张爱卿的《二京赋》早已传遍两京。张爱卿不光是个才子,还是个直臣,此次进献,定是以此进谏朝廷禁奢侈、倡节俭,真乃及时雨,正好是这次整肃吏治、整顿朝风、倡导国风的好文本,哀家定会赏阅拜读。"

杨震递上张衡赋文。

安帝在朝上,对杨震的长篇大论似懂非懂,看太后和大臣们纷纷赞同,很想将杨震提倡的教化弄个明白。下朝之后,他把杨太傅请到御书房,虚心请教杨震关于教化的诸多疑问。杨震与安帝分别两年,发现安帝身上的少年浮躁已收敛了很多,眉宇间平添了几分睿智与冷静。杨震看着安帝,对安帝越发喜爱和尊重。

安帝突然问:"以太傅之见,朕和太后是什么样的君主?"

杨震迟疑了一下说:"太后可算得上是一代贤明君后;而皇上,如果能效仿太后的贤明,自然也是一代明君。"

安帝本以为杨震会奉承自己一番,没想到他还是认为太后最为贤明。不过也罢,如果真的会奉承,那杨震也就不是杨震了。

其实,安帝跟着太后临朝已经多年,虽然太后并非亲生母亲,但从太后身上，安帝的确学到了不少治国之道。随着年龄的增长，安帝越来越清楚地意识到了这一点。有一位睿智、聪慧而英明的太后临朝，无论多么危险艰难，朝廷总能保持平顺，这一点，安帝不得不发自内心地敬佩太后。尽管安帝对太后也有诸多的不满，但是，在治理国家上，安帝是佩服太后的。她总有办法笼络住天下人心，在外戚与宦官方面，不论是外戚还是宦官，都能为朝廷效忠。这一点，即使前朝的那些帝王也未必能与太后相比。安帝知道，自己只能时时刻刻抱着虔诚的心去效仿。因为，在太后面前，安帝总显得低下而鲁钝，他必须以十二分的努力和专注去学习。不光跟杨太傅学，而且必须以太后为典范。

早朝结束后，安帝来到甘饴宫看皇后，他向阎皇后叙说着朝堂上的情形。

他说："杨太傅微服私访两年，刚一归来，就提出了'惩化结合'的整顿朝政新议，颇得太后和众臣的赞同。"

阎皇后随声附和："就是说杨太傅如同一个太医，经过两年时间的望闻问切，找到了为朝廷治病的良药？"

安帝若有所思地点点头："算是吧。杨太傅在朝上长篇大论，朕也没有完全明了，不过看太后兴致勃勃的。"

阎皇后追问："那反对者多吗？"

安帝想了想："反对者倒不多，就是皇叔刘章提出异议。不知道怎么的，刘皇叔与杨太傅总是弄不到一块儿。"

这次朝会以后，一时间，京城洛阳少长咸集、群贤毕至、热闹非凡，成为广大儒生学子心之所向的文化圣地。而且，杨震建议推出的一系列振兴教育、繁荣大汉文化的举措，开创了后汉儒学蓬勃发展的全盛时期，也为抢救和保存大汉民族文化遗产做出了历史性贡献。

窄巷小院西厢房上屋，是杨震的起居室兼书房。

夜已经很深，整个小院及左邻右舍都已进入梦乡，只有杨震还在夜读古书，以及批阅太后转来的奏章，唯有一盏孤灯相伴。常常是夜深人静，书房烛光幽明，他还在烛光下博览古籍，通宵达旦，不知不觉天明了。

这时，杨震忽然想到，朝廷派蔡伦要到一个很远的大山里去，不知道什

么时候才能回来,就赶紧带着冯宝,乘坐马车来到洛阳城外的纸坊,给蔡伦送行。

原来,太后传懿旨,鉴于西羌战事连连,命蔡伦放下手中的纸张制造,就近于长安南面秦岭选一处地,锻造兵器,以供西域都护班勇战事所用。

蔡伦看到杨震来送,感激地拉着杨震的手。杨震也拉着蔡伦的手久久不放。

送走蔡伦,杨震刚进司徒府,杨伦、朱冲两人就相跟而来。

那年官员选任,最后分配安排新选官员时,经杨震向太后奏请,杨伦、虞放、高舒、朱冲四人,以甲科成绩入选出仕,因为成绩出类拔萃,一同被留在朝中。杨伦四人对杨震心怀感激,他们知道,没有杨震推行变法,即便他们再苦读苦学,也是空有一腔热血而无法为国效忠。

杨伦留大司农府任部丞。大司农府有部丞三人,负责大汉十三州赋税收缴。留朝做官后,杨伦身穿一身朴素朝服,常戴进贤冠。他依然为人淳厚,为官清正,谨言慎行。

杨伦一见杨震,就兴奋得满脸通红:"恩师,听了您在朝堂上的奏疏,慷慨陈词,震古烁今,令人热血沸腾。今天我们俩来,是因为朱弟有重要情况向恩师报告。"

朱冲留京城任城门领兵,主要负责带兵守卫京城大门。朱冲身穿官服,头上戴着却敌冠,留着一圈络腮胡须。

这时,朱冲对杨震说:"恩师,您受太后和皇上之命,进行'两整'。前不久,学生在街道听到不少百姓议论,说有些官员从戏院招些官伎,让官伎们为他们跳舞演唱,这种做法真是有伤风化。恩师,学生想问,这些官员的做法,是否可以向朝廷参奏?"

杨震说:"如果是官伎,就不好参奏,因为他们进行的是娱乐活动。"

朱冲说:"但是,恩师,学生又听到百姓议论,说京城内不少戏院,挂羊头卖狗肉。这些戏院,名为戏院,实为妓院;名为戏班子,实为妓班子。"

杨震疑惑地问:"会是这样?"

杨伦说:"还有更为严重的。听说一到晚上,朝廷一些官员名为看戏,实为招妓；领进住处，名为让其唱戏，实为留宿嫖妓。此种情形，在百姓中影响极坏。"

杨震说："汉律规定：一般情况下，官员招官伎娱乐，只能吹拉弹唱、歌舞表演，但不能陪睡侍寝。汉律特别规定：官员狎妓留宿是要严厉处罚的，甚至是要革职查办的。"

朱冲说："有人检举，朝廷有一个官员和一名官伎打得火热，竟然长期将其私藏在家。"

杨震说："像这种情形是要量刑的。好，我明天就奏明太后、皇上，朝廷这次进行的'两整'就从查处官员留宿官伎、包养官伎入手，凡牵涉朝廷官员有此情形的，只要证据确凿，按汉律一律将其革职问罪，从而查处一批朝廷官员，整肃吏治，一正官风。"

杨震嘱咐朱冲秘密调查。

杨震主持整肃朝政，上有太后的信任和鼎力支持，下有正直百官的拥戴和竭诚呼应，他意气风发雷厉风行，大刀阔斧地开始了朝政的整顿。很快，杨震关于进行"两整"从官员包养官伎入手的奏请得到了太后的御批，但也受到了一些朝中官员的抵制，最恼怒的就是刘章了。

很少有人知道，京城不少戏班子的后台老板就是朝廷高官刘章。当刘章听说杨震决定从他们戏院着手整肃吏治时，着实有些震惊。他想，朝中的百官，有几个没有去过戏楼，有几个没有跟戏班子的那些官伎有染啊？这次杨震要打击戏院，整肃吏治，必然触动官僚集团的利益。刘章准备利用官僚集团这个庞大的势力，一定不能让杨震达到目的。

刘章一夜未眠，想好了主意，遂差人唤来洛阳尹江京。江京一听说杨震要查戏院，立马就着急了："这个杨震！看来这个戏院是办不成了……"

刘章悄声问："有人知道戏院的后台吗？"

江京摇摇头说："眼下还没人知道，就看替我们经营的戏院老板口严不严。"

刘章说："江大人，你作为洛阳尹，杨震的筷子插到你碗里夹肉，脚踏到

你的地盘上走路，你能不想一点儿办法？"

江京说："大人，你也知道，杨震搞这么大的动静，是太后的旨意，若非如此，他杨震虽位列三公，也不能以朝廷名义把手伸到京师，我作为京师洛阳最高长官，不会同意他这么做。刘大人，你看是不是先躲过这阵，再恢复营业？"

刘章说："你是说，先停止营业？不行！杨震打算用三到五年时间整治，那我们不知道要损失多少收入。"

江京说："要不然，咱们让朝廷那些官员先不要去了，等这阵风过去再说。如果那些官员不去戏院，他杨震就没辙，也没有必要查戏院了。"

刘章说："这个杨震，还'关西夫子'！春秋时鲁国的孔夫子没有他杨夫子有名，没有他杨夫子学识渊博？又能怎么样，不是照样没有人重视他？鲁国的国君不重用他，他到列国游学，推广他的政治主张，还是没有哪国的国君重用他。有一次，他到蔡国，几天没有吃东西，差点饿死在蔡国。把那孔夫子折腾得像丧家犬一样，最后只好带着他的弟子又回到鲁国，从此办学、讲学。孔夫子是个不识时务的人，五十岁左右准备出仕；而杨夫子想来也是个不识时务的人，也刚好五十岁出仕。一个不识时务的人，有何资格谈治国之道？你看着，他杨夫子的命运不会比孔夫子好到哪儿去！"

他们虽然一句句把杨震也称"夫子"，但这个"夫子"，在他们的眼里、他们的语气里，就带有讽刺的意味，有呆子、傻子的意思。

说着，两人凑到一起嘀咕了半天，最后，江京"嘿嘿"奸笑着出门了。

江京回到家里，喊了一声，一个属下旋风一般进来了。江京附在他的耳边如此这般地说了一阵，属下点头称是，随即消失。

周广近日奉杨震之命，在京城大街上巡游，暗地里调查戏院情况，以便日后清查整治有的放矢。两个捕役在前面走着，周广在后面一边哼着小调，一边两眼向四周张望，仔细留意戏院的招牌和出入的人。突然，周广肩膀被人撞了一下，他刚想发火，见是一个花容月貌的姑娘。那姑娘一抬头，惊讶地喊着："哎呀，这不是羽林郎周将军吗？"

周广仔细端详了一会儿,眼前这个姑娘风情万种、艳丽迷人,可他还是记不起来在哪里见过。那姑娘见周广不认得她,便又说:"将军不认得我,我可认得将军。我是从荆州城来的,到洛阳来看一个亲戚。那年,不是将军跟杨大人去荆州,那荆州还不知有多少人要饿死呢,荆州城的百姓都惦记着大人和将军呢。"

周广一听姑娘的赞扬,顿时也眉开眼笑。遇到了荆州人也是缘分,便停下脚拉起家常来了:"姑娘,这天都快黑了,街上不太平,还是早早回去吧。"

那姑娘说:"我亲戚就住在城里,他家里人多地方小,安排我住在客栈。要不,周将军,这客栈就在附近,到客栈坐坐吧,跟我说说这些年杨大人和将军都在哪里,我回去也好跟荆州的乡亲们说说。如果他们知道我遇到了你,不知道有多高兴呢。"

周广见姑娘一人也不安全,还想顺便打听一下"王灵母女被害案"有没有啥新线索,再加上人家一顿夸赞,他此时也有点飘飘然了,随即跟着那姑娘就来到了客栈。

姑娘领着周广进了客栈客房,端茶倒水,十分热情。看着眼前晃动的妖娆迷人的身段和热情似火的目光,周广禁不住一阵热血沸腾。因为家境贫寒,周广至今还未娶亲,也从未有哪个姑娘对他如此热情。那年在荆州,王灵让他心动,但还没有来得及向王灵表白,她就死于非命。王灵的死让周广心里暗自痛苦了好一阵子。好容易忘掉了王灵,如今一个光鲜亮丽、动人心魄的女人又站在了他的面前。那姑娘端来一杯热茶递到周广手上,一转身宽宽的衣袖从周广的耳鬓轻轻扫过,一阵清香沁人心脾,周广有些神魂颠倒,连忙涨红着脸躲开姑娘热辣辣的目光。

"姑娘可曾听说过王灵母女被害一案?杀人真凶是否找到了?"周广定了定神,找个话题掩饰内心的慌乱。

那姑娘先是一愣,然后神色紧张地说:"将军切莫再提那起凶杀案,小女晚上孤身一人住店,你这一提凶杀,小女还怎敢入睡?"

周广一听,赶忙避开不再打听凶杀案的事。他品了一口甘醴,看着眼前的这个姑娘,就想起了王灵。眼前的美人,比王灵更加诱人,更加让他心跳。看

着看着，他情不自禁地一把将姑娘拥入怀中，一头倒在床上，浑身酥软……

一束微光洒在周广的脸上，惊扰了他的梦。他感觉浑身无力，四肢发软，头昏脑涨。他用了很大力气才睁开双眼，恍恍惚惚搞不清是在哪里。一扭头，他一下子跳起来：天哪，那个姑娘赤裸裸地躺在自己身边！再一看，自己也一丝不挂。

周广吓得叫出了声，慌忙下床找自己的衣裳，一边穿一边紧张地说："姑娘，这是怎么回事？我怎么糊涂了？"

姑娘害羞地用被子遮住自己的身体，娇柔地说："将军昨夜……"

突然，客房的门被一脚踢开，一下子冲进几个人把周广五花大绑起来。

带头进来的洛阳尹江京弯腰一看，失声大叫："哎呀，这不是羽林郎周将军吗？怎么在这儿？"他斜着眼看看周广，又看看被窝里发抖的姑娘，嘿嘿奸笑几声："朝廷正在整肃吏治，想不到一个堂堂羽林军的中郎将，长着一副君子面孔，却躲在这里嫖女人。若上报了朝廷，不但周将军要被革职问罪，而且司徒杨大人的脸上可就不好看了。"

"你……"周广恼羞成怒又无地自容，他看看被窝里委屈哭泣的姑娘，"唉"了一声，一拳砸在自己头上。

这时的周广哪里知道，眼前这个姑娘，是高句丽人。谢恽赴荆州做钦差大臣查樊闰扣压朝廷官员选任文书时，樊闰就是让这个姑娘用"美人计"把谢恽拿下的。谢恽离开荆州后，樊闰又把姑娘带到京城，送给了刘章，以备不时之需。而今，刘章差江京又用这个姑娘做诱饵，设"美人计"把周广拿下。

刘章这会儿斜躺在床上，品着甘醴，心情大好。刚刚接到密使来报，周广这个莽汉果然不出所料钻进了他设好的圈套中。刘章偷笑着，心里恨恨地说："十年前，荆州赈灾，本官和刘皇兄极力举荐樊闰擢升荆州刺史，邓后和邓骘极力重用你杨震这个老夫子，削弱我们的力量，抹了我们兄弟的脸。你杨震入朝后，几次在朝堂之上与本官的主张相左，给本官难堪。你杨震也不想想，天下是谁的天下？是我们刘氏的天下！你也不想想，我刘章是谁？我刘章是当今皇上刘祜的皇叔！你杨震是谁？你不过是我们刘家的一个奴才而已。这次你受邓后委托，搞什么'整顿朝政、整肃吏治'，而且想要拿本官开刀。哼！本官现在就抓住周广这个刀柄，对准你这个老夫子，戳不死你，也叫你难活！"

荆州城背街一个普通饭馆里，吃饭的人几乎坐满了。

当中一个桌子周围，坐着几个人，他们边吃饭，边在议论着荆州几年前发生的"连环奸杀母女案"和"张生法场喊冤案"。

一个小伙子说："听说在索县街上，一个读书的儒生，想娶一个从乡下来的漂亮的村姑，遭到村姑的拒绝，儒生恼羞成怒，一气之下，把那村姑和她娘一起奸杀了。听说那儒生到眼下都还没有被砍头。"

旁边的人听了以后，都唏嘘不已。

另一个老头说："不是的！听说那是个冤案。人被杀时，人家儒生就没在现场。"

还有一个中年人说："既然是冤枉了人家，咋到现在还不把人家儒生放了？"

那个老头说："别说啦，现在朝廷黑着哩，听说就因那个杀人案，那年在荆州受荆州百姓拥护的清官杨震被贬职了，后来那个索县县令也被差到别处去了。"

中年人说："不是又被朝廷调回来了，做了太守吗？"

旁边桌子吃饭的人，听到这些议论，有的停下手上的筷子竖起耳朵在听，有的则走到旁边听着。

当中桌上吃饭人七嘴八舌的闲聊议论，引起了不远处墙角桌上吃饭的一个年轻人的注意。只见他边吃边认真听着，但始终没有过去插话。

这个年轻人叫高舒，是朝廷下派来巡察的。

原来，在京城，随着朝廷关于"整顿朝政、整肃吏治"政令的进行，太后降旨御史台，将御史台的十多个御史言官分别下派到全国的十三个州，代表朝廷巡察各地对新颁布的汉律的实施情况。

出生于荆州长沙郡的高舒，被御史台派到荆州。

高舒出来没有穿官服，而是穿着一身便服私访。他三两口扒完碗里的饭，付了钱，抹了抹嘴走出饭馆。

高舒回到驿馆,换了一身官服,头上戴了獬豸冠就往武陵郡府赶。高舒喜欢身穿这身黑衣蓝边的深衣官服。

王密在书房里接待了京城来的这位御史言官。听了高舒的介绍,他异常高兴,立刻意识到:张生一案翻案平冤的机会可能来了。

高舒要王密把"张生法场喊冤案"的内幕告诉他。

王密就从两次奸杀案的发生到索县县令梁田对儒生张生屈打成招的审判,从张生法场喊冤到刺史杨震、自己重审时的意外发现,从杨震和自己相继调走到新任刺史樊闰一拖再拖一直拖着不定案、不上报,原原本本给高舒述说了一遍。

高舒想:樊闰这样的贪官污吏,竟如此不把朝廷新颁布的汉律放在眼里。眼下,朝廷正在进行"整肃吏治",自己这次到荆州就是专门巡察地方官吏对新颁布的汉律的执行情况,特别是对已发生的案件"有罪者久而不论,无罪者久而不决"的昏官、庸官,予以弹劾。

"为什么会'有罪者久而不论,无罪者久而不决'呢?"高舒问。

王密说:"这分明就是一个冤案。还能为什么?就是庇护真凶,充当真凶的保护伞。"

"那这个案子现在怎么处理?"高舒又问。

王密说:"还能怎么办?深受牢狱之苦的张生随时等着被砍头;而张生可怜的父亲,正在荆州城里到处喊冤告状,荆州府衙的衙役已一次次把他拖了出去。"

听了王密的陈述,特别是对这个案子内幕有了深入的了解之后,高舒据此认为:首先肯定,"连环奸杀母女案"就是个疑案;其次认为,"张生法场喊冤案"很有可能就是个冤案。按大汉律法规定,像这样的案子,必须呈报,甚至可以诣阙上诉。但是,"连环奸杀母女案"至今没有按疑案呈报朝廷,而连带的"张生法场喊冤案"又在荆州传得沸沸扬扬。据此,他更加认定,这个案子其中必有不为人所知的内情。他觉得他必须履行一个御史言官应尽的职责,把杨震与王密未竟的冤案纠错进行下去。

高舒是杨震首次在朝廷举行"以考带察"时,以优异成绩入选出仕留在朝廷衙门的四个人之一，他被留在御史台做御史言官。御史台是朝廷专门负责法律监督的府衙机构，而御史言官的主要职责就是弹劾、纠察朝廷官员及地方州郡县官吏的违法行为。高舒为人刚直，性情刚烈，有胆有识，且到御史台后，由于善于读书，悉心钻研律法监督，受到御史台主事御史中丞的赏识，也受到御史台同僚们的称赞。

长沙是荆州的一个郡，那年荆州水灾，是杨震在荆州进行追赃赈灾，才使武陵、长沙等灾民度过饥荒。要不是杨震的赈灾，说不定高舒及其亲人都饿死在那场水灾中了。几年后，又是杨震在朝廷推行变法，高舒先是因为樊闰扣压朝廷诏令和文书，差儿点不能参加考试，要不是杨震的官员选任，他这个可怜的偏僻乡村读书的儒生，今生都没有被举荐出仕当官的机会。因此，深受清正廉洁的杨震影响的他，立志一旦做了官，就要像杨震一样，做一个处处为民着想的好官。

从武陵郡府出来，高舒找到沿街乞讨、告状无门的张生父亲，了解了一些情况，又给他留了些钱，让他去吃饭。

晚上，回到驿馆，高舒顾不得吃饭，连夜草拟奏章，奏报现任荆州刺史樊闰的徇私枉法问题。他要以一个御史言官应有的责任，以恶意断案、包庇真凶等罪行，弹劾荆州刺史樊闰。

樊丰知道，族弟樊闰只要提起儿子，心里便又气又恨，气儿子不争气，又恨杨震太狠，这已二十多岁的儿子没有一个正事来做，也不是长久之计。况且，考试取士已经过去两年。但那个杨震，一提起官员选任变法，就提到"舞弊案"还没有结案；一提到这个案子，就又提起樊彪有嫌疑，闹得族侄樊彪到现在还得东躲西藏，躲着怕被抓。你说现在樊家两门人就守了这么一个宝贝，而他的父亲当年为了荆州那点事，到现在还择不净，自己这当伯父的不管谁管？樊丰想来想去，他想到了皇上的乳娘王嬷嬷，决定让她给皇上说说，先把"考试舞弊案"的嫌疑消了。

于是，樊丰提着重礼带着樊彪，假托王圣的亲戚，趁黑来到王圣家。

这会儿，王圣正与女儿伯荣生气拌嘴。王圣知道皇上虽然喜欢伯荣，但终

究是过不了邓太后这一关,以王圣家的低微出身,太后怎可能纳伯荣为妃?莫说是皇妃,就是嫔妾也轮不上伯荣这等出身的姑娘。因此,她早早就规劝伯荣少到皇上寝宫走动,惹怒了太后,弄不好她们在宫中也待不下去了。王圣知道太后面慈心不善,她把着皇权不撒手,还不是为了邓家的利益?安帝是吃着她王圣的奶长大的,虽不是亲生,她却也十分心疼。看皇上性情软弱,任凭那邓太后摆布,王圣心里就愤愤不平。她几次想在刘祜面前,劝刘祜与太后展开归政之争,但又怕刘祜掌握不住火候,把她卖出去,引火烧身。

伯荣不了解当娘的苦心,整日里由着性子跟皇上腻歪,这样下去早晚会惹祸上身。说伯荣,她还不听,在这儿跟王圣顶嘴。

这娘儿俩正在拌嘴生气,樊丰领着族侄樊彪登门拜访。

王圣喜出望外:"樊常侍带着樊公子驾临寒舍,真让本嬷嬷诚惶诚恐。"

樊丰说:"高抬了,高抬了。"

安帝与伯荣幽会偷情,被太后最后一次训诫之后,就与伯荣断绝了来往。伯荣于是就被安帝冷落,模样虽有些憔悴,但依然俊俏秀丽。

樊彪那双贼溜溜、色眯眯的鼠眼抬头朝屋里坐着的伯荣瞥了一眼,不想,伯荣提着那翠绿色的留仙裙站起来,那双又大又亮的桃仁眼也火辣辣地向樊彪瞥了一下,两个人的心几乎同时一颤,饥渴的欲潮在两个人体内翻涌。就在那一刻,伯荣的目光与樊彪的目光霍然相接,像黏在一起一般几乎移不开。樊彪像看着一件稀世珍宝一样望着伯荣,伯荣也像看情人一样盯着他。

王圣见樊丰提着重礼,带着个青年后生,知道是无事不登三宝殿。又见那樊彪贪婪地看着女儿,就唤伯荣,让她陪樊公子去里屋玩。

支走了那两个小的,樊丰便直截了当地说:"几年前承嬷嬷托伯荣在皇上面前说情,使我弟出任荆州刺史,大展宏图,才有今日。我弟早说要登门拜谢,我多次阻拦,说王嬷嬷是个重情重义之人,也是一个公道之人,只是长居宫中,如果登门带上礼物拜谢,怕影响王嬷嬷的清名,以后王嬷嬷有什么大事,定当效力,故未让我弟来。但越是日久,我弟自觉欠王嬷嬷越多,说什么也不能等了。但因他州府事务太忙,故特托本公公今日登门,还请嬷嬷见谅!"

王圣狠狠瞪了他一眼:"色鬼,不必多礼。你与老妇相识多年,虽在太后身边服侍,但对皇上却忠心不贰,不看僧面也得看佛面,毕竟是樊家人的事,帮大人的忙也就是帮皇上的忙。日后皇上独理朝政之时,樊大人若能鼎力相助,效忠皇上,为皇上分忧,那也不枉老妇今日用心了!"

樊丰一拍王圣屁股说:"痛快!嬷嬷真是痛快之人,本公公就愿意与你这样的人打交道。今日见嬷嬷,有一事相求。两年前,考试取士,我侄樊彪遭人陷害,考试成绩优异,非但没有被选用,还被人诬为舞弊,有些人至今抓住不放。在下前来,就是求嬷嬷给皇上说说,消除嫌疑。皇上圣明,定能明察秋毫,还我侄清白。嬷嬷请放心,滴水之恩当涌泉相报。现在外戚邓氏当权,皇上有苦难言,我弟及在下当与皇族刘姓一道,效忠皇上,力挺皇上早日独理朝政,以保我大汉江山社稷。"

说到这儿,王圣摸了一下樊丰的脸,两人若不是因为里间有晚辈,就抱在一起了。

里间内,伯荣看那樊彪体壮腰圆,论威势,自然不能与安帝相比,但他身上散发的那种朝气和野性之气,却勾起了伯荣的征服欲。

樊彪此时已经被伯荣高耸的胸脯勾住了魂魄一般,眼睛一刻也不曾离开。

伯荣紧紧挨着樊彪轻声问道:"看樊公子器宇轩昂,一定出身高贵。高堂在朝中身居何职?"

伯荣问话的时候紧紧靠着樊彪,樊彪已经感觉到伯荣鼻翼里的气息。他能感受到伯荣对他的好感,随即假装无意间碰了碰伯荣的手,见伯荣也没有回避,干脆就把伯荣的手拉住:"家父不在朝廷任职,只是荆州一刺史。"

伯荣恍然大悟:"哦,想起来了。缘分,缘分哪。"见樊彪一脸疑惑,伯荣又说:"樊大人与杨大人不和,朝廷遂调走了杨大人,使得刺史之职空缺。那时,樊公公找到阿母,求阿母给皇上说话,让樊大人擢升补缺。阿母不方便见皇上,本姑娘便化装成宫女进宫面见皇上,皇上这才准许将高堂补缺擢升荆州刺史。"

"原来如此!"樊彪站起身来深鞠一躬,"在下樊彪谢过荣姑娘,愿随时听从姑娘召唤,为姑娘效犬马之劳,死而无憾!"

伯荣被樊彪的话逗得咯咯直笑,一边笑一边打着樊彪粗犷的胸膛说:"樊公子说话真有趣。"

樊彪顺势抓住伯荣的手,盯着她的眼睛说:"为了姑娘,现在让我死都愿意。"

王圣在客厅发现里间好大一会儿没有两人的说笑声了,推开门缝一看,不禁大惊。

十四　敲山震虎

里间的樊彪与伯荣两个孽障已经搞到一块儿了。

刚才，伯荣羞涩地把手从樊彪的手中挣脱出来，红着脸说："公子有空教教伯荣识字吧，伯荣好生羡慕那太后见多识广，一个女人都能君临天下。"

樊彪贴着伯荣的耳朵说："我才不管她太后不太后，在我心中，你就是太后。"

伯荣用手指在樊彪额头上点了一下，噘着嘴假装嗔怪道："你这张嘴可真会说好听的。"

樊彪"嘿嘿"笑着，把伯荣拉到案前，手把着手教伯荣写字。伯荣也顺势依偎在樊彪的怀中。樊彪再也控制不住自己，三两下剥掉伯荣衣服，抱着伯荣压在床上。

这时，屋外的王圣"娘呀、爹呀"地念叨着、转着，不知道如何是好。

夜色已深，司徒府大院静悄悄的。

大堂旁的偏室内，周广鼾声大起，睡得正香，忽然一阵敲窗声惊醒了他。

"谁？"周广惊醒，一骨碌从床上爬起来，推开窗户。"哐当"一声，一个袋子重重扔了进来。只见一个黑衣蒙面人侧身贴着窗户，看不清面客。

周广压低声音道："大胆狂徒，竟敢夜闯司徒府，休怪本将军手下无情！"

黑衣人瓮声瓮气道："将军息怒。将军那夜客栈销魂到现在还意犹未尽吧？"

周广一听，气愤得真想一刀宰了这个黑衣人。但他知道自己嫖娼的事情不能让杨大人知道，更不能让朝廷知道。来人既知道这事，必是想要挟于他，便问："你是何人？来此何事？"

那人压低声音说："听说杨大人要查抄一些戏院，请将军设法阻止。"

周广说："朝廷整肃吏治，阻止是不可能的。"

黑衣人道："如果不能阻止，那就提前把杨大人查抄的时间、目标告知。周将军若好好配合，就有花不完的金钱、玩不尽的美女。否则，哼，休怪在下无情，定叫你身败名裂，让杨震将你革职问罪！"说完，"嗖"的一下飞过高墙不见了身影。

周广拾起地上那个沉重的钱袋，想着刚才那个黑衣人，听那人声音很陌生，应该不是宫里的人。来人轻功超人，必是江京手下的高手。上次在客栈中了高句丽女郎的圈套，让江京逮了个正着，这个歹人，竟然拿此事来要挟自己为他阻止整顿朝政。周广想起这事，气得捶胸顿足，懊恼不已。可是，现在把柄抓在江京手里，如果不听他的，他必会将客栈的丑事说与杨大人，那杨大人绝不会轻饶自己。自己不但在杨大人手下做不了事，还会被革职问罪，落得身败名裂。背着这个臭名回乡，如何见那年迈的爹娘？要消除这个后患，就必须在江京身上开刀。

周广在屋子里转来转去，望着那一袋子钱，一拳砸在墙上，顿时，血就顺着他的手流了下来。

第二天傍晚，司徒府内，二十多个捕役和兵士表情严肃，整齐站立，整装待发。府内空气紧张，朱冲、周广站在杨震面前等候命令。

夜幕降临，杨震看看天色，回头严肃地命令道："朱将军、周将军，命你二人带羽林军卫士及捕役即刻出发，查抄翠屏楼戏院，但凡有卖淫嫖娼者，不问出身，一律捉拿，严惩不贷。"

朱冲、周广领命："遵命！"

羽林军的卫士和捕役们在朱冲、周广的带领下，隐蔽埋伏在翠屏楼对面大街的阴暗处，静静等待着，等待那些以看戏为由前去嫖妓的朝廷官员。

根据朱冲前段时间的踩点，翠屏楼夜夜都有朝廷官员出没。可是今晚直到深夜，竟然没有看到一个官员的身影出现。朱冲好生纳闷。

见夜色已深，周广催促朱冲说："再不进去，戏院一散，咱们去哪里找人？"

朱冲担心没有发现目标，一旦冲进去会干扰戏场，造成混乱，会打草惊蛇。但想想周广的话也有道理，总不能在这里死等，说不定这戏院还有其他暗门可以供那些常客进出。想到这儿，朱冲命令卫士捕役行动敏捷，轻进轻出，不要扰乱戏场秩序，听命令再行动。

朱冲和周广在前面猫腰进去，蹲在暗处，像猫头鹰一样迅速在观众席间搜寻。台下一片昏暗，戏迷们都在认真专注地看戏，其间竟然没有看到一个朝廷官员。

朱冲和周广没有发现异常，两人商议着，估计后院包房必定有人，随即又带人迅速包抄后院包房。没承想，包房里面空无一人。

朱冲十分纳闷，不知为何今夜查抄戏院不仅没有任何收获，还惹得戏院掌柜大吵大嚷着戏院生意受影响，口口声声说要告官。两人无奈，只得撤兵回府。

接连三日，朱冲、周广在其他戏楼的查抄行动都扑了空。

朱冲好生郁闷，不知该怎么跟杨大人交代。当初自己踩点侦查十几日，每晚都有官员出入翠屏楼，怎么开始行动了，这几日竟无一人进去？难道是走漏了风声？朱冲仔细回忆着自己布置行动的前前后后，一时半会儿也找不出问题和疑点。

巍峨的汉家宫阙连绵起伏，这日显得更加气势恢宏。

长乐宫大殿内，官员密密麻麻，人头攒动。

满朝文武及来自大汉十三州一百一十四郡的刺史和太守云集一堂，把个大殿门里门外站立得满满的，从大堂之上望去，黑压压一片。这浩大的阵势让文武百官及来自州郡的官员惊讶不已，交头接耳，悄声议论，纷纷猜测今日朝廷必有大事商议。

原来，太后决定举行一个大汉历史上从来没有过的内官外吏大朝会，就是

要各级官员看到朝廷要把"整顿朝政、整肃吏治"扎扎实实进行下去的决心。

大殿之上,邓太后与皇上神色严肃地并排而坐。

大堂之下,百官齐齐跪拜,山呼万岁,震天撼地,人员比之往日,增加几倍。

邓太后抬手示意:"平身!诸位爱卿,这是我大汉历史上从未有过的一次盛会,这次盛大朝会,是君臣、内外官员同朝议政的大会。今天,我大汉十三州一百一十四郡的刺史、太守们济济一堂,听听朝廷关于在我大汉上下进行'整顿朝政、整肃吏治'的大事决策。"

邓太后说着,目光扫视了一下堂下,接着话锋一转,面露怒色,重斥道:"为甚如此?只因数十年来,各种灾害为患,不少官员粉饰太平,妄求政绩,隐灾报喜,藏忧生患。明明是农田毁坏却报成垦田增加,明明是百姓流散却报成是转移户口,隐瞒罪案,纵容凶徒,任用私党,滥用权力,祸患百姓,令百姓深恶痛绝。京官外官勾结,不知畏天、不知愧人……该是整肃的时候了。现着令杨爱卿主持'整顿朝政、整肃吏治'一事,并责成二千石以上官员必须对以上行为进行自省。"

一时间,群臣畏服。因为这些年,太后对于官员的私心十分清楚。而作为官员,他们的心里更清楚,一个个不禁心惊胆战。

站在堂下一角的樊闻听到太后的话,不光心惊胆战,而且惶恐不安。他担心是不是他在荆州的所作所为都被太后掌握了,太后今天是敲山震虎,还是设的圈套,要当着大汉郡太守以上官员的面抓捕他?因此,低着头时不时左看右看。

站在杨震一边的刘章,听到太后的话,觉得刺耳,但他并没有心惊胆战,而是几次用蔑视的目光看着与他站在一排的杨震。而站在杨震另一边的太尉刘恺心里很不是滋味,他作为三公之首,朝廷不重用他,而把大事交与杨震。

这时,太后把目光转向堂下的杨震:"杨爱卿,你就给众爱卿讲讲如何进行'惩化结合'吧!"

外放的上百官员,好多人只听过杨震的大名,没有见过杨震其人,纷纷抬头踮脚,想看看这个被朝野传颂的暮夜却金、刚正不阿的"杨青天"的尊容。

280

十四 敲山震虎

杨震出列奏道:"谢太后、皇上。"接着道:"列位同僚,朝廷在全大汉将推行'惩化结合'的整治方案,就是把对官员的严惩和教化结合起来。自古以来,格物、致知、正心、诚意、修身、齐家、治国、平天下,既是儒家思想的核心,亦是为官者的道德理想。正心诚意是前提,修身是关键,亦是教化之根本所在。本官曾禀奏朝廷以亭为域,开设学馆,教化于民;以城为域,开设太学,教化于吏,培养高远志向。一个官员的志向至关重要,决定了他为官的主张与理念。如果我大汉子民从孩童起,每个人都能接受良好的教化,能够做一个君子,那么何愁民风不正,乡风不正?如果官员们都接受教化,何愁官风不正,朝风不正?民风正了,乡风正了,官风正了,朝风正了,何愁国风不正?如果把官风、民风比作水,我们进行的教化则为渠,有渠,水方可顺流,顺流方可国运昌兴。我们需要一个什么样的国风?期盼的又是一个什么样的大汉天下?我们需要的是乡民孝顺他们的父母,善待他们的乡邻,珍视他们的妻小;官员爱惜他们的百姓。我坚信,朝廷为国家之魂,百姓为国家之本,官员为朝廷之柱,教化为治国之方……"

杨震一向谨遵儒家道统,自然要坚持儒家思想。他一席精彩的阐述有理有据,让满朝官员惊叹、惊讶、惊喜不断,朝堂之下,百官议论纷纷,点头称赞。

杨震继续未完的话:"朝廷在'惩化结合'、在'两整'中,对那些于大汉律法、于百姓疾苦仍置之不理、置若罔闻,行事不力、贪赃枉法者,将严惩不贷。"

邓太后听完杨震的阐述,激动地道:"杨爱卿所言,其实就是个理政术。一个朝廷,如何让百姓相信朝廷,谁是关键?"太后扫视了一下众臣,大声说:"就是你们!就是列位!众爱卿都是朝廷派往各地的父母官。作为父母,一言一行、一举一动,言传身教,在孩子的成长中起着非常重要的作用。以此来比,我们这些父母官的言行,对百姓们也起着举足轻重的作用。故如杨爱卿所言,管理百姓的策略,关键在于'爱民如子'。为此,必须重视地方教化,通过进行明人化的教育,培养百姓的兴国意识。"说到这儿,邓太后从大殿之上走下来,在百官面前边走边说:"列位爱卿,我们今天议政的主题就是

惩化。杨爱卿所陈奏的出发点和归结点就是教化。哀家临朝已逾十年，这十多年来，我们君臣上下一心，励精图治，效仿和推广东莱的'改荒植粮，改荒植麻'的经验，才使我大汉有了今天的局面。但是，我们官员和子民的兴国意识还不强，自然灾害还频频发生，西羌在我西北边境的干扰还是不断。因此，要使我大汉振兴，唯有进行'两整'，才是上策。"

朝野百官纷纷点头。

邓太后接着又说："官员嫖妓、包养姘妇有伤风化。哀家再次重申，一律禁止官员嫖妓、包养姘妇，凡令不行禁不止者，削去侯爵和官职。"

邓太后最后说："哀家再次给皇亲国戚，特别是邓氏家族敲敲钟，在此提出由太尉刘凯兼任监理，专门负责管教、监督、检察在朝邓氏家族和皇亲国戚的日常行为，以免这些人恣意妄为、欺压百姓、贪污腐化、贻害国家。"

此令一出，堂下百官无不肃然起敬。

后汉自和帝起，皇帝都是年幼继位，而之前摄政的窦太后，却没有邓太后的治政才能和贤淑品德，她一方面私欲过重，一方面优柔寡断，使得外戚势力与宦官势力横行朝堂，朝政日益衰败。邓太后执政，整肃宦官，约束外戚，因而不仅使朝廷政治清明，而且使国家日益兴盛。

散朝之后，众官出了大殿，三五成堆，有悄声议论的，有默不作声的，有点头赞同的，有摇头反对的，心态不一，表情各异。

弘农郡太守移良跟几个太守在旁边悄声议论，看见杨震从身边走过去，连忙快走几步追上："杨大人，离开弘农多年也不回乡走走，下官一直惦念着大人呢。"

杨震向移良拱了拱手："弘农的郡务还有劳大人多费心。弘农是杨某的家乡，推行教化也是杨某所倡议的，希望移大人重视推行教化，弘农一定要走在其他郡的前头才是啊。"

"下官铭记大人教诲，回去定当以教化为重。"说罢，就停下脚步告别杨震。

"恩师。"王密一散朝就到处找杨震。自从杨震南行下察新官员那年，荆州一别，又是几年没有见到恩师了，他便趁朝廷举行大朝会，前来看看恩师。

王密兴奋地说："恩师，上次推行取仕变法，搞得朝野上下地动山摇。这次又进行'两整'，又是一次大动作。听太后说，朝廷从来都没有过把十三州一百一十四郡的州刺史和郡太守召集到一起开朝会，这次这么做，可见太后和皇上对'两整'的重视和决心。"

杨震说："武陵的教化、'两整'交给你我放心，我准备奏明太后和皇上，把武陵作为一个重点来抓。王密，你这几年在武陵做的成绩是有目共睹的。这次，在全汉进行'两整'，你何不趁此机会，把那里的民风、官风整整？武陵本是一个穷山恶水的地方，这些年你在那里坐镇，情况大有好转，但是那里的民风和官风还是需要整一整。"

王密点点头，看杨震一直盯着自己，就知道恩师想说什么话。杨震示意这里不是说话的地方。于是，两人来到司徒府，杨震让座倒水。

王密坐定后，顾不得喝水，就说："我知道恩师一直惦记'王灵母女被害案'的破案和'张生法场喊冤案'的翻案。为这，我都羞于见你。这几年，我动用了不少人力物力，由于一时急躁，也错抓了不少无辜，连羊孙、陈汤都抓了，差点儿造成冤案。樊闿还是那样一手遮天，做事霸道。"

杨震问："张生和他父亲的情况怎么样？"

王密说："张生一直被关在州府大牢，樊闿一直不让学生插手。张生的父亲先是到处告状，后来，樊闿大概怕告出什么事情，开始当回事。据说安排在州府养活着，管吃管喝，就是不让出门。学生多次到王灵家的店铺、张生家的豆腐店、王灵母女的坟地寻找线索，终于找到一条有用线索……"

杨震眼睛突然一亮，问："什么线索？"

王密说："在郡府，一个曾受过樊闿责打的衙吏偷偷告诉学生，说樊闿有一个心腹。此人行动诡秘，武艺超绝，来无影去无踪，府衙的人都没有见过那人的真面目。学生怀疑这个神秘人，可能就是残害王灵母女的真凶。"

杨震认真听着，沉思着，说："设法查到此人的踪迹，将其捉拿。"

王密忽然问："恩师，上次御史台有个御史言官叫高舒，到荆州巡察，专门到郡府问过'张生法场喊冤案'的事情，学生如实告知，可后来怎么不见上边有什么动静？"

杨震一笑:"高舒这个言官为人正直,是'选官变法'录取的新官员,他如果上奏太后,太后不会压着的。不过,荆州那边你也不能放松,一定要找到有力证据,不要放过蛛丝马迹,特别是樊闰的那个心腹神秘人。"

王密说:"学生在想,这次朝廷进行'两整',不知能不能把樊闰这个贪官污吏革职问罪?"

杨震说:"王灵母女因老夫而死,张生因老夫而冤。再说,樊闰这样的贪官污吏不除,荆州的百姓遭殃,因此,老夫也有此想法。"

大朝会的第二天一早,杨震来到永安宫拜见邓太后。

杨震说:"启禀太后,臣以为,本次进行'两整',应在全国的州郡中抓两个重点郡,以此带动全国的'两整'。臣以为这两个点一在南方,一在北方,南方定在武陵郡,北方定在……"

"弘农郡。"没等杨震说完,太后就接过来说。

杨震一惊,随即说:"微臣的心思一点儿都瞒不过太后啊。"

邓太后笑了笑:"武陵是先生的第二故乡,素有情结;而弘农是先生出生之地,在那里生活了几十年,可为第一故乡,其感情自不必多说。"

杨震说:"太后所言极是,但臣绝无半点私心。"

太后说:"先生对家乡的感情,宛如对大汉的感情,其情可嘉。"

杨震点点头:"家乡情结无法释怀啊!太后圣明!不过除此之外,臣还有别的考虑。我大汉目前的心腹之患一在南,一在西。荆州乃大汉南面重镇,武陵山区,穷山恶水,一遇到水患,必然引起人患,推行教化,以正民风,有利于稳定南蛮。西部弘农,乃京西屏障,民心不齐,西羌进犯,难以抵御,若重视教化,民心所向,西羌必难以逾越。"

太后点头称是:"看来哀家只知其表,不知其里,还是略输先生一等。准奏。樊丰,命尚书台下发文书,推行教化以荆州武陵和司州弘农为重点。"

"是!"樊丰应声,转身出去。

杨震本次急着拜见太后,本来还要就"张生法场喊冤案"向太后请奏,后来一想,高舒已经插手,那就先等等看。刚准备退下,邓太后叫住了他:"慢!先生,哀家还有一个问题。哀家看你满腹经纶、博古通今,先生是如何将古代圣贤的书读得那么精、晓得那么深的？"

杨震双手作揖："太后，因臣愚钝，就笨鸟先飞，养成了长期晨读的习惯，时常将古代圣贤的那些旷世诗篇晨诵，通过反复晨诵，来慢慢领悟。"

邓太后道："听说先生的老祖杨喜大人，曾为高祖皇帝疆场拼杀，建树大功，被封为赤泉侯。令尊杨宝大人博学清高，隐居教授，乐善好施，曾为光武皇帝器重。"

杨震摇摇头："那都是久远的事了，可惜家父对大汉的江山社稷没有寸功。"

正在这时，有一宫女有要事禀奏太后，杨震中断了与太后的谈话，退了出来。

这天，杨秉一早完成了当天整理史籍的任务，从东观中出来，准备回家。杨秉穿了一身宽袍大袖、风格清淡平易的深衣素袍，头戴那种前高后低的黑色进贤冠，走起路来，长衫飘飘。他正走着，碰上在洛阳大街上四处张望的黄六。黄六一见杨秉，一路奔过来。

"三儿，舅舅正到处找你，没想到，还真找到咧。"黄六高兴地边跑边说。

杨秉停下脚步。在京城见到黄六，他也很高兴，急问："舅舅，你什么时候来洛阳的？找我有啥事？"

黄六拉着杨秉的手来到街边说："舅舅找你，就是有事求你帮忙。"

杨秉说："啥事？你说，舅舅。"

黄六说："听说你爹在朝廷当大官咧，什么什么三公大臣司徒，你给他说说，给舅舅也谋个啥做做。"

杨秉一听是让他父亲谋事，就摇着头说："不行！不行！"

"咋不行？"黄六问。

杨秉说："我爹连我们兄弟五人的事情都不管，他只管我们的学习。至于我们干啥，他只指点方向，都要靠我们努力。我二哥平时总怕用功学习，连考几年，都是名落孙山，到现在还在家种地，这你不是不知道。我爹都没有管他，就让他好好在家里种地。"

黄六一愣说："不是舅舅说，你爹这人，和旁人就是不一样。看看朝廷那

些人做大官，你爹也是做大官。你看看人家，住的宽府大院，你爹就给你们租住窄小宅院；人家出门不是骑马就是坐马车，而你们一个个都是步行；人家穿的都是绫罗绸缎，你爹和你们弟兄几个穿的补丁摞补丁的粗布衣裳……"

杨秉赶紧挡住："舅舅，你甭说了，我们家的人都是这样。你要让我爹帮忙，不是外甥我不给帮，我爹自打进入朝廷，就给他自己定了几条戒律：清白做人，清廉为官；不受拜谒，不谋私利，等等。不光我不能给你传话，你也别找他，他不会给你这个面子。你要是没吃饭，到我家把饭一吃。"

可是，黄六一想到杨震那副冷酷无情的脸，就非常怯场，哪怕饿着肚子也不肯去。杨秉一见黄六死活不去，就领着黄六来到摆有卖包子、炸糕、烙饼、头蹄下水、烤羊肉串儿等各类熟食的摊位旁边说："舅舅，你想吃啥你就吃，我给你掏钱。"

黄六看看这、看看那，嘴里流口水，但就是不说吃什么，显然，他是想要钱。杨秉看出来了，就从兜里掏出朝廷刚刚发给他的薪水——几个钱，递给黄六说："这是朝廷刚给的这个月的一点俸禄，你把这拿上，把饭一吃，赶紧回潼乡去吧。"

黄六听说是朝廷给的，毫不客气地接过钱，装进自己的兜里。杨秉叮嘱一番转身走了。

步入花甲之年的杨震，很久没有跟家人团聚了，越来越盼望着能与家人围坐在一起，享受儿孙绕膝的天伦之乐。

袁贵的袁仪，嫁给杨秉已经三年，其子赐儿已经两岁。袁仪端庄大气、知书达礼，杨秉才多识广、品德兼修。二人在一起真乃郎才女貌，佳偶天成。

在家替夫守孝的柳氏终于回到洛阳。由于是一家人团聚，她叫上冯宝，到街上买了些蔬菜、豆腐、粉条等，与冯宝专门做了一顿潼乡人最爱吃的、大年初一才能吃上的潼乡火锅。

团圆饭就在小院李树下的蒲席上开始，一家人围坐在蒲席中间的矮腿小案周围，潼乡火锅放在小案上，一家人围着，边吃边聊，喜气洋洋。

这时，杨秉给父亲端了一樽酒："父亲为朝廷常年劳累，父亲辛苦了！"见父亲接过酒樽一饮而尽，杨秉接着说："听说父亲受太后和皇上委托进行的'两整',影响颇广。我在回家的路上,碰见朝中一些大臣,还有我的岳父,他们都说,太后这些年励精图治,取得了不少功绩,少不了父亲的辅佐。"

杨震微笑着说:"秉儿的意见呢?"

杨秉认真地说:"父亲一向高瞻远瞩,明察秋毫,也深通治国安邦之道。秉儿十分赞同父亲提出的'惩化结合'主张,现在官风不正,国风不强,再不治理,国将不国!"

杨震满意地点了点头:"看来,秉儿也成熟了。"

这时,冯宝端着做好的汤来到石桌前:"老爷,现在几个少爷都大了,秉兄弟又已娶妻生子,家里人口多了,我留在这儿真给你们增添了负担,不如让我走吧!"

柳氏笑着说:"冯宝,你这说的是哪儿的话?老爷不是早都说过了,你就是我们家的一口人,除非你有更好的去处,否则,老爷和我们怎么会让你一个人走呢?你从这里走了,又有啥好地方可以安身呢?以后就不要再说这些话了,只要你不嫌弃,这里就是你的家,遇见合适的女子,就给你娶个媳妇回来,咱们一家了热热火火过日子。"

冯宝站在那里,眼泪在眼眶里打转。

大朝会以后,按照"两整"要求,通过此次整顿,京城的环境必须有一个大的好转。杨震要求朱冲和周广白天巡视京城秩序,晚上暗查戏楼、戏院。有人偷偷告诉朱冲,说朝廷有些衙门的官员,令不行禁不止,依然采取各种手段弄出衙门的钱,用于自己嫖妓、宿妓。朱冲将此汇报给了杨震。

杨震说:"这还了得?一定要挖出这些蛀虫!我已奏明了太后、皇上,太后和皇上准许我们查抄戏楼、戏院。太后要求,查实查准,一旦发现有朝廷官员违犯律令召妓的,立即捉拿,按汉律问罪。"

周广一拍巴掌说:"好!有尚方宝剑,我们就有胆干了。"

杨震说:"现在主要是暗查踩点,确定对象,时机一到就立即行动。"

朱冲和周广从司徒府出来后,就到大街巡视。

身穿淡蓝色长袍的杨震与身着铁色铠甲的朱冲、周广走在洛阳大街上。

洛阳的大街上人来人往，熙熙攘攘。

几人正走着，突然，一个姑娘慌慌张张跑过来跪在面前："大人，我要告状！"

杨震一惊，连忙细问："你家是哪里的？状告何人啊？"

姑娘声泪俱下地说："民女春兰，洛阳城中人，父母早亡，家中有姐妹两人。民女一天路遇一恶少，说要介绍民女到一家戏院做下人，民女不答应，谁知那恶少竟在光天化日之下调戏民女，民女甩脱逃跑，恶少追至无人处，竟将民女强奸。民女告到洛阳衙门，可洛阳衙门连门都不让进。民女从知情人处得知，原来那恶少叫江勇，是洛阳尹江京的公子。听说几位大人是管理京城的，专为百姓说话，民女无奈，只好在大街上拦路求救，还望大人为民女做主申冤！"

杨震听说洛阳尹江京的儿子江勇强奸民女，额头上青筋暴突，当即命令朱冲、周广："老夫命你二人将江勇速速捉拿归案，以正法纪！"

周广一听是江京的儿子，一时有些犹豫。但转念一想，你江京拿客栈那事处处要挟我，我这次要将你的儿子捉拿问罪！

杨震安排好春兰，以防恶人再来，然后要朱冲、周广马上带人到洛阳尹江京府上捉拿人犯江勇。

江京一回到府中，就听说城门领兵朱冲带人到他府上捉拿儿子江勇。不就是调戏了一个民女吗？还用得着这么大动干戈，连羽林军都动用了？哼，杨震这是小题大做，让他难堪！杀了东莱的俩外甥的账还没算，现在又让朱冲来找事。小小一个城门领兵也敢在太岁头上动土，不就是仰仗杨震给他撑腰吗？谁不知道朱冲是他杨震推行"选官变法"时候招录的一个乡民？别说这江勇没有犯法，就是犯了法也轮不上他这个村夫出身的人来家搜查捉拿，把他这个世家子弟当什么了？那个杨震仗着太后器重，今天推行这新政，明天推行那变法，搅得人心惶惶、世道不宁。他杨震就是那邓后豢养的一条狗，专咬不顺从她的官员。

江京想着，连忙起身急匆匆去往司空府。此时，刘章也正欲见江京。

十四 敲山震虎

大朝会后，这段时间，刘章虽稳坐钓鱼船，但也时时心神不安。那天，大朝会上，邓后的话明明是冲着樊闰，特别是冲着刘氏宗亲敲山震虎。回到府里，他不断在想，这些年，邓后想方设法利用杨震"以考带察"变法，笼络天下读书人，扩充邓氏家族势力；进行"两整"，巩固邓氏家族势力；同时，推行教化，打压地方势力，让那些乡民人人学文化、个个明事理，等那些乡民都有了文化，都明了事理，谁还甘心给地主豪族做奴隶，那些地主豪族又该如何奴役他们？所以，邓后明里是废陈出新，实则是想慢慢剥夺官僚豪族手中的土地与权力，以此来削弱官僚豪族势力，从而保护她邓氏家族的权势和利益。

刘章几次到太尉府拜望刘皇兄，兄弟俩一见面，都是指责邓后。刘凯指责邓后迟迟不还政于皇上刘祜；刘章则说，先帝以仁治理朝廷，而邓后违背先帝遗志，违背祖训，重用杨震，以严整朝政、整吏治，搞得百官惶惶不安，纷纷生怨。兄弟俩合计来合计去，刘章提出：何不怂恿百官集体罢朝抗争，设法联络百官，集体抵制"两整"，让邓后阴谋不能得逞？刘凯同意堂弟的想法。

这时，江京急匆匆来到刘章府上。刘章知道，江京肯定有事，连忙把江京迎进会客厅，随即问道："江大人哪，这几个月的收入怎么一月不如一月了呢？"

江京一听刘章只知道惦记财帛，心里就多有不爽："司空大人啊，你都不看看时势都变成啥样了？那个杨震指使朱冲把羽林军都动用了，满大街查抄戏院戏楼，谁还敢到戏院去啊，那生意能好吗？"

刘章不以为然地说："那收入也不能减少这么多吧？本官不是让你设法告诉那些官员，到戏楼戏院召妓的时间改到后半夜了吗？"

江京一听就来气了："刘大人，听你这口气，好像是我江某贪污了钱？"

刘章一摆手："这……"

江京一下子不高兴了，忽地站起来说："刘大人，我为这事夜夜难寝，担惊受怕，这都不说，刘大人不但不给我多分红，还怀疑我？我家公子勇儿为了拉一个女子做头牌，好把咱那些重要客人伺候好，事情没弄成，反被这婊子告到杨震面前，杨震命朱冲到我家捉拿人。幸亏我儿子得到消息，逃脱得快，要不，现在已被关押在羽林军的大牢里啦！这还不说，现在朱冲差人在全城搜捕

捉拿，弄得我儿子有家不能归，整天东躲西藏的。"

刘章一见江京发火，连忙赔着笑脸说："江大人，本官性情耿直，还望江大人见谅。本官也是看着收入一天天减少，心里着急啊！本官真的不知道公子为此还受杨震追捕。好了，不说了。"

刘章见江京脸色有所缓和，就说："这杨震，今天查抄戏院，明天查抄戏楼，后边又不知道要查抄哪里。反正，这杨震是不想让咱们安安稳稳赚钱过日子啊。本官看，不想法子是不行了。本官思谋多日，眼下对付杨震最好的办法，就是联合自己的人，共同对付杨震。他查抄戏楼戏院，那些官员们不高兴，你可以从下边怂恿官员，集体罢朝抗争。"

江京一拍手说："好！还是司空大人高见。我江京愿与大人们一同罢朝，看她邓后如何办！需要我江某做啥，大人就吩咐。我与那杨震有血海深仇，他杀了我俩外甥，这仇我江某一直给他记着！"

朱冲带人在江府没有抓到恶少江勇，就在歌坊逐个寻找抓捕。

这时，在一家教坊内聚集了一群看客，场子上七八个歌伎浓妆艳抹，轻歌曼舞，眉目传情，艳情撩人，引逗得台下几个公子哥儿怪笑怪叫。

樊彪这几年躲来躲去，一直不敢公开露面，唯恐因"舞弊案"被杨震一伙抓住。他白天躲在屋里睡大觉，到了夜晚就流连秦楼楚馆。这天，他一直睡到中午，吃过饭后，下午竟明目张胆跑出来逛歌坊。他和伯父求过王圣后，便认为王圣肯定找过皇上，把他的嫌疑消解免责了。这会儿，樊彪看着台上最中间那个妖艳的歌伎，看得入了迷，遂叫随从将那歌伎引领到他身边，一把上去抱住就亲。

忽然有个少爷模样的人冲着樊彪气势汹汹走来，一把将那名歌伎往身后一拉，对着樊彪就是一拳："哪里来的下流东西，竟敢勾引本少爷的女人！"

樊彪一看竟有人敢来跟他抢女人，不问来者何人，上去就是一个飞腿，一脚将那个少爷踢翻在地，踢得人口鼻鲜血直流。那少爷的两个随从见主人吃了亏，连忙上去围住樊彪就拳打脚踢。樊彪的几个狐朋狗友也扑过去，双方厮打起来。顿时，歌伎们尖叫着四处乱逃，看客们也拥挤着往门外跑，场子乱成了一锅粥。

樊彪趁势大打出手，独占风头。看到有人为他喝彩，气焰越发嚣张，追着被打的那个少爷满场跑。

朱冲、周广此时正带着几个人到歌坊查寻江勇，刚进门，听见里面哭爹喊娘，乱哄哄一片，立即冲到跟前。朱冲一看，就指挥手下即刻捉拿寻衅闹事之人。

樊彪正打得过瘾，一眼看到官府来人，赶紧趁乱撒腿就跑。朱冲指挥着卫士把闹事人抓到一起审问，这时发现，寻衅闹事的领头人早不见了踪影。

原来，樊彪逃出歌坊，一溜烟跑到了一个不被人注意的地方，直到天快黑才来到皇宫门口，打扮成宦官，然后混进皇宫，趁着天黑摸到了伯荣的屋里。伯荣一见，两个即刻抱在一起，滚到床上。

王圣从外面回来，刚一进门，就听到伯荣屋里有动静。她轻手轻脚走过去贴在门上听了听，气得脸色发白。

那晚，樊丰领着樊彪到王圣家恳求帮忙，没想到，樊彪与伯荣第一次见面就搞到了一块儿。王圣当时就有些恼怒，但继而一想，伯荣迟早要嫁出去，眼前的樊公子家境模样都还不错，嫁了樊家，她王圣老了，总算有个靠头。从那以后，樊彪有事没事就利用樊丰的腰牌溜进宫里往她家跑，有时连住几天几晚也不回家。他不愿意走，王圣的死女子伯荣也不愿意让他走，两人只知道厮混。但是，樊彪从不说娶伯荣的话。这样一来，王圣就开始厌烦樊彪的到来。

王圣原本一心希望女儿能陪王伴驾，与皇上同床共枕，生个小皇子。没想到，最后在那邓婆子的逼迫下，皇上把女儿甩了。男大当婚，女大当嫁。女儿最终是要嫁人的，嫁到樊家也总算有个靠头。可没想到，樊彪这个花花公子，只知道占女儿的便宜，根本不提娶女儿的话。

伯荣把樊彪养在自己家，顿顿炒着菜，喝着壮阳青果酒，吃着小花卷儿，每天早上还让阿母给樊彪做两个葱花荷包蛋，让樊彪补肾壮阳。

不一会儿，伯荣穿着粉红色宽松的袍服睡衣，衣衫不整地从屋里出来，一眼看见王圣瞪着眼吊着脸坐在堂屋，伯荣不高兴地说："回来了也不吭一声。"

王圣气得直打哆嗦,她压低声音说:"我的祖宗,这樊彪没日没夜地在这里混着像个什么样啊?万一宫里有人看见,说我们家里藏着汉子,那话说出来多难听!这且不说,那樊彪那年考试舞弊,官府还到处追查他呢。虽然我已在皇上跟前提过这事,那也保不定杨震还不放过他呢!再说了,如果让太后知道了,说我们窝藏嫌犯,那我们还能在宫中待下去吗?你赶紧让他走,不要让他再来了。"

王圣磨破嘴皮子说了半天,伯荣还是满不在乎地噘着嘴说:"我就愿意让他来。谁让那个没良心的刘祜不守信用,有了皇后和妃子就再也不理我了。哼,他以为除了他就再没有男人喜欢我了吗?依我看,这樊彪比那刘祜更重情义呢。"

王圣走到伯荣面前,用食指戳着她的额头狠狠地说:"如果是这样,那你嫁给他不就行了吗?为啥要在这偷偷摸摸的?那樊家也是达官贵人,以后也有你享不完的荣华富贵呢。"

伯荣歪着头想了想说:"好啊,还是阿母心疼女儿,我思量一下再说吧!"

樊彪躺在床上等了半天也不见伯荣回来,光着上身提着裤子刚出了里间门,就见王圣在堂屋坐着,吓得赶紧返回。伯荣回到里间,噘着嘴一声不吭。

樊彪拉住伯荣的手:"荣儿,是不是阿母不高兴,要撵我走?这会儿朱冲到处在追我,我一出去定会被他们抓住,那我就再也见不到荣儿你了。荣儿,不要让我走好吗?"

伯荣一把搂住樊彪的脖子,说:"你娶了我吧!"

朱冲和周广巡视洛阳城好几个白天,到没有抓到江勇;后来,在歌坊抓寻衅闹事的领头也没有抓住。事后,有人告诉他们,说在歌坊闹事的领头人,就是那年考试舞弊的樊彪。朱冲和周广气急败坏,后悔没有当场抓住,让这个恶少再次逃脱。

这几天,朱冲和周广就又把精力投入查抄戏楼、戏院上。

那几天,突袭翠屏楼连续几次扑空让朱冲深感郁闷。他想不通翠屏楼的常客为什么一瞬间像是约好了一样，都不去了。真的是那些官员闻到了风声偃旗息鼓了，还是朝廷推行教化的举措让这些人收敛了？明明他们蹲守翠屏楼的时候每晚都有官员看戏，为什么突袭的时候却一个人都不见了？会不会真的是自己内部的人走漏了风声？如果是的话，会是谁呢？

一连串的问题困扰着朱冲，想得他头昏脑涨。杨大人一再叮嘱，"整肃吏治"就从整治官员召妓开刀，一旦这儿连连失手，那"整顿朝政"就无法打开局面。

夜已深了，朱冲没有一丝困意。他穿好衣服，独自出门，悄悄来到翠屏楼附近。突然，他看到几个黑影迈着八字步晃晃悠悠陆续进了翠屏楼。朱冲一下子恍然大悟，原来是这些官员改变了时间，改到后半夜来召妓，难怪一次次扑空呢。

接连三四天，朱冲都在深夜独自来到翠屏楼附近跟踪，果然，每天子时过后，就有一些官员偷偷摸摸来到翠屏楼。摸清了他们的规律，朱冲心里兴奋不已，这次是自己连续几天亲自跟踪掌握的情况，应该不会再有问题了。

天一亮，朱冲就来到了司徒府，跟杨震禀报了这几次夜袭翠屏楼接连扑空的事，杨震也有点疑惑："会不会是捕役或羽林军兵士中有人通风报信呢？"

朱冲点点头："有这个可能。捕役和羽林军兵士人数多，情况复杂，不能保证他们都能严守秘密。大人，这次跟踪翠屏楼是我一个人前往的，正是不放心那些捕役和羽林军兵士。"

"嗯。"杨震点了点头，"你做得对。"

朱冲思量了一会儿说："大人，我想今晚子时行动，搜查翠屏楼。"

"可以。"杨震说，"不过，既然你怀疑可能有兵士走漏风声，那么行动前要严守秘密，待行动时再通知具体搜查的地点，让泄密者措手不及。"

"还是恩师想得周到。周郎今晚值夜，我就独自带领捕役和羽林军兵士前去翠屏楼，定能抓几个回来审问。恩师，就等我的好消息吧！"

入夜，朱冲来到司徒府值夜的屋里对周广说："周兄，今晚不用夜出了。"

周广瞅了瞅朱冲："好啊，天天晚上巡查，真想好好睡一觉了。"

朱冲接着说:"是啊,可以好好睡一觉了。不过,杨大人命我今晚也值夜,那咱们两人只好挤到一张铺上睡觉了,都将就一下吧。"

周广疑惑了,司徒府从来都是一人值夜,大人今晚为何也让朱冲值夜?

见朱冲没有多说,周广也不方便多问,就与朱冲一同和衣入睡。

许是近日连夜巡城太累了,刚一躺下,朱冲就响起了鼾声。可是,周广怎么也睡不着,他不清楚朱冲这葫芦里到底装的什么药,不出夜也不回去,偏要两人同睡一床。既然是杨大人安排朱冲睡在这里的,依周广对杨震的了解,今晚必有事需要随时召唤朱冲。会不会是对戏楼戏院的搜查时间改在了后半夜?周广躺在床上翻来覆去地想着,对,肯定是夜间有行动!跟随杨震多年,他已经了解了杨震的习性。这么多天搜查戏楼没有结果,杨震必然会改变方案。

怎么办?那边还不知道这边改变了搜查时间。想到这里,周广心急如焚。

朱冲翻了个身,一睁眼,发现睡在身旁的周广不见了。他正在纳闷,就看见周广摸黑急匆匆进了屋子。

"这么晚了,周郎出去做啥?"朱冲一说话,周广吓了一跳。

周广回过神来,笑笑说:"你鼾声可比雷响,真是震耳欲聋啊,我实在无法入睡,听得外面有动静,就出去看看,也未发现异常。"

朱冲不好意思地笑了笑:"打扰周郎了。好了,你赶快好好睡一觉吧,已经快子时了,我要巡夜去了。"说着,朱冲就出门去了。

朱冲带领十几个捕役和羽林军兵士埋伏在翠屏楼附近的拐角处,静心等候鱼儿上钩。二更了,没有动静;到三更,还是没有动静;都四更了,仍然没有动静。

朱冲急了,眼看五更,天就要亮了,翠屏楼的大门紧闭,一个人影都没有。

埋伏的捕役和羽林军兵士们低声埋怨,朱冲心里也满腔怒火无处可发。这到底是怎么回事啊?遇到鬼了?为什么他连续蹲点三四天都有官员出入,今晚一出动立刻就连个官员影子都看不见了?

正在胡思乱想着,翠屏楼的大门"吱呀"一声开了,朱冲心里一惊,立刻站起身来。

十四 敲山震虎

永安宫里,正在批阅奏章的邓太后接到高舒的弹劾奏章,看后沉默了好一会儿,在奏疏上朱批了一行字:着钦差赴荆州复审此案。

此刻,在荆州,樊闰经过反复考虑,鉴于朝廷正在进行"双整",当务之急,还是继续稳住张生父亲,让他不要到处喊冤告状。就在樊闰还没有想出更好的办法来处理这个麻烦的时候,忽然接到京城兄长派人送来的消息,说太后降旨派钦差大臣到荆州复审"喊冤案"。他担心,一旦钦差大臣复审出案情真相,那他樊闰肯定要获罪的。因此,樊闰听到消息后,惶惶不可终日。他在想,朝廷会派谁来复审案件呢?

朝廷下派的钦差大臣接到圣旨后,坐着二马车驾,经过多日的颠簸劳顿,终于在一天太阳快要落山的时候,到了荆州。

樊闰率众官吏在荆州城门口迎接。

"来啦!"正当官员们翘首以待、等得有些急不可耐时,一个衙役喊着。

马车驶到跟前,当钦差缓缓地从马车篷里走出来后,樊闰一下子失望了,因为这个钦差是个十分陌生的京官,樊闰从来没有见过,对其一无所知。

"钦差大人舟车劳顿,一路辛苦,远赴荆州,真是荣幸之至。"樊闰上前迎接。

钦差大臣在被樊闰扶着下了车后,说:"让樊大人一行久等,惭愧,惭愧!"

钦差大臣交割了朝廷文书后,樊闰才知道,朝廷派来的这个钦差大臣叫江京,是京城洛阳的最高行政长官洛阳尹。

两人寒暄几句,一同往城内走。

当晚,在荆州府喝过接风酒后,樊闰命金武安排江京在驿馆下榻。

樊闰回到府上,虽然心里一直惴惴不安,但是,他发现。江京虽然以钦差大臣的身份代表朝廷复审"喊冤案",此行却只有他一个人。樊闰想到此,不由得恍然大悟,大汉派钦差到地方复审案件,从来都是一个人,审案的成员都是由地方组建。想到这儿,樊闰的眼里露出一丝亮光。

第二天,江京就开始复审案件,果然让樊闰提供名单,新组建了一个复审组。复审组建立起来后,就展开复审。江京认真阅读卷宗,提审人证了解当时

的情况。复审过程中，江京已经发现，这个案子有问题。

离开京城时，江京就对宣旨官信誓旦旦地说，一定要把"喊冤案"审出个结果，不辜负太后、皇上对自己的器重。在赴荆州的路上，江京还在嘀咕，朝廷让他来荆州复审"喊冤案"，会不会是因为他的俩外甥在东莱被砍头，朝廷在考验他？因此，在审案时，一定要实实在在、公公正正地审理，从而尽快擢升。

可是，当江京问原来主持重审的审案组官员金武当初这个案子的审理情况时，金武闪烁其词，不做正面回答。他要求提供证据，金武搪塞敷衍。他严厉逼问，仍无济于事。

江京当即就不高兴了，说："这个'张生法场喊冤案'定性、结论都有问题。"

金武谨慎小心地问："有什么问题？"

江京说："把这个张生当初定为凶手，轻信口供，证据不足。"

金武不做正面回答，只说："大人再往下看，案卷里都说得很清楚。"

此后几天，都是如此。这样，案子没法审下去了，因为，所有参与复审的官员，全都不配合。至此，江京觉得，他要公正地把案子复审清楚，有很大的困难。因为，他来荆州没带一个自己的人，审案的所有官员，仍是樊闻在荆州审案的那些人。

一天，吃过晚饭后，金武陪江京回驿馆，假惺惺地与江京套近乎说："钦差大人，听说大人的俩外甥在东莱被杨震推行什么'清田查户'斩首示众了？"

金武的话正戳到江京的痛处。江京一时无语，但已气得脸色铁青。

金武接着说："杨震是钦差大人和樊大人的共同对手，大人在此时不该帮杨震的忙，而应与樊大人联起手来，对付杨震……"

这些话分明是挑拨离间，但江京没有怪罪。

尽管江京知道樊闻在朝廷的背景，但是他想到，眼下太后主政，自己这次如果把皇差办好了，很快就能擢升，如果审理不好，就不好给太后交差。再就是，朝廷正在进行"两整"，弄不好，自己跟上这个案子，还要受到问责。

江京这样一想，还是决定坚持公正复审。想不到，樊闻接下来的一系列手段，一下子让这个看似刚正不阿的江京服软了。

金武回去把情况给樊闱禀报后，樊闱想，几年前本官能用"美人计"实施性贿赂把那个钦差大臣谢恽拿下，不愁拿不下这个钦差大臣江京。

樊闱安排金武，让两个高句丽女郎在江京复审"喊冤案"期间，专门伺候江京，晚上陪江京睡觉。江京本来就是一个道貌岸然的伪君子，一个十足的贪色贪财之徒，加之他一个人住在驿馆，一到晚上便寂寞难耐，哪能抵得住高句丽女郎的美色诱惑？樊闱就这样把江京拿下了。有美女整夜陪着江京，他什么话都无法说了。

之后，江京唯樊闱的话是从，不敢做详察。而且，还对樊闱表示，会把这个案子审成一个铁案。最后，江京给朝廷上了一道奏章，判定了张生是"索县连环奸杀母女案"的真凶，没有任何疑义。奏章最后写道："案犯张生喊冤不实，维持荆州府原判，依律斩首。"然后呈报朝廷。

王密重回荆州，一直被排挤在审案组之外。樊闱在得到他重回荆州的消息后，又重组了一个审案组，这个审案组成员，都是荆州府官员，而州以下的郡县两级官员皆被排挤在审案组之外。这个时候，钦差大臣到荆州，王密不要说没有在复审组之中，就是他这个武陵郡太守想见钦差大臣一面都难。因为，樊闱让金武鞍前马后伺候好江京的吃喝玩乐，而且让州兵把江京保护得严严实实，把江京"软禁"起来了。朝廷来了钦差大臣，王密本想面见，这次一定把张生的冤案审得明明白白，还张生一个清白，却没有想到来了个赃官。

江京乘着马车离开了荆州，站在城门口送他的樊闱，脸上露出了笑意，总算放下心了。

十五　明后的自律

晚上，没有月亮，满天星斗。

吃过晚饭，杨震一人席地坐在李树下的小案旁。他想着"张生法场喊冤案"，又想到朝廷的"两整"。京城内整治官员召妓狎妓的工作收效甚微，不知道今晚朱冲他们的搜查会不会有结果？

这时，许慎来访，摸着黑叫着"四知公"。杨震急忙叫冯宝点亮蜡烛。

许慎忙挡住说："不用，不用，这样甚好。没有灯，心里踏实。今晚来，有两件事。一是邀请你。朝野皆知杨大人对儒学的研究，大人知识渊博，我邀请大人有空来太学讲课，老师和太学生们都想听听大人儒学和清廉方面的课。"

杨震叫冯宝给许慎倒过一杯甘醴之后，连忙推辞说："大博士，说到儒学，杨某只是浅尝辄止；说到清廉，杨某只是尽一个为官者的本分。您老乃是鸿师硕儒，一代字圣，而太学又是天下仅有的一所高等学府，我一个乡野教书先生，岂能到太学讲课？不行不行，恐人见笑。太学杨某定会常去的，朝廷规定，朝务遇到疑难问题，必须向太学的博士请教，特别是向大博士您老请教。"

许慎笑了笑说："大人莫要推辞，这事就这么定了。第二件，大人的四子杨让、五子杨奉勤奋刻苦，聪慧好学。贵府三子杨秉是我太学的高才生，如今，杨让和杨奉也十分出色，将来必成大器，就此给四知公禀报一下……"

许慎正夸着杨震的几个儿子，太史张衡也摸黑走了进来，一见许慎也在此坐聊，高兴地说："真是星斗阑干，三友星夜相会，幸哉！幸哉！"

十五　明后的自律

　　杨震学富五车、满腹经纶，入朝以后又为人谦恭、清正廉洁、在朝野很有声望，引得张衡与许慎常来拜望，交流学问。这次杨震与张衡、许慎三人在星光下长谈，聊得津津有味。

　　在三人中，许慎最大，张衡最小。许慎直起身说："张太史不愧是当朝大儒，出口成章。今晚在此相聚，幸会！幸会！"

　　杨震要冯宝点蜡，两人再次挡住。张衡说："星夜交心，情趣别样。"

　　张衡说着，摸黑从怀里掏出自己精心抄写的两篇赋文递与杨震："不知许博士在此，随后再抄一份当面请教。今儿这份先送四知公。大人，这是晚生那天托大人呈送太后的那两篇拙文，又做了些修改，恳请四知公斧正！"

　　杨震说："太史与蔡公、许君，实在是劳苦功高啊，不愧为'大汉三圣'。我只是一介儒生，与'三圣'相比，实在惭愧。太史整日在东观修史，又抽空钻研天文，百忙之中，又著文作赋，可敬可敬！"

　　张衡谦虚作拜："四知公过奖。真是羞煞晚辈！"

　　杨震说："太史，你托杨某将大作呈送太后，太后读后，杨某也已拜读。容杨某谈谈读后感受。"

　　杨震继续说："当杨某品读完后，真如饮甘露，不由得击掌叫好。赋中之见解令杨某钦佩啊！太史对黑暗腐朽官场的揭露，对百姓贫困生活的同情，真令杨某敬佩。太史不仅才学过人，还是一位忧国忧民之士。"

　　张衡摇摇头："四知公过誉。要说这还是以前的感受。多年前，张某游历长安和洛阳，看到城内达官贵人的奢靡生活，想到乡民百姓的穷苦生活，真是感慨万千。如今的情况大不一样了，皇上坐朝，太后临政，大臣心齐。特别是大人在朝先是实行'以考带察'变法，后又推行'两整'，大快民心；同时，推行教化，重视文化，重视发明，真使人欢欣鼓舞。"

　　杨震说："太后对大人的赋文评价很高，称你这时贡献给朝廷，是及时雨，是倡节俭、抑奢侈的好文本。"

　　张衡说："四知公，只要有太后和你的支持，我的浑天仪还要不断探索。"

　　许慎插话说："当今太后，真乃一代明后。她对官员要求甚严，对她的家

族要求更严。听说,在朝廷'两整'朝会上,太后当场宣制,限制邓氏家族。据说当时此令一出,堂下邓氏诸卿莫不浑身一颤,朝野百官莫不畏服。消息传至民间,一片赞扬;传至太学院,师生莫不肃然起敬。"

"是啊!是啊!"杨震、张衡纷纷附和。

其实,邓太后严于自律、严束邓氏家族由来已久。

邓太后名绥,出身名门,邓家为南阳豪族,邓太后的祖父邓禹是开国元勋高密侯、汉光武帝时的太傅,随光武帝起事,为东汉初的大功臣;其父邓训,为护羌校尉,抚边有功;其母阴氏,是光烈皇后阴丽华的堂弟之女。也就是说,邓绥是光烈皇后的侄孙女。

邓绥自小娴雅端庄,饱读诗书,人人称颂。她哥哥和弟弟们每读经书,不懂的地方常常问她。时任护羌校尉的父亲认为爱女与众不同,就不把她当小孩看待,有疑难之事也乐于问她、听她的见解,无论大小事,都喜欢和她一起商量讨论。她从小志趣就在研究诗书典籍方面,而不喜欢过问居家事务,对于针织女红等女孩子应该学会的事一点儿也不感兴趣。母亲常常教育她说:"你一个女孩子家,不习女红以供服饰之用,却一心向学,难道你要当女博士吗?"

邓绥小时很听话,她听了母亲的话,便开始白天操练女红,晚上诵读经典,家人都叫她"女才子",特别是几个兄弟学着母亲都喊她"女博士"。

邓绥入宫前,曾经梦见自己伸手摸天,天际之间,浩浩荡荡,一色碧青,好像有钟乳一样的东西,她便抬起头吮吸吞饮。她母亲听她说之后,就拿着钱跑去问解梦的人。解梦人回答说:"唐尧梦见攀天而上,商汤梦见天而舐天,这都是圣王成事之前的征兆,吉不可言。"一日,她父母亲抱着她走在京城大街上,又有看相的先生见了邓绥,诧异地说:"相公,你家女儿的骨相和商汤的一样,多奇多贵。"家里的人暗暗高兴而不敢声张。邓绥的叔叔邓陔对邓绥说:"平常听说救活一千人的人,他的子孙一定会受到封爵。你爹为河堤谒者时,曾修石臼河,救活过数千人。天道可信,我们邓家一定会得到福荫。"又说:"你祖父也曾说过:'吾将百万之众,未尝妄杀一人,其后世必有兴者。'"

之后不久,这些果然都应验了。十二岁那年,背负着"昌兴家族""有帝

十五 明后的自律

王之相"这样的殷殷重托,带着自小到大因家人宠爱和文章才华养成的自信,邓绥被选入宫。不幸的是,刚刚被选入宫,父亲便去世了,孝顺的邓绥放弃进宫,而为父亲守孝三年。守孝期间,由于思念父亲,日夜号哭,整整三年都按照守孝规定,坚持不吃荤菜,面容憔悴,连家里人都快不认识她了。守孝三年期满,等她再次准备入宫时,皇后之位已经属于阴氏了。

十五岁那年,邓绥再次与诸家女子一同选入宫中。由于她姿色美丽,出类拔萃,一同入选的诸家女子看到后都很惊讶。她入宫后,恭谦肃雅,小心谨慎,一举一动有规有矩。仅仅一年多时间,就因品貌出众,才压百女,入掖庭为贵人。在和帝刘肇的眼里,邓绥是一位"德胜于才,才胜于美色"的难得的佳丽。

从此,邓贵人成为和帝刘肇的新宠。之后,他常常宠幸邓贵人,而渐渐疏远了阴皇后。见此情景,阴皇后就开始大闹后宫。后宫的纷乱使和帝感到头痛。直到一个重要人物的介入,才解了刘肇的燃眉之急。这个救急者不是别人,就是后来成为邓太后太傅的班昭。

那段时间,班昭正在家中为朝廷编纂本朝史书《汉书》。

班昭出身名门,祖姑母是著名的成帝之班婕妤,父亲是著名的史学家班彪,两个哥哥分别是史学家班固和投笔从戎的名将班超。后来,《汉书》还没有完全编成,父亲班彪和大哥班固先后离去,又由于二哥班超已经投笔从戎,处在悲痛之中的班昭,被皇帝钦点完成《汉书》的编写工作。

以女子之身来参与历史的书写,亘古未有,更何况是本朝汉家历史的书写,完成过程,需出入公卿之门,让本朝大儒马续、马融等人拜在她的门下跪听教诲,可以说是非常困难的事情。但是,皇命难违,她只得领命。不过,班昭本身就是一个极具才华和诚信守诺的女子,一旦领命,她会倾其一生把它完成。就在她夜以继日、废寝忘食完成《汉书》的编写工作之时,一天,她因史书编写要到东观藏书阁查找一些资料,于是就得跟当时的皇上刘肇请旨。结果这一请旨,刘肇又给她派了个差事,使她暗中连连叫苦。

那段时间,阴皇后、邓贵人及嫔妃争宠夺幸、争风吃醋,引得后宫争斗不断,闹得后宫日夜不宁,而刘肇深感烦恼。他听说班昭除了在写《汉书》之

外,还在写一部关于如何做一个贤淑女人的书《女诫》。班昭一听,只好和盘托出:"哪里呀!一部《汉书》就已经使臣舍身忘命了。那是臣领命《汉书》之前,准备写给女儿们的劝诫书,初步命名为《女诫》,但现在哪有时间动笔!"

刘肇一听,果真有此事。心想,一听书名,肯定就是一部劝诫女人的好书,就问她是否是劝诫女人恪守妇道的书,班昭点头肯定。刘肇要她听旨:"朕命你暂且放下《汉书》编纂,先完成《女诫》一书,然后,在后宫办一个'女诫班',由你做老师,为皇妃贵人授课,讲授如何做一个端庄贤淑、恪守妇道的后妃。"

皇命难违,班昭只得照办,其实心中觉得很无奈。

班昭自己这一生的所作所为,与她在《女诫》中所奉行倡导的相去甚远。

班昭才高望重又洒脱恣意,她的丈夫曹世叔死后她没有再嫁,不为别的,只为雄飞已久,焉甘再度雌伏?当然她这种以自我为中心的生活方式使女儿们耳濡目染,女儿们一个个都将她作为楷模,希望成为她那样的人。然而,她们并不知道,她们的母亲之所以能这样自在,是各方面的综合因素所造成的。班昭这一生经历世态炎凉,才这样潇洒自如,而她的女儿们没有她的经历、阅历和才气,想要像她这样任性洒脱,是没有资本的。本着一颗慈母的心,班昭想趁女儿们年龄不过十几岁,各种想法还没有定型,来对她们进行教育熏陶。

于是,班昭用了多日,翻阅、查找了历朝历代记载的关于女人美德的言行典故,以及历朝历代女人不守妇道的反面例子,完成了《女诫》这本书。

班昭打算按照皇上旨意,用《女诫》作为教科书,白天上午在后宫教授皇后嫔妃贵人,下午继续编纂《汉书》,晚上回家再训导女儿们。

宫内的"女诫班"准备开班时,皇上让中常侍给班昭传达旨意:除了给后妃们讲授《女诫》之外,还要教天文地理经学历史等。"女诫班"开班后,参加学习的后妃贵人上百人,她们一个个天生丽质、穿金披银,都是后宫三千佳丽中的佼佼者。开班第一天,当班昭讲了"女诫班"的授课内容后,这些皇妃贵人一个个愁容满面,意见纷纷。她们认为,身为皇妃贵人,最重要的是如何伺候好皇上，讨皇上欢心，培训班不教一些化妆、肌肤的护理、发型的梳理和衣服的搭配技巧，学这些天文历史做什么？她们又不需要做官。

在后妃学生中，有两个人表现最为突出：一个是身材娇小而行为泼辣的阴皇后。她是后宫的总管，是"女诫班"反对学习《女诫》和反对学习天文地理经学历史的代表，绝大多数的宫妃都站在她的一边，都起劲反对"女诫班"的课程安排。

在这样的情形下，班昭却发现有一个不同于一般的妃子，她总是认真地听，默默地记，表现出与众不同的独立性情。这是作为老师的班昭没有想到的，因而引起了班昭的格外注意。她就是另一个突出的学生，和帝刘肇的宠妃贵人邓绥。她身材高挑，举止温柔，班昭格外喜欢。

正是这个时候，邓绥结识了班昭，不仅使班昭成为自己的恩师，而且成就了一段师生佳话。

邓绥后来之所以能成为中国历史上一代著名的女政治家、一代明后，不仅与她的聪颖和天赋有关，也与她好学上进、在"女诫班"师承名家有关。

之后，班昭不顾阴皇后等绝大多数宫妃的反对，坚持"女诫班"日日授课，同时，对刻苦学习的邓贵人格外关照。刘肇偶尔也来"女诫班"了解宫妃的学习情况，看到邓贵人的刻苦劲头，愈发宠爱。

这样一来，阴皇后更把矛头指向邓贵人，而且恨得咬牙切齿，在"女诫班"推案踢垫，摔摔打打，指窗骂门，弄得"女诫班"乌烟瘴气。

阴皇后跟邓贵人说起来还是亲戚，阴皇后出身光武帝刘秀之后阴丽华的家族，而邓贵人的母亲是阴丽华的堂侄女。阴丽华是著名的美女，当年光武帝刘秀在做皇帝之前看到了阴丽华，惊为天人，说了这么一句名言："做官当做执金吾，娶妻当娶阴丽华。"想当年阴丽华凭着美貌和温柔，打败了出身豪族的皇后郭圣通而入主正宫，荫及家族。而今，刘肇的皇后阴氏和贵人邓绥，也多因美貌而得宠。

阴皇后和邓贵人同龄，在刘肇十四岁时，都作为六宫候选之人初次进入名册，只是邓贵人因为父亲邓训病故，在家为父亲守孝三年，才二次被选入宫中。

就是在这三年中,阴氏以她的美貌和才华得宠于刘肇,加之阴氏家族内外活动,在邓绥守孝期满进宫之前就已经捷足先登,让刘肇先封阴氏为皇后了。

邓贵人虽然晚了阴氏三年入宫,但她入宫之时"姿颜姝丽,绝异于众,左右皆惊",顷刻把阴氏的风头压了下去。这一切本来就使阴皇后心里很不舒服,没有想到,邓绥进宫不到一年,就被刘肇封为贵人。

阴氏深知邓绥的美貌和实力不在自己之下,进宫后必是强敌,因此,她要采取一切手段打压邓贵人,绝不让她超过自己一点儿。

邓贵人对这一切看在眼里,却装作不知,整天不吭不声,只是一个劲儿写她的学习笔记。阴皇后没有想到,邓绥在"女诫班"的做派深得老师班昭青睐和皇上刘肇的喜欢。

班昭对阴皇后在"女诫班"的所作所为很是看不惯,她越是按《女诫》要求,阴皇后越是产生逆反心理,还把一切都记恨在邓绥身上,也把气都撒在邓绥身上。

班昭对这一切看不下去,而且对邓贵人产生了一种怜爱之心。当她了解到邓贵人从小聪慧,了解到邓贵人的家庭背景及被选入宫在后宫常读经书后,更加偏爱邓贵人,等"女诫班"放学后,留下邓贵人,逐句逐字给邓贵人讲授《女诫》精髓。她告诉邓贵人:"作为女人,要学会四个字,即'克制忍让',古往今来,大凡有一番成就的人,在修身养性方面,无不注意'克制'。"

邓绥点点头。班昭继续讲授道:"当有人恨您、欺您,甚至侮您时,才是看您'克制忍让'的能耐的时刻。您要学会'克制忍让'四字,让她,不理她,甚至漠视她。坚持数年,您将会获得巨大的成功。"

邓绥再次点点头。对于她来说,做到这些并不难,她原本就是一个懂得克制的人。邓绥五岁的时候,由于她是家里唯一的女孩,一家人把她视为掌上明珠。祖母太傅夫人很爱她,亲自为她剪发,由于老眼昏花,剪刀把她的额头弄伤了,可是她一声不吭。左右看到的人感觉奇怪,就问她为什么不哭。

邓绥说:"不是不疼,但祖母因为爱我才为我剪发,我如果哭喊,就会使祖母内疚伤心,因此我才忍住了。"旁边的人都很称奇,都说没想到年纪这么小的孩子，能这么体恤别人。这种善解人意的品性，使她在成长过程中一直顺风顺水，备受家人的宠爱。

邓贵人把班昭视为恩师，而班昭也把邓贵人视为得意高生。两人不仅是师生，而且成为无话不谈的挚友。

阴后得独宠三年，脾气随着地位一起上升，后宫忽然来了个比自己高一头而且容貌姿色都在自己之上的贵人，叫她这个脾气渐坏的皇后怎能受得了？因此，她要想方设法打压邓贵人。

对于后宫的其他宫妃，邓贵人的出现是多了争宠对手，有皇后撑腰，自然就一齐排挤打压她。若是一般宫妃，早已向皇上哭诉去了，因为身为皇上的新宠，有这个优越条件，可是，邓绥没有那样做，十六岁的她凭着自己与生俱来的忍性和恩师班昭关于"克制忍让"的教诲，忍受着眼前的一切，埋头于《女诫》和天文地理经学历史的学习。

这时候班昭已经五十岁了，而邓贵人才十七八岁的年龄。尽管身份地位有别，但是，两人相处得如同祖孙一般。

班昭知道了邓贵人的心气，更是尽心竭力教授她《女诫》以外的知识。在当时，能够看一两本书的女子已经是凤毛麟角，能够得班昭这样一个精通华夏历史的史学家老师的亲身传授，对于邓绥来说，那真是上天的恩赐。

邓绥从六岁就开始读史书，历朝历代宫廷斗争的血腥和残忍，她不愿意看到。从此以后，邓绥在后宫中，处处克制忍让，时时以一个贤妻的形象、一个任劳任怨的宫妃的形象出现在大家面前。

后来的日子里，可以看到，邓贵人更加恭谦谨慎，侍奉阴皇后日夜任劳任怨，以极度谦卑的态度处处克制忍让，与她和睦相处。而且邓绥不像其他后妃一样抢夺刘肇留在自己身边的时间，相反，她还常常称病，劝刘肇去临幸阴皇后或者后宫的其他女人，甚至亲自选择和推荐美女给刘肇。在后宫，她处处与后妃们交好，这在历朝历代的后宫中都绝无仅有。甚至对于宫中的那些宫女黄门，她也态度谦逊、施恩布惠，她的所作所为自然而然博得这些人的好感。慢慢地，大多数宫妃都开始站在她这一边。

和帝也深深地爱上了她，她生病了，特许她母亲和兄弟入宫服侍医药各

事，而且不限定留宫的日数。可是，邓贵人对和帝说："宫中禁地至为重要，而使外家人久留禁宫之地，对上来说，让陛下蒙有偏袒私幸之讥讽；对下来说，使臣妾获得不知足的诽谤。上下两相受损，臣妾实在不情愿啊！"

和帝说："别人都以能到禁宫走走为荣，而你却反以为忧虑，严格地自我抑制，宁愿吃亏，不愿破坏掖庭的规矩，真是难能可贵啊！"

邓绥为人处世更加低调：宫中举行宴会时，众嫔妃贵人争着打扮修饰，金钗耳环光彩夺目，华衣罗绮鲜亮照人，而邓贵人独着素装，没有修饰，朴质无华；在阴皇后出现的场合中，邓贵人总是低下一点，免得显得自己比阴皇后个儿高；与阴皇后同时觐见和帝时，她则不敢正坐而离位站立，退出的时候也是躬身以示谦卑；和帝每有所垂问，她常表现迟疑而后对答，不敢在阴皇后之前争着发言；她的衣饰颜色式样凡是有与阴皇后相同之处，都立即更换；此外，她还多次婉拒刘肇赏赐。

邓绥的种种表现，特别是她修身养性用心之苦，让和帝发出惊叹。

后来，和帝常常拿邓贵人的品行与阴皇后做比较，愈发觉得邓贵人的可贵。因此，皇上开始对阴皇后日渐疏远。每当被皇上召见，邓贵人不像一般嫔妃那般欣喜若狂，而往往称疾推却。邓贵人担心皇上后嗣无人，常垂泪叹息，又一面为皇上广选才人，以应皇上之爱心并希望获得子嗣。总之，她绝不像秦汉以来的后妃，后宫争宠斗得你死我活。

刘肇看邓贵人的眼神越来越热情迷恋的同时，对阴皇后的眼神越来越冰冷嫌恶。邓贵人在后宫的人缘愈来愈好的同时，阴皇后的人缘愈来愈坏。阴皇后见邓贵人德望称誉的呼声一天比一天高涨，就愈发不能克制自己。

这样一来，跟随阴皇后的宫妃们愈来愈少。看到此情此景，阴皇后不是从中吸取教训、寻找原因，而是怒火中烧，大肆耍泼。

在后宫"女诫班"的几年，邓绥收获不小，她遇到了自己终生的恩师班昭，不光学到了丰富渊博的知识，而且仅就她从"克制忍让"四字所领悟到的那些，已经足够她受用终身。更重要的是，经过多年历练，她确定了自己作为一个后妃的心理定位，在此之后无数次政治风波中，她处事冷静从容，重大问题面前能做出清晰明确的判断。

当然，班昭同样也给阴皇后等众多宫妃授课，可是那些后妃不是把心思放在学习上，而是放在后宫斗争上。作为皇后，阴氏不是把心思放在做母仪天下的表率上，而是放在如何整人害人上。

就在邓绥越来越得宠，阴皇后则彻底失宠的时候，和帝有一次卧病，病重到生命垂危，邓绥服侍病榻前寸步不离，表现出一派贤妻风范。而阴皇后不是急于召太医为和帝医治，而是在背后甩下恶语："皇上有一天归天，我一旦得志，决不让邓氏家族再有什么人留下，一定绝根！"她可是邓氏家族的外孙女。这句话很快传到了邓绥的耳中，邓绥听到后，对左右嫔妃以及宫女流涕说："我用尽诚意侍奉皇后，不料竟得不到她的庇佑，反而将获罪，连累家族。妇人自古虽无从死之义，然武王有疾，周公以身为武王请命；楚昭王病，越姬实现昔日心誓，自杀从死。我唯有一死，上以报皇上的恩宠，中以解除我邓氏宗族的灾祸，下不受阴皇后羞辱和把我弄成'人彘'的痛苦。"邓绥说毕，当即要饮药自杀，宫女赵玉夺瓶阻止，并谎称适才有使者来，说皇上的病已经好了，用不着邓贵人用死换取皇上的无恙。邓绥信以为真，方才打消了自杀的念头。

第二天，生命垂危的和帝病果真好了。原来，和帝听宫女说了邓绥的举动后，深受感动，心情大好，也许是邓绥的"壮举"感动了上苍，和帝奇迹般活下来了。同时，有人很殷勤地把刘肇病重时阴皇后说的话报告给了他。刘肇听说阴皇后居然已经当他是个死定了的人，准备对邓贵人下毒手，而邓贵人哭诉的"人彘"令他仿佛看到了汉高祖刘邦死后吕后的前例：吕雉把戚夫人剁掉四肢、挖掉双眼、割去舌头弄成"人彘"，十分残忍；除此之外，吕后大杀刘氏宗族，险些毁了汉室江山之事，更是令刘肇心胆俱碎。

恰在这时候，宫中有人告发阴皇后和其外祖母邓朱私为巫蛊，诅咒皇帝。刘肇想到自己前不久生的那场大病，想到生病时阴皇后计划要对邓绥下手的事情，立刻认定了阴皇后的罪行。最终，阴皇后因行巫蛊之术被和帝下旨废掉。邓贵人得知，哀求挽救，但没有成功。

废除阴皇后之后，对于皇后人选，和帝便更属意邓绥。和帝认为，邓绥才是真正的国母，让她母仪天下，大汉一定会国运昌盛。一般的嫔妃贵人知道自

己将要取得后位,不是沾沾自喜,就是变得气焰嚣张,可邓绥不一样,她说自己的病十分严重,深居闭户以绝和帝之召幸。这时,百官公卿也纷纷奏请和帝立邓贵人为后。和帝虽急,但仍尊重邓绥的意愿。这年冬天,和帝决定立邓绥为皇后,邓绥还是再三推辞谦让,她亲手写好谢恩的奏书,深深陈述自己德行菲薄,不足以充当皇后的人选。直到她的恩师班昭再三劝说,邓贵人才答应登皇后之位。

如此,和帝的册后诏书才得以下达。诏书中写:"皇后之尊,与朕同体,承宗庙,母天下,岂易哉!唯邓贵人德冠后宫之首,乃可当之。"

邓绥因品德贤淑而做了皇后。按照一般人的认识,做了皇后,首先是应该全家族庆贺,然后大封族人,接着是清算曾经迫害过自己的人。可是,邓绥不是那样。做了皇后,她以前代贤后为楷模,立志做一个和帝的"贤内助"。做了皇后,她让皇上下旨拜班昭为太傅,让皇上把"女诫班"坚持办下去,她也坚持去"女诫班"听课;做了皇后,她仍然自律,而且对身边的人更加严格管束;做了皇后,她对于按惯例大封皇后外戚的情况加以阻止,对进贡珍玩的陈规陋习予以取消,对后宫种种不贤德的行为予以惩戒。她的种种做法,深得皇宫内外的好评。邓绥当了皇后之后,四方诸侯之国贡献方物,皆是一求将珍贵华丽之物献与她。邓绥传话:"所贡之物,一律禁绝,岁时季节只要供给笔墨就行了。"

后宫三千佳丽,和帝偏爱邓皇后,集宠爱于邓皇后一身,因而,总想封爵邓皇后家族,可邓皇后总是谦让,苦苦哀求不让封赏。所以,邓皇后的兄长邓骘在整个和帝之时,不过是一位虎贲中郎将。

然而,好景不长,邓绥封后不到五年时间,汉和帝刘肇旧病复发,于章德前殿撒手人寰,享年仅二十六岁。二十四岁的邓绥一夜之间成了寡妇。

重要的是,整个朝廷内外拭目以待:面对的江山社稷,这位以克制忍让、温和谨慎出名,在刘肇活着时从未接触过政务的仁善皇后,如何才能在文武百官各怀心机的眼光中,坐稳位置?她会是一个家族的傀儡,是权臣手中的工具,还是被高高挂起的美人壁画?

邓绥表面文雅、温柔、谦和,其实内心十分高傲,十分刚强,她是一个自我道德感非常强烈的人。邓绥之后表现出的刚强和能力,立刻让看好戏的公卿百官大跌眼镜,很快就笑不出来了。

邓绥一反历来淡泊、谦逊、忍让的态度,以江山社稷为重,果断地以和帝的子嗣刘胜有痼疾为理由,立刚出生一百天的刘隆为帝,不想八个月后,刘隆夭折,她不顾非议废亲立旁,将章帝刘炟的孙子、清河王刘庆的儿子刘祜立为新皇,即汉安帝。她以皇太后身份临朝称制。

邓绥在确立皇上的问题上如此果敢,但是,在朝廷用人的问题上却产生了重重顾虑,因为,她是一个以自律出名的皇太后,虽有雄心治理好大汉,但毕竟身为女性,还是不便抛头露面。

班昭很快发现了她的这些顾虑,不等皇太后召见,就主动觐见。班昭道:"臣知道太后您的顾虑,但是,您应该知道,现在是特殊时期,关键不是用谁不用谁的问题,而是用贤良还是用庸臣的问题。天下百姓都希望有一个能使他们有饭吃有衣穿的明君出现,这个明君要想为天下百姓做事,先要有自己的权力地位,要有一帮贤臣良将。臣下给太后进谏十五个字:用贤不避亲,用人须得察,用人须节制。"

邓绥听了班昭的一席话,豁然开朗,从此悟出了王者之道。

为了巩固自己的权力地位,也为大汉江山社稷着想,邓绥一反做皇后时坚持抑制后族的态度,让邓氏外戚接手要害部门,掌握重大权力。先将兄长邓骘从一个中级武将晋升为上蔡侯、车骑将军辅政,协助处理朝中事务,后又晋升为大将军,掌管兵权;弟弟黄门侍郎邓悝则为虎贲中郎将,与邓骘在掌握军权上呼应;另两位弟弟邓弘、邓阊都晋封为侍中,统率文官。

邓太后严管朝廷,率先垂范。她虽然重用了邓氏家族兄弟,但对他们及邓氏子弟管束甚严,并昭告京师各长官,对邓氏犯错不要宽宥。邓氏子弟也因此小心行事,不敢放纵。邓骘虽为大将军,控制拥有决策权的内朝机构,但恭顺节俭,力谋为国,且处处尊重百官特别是读书人,故其掌权非但没有引起民愤,而且受人尊敬。

除了加强权力控制之外,邓绥在政治上所发布的一系列诏令,显得十分成熟而有针对性,也是令人吃惊的。人们想象不出来,为何一个在深宫之中从未

接触过政治的女人,表现得比一个老手更能干。

人们或许忘记了,邓绥十分聪明,喜欢看典籍,六岁就读史书,十二岁精通《诗经》《论语》。另外,邓绥虽然年轻,但身后的恩师班昭却是阅历丰富,她作为辅佐太后的太傅,成了太后的高参。邓绥虽然没有接触过政治,但是整个汉代政治,历代帝王成败优劣,以及目前的朝政利弊,都在她看过的史书里,在班昭讲授的大汉史里,在她的脑子里时时映现着。

临朝执政后,由于国力贫弱,邓太后兢兢业业,勤政爱民,谨慎守成。同时,谨慎自制,厉行节俭,罢免不称职的侍官,并减少衣食宴乐上的各种花费,只要供读书用的笔墨纸砚,在后宫倡导新风气。

临朝执政后,邓太后每天早起临朝,深夜批阅奏章,从不荒怠政事,所作所为被朝臣一致称颂。

邓绥成为皇太后之后,对作为恩师和太傅的班昭更是敬重有加,不光让班昭在编纂《汉书》之余来宫中给她和"女诫班"的宫妃们讲授课程,而且让班昭也参与大汉宫廷决策。

邓骘晋升为大将军后常留禁中,太后便常邀班昭和他共同商议朝廷大事。

邓太后临朝称制,大赦天下,诏令赦免自光武帝建武以来因罪囚禁者,将前朝明帝废黜的马皇后、章帝废黜的窦皇后及其家属所被禁锢不得入仕者皆赦为平民。

临朝执政初年,邓太后率领后宫妃子襄助安帝举行参谒宗庙礼仪,完后,下诏令说:"万物生长有节气,大抵供荐新味,多半不适应节候,有的积养强行催化成熟,有的在萌芽状态就采摘挖掘,味道还没有形成就夭折而不得随其生长,这难道是顺应天时而培育万物吗?书上说:'还没有成熟的食物,有伤于人,不宜奉供养。'自今以往,奉祀陵庙及供御用之物,都要到了时节才供上。"这样一来,一下子就省却二三十种果物。

这年秋,邓太后身体有些不适,身边的侍从都惶惶不安,便祈祷神明保佑太后,自己情愿以身代死。邓太后知道后,当时就发怒了,严厉敕令:"掖庭令以下各员,只能向神灵谢过祈福,不得狂妄地生出一些不吉祥的言语。"

照过去的旧例,每到年终,皇上要对遣归的卫士犒赏酒食,举行驱阴导阳、驱除疫鬼的大型表演仪式。这时，邓太后认为阴阳不和，戎马干戈迭起，诏令酒宴时不要设戏作乐、举行大型表演逐疫，待有好年成时，则可以恢复以前的规格。

临朝执政以来，邓太后颁布的种种诏令，都深得民心。她的言谈举止，令人敬重。

杨震入朝以后，他关于治国的理念、策略频频献出，使邓绥如虎添翼。

邓绥本人极高洁的人品，加上班昭与杨震两大名垂青史的夫子圣贤相助，再加上邓氏家族的助力和其他种种综合因素，她的执政能力和水平可想而知。

邓绥的做法与汉初以来那些名义上是太后临朝，实际上却是"定策帷帘，委事父兄"的情况不同。邓绥不是王政君之流，她虽然重用外戚，委任自家兄弟，但却是将权力完全掌握在自己的手中，控制在朝纲之内，定位在实现自己理想上。她既不容族人过分掌权威胁到她的地位和皇上的地位，更不容族人飞扬跋扈，败坏朝纲，败坏自己和整个家族的声誉。在约束控制族人乱政这一点上，汉兴以来任何一个太后，都比不上她。

邓绥自律既严，自然对别人的要求也高。安帝刘祜二十四岁了，已经到了亲政年龄，但是，太后因为刘祜历练不够，识人断事的能力尚不成熟，没有让刘祜亲政。越是亲近的人，要求就越高，尤其是对邓氏家族中人，更是绝对不放纵。兄长邓骘的儿子邓凤因曾向尚书推荐官员，事涉请托，又收过几名将领的良马，事涉结交军官，恰逢朝廷推行的"两整"刚开始，特别是邓太后在朝会上下过"严束邓氏家族"的诏令之后。邓骘知道了此事，竟怕太后得知，将妻子和儿子剃成秃头，以示剃发刑罚，向邓太后谢罪。邓太后因邓骘为国有功，赦免了邓凤母子的罪过。从此亲属犯罪，没有任何宽容、饶恕、赦免的。

但刑法上，邓太后却主张宽刑，掌管刑狱的廷尉每次断案，都"务从宽宥"。

邓太后临朝执政后，实行了一系列缓和社会矛盾的政策，取得了不错的效果。户籍人口和垦田面积，到整肃朝政时，都达到一定的水平。

邓太后临朝，灾害不断，十年间有七八年不是水灾就是旱灾，不是蝗灾就是冰灾，不是风灾就是震灾，而且四夷入侵，盗贼内起。太后每每听到各种灾

害，百姓饥荒，就通宵不能入睡，生活供给自行俭省。生活中一些不必要的环节，宫女常侍不忍心省减下去的，她就亲自减少或撤除，其所作所为，都是用以赈济灾难困苦，所以天下逐年恢复平静，年岁还得五谷丰登。

邓太后就是这样，在自律节俭与严管中，把国家治理得一点点强大起来。

此刻，在朝廷，"两整"的进行上下而动，而在皇宫后院的一个角落，有一个小院，院子里有两两相对的两排厢房，从东厢房里传出来男孩们琅琅的读书声："君子曰：学不可以已……吾尝终日而思矣，不如须臾之所学矣……"

从西厢房传出女孩们甜甜的清脆的读书声："有朋自远方来，不亦乐乎……"

这个小院，就是皇族学宫；这些读书声，就是从学宫里传出来的。

原来，"选官变法"之后，邓太后亲自督促创办皇族学宫。学宫当时的学生主要是成年王公贵族，这些人也是应一时之需，通过考试进入仕途。当开办两三年，不少人进入仕途后，想进入学宫学习的人也就越来越多。

倡导教化、兴办学馆的朝会之后，邓太后下诏扩招，令征召和帝刘肇的弟弟济北王、河间王的子女年龄在五岁以上的四十余人，邓氏近亲三十余人，以及阴氏、马氏、窦氏、梁氏家族子弟二十余人，为他们开设皇族学宫，传授经书，培养他们正心、诚意、修身、齐家、治国、平天下的才能。邓太后还叮嘱，等他们学好了，她亲自为他们监督考试。

学宫分为男子班和女子班，男子班的教室在东厢房，女子班的教室在西厢房。男子班以太子少傅杨震的三子杨秉为老师，教习他们学习经书；女子班以太后太傅、已经七十高龄满头白发的班昭为老师，教她们学习经书和《女诫》。男女两个班都是四五十个学生。在学宫，年龄幼小的，太后让设置保育人员，朝晚入宫，抚育勉励告诫诱导。

这天下午，太后的堂弟长安尹邓豹、越骑校尉邓康等邓氏宗亲一二十个大人来到学宫看望自己幼小的孩子，正好遇见巡视学宫的邓太后也在这里，遂行拜见。

邓康已通过学宫学习、官员选任进入仕途。邓康、邓豹都对太后兴办学宫的事大加赞扬。

这时，有朝廷官员来找邓太后，邓太后不知是何事。

来官报："禀太后，新野来报，新野君病重。"

在这朝廷上下山摇地动进行"两整"的当儿，邓太后接到母亲新野君重病的消息，她把朝政给安帝做了交代，又对刘凯、杨震、刘章三公大臣做了叮嘱，就与兄长邓骘，弟弟邓悝、邓弘、邓阊匆匆赶回新野。

邓太后临朝执政的第二年，皇上下诏："封太上夫人阴氏爵号为新野君，供汤沐，邑万户。"邓氏在京城也是名门望族，但是，邓绥坚持不让母亲新野君住在宫中，而让母亲住在南阳新野乡间。

到了新野家中，母亲的病情严重，邓太后守候床前，亲自服侍母亲。她让兄长邓骘和三个弟弟看过母亲后，连夜赶回宫中司职，她则日夜守候在母亲身边，时长月余，直至母亲最后一息。

邓绥母亲去世后，邓氏家族上下哀恸不已，一个个哭得呼天抢地。邓太后召集兄弟商量，她说："眼下朝廷正在进行'两整'，又在倡节俭、抑奢侈，因此，母亲的丧事，不再派司空持节维护，而仪式比照东海恭王的样子，一切从简。谥为敬君。"

二弟邓悝道："母亲操劳一生，儿女个个功德圆满，功高盖天。不花朝廷费用，我们也应为母亲大操大办。"

邓绥道："如今不少郡国仍然灾害不断，应为节俭。至于兄嫂弟媳这些年为照顾母亲所付出的辛劳，绥自在考虑之中。绥将从自己的私房钱中拿出赤带、东园秘器、玉衣绣被相赠。"

几个宦官从马车中取出赠品，赠予嫂子和弟媳。

邓太后又道："兄长及三个弟弟，赐布匹各五匹，钱各三千斤黄金。"

几个宦官又从马车中取出赠品，赠予兄弟四人。

邓骘和三个弟弟都坚决不予接受。

此时，朝廷已经恢复了"官员父母亲去世守孝三年"的规定，遵照孝道，邓氏兄弟姐妹五人，须为母亲服丧守孝三年。但时值国家多难之际，邓太后打

十五　明后的自律

破戒律回朝临政,邓骘四兄弟轮流卸职为母亲守孝。邓骘守孝期间,大将军一职由车骑将军袁贵代理。

时值朝廷"整肃朝政、整肃吏治",新野百姓无不称赞邓太后对母亲的孝心和率先垂范的人品。邓太后安葬母亲新野君之后,回到宫中,她不顾身体连日照顾母亲、安葬母亲的劳累,亲自践行她在朝会上提出的倡导教化,在皇宫、在京城、在全大汉,形成一个久远的读书风气。

白天她在永安宫勤理政务,晚上回到后宫寝室诵读诗书,只怕施政发生谬误。每到闲时,邓太后便诏令公卿百官中的近臣在东观受读经书,从而教授宫人、左右学习诵读。每到旬末,邓太后便召集京城大儒杨震、张衡、许慎、马续、马融、刘珍等,以及博士、议郎、四府掾史五十余人,聚集东观校对审核传记。她还不忘挤时间到后宫的"女诫班",跟着阎皇后和众宫妃听恩师班昭授课。宫妃们都欢迎邓太后的到来,与她一起学习经书,兼习天文、历史、地理、经书、算数,其乐融融。

这天晚上,邓太后照常去后宫"女诫班"听课,阎皇后告诉她,太傅没有来讲课。邓太后正待问是怎么回事,忽然有一个宫女来报,说班太傅已经病了几天,想见一下太后。邓太后和阎皇后匆匆来到班昭住处。病榻前围着班昭的几个儿女。班昭躺在床上,已经奄奄一息。

太后弯下身子拉着她瘦弱的手哭道:"太傅,太傅!你怎么了?"她说着,扭头问班昭的儿女:"几天前我见还好好的,几天不见,怎么就成了这样?"

班昭这时拉着太后的手,有气无力地说:"太后,你……你是我最……最满意……"

班昭的话没有说完,就撒手而去。屋子里一片哭声。

对邓太后影响最深的恩师班昭,驾鹤西去了,终年七十一岁。

班昭去世后,邓太后不顾尊贵身份,守在班昭灵柩前不吃不喝,整整哭了三天三夜,以至于吐血病倒。之后,太后为她素服举哀,废寝废食数日,并亲自撰写祭文传记,大加颂扬,又将其子曹成封为关内侯。班昭一世,生荣死哀,千古留名。

十五 明后的自律

朝廷将用三年左右时间在全国推行教化。南以武陵为圆心，北以弘农为圆心，各画一个圆圈，均以圆心为重点，逐步推行。

朝廷的诏令先后传送到了武陵郡和弘农郡。

在南方的武陵，王密不甘心"张生法场喊冤案"被赃官钦差大臣江京徇私枉法结案，日夜奔忙，他一边在暗中设法保护张生父亲，一边跟踪樊闰，暗查樊闰的那个神秘心腹。而樊闰却整日忙上忙下，根本顾不到州府事务。

王密接到朝廷诏令那天，郡丞金武对他说："武陵是个蛮荒地带，也是个穷山恶水的地方，在这个穷乡僻壤推行教化，恐有诸多困难。"

王密说："正因为这样，才更需要推行教化，以改变武陵地区的不良风气。一定要借此机会，把武陵的恶风恶气好好治理一番，让乡民百姓也能体会到推行教化的好处。"

金武没有吭声。

王密又说："你即刻草拟一个武陵推行教化的具体方案，上边从郡府开始，往下到县；下边从村开始，往上到亭、乡。全郡逐步转化恶风恶气，让老百姓学知识、明事理，先正家风，再正乡风，再到郡风。"

而在北方弘农郡府，则是大相径庭的另外一个情景。正是这些人的阳奉阴违，差点儿给大汉带来灾难性的一劫。

十六　地震连连难阻止

这时，只见弘农太守移良一手端着漆盏，一手拿着蒲扇，坐在公案前，不紧不慢在品甘醴。坐在旁侧的郡丞焦急地来回转圈："移大人，朝廷诏令已发到郡府多日，郡府将如何行事？"

移良慢悠悠地说："不忙，凡事要慢慢来嘛！"

郡丞说："可这是推行国策，又是朝廷重点，刻不容缓啊！"

移良说："别急，先搁搁，搁不坏的，等等，看看别的地方如何。"

郡丞说："推行教化，乃朝廷国策，说明朝廷不仅重视百姓的吃饭穿衣，也重视乡风村风。这弘农乃是司徒杨大人的家乡，万一……"

移良拍拍郡丞的肩膀："放心吧，杨大人久不回乡。再说，朝会结束后，本官专门拜望了司空刘大人，他说，他就不赞成推行教化。"

夏至刚过不久，京城洛阳一带大雨连下不止。

就在朝廷大刀阔斧整肃朝政时，京城洛阳发生了地震。

这天午后，邓太后坐在御案前的丝锦软垫上批阅奏章。突然，永安宫摇晃起来，山摇地动，宫顶的土"哗哗"撒在案台、地面。宫顶塌落的木椽、土块、瓦砾落在宫中地面，烟尘腾空。瞬间，御案被摇倒，案上的竹简、纸卷宗被摇散落到地上。大家觉得一阵阵晕眩，宫女、宦官、侍卫乱成一片，一个个灰头土脸，被吓得哭爹喊娘，四散逃窜。

樊丰和两个宫女好不容易站稳，一边拍打头上身上的灰尘，一边寻找太后，想不到太后却稳稳当当坐在丝锦软垫上，不跑也不躲。樊丰和两个宫女跑过去哭着连拉带拽,才把太后护送出宫。

这时的皇宫,地动宫摇,如同夜晚,烛台倾倒,墙壁裂缝,涂饰纷纷剥落,吓得人们东躲西藏,高声尖叫,各个宫内喊声一片。

皇宫大院,顿时秩序大乱。

不光京城洛阳一带,而且周围十八个郡国都发生了地震。地震波及方圆百里,洛阳是震中。洛阳城里从皇宫到百姓住宅,片片房倒屋塌,一片混乱情景。城郊一直到周围郡国,灾情极其严重,受灾百姓流离失所。

皇宫大院内,好在没有人员伤亡,也好在是白天。根据太史令张衡奏请,太后、安帝及亲属家眷、宫女宦官等宫中所有人员都离开宫室,在皇宫大院搭上帐篷,暂时起居,以防地震再发,造成人员伤亡。整个皇宫大院安顿下来已过半夜。

袁礼带着宫廷所有侍卫,到处巡视,确保宫廷内的秩序和安全。

由于地震,第二日开始,朝廷每日的早朝暂时取消。各府衙门的大臣如果有奏本,一般经过尚书台转送,确有重要奏本可直接找太后奏陈。

邓太后帐篷里,她坐在临时御案前,处理奏章和宫廷事务,始终没有停止。

杨震来请旨:"太后,鉴于眼下洛阳地震不断,'两整'一事是否暂时停下?"

邓太后说:"不可以。而且,'整顿朝政、整肃吏治'与十八郡国的震后赈灾要协同进行。即刻传司空、大司农进宫来此听旨。"

杨震转身出去,没有多久,便同刘章、大司农二人再次先后来到太后帐篷,拜见太后。

邓太后道:"特殊时期,免礼吧。"又对刘章和大司农说:"两位爱卿,十八郡国地震后的赈灾事宜,就由两位爱卿着手办理,带上司空府和大司农府的吏员共二十人,明日起身,赴受灾地区了解灾情。"

两人同时说道:"遵旨!"

邓太后又道:"杨爱卿再着手拟一道诏书,再次诏令朝廷各部衙门、地方各级府衙,倡节俭、禁奢侈。同时,诏令将上林苑猎鹰、猎犬一律卖掉,蜀

郡、广汉郡的金银器以及九带佩刀一并不再进贡，减少百官及州郡官员薪俸各不等，其节省的钱筹集后分发受灾郡国，用于赈济受灾乡民。诏令房舍倒塌损坏无法住人者，赐钱二百缗予以修补；乡民有塌伤者，郡县为其医治；有死亡无力埋葬者，郡县收殓埋葬；失去食谷者，每人发粟五斗；因庄稼不能下种者，赈济赏赐。"

杨震听到此，心里一惊。据他所知，上林苑位于长安西南地区，是汉武帝刘彻在秦代一个旧苑址上扩建而成的宫苑，规模宏伟，宫室众多。宫苑纵横三百余里，有灞河、浐河、泾河、渭水、沣河、滈河、涝河、潏河八水出入其中。苑中既有优美的自然景物，又有华美的宫室楼阁，是包罗多种多样生活内容的大型园林，是秦汉宫苑的典型。上林苑亦是当时汉武帝尚武之地，在此处有皇帝的亲兵羽林军，并由后来的大将军卫青统领。邓太后之所以下决心卖掉宫苑中的猎鹰、猎犬等供游玩之物，用于赈济灾民，由此可见太后的爱民之心。

杨震于是说道："遵旨！"

夜晚，天空阴云密布，司徒府大院当中的那顶帐篷里，依然亮着烛光。

帐篷内，杨震点着蜡烛，还在看着朝廷各衙门报来的"两整"情况报告和各地推行教化的情况报告。由于余震还时不时发生，他和太后一样，还得在帐篷里处理公务。

这时，朱冲跑来找他，有情况向他报告。那晚，朱冲带人在翠屏楼门前埋伏蹲守，一直到五更，翠屏楼依然没有动静。正当朱冲失去耐心的时候，大门"吱呀"一声被打开。朱冲屏住呼吸，正欲起身冲过去，定睛一看，从大门里走出来的是戏院的看门人。

朱冲一下子泄了气。原本胸有成竹，没想到再次扑空。眼看天色就要亮了，再不撤兵就可能暴露。朱冲气愤地一跺脚，命令收兵。

天明后，他丧气地回到司徒府。杨震看到失去信心的他，不解地问："到底是什么原因，每次查抄都扑空？"

朱冲也说不清原因，但他总感觉事情有点儿蹊跷。为什么每次蹲守暗查的时候都能发现问题，一旦带兵查抄就会扑空？难道真的是巧合？凭直觉，朱冲感觉定有奸细。但是，又是谁能将消息透露出去？朱冲苦思冥想，一个他非常不愿意相信的人跃进他的脑海。周广？刚一有这个疑问，朱冲立刻就否定了。绝不会是周广。可是，他仔细想了想事情的来龙去脉，每次知道突击查抄戏院的人只有杨大人、周广和自己三个人哪。杨大人自不必去怀疑，自己当然知道这件事情的保密性，根本没有给任何人透露一点儿消息，这样说来，只有周广有可能走漏风声。

从司徒府出来后，他思考了几天、犹豫了几天，后来地震，又忙于城中居民疏散、救助，把那事暂且搁下了，这会儿他就急着把几天来心里的疑惑说与杨震。

"找出头绪了？"杨震问。

朱冲就把他几天来对问题的分析和看法告诉了杨震。

杨震一听，立即摇头："绝不会是周郎！周郎跟随我从荆州到东莱，又从太常府到司徒府，一向忠诚可靠。你再好好想想，是不是哪些细节问题忽视了，走漏了风声？"

朱冲刚一开口，见杨震一下子否定了周广，朱冲也感觉自己怀疑周广证据不足，但他实在是想不出哪里有疏漏，心里越发郁闷焦躁。此时，忽听后院传来埙声。

这会儿，月亮从阴云中露出，月光照在司徒府的青砖高墙上，冷冷清清。

袁礼坐在后院的台阶上，一个人吹着埙，那声音低沉幽怨，呜呜咽咽，像是在思念，像是在哽咽，就连周广这个粗人都能感受到袁礼心里的那份忧郁。

那幽怨的埙声让一直没有入睡的周广心情低落，他想起了死去的王灵，心头一阵疼痛，这让他有了一种从未有过的孤独和寂寞之感。他从窗户看出去，看着袁礼在夜幕下的背影，心里在想，袁礼是不是也在悼念死去的王灵呢？在荆州，王灵看着袁礼的那种眼神，分明流露的是一种爱慕。他羡慕袁礼，出身贵族，有朝中做官的父亲，有樊月那样漂亮的妻子，尽管樊月总跟袁礼置气，但毕竟袁礼在风华正茂的时候就已娶妻成家。而自己呢，出身贫贱，又无学识，至今仍是孑然一身，除了一身的武功，一贫如洗。只有那一次与高句丽女

郎，才第一次亲近女人。周广想得越多，心情就越复杂、越矛盾。

这时，有个衙役来报，说杨大人叫周广。周广打了个激灵，从沉思中惊醒，连忙起身去往杨震临时处理公务的帐篷。

一进帐篷，周广看到杨震正低头在看着案上那一大堆各地上报的文书。他不知大人唤他何事，心里七上八下。他小心翼翼地走近杨震，还没等他说话，杨震头也不抬地说："一个'两整'朝政的进行，使官员们的言语行为都在改变；一个教化国策的推行，使大汉各地的民风在慢慢变化。"

显然，是这两方面的结果让杨震心里高兴。

周广走上前，也高兴地说："这都是大人的功劳。"

杨震摇摇头："不，是太后圣明。作为臣子，要恪守做臣子的本分，既要站在君王的角度为朝廷着想，又要站在百姓的角度为天下百姓着想。这样，提出的主张就能上合君意、下得民心。"

周广说："大人，在朝这些年，难得见到像大人这样忠心耿耿做臣子的。"

杨震说："君王明，天下明；君王昏，天下昏。在太后这样的明后手下做事为臣，自然忠心耿耿。"

周广说："那么，我们这些在大人手下干事的人，也是幸福的。"

杨震说："周郎，老夫叫你来，是有一事想问你。"

周广心头一惊，慌忙问："大人要问何事？"

杨震看着周广说："据荆州王密来报，王灵母女的案子，很有可能是樊闰手下一个神秘心腹干的，你见过这个人吗？"

周广一听杨震是问这事，便坦然地说："我还从来没有见过。"

杨震又说："听说这个神秘心腹神出鬼没，行踪诡秘，神龙见首不见尾。"

周广想了想说："我也不曾听说。"

杨震肯定地说："我想，这个神秘的心腹如果真有其人，绝不会无缘无故地消失，一定是跟随着樊闰。"

周广说："樊闰现在在哪儿？在京城？"

杨震点点头:"很有可能。他现在是荆州和京城往返跑着。然而他在暗处,因此不容易被发现。周郎,一旦樊闰到京城,这个神秘心腹可能会跟到京城,现在我命你设法暗中盯住此人。对了,见到袁郎了吗?"杨震并不知道,袁礼虽然升任九卿卫尉,但时常来司徒府暗中保护杨震。

周广说:"刚才还在后院吹埙呢。"

杨震说:"怎么在后院?这事就不要告诉他了,他知道了反倒对他不好,他跟着我在荆州,已得罪了他的岳父,让他有妻不能团聚,我总觉欠了他不少。"

周广说:"这也怪不了大人,只怪他那个岳父。再说,袁郎也没有怪您。"

杨震说:"他在卫尉府供职也好,我们的事,他知道得越少越好,这样他更能避嫌。暗中寻找樊闰神秘心腹的事就交付你了,一有情况,立即来报。"

杨震回家后,周广就睡在帐篷内的临时床上值夜。

夜已深了,周广躺在床上翻来覆去怎么也睡不着。忽然听见有人轻轻敲帐篷,周广不应声。见里面没有动静,外面的人说话了:"将军,有急事告。"

周广一听就知道还是那个神秘的黑衣人,他厌烦地说:"该做的我都做了,咱们两清了,以后不要再来找我,滚!"

外面的人冷笑了一声:"开弓没有回头箭。想洗手不干?没那么容易了。将军,金钱美女你一样不少,跟着我们才有出路。"

周广担心他在帐篷外说话会被人听见,就让他进帐篷说话。

"你到底还要我干啥?"周广不耐烦地说。

那人并未进帐篷,仍然在外面说:"干什么?给你娶媳妇啊!那个高句丽女子咋样?满意吗?"黑衣人说着,从帐篷外面扔进来一个袋子,"哐当"一声砸在案上。从声音能听出是一袋子钱。看周广没有说话,那人接着又说:"你跟随杨震这么多年,他给自己的下人都娶了媳妇,你呢?为啥不管你呢?因为他已经怀疑到你了。今天来没有别的事,就是告诉你,杨震不关心你,我们关心你。拿上那些钱娶了那高句丽女吧。她已被安排住在翠屏戏院后边的包房里,以后有新的消息就通过她传递。放心,她会把你伺候好的。"

那人刚准备走,周广说:"等等!那个在客栈设计陷害我的人是不是

江京?"

那人一愣:"你说呢?"

周广紧接着问:"江京和樊闰是一伙的?江京作为钦差大臣到荆州,你随江京去荆州,见没见樊闰身边有一个神秘的心腹?就是他在荆州凶残地杀害了王灵母女……"

那人吃了一惊:"你怎么知道?"

周广笑了笑:"哼,杨大人从荆州得到的消息,已经派人在暗查搜捕……"

那人话都没有听完,眨眼就消失在黑暗中。

江京因为朱冲带捕役和羽林军兵士到他家抓捕江勇,就对朱冲怀恨在心,又得知近日朱冲带人一再设法搜查翠屏楼戏院,心里好生不快。京城的这些个戏楼,多是那个皇叔刘章斥资兴办,只是让自己这个洛阳尹关照。谁知自家那不争气的公子,自幼不学无术,却对官伎戏子情有独钟。江京虽然不愿意自家公子干这种下九流的事,但江勇从小被夫人宠坏,现在管教已经来不及了,打了骂了都无济于事,江京也无奈,只好由这个孽障去了。其实,虽然开戏楼名声不好,但收入却惊人。要不然为啥连朝廷身居要职的皇叔刘章都看好这桩生意?据说其他官员知道这些情况,也都想注钱入股。所以,不论是刘章求人还是人求他,谈生意找乐子,都往这戏楼子里介绍,这一来二去,戏楼越办越大,真是日进斗金。反正这江勇也不是当官的料,江京索性就求刘章把他雇下,替刘章把这戏楼打理好,这收入可比江京一年的俸禄要高不知多少。刘章答应了。江京看着钱哗哗地往家流,也就不再说儿子没出息啥的了。

本来好好的生意,谁料想杨震又玩新花样,进行"两整",整治京城环境,每日里叫那个朱冲查抄戏楼戏院,弄得官伎戏子人心惶惶。一些朝廷大臣都怕被查出来,索性不来了。有几个胆大的,也是隔三岔五后半夜偷偷摸摸来。这样下去生意肯定要损失不少,虽然生意是刘章的事情,但收入也影响到自己。江京不由得想,哼,这杨震在东莱,砍了我江京两个外甥的头,账还没有机会算,现在又断了我的财路,定要设法让他不得安宁!

江京跟刘章商议,说因地震想停业,刘章不同意,并怂恿他参杨震一本。

江京来到皇宫大院，进到太后帐篷，见到太后，知道太后器重杨震，行跪拜礼后，就以朱冲干扰京城秩序为由上奏太后："禀太后，城门领兵朱冲在京城到处随便抓人，臣作为洛阳尹，他却连招呼都跟我不打，这恐怕有失朝廷常理吧？"

　　邓太后正在看奏章，听江京如此说话，抬起头盯着他说："你是来质问哀家的吗？"

　　江京一听，吓得赶紧又跪下："回太后，臣不敢！臣只是觉得作为洛阳尹，有些辖内的事情不清楚，怕问责失职……"

　　邓太后不等他说完，厉声说道："你把洛阳城管理得乌七八糟，就不怕问责？"

　　江京满头大汗："这、这、这……"

　　邓太后一字一句地说："京城洛阳行政上属你洛阳尹主管，但京城的安全又属城门领兵主管。城门领兵是朝廷的安全直属机构，代朝廷行使职权，你洛阳尹只是朝廷下属的京畿官员。你说是朝廷服从你洛阳尹呢，还是洛阳尹服从朝廷？退下！"邓太后不等江京回话，就把他喝退了。

　　江京惊慌失措，不停地擦着头上的汗，一个字也说不出来，灰溜溜地退出来。他出了皇宫，想了想，转身去往刘章府上。

　　司空府院也搭了顶帐篷，但那只是样子。刘章白天照样在会客厅。

　　这会儿刘章正在生闷气，他生气这个时候地震，太后偏偏派他防震赈灾。他在想：谁都知道，赈灾不是好差事，你邓后总认为杨夫子是能臣，为何不让这个能臣去？

　　这时，江京走进来，把面见太后的经过给刘章说了一遍，恨恨地说："就没等我开口，那邓后就大兴问罪，简直让我招架不住。"

　　刘章捋了捋胡须："以此看来，杨震、朱冲的这些行动，太后不仅是支持的，而且都是很清楚的，看来必须谨慎，闹不好就会被杨震借这次'两整'整垮。"

　　刘章说着，恨杨震恨得牙齿咬得咯咯响。上天给他刘章派了个克星杨震，不但死死挡住他攀升的道路，而且，杨震自从入朝以来，几次在朝堂上，因主

张不同而与他变脸。更为重要的是,这次在朝廷进行"两整",虎视眈眈地准备动他的金库。他知道,杨震在荆州,不光把樊闰在索县的金库收缴进了国库,而且把索县县令梁田惩治了,还差点让樊闰丢了官;在东莱,不光收缴了江京在他两个外甥那里的金库,而且把他俩外甥斩首示众了;而今,有可能又要收缴江京父子替自己打理的这个金库。想到这儿,他忽然叫了一声"不好",会不会是杨震的主意,调虎离山,然后再动自己?若是这样,就得想对策。

刘章仰着脸想了半天,一拍桌子说:"不要紧,只要周广那条线还没断,我们仍然来暗的,不怕对付不了这个杨夫子。再说了,一地震,这么乱,杨震那些人的'两整'肯定要停。他们一停,咱们的收入就不会停。"

从司空府出来,江京心情稍微好了一些。刚进自己府上,一眼看见那个不孝的孽障正在吃饭,江京满腔怒火,一巴掌上去扇了儿子江勇两个耳光。

没等江勇说话,江夫人不乐意了,挡在江勇前面,对着江京就破口大骂:"你一个堂堂的洛阳尹,害得孩子有家不敢回,不说赶紧想办法保儿子,还动手打儿子。而且,眼下地震,到处都搭帐篷,你跑得不见影,是想让地震把我娘儿俩塌死了,你再从戏楼里招个年轻戏子?"

江京指着夫人的鼻子气愤地说:"这个孽障都是让你宠坏的,你知道他干的啥事吗?他犯了法你知道吗?王子犯法与庶民同罪!"

江勇捂着脸在一旁喊叫着:"犯法还不是因为你,是你让我拉拢那个叫春兰的姑娘做官伎,你说的她家里无父母,让她到戏院陪朝廷大臣……"

江京扬起手又想打江勇:"我让你拉,让你动邪念头了吗?"

江勇嘟囔着说:"那春兰模样那么俊俏,搁谁不动心啊。再说了,我先让她就范了,后面她不就乖乖去戏楼做官伎了吗?"

江京气得"唉"了一声说:"你要知道,你这一动,得,不是黄花姑娘了,就是送到戏院也不值钱了,还把自己搭了进去,让朝廷四处追捕,害得老子也受牵连。"

江夫人推开江京父子俩说:"好了,有什么样的爹就有什么样的儿,还有脸吵,还不快快想想办法去!"

江京被这娘儿俩气得无话可说，独自一人坐在屋里生闷气。

朱冲近日非常郁闷，翠屏戏楼多次扑空，小恶少江勇也不见踪影。自己追查不力，内心非常自责。尽管恩师否认是周广走漏了风声，但周广嫌疑还是最大的。朱冲分析着，忽然想起那晚夜间突击搜查翠屏楼前，他临时住在周广值夜的屋里，夜间，周广出去了一阵子，而周广说是被他的鼾声吵醒了。不过，那晚的行动他当时连周广也瞒着呢，怎么就又扑空了呢？想来想去，朱冲终于想出了一个完美的办法。

这个办法让他有点兴奋，一骨碌从床上爬起来，出门而去。回来的时候，身上就多了一套行头。他穿上买回来的那套行头一看，自己都笑了。那模样分明就是一个纨绔子弟。

夜晚来临，朱冲大摇大摆地进了翠屏楼戏院，戏院当家的热情相迎，赶快给朱冲安排就座。台上的武戏打得正热闹，台下看戏的不停喝彩叫好。朱冲哪里有心思看戏啊，他找了一个后排中间的位置坐下来。这样，台下每个观众都在他的视野里了，一举一动他都看得清清楚楚。

朱冲跟着喝彩的人一边鼓掌一边扫视观众席，突然，一男一女两个人的举动引起了他的注意。这两人说是看戏，却不专心。男的五十多岁，虽然穿着素袍，但从他留的胡子一看，就是官员模样。女的十七八岁，看打扮像是官伎。那男的不看戏台子，只是侧着脸看着身旁的那女子，一只手不停地在她身后摸来摸去。

朱冲看这两人异常，就一直盯着他们的一举一动。不一会儿，那官伎离开座位从戏台下的侧门出去了。片刻，那个官员模样的人也离开座位紧随其后。

朱冲不动声色跟了出去。出了侧门是个院子，刚出来的那两人连影子都不见了。朱冲纳闷了，明明自己看见那两人从这个门出去了，跟着出来就没有踪迹了，难不成插翅飞了？

这时，从旁边过来一个看门护院的中年男人，一见朱冲的打扮，便殷勤地凑上来问："少爷是来找歌伎的吧？"

朱冲点点头说："快叫你们掌柜出来。"

那男人一听叫掌柜,以为是个大户,连忙跑到前院叫来了掌柜。

掌柜满脸堆笑颠颠地跑过来,一看是个陌生人,脸色马上就变了,转身就要走。朱冲一把揪住他的衣领一甩手,那掌柜就四仰八叉地躺在了地上。他浑身哆嗦着喊着:"官爷饶命,官爷饶命!"

朱冲低声问:"刚才从侧门出来的那两个人呢?"

那掌柜的浑身筛糠一般低着头一言不发。

朱冲一把又把那掌柜从地上拎起来说:"不说是吧?那好,那就给你找个舒服点的地方慢慢说!"说完,用一个袋子塞住了他的嘴,又掏出一个布袋蒙在了那个掌柜的头上,然后,连推带拉将他带到了城门领兵府大院的帐篷里。

取掉了头上的布袋,那掌柜的一看到了城门领兵府,两边站立者几个手持衙棍的威猛衙役,顿时吓得瘫软在地上:"官爷,戏院里没有小的的事,小的只是一个跑腿的,就是在戏院里照看照看,那里面的事真的跟小的没有关系!"

朱冲说:"跟你没关系?你不是掌柜吗?那谁是翠屏楼戏院真正的主家?"

那掌柜说:"官爷,小的确实不知道戏院主家是谁。只是每到晚上,会有一个年轻人来戏院把我们收的钱一收就走了,小的也不知道他姓啥叫啥。"

几个衙役把手上的衙棍"咚咚"往地上敲着,齐喊:"知道不知道?"

"确实不知道!"那人说。

朱冲又问:"那你知道朝廷那些官员晚上都在干什么吗?"

那人说:"多少知道些。我给你说啊,官爷,这些戏楼,名为戏院,实际就是妓院哪。他们长期干那些逼良为娼之事,拉拢勾引朝廷官员狎妓,或者让这些官员把官伎带回家过夜,从中赚大钱哩。小的只是个下苦力的,帮他们收收钱,照看一下门面。官爷,听那年轻人说,他们把戏楼的收入最后都交给朝廷里的一个大官了,所以朝里有人保护呢。那个年轻人有次说漏嘴,那大官好像姓刘。官爷,小的也是穷人,为了混碗饭吃才去给他们做事的。"

朱冲问:"这么说,我们多次暗中查抄戏院的事,你们事先都知道?"

那人神秘地说:"当然知道,有人给报信呢。"

朱冲紧逼着问："是谁给你们报的信？"

那人摇摇头说："官爷，这个小的真的不知道。信都是报给看门的，小的们只听吩咐，哪天让开，哪天让停。"

朱冲见那人恐惧的样子，感觉他也是真的不知道实情，便缓和了一下语气说："那好，那你说说，你们得到过几次消息？是采取何种手段躲避的？"

那人看朱冲没有对他用刑，便擦擦脸上的汗，像说书一样细细地说："第一次得到消息，让小的通知所有常来的官员暂时不要来戏楼，说是朝廷派人来调查官员是否召妓狎妓。为了不影响营业，来人说让把时间改在后半夜。谁想过了好几天又接到消息说，官府后半夜要查，小的们就让官伎们赶快告知各自相好的那些官员不要来了。所以，你们两次查抄都扑了个空。"

朱冲又问："那现在呢？"

那人又说："为了保证这些官员不被你们发现，他们交过钱后，就把各自相好的领出去自己找地方享乐去了。你晚上看到的那两个就是，他们从戏场的侧门走出戏场后，就顺着戏楼边的小道出了戏院。"

朱冲问："地震以来，官员们还来吗？"

那人说："地震阻止不了这些官员玩女人。"

朱冲问："你知道这些官员的姓名吗？"

那人说："不知道。这是戏楼的规定，任何人都不许打听客人的名字。"

朱冲看情况也掌握得差不多了，便说："好，算你识相。你先回去，不要对任何人说你来过这里，也不要跑远，不然的话，我让你掉脑袋！"

"小的不敢，小的不敢！谢谢官爷啦！"那人一出门便一路小跑回去了。

辛苦了这些天，终于有了些有用的线索，朱冲兴奋得一大早就来给杨震报告。

杨震一听查抄戏楼的事情有了进展，先是点了点头说："朱冲辛苦了，这是一个非常重要的突破。但是你考虑问题也有不周。一是应该给他录个口供；二是应先将其关押起来，以防不测。你现在立即带人将此人缉拿，押入大牢再审。"

"遵命！"朱冲说着跑了出去。

这时,长史拿着一份奏表走进来说:"大人,武陵郡的奏表到了,现在就差弘农郡的还没有报上来。"

杨震说:"一会儿老夫就要去见太后,太后若又要问起这事,叫老夫如何作答呢?唉,这个移太守办事不力啊。"

杨震一边换着朝服一边说着。这时,杨伦跑来找杨震,向杨震汇报了一个重要情况。他说,在震后赈灾时,他怀疑司空刘章有问题。因为,他到河南郡、河东郡、沛国、陈国四个郡国督促赈灾时发现,这些郡国收到的钱粮数目,与朝廷发放的数目相差不少。

原来,大司农与刘章在太后那里接受震后赈灾的朝务后,深知赈灾辛苦,就推说有疾,而把大司农府的赈灾朝务安排给杨伦这个大司农府的部丞去干。

闻此,杨震一惊,叮嘱道:"一定要查准查实,老夫定要奏报太后。"

杨震换好朝服,刚要出门,只见朱冲急匆匆跑进来说:"大人,大事不好了,昨晚审问的那个翠屏楼掌柜突然失踪,其他几个戏院管事的也不知去向。"

杨震一下子愣怔在了那里。

这时,朱冲对杨震说:"恩师,我想起一件事,昨晚在审讯翠屏楼掌柜时,那家伙说,这些戏院的主家,好像是朝廷一个姓刘的大官。"

该不会又是刘章吧?这一下子引起杨震的极度重视,他说:"在洛阳城内外,就是挖地翻天,也要把翠屏楼这个掌柜捉拿归案,查出他幕后的主人。"

这年农历九月初一,洛阳城出现日食。天近黄昏时,整个洛阳突然黑暗如夜。

日食过后,天地间恢复了光明。这时,樊丰偷偷告诉安帝,刘章让安帝务必晚上到他府上去一下。安帝本来不愿去,心想:你有事不到皇宫里拜见朕,反倒让朕去你府上?转念一想:刘皇叔肯定有什么要事,要不,不会让朕去他府上。天黑尽后,安帝在樊丰的陪护下,来到宫外刘章府上。不想,到这儿一看,皇叔刘凯也在。

刘凯让樊丰在屋外院子的帐篷候着,然后把叫安帝来的目的说了。安帝听后，有些激动，但也有些顾虑。刘凯说："上次，邓后以及兄弟回新野，为新野君奔丧，就是个机会，可皇上不抓住。现在洛阳地震，人心惶惶，是皇上归政再好不过的时机了。皇上已二十好几的年龄，邓后还不到四十岁，看那架势还准备往老了把持，皇上就准备一辈子当木偶？"

刘章借机上奏说："日前发生的日食乃是阴盛阳衰之象，此兆头暗示邓后一介女流专权，应予以制止。建议陛下遵上天警示，即刻诛除邓后，然后亲政。"

安帝担心地说："兵权现在由邓骘兄弟掌握，耿国舅还远在西北雍营。"

刘凯说："当年和帝只有十四岁，仅仅依靠郑众几个宦官，就除掉了窦后的兄长窦宪，禁锢了窦太后，其他罢官的罢官，斩首的斩首，削弱了窦后的权力，从而从窦后手上夺回了政权。皇上你比和帝当时的年龄都大十多岁了。"

安帝已经成年，但邓太后认为刘祜体犹未壮、剑功未成、智慧未熟，因而没有让他亲政。

刘章说："皇上，你已经成年，应该独立处理政务。我们应该抓紧谋划政变，还政于皇上。"

安帝犹豫不决，最后说："容侄儿回去再想想，如果成熟，即刻告知两位皇叔。"

安帝还没有勇气和胆量搞政变，加之在朝堂受的气，从刘章府邸一回到皇宫帐篷就摔东砸西。宫女们不知为何，吓得不敢作声，赶快差人禀报阎皇后。

阎皇后闻讯赶来，见地上满是被安帝砸碎的瓶瓶罐罐，安帝头上的通天冠都掀在一边，知道安帝心里郁闷，便一边替安帝整理衣裳，梳理好头发，一边安慰："皇上，这是跟谁怄气呢？皇上若是心里有气，这些个宫女宦官的，随你打随你骂便是，就是不能闷在心里，若气坏了身子，岂不是臣妾的罪过？"

"朕算是个什么皇上？想提携一个官员非太后同意不可。朕难道就没有一点做主的权力吗？这样的皇上不做也好！"安帝气得嘴唇发抖。

安帝一想到亲政的事就异常烦恼。他知道汉武帝十六岁亲政，汉和帝十四岁亲政，而他如今已经二十多岁，还迟迟无法亲政。因为，朝廷大权都在那强势的太后手里攥着。上朝时，他虽然有模有样地坐在大殿之上，却很难说话，

其实他心里明白,满朝公卿百官也都心里明白,他就是开口,说了也不算。想到这儿,他就窝火。但是他不知道,之前太后对他时常偷偷与地位低贱的王圣之女伯荣幽会偷情很是不满,后来他虽然娶了皇后,断绝了与伯荣的来往,但是太后对他不能深钻细研治国之道、兴国之法有些恨铁不成钢,觉得把朝政大权交给他,总是不放心。

阎皇后见身边人多,也不顾小震不断,像哄小孩子一样哄着安帝从帐篷出来,来到寝宫,拉着安帝坐在铜镜前面,把安帝凌乱的发髻解开,一绺一绺慢慢梳理。阎皇后纤细柔软的手指在安帝的发间慢慢游走,不时在他的太阳穴上轻柔地按上几下,柔弱的身体在安帝身上磨来蹭去,慢慢地,安帝安静了下来。

"朕今日去给太后请安,顺便跟太后提了一下,樊闰、樊丰效忠朝廷,理应给予嘉奖提携。怎奈太后非但不予提携,还说了一堆樊闰的不是。那樊闰对朕忠心耿耿,但与杨震不和,太后过于器重杨震,听信杨震对樊闰的谗言,遂对樊闰带有很大偏见。还有……"安帝不等阎皇后问他,就一股脑儿地把烦心事说与皇后,但是,说到此,他赶紧打住,因为,有一件事他差点失口说出。有次,他去伯荣家看伯荣,随口说到自己不能亲政的不顺心的事情,王圣就劝他该与太后展开归政之争。王圣向他说了中常侍樊丰传过的一句闲话,说有次,太后说:"以哀家的年龄和精力,可再临朝五到十年,到那时,皇上也就历练得差不多了。"安帝听到此,禁不住顺口说了一句:"她如果再坐十年,朕早都等老了。"后来,他在樊丰与王圣的唆使与蛊惑下,准备实施逼宫,结果由于准备不足,阴谋失败。

这时,阎皇后轻轻一笑。她太了解安帝,安帝的心里装不住事,所以,朝中之事皇后从不过问,但安帝每每高兴或者烦闷之时,总是说与她听。

阎皇后名阎姬,系尚书、步兵校尉阎章的孙女,长水校尉、北宜春侯阎畅之女,入宫后,在邓太后的扶持下成为皇后。阎姬出身名门望族,自幼喜欢诗书,才思敏捷,因祖上均为朝廷官员,遂对政治颇感兴趣,虽为女流之辈,但巾帼不让须眉。邓太后之所以扶持阎姬为后,也是看中她这一点。因为刘祜性情过于软弱,需要有一个强人协力相助,阎姬就是合适的人选。但对于太后的独权专政，阎姬也颇为不满。今日安帝泄愤，也是心中积怨太深。但是，如果任由安帝使性，稍有疏忽惹怒了太后，那种废帝的事情太后不是做不出来。因此，阎姬心想，当务之急，是要稳住安帝、稳住太后，留得青山在，不怕没柴烧。

阎皇后一边给安帝揉着肩膀，给以温柔温暖，一边轻声细气地说："皇上，太后当初立你为帝，正是看中了你既是庶出性情又柔弱。太后把持朝政这么多年，皇上不是不了解太后的手段。她利用杨震选官变法，目的就是要在天下读书人中选拔官员，一来造福于天下百姓，二来遏制了朝廷官员子弟入朝的人数。那些新举入朝做官的读书人，哪个不对太后俯首帖耳？臣妾知道皇上眼看身边的心腹太少，不免心急。但是，皇上再急也要稳住。现在邓氏家族大权独揽，外戚势力日盛，稍有不慎，就可能皇位不保。依臣妾看，即便皇上想提携自己的人，也根本用不着亲自出面，刘凯、刘章、谢恽、江京这些大臣对杨震、对太后早有成见，皇上何不利用他们之口达到自己的目的呢？"

皇后的一席话，让安帝茅塞顿开。对啊，自己怎么不知道利用自己的两个皇叔和那两个大臣呢？他杨震能在太后面前参奏樊闰，那这些人也可以以同样手段参奏他杨震啊。难道杨震在太常府、司徒府这么多年没有一点儿疏漏？

安帝一回头抓住皇后的手，满眼柔情："还是皇后与朕同心。"

"皇上是臣妾的夫君，臣妾岂能不与皇上同心？"说着，如对待孩子一般将安帝的头揽入怀中。

此刻，在宫院，太后乘着红色六羊车匆匆向长乐宫行驶。她云髻高耸、玉簪横插、珠翠盈头，身披白狐毛皮绲边的红绸丝锦斗篷，有两名宫女提着瓜皮灯笼在前引路，后面两名宫女紧跟，沿着曲折廊桥穿过后花园的荷塘，转过假山来到长乐宫。只听立在宫门口的宦官喊道："太后驾到！"

安帝大惊，只见太后已进了宫。太后的肩一抖，身后的宫女赶紧接下她的红绸斗篷。"哎呀，哀家的两个孩儿如此恩爱，真叫哀家羡慕啊！"

两人都很惊恐，不知太后为何驾到，特别是安帝以为刘皇叔叫他去府邸密谋政变的事情被太后知道了，一下子吓傻了。

安帝和阎皇后慌忙跪下施礼："不知母后驾到，请母后恕罪！儿臣拜见

母后!"

"起来吧,是哀家不让禀报的,怕打扰了皇上皇后恩爱呢。"邓太后笑着说。

阎皇后起身连忙搀扶着太后,娇嗔地说:"母后又拿儿臣们取笑了。"她转过身子对宫女们说:"你们都下去吧。连日地震,母后日夜操劳,儿臣们无地自容,今晚本宫亲自侍奉母后。"说着,搀扶着太后坐下,赶紧给太后端上小点心,说:"母后,这是儿臣自己配料让御膳房专门给母后做的点心,正准备给母后送去呢,不想母后亲自来了。刚好,母后快快品尝一下。"

邓太后尝了一口,夸奖了一番,随即对安帝说:"今日祜儿提议提携樊闰,不是母后不同意。祜儿大概听说过,一桩发生在荆州的喊冤案,轰动朝野,历时十年,至今不能结案,所有疑点都指向樊闰。御史台的御史言官们对樊闰议论纷纷。这个案子一旦翻案,樊闰这人,别说提携,恐怕还要负刑责。"

安帝和阎皇后一听,不觉大惊。安帝想起刚才说的那些话,连忙解释说:"还是母后圣明。这个时候,儿臣不该提及樊闰之事,还请母后见谅。"

"是啊,母后,"阎皇后看着邓太后的脸色变了,便赶紧接话,"皇上刚才回宫一直在自责呢,说自己心性还不够沉稳,想事不周全。"

"母后,不是前边已派钦差江京复查此案了吗?"安帝小心问道。

"嗯,是派了钦差,但至今结案呈文还没有送来。"太后点了点头,"祜儿,还一直坚持着跟太傅读书吗?"太后说着,一直注意观察刘祜的神情。

安帝急忙说:"回母后,儿臣一直跟随太傅在读五经呢。学了五经,儿臣现在明白了许多道理。作为君王,一言一行、一举一动,都是天下臣民的典范。周文王率先垂范,则臣民遵律守法;秦穆公好赌,则举国赌风日盛,舞弊成灾;燕昭王好斗,则乡野血雨腥风,匹夫横行。君王明则天下明,君王昏则天下昏。"

见太后频频点头,阎皇后接着安帝的话说:"母后,皇上常常回来给儿臣说,让杨太傅指导皇上学习真是母后圣明。杨太傅不仅学富五车,还是个治国能臣。母后处处为皇上着想,真叫儿臣感激不尽。母后豁达深沉、干练果断、静若止水，又能治国齐家，彰显王者风范，真乃天下臣民的福分。"

邓太后听了阎皇后的话，呵呵笑着说："甚好甚好，皇后不愧出身名门，知书达礼，温柔贤惠。有你这样的皇后辅佐皇上，母后就放心了。"

安帝见太后听了皇后的话心情大好，也顺势说道："母后，听说杨太傅倡导教化的建议在全国县乡推广以后，各地都在建立学馆，好些穷苦人家的孩子边耕边读，有的地方利用学馆向乡民传授忠孝节义的儒家思想，民风大有好转。"

阎皇后这时也插嘴说："是啊，母后。在朝中，君主手不释卷；在乡野，乡民学礼崇儒。这可是一个好风尚啊！这样的国风前朝未有啊！"

邓太后看安帝和皇后如此褒扬教化推行，心里大喜："哀家要求做臣子要有政绩，而做帝王的也要有政绩。大汉皇族受命于天，人人高贵非凡，个个具有礼仪风范，尤其是作为天子的皇上，更应具备大国气度和英武果断。皇儿，你作为天子，就要有建功立业、开疆辟土的雄才大略。"

未亲政的刘祜虽心中无奈，但也只能谨遵太后旨意："母后吩咐的，儿臣都记住了。"

安帝和阎皇后对太后口头上虽然句句说好，但是，此时的安帝，不知怎么的，一提到杨震讲课，就有些不安。因为，在这段时间里，杨震闲时，常常早也讲，晚也讲，无非是正心诚意，心存天下，抑制贪欲。安帝虽然对太傅讲的这些有些厌倦，但一想到自己要成为一代君主，就耐住性子往下听。

太后之所以突然造访安帝，是有眼线告知她安帝偷偷出宫，行踪不明。邓太后从安帝的神情举止似乎已经感觉到什么了。

杨震听说太后召他进宫，赶紧放下手中正在忙的事来到太后的帐篷。

跪拜了邓太后，杨震抬头的一刹那，听见太后轻声咳嗽。他抬头望了望太后，见太后明显气色不佳。他看了看御案上堆积如山的奏章，心里一阵难受，便说道："太后，您要多保重身体。您的凤体关系着天下百姓的福祉啊。看着太后日夜操劳，臣深感惭愧！"

邓太后清了清嗓子说："先生，大汉的朝政、百姓，实在有劳你了。"

杨震说:"太后过誉了。都是微臣不才,不能为太后分忧,以致太后为国家事务过度操劳,太后已经有白头发了。"

邓太后苦笑了一下:"先生,我们都老了,都已年老体衰。先生已逾花甲之年,你也要保重啊!哀家叫你过来,是想跟你议一下朝廷'两整'的情况。近日,尚书台不断接到各州郡的奏疏,反映自从那次朝堂百人议政大朝会之后,进行'整顿朝政、整肃吏治'、推行教化以来,各州郡官风变化很大,各地务实、节俭蔚然成风。先生啊,看来,进行'两整'、推行教化,确是增强我大汉国力、改善乡民百姓精神风貌的一个重要措施。"

杨震说:"这也说明太后临政,十年励治,一个清明的太平盛世很快就要来到了。"

邓太后高兴地点点头:"先生,朝廷整肃吏治,最近有什么新情况?"

杨震说:"回太后,从暗查的情况看,可能涉及某些身居要职的高官。"

邓太后坚定地道:"放心大刀阔斧地整,无论涉及何人,不论职位高低,不得留情,一律按大汉律法严惩,王子犯法与庶民同罪。不这样,国何以像个国?"

杨震道:"微臣遵旨!有了太后的旨意,臣心里就有底了。"

站在邓太后旁边的樊丰,把头埋得低低的。

邓太后又问:"全汉倡导推行教化,天子脚下的京城环境整治得如何?"

杨震说:"回太后,正在有序进行。重点是戏楼戏院,重点是官员……"

御史台里,高舒仍然穿着他那身黑衣蓝边的深衣官服,头戴獬豸冠,正在阅读朝廷批转来的各地在"整肃朝政、整顿吏治"中弹劾官吏的奏章。这时,有个同僚跑进来,手里拿着一份折子说:"高大人,御史大人让你阅办这份批奏。"

高舒接过一看,是太后批复的关于"张生法场喊冤案"的复审结案奏章,赶紧看起来。

原来,太后接到江京关于"张生法场喊冤案"复审结案的奏章后,尽快批给御史台,听取御史言官的意见。

十六 地震连连难阻止

高舒看完，气得脸色铁青。虽然回到京城几个月了，但他一直关注着"张生法场喊冤案"的复审结果，后来，听说了江京在荆州的所作所为，高舒非常气愤。现在看来，荆州的传言并非空穴来风。

他认为这样的审结很有问题，他对江京如此断案也很是不满。他知道，"张生法场喊冤案"已成为天下闻名的大案，朝野上下都非常关注。

考虑着下一步如何办，他再次查阅大汉律法中的有关规定，看到律法中写道：地方司法衙门凡有重大疑难案件，均应逐级上报，直至廷尉府。

据此，他认为，"王灵母女被杀案"及"张生法场喊冤案"，已不是一般案件，属疑难案件，应上报朝廷廷尉府。

为此，高舒决定再次上书，弹劾江京恶意断案，包庇樊闱，陷害无辜，向朝廷进谏，建议此案交由廷尉府审理，并请求对真凶的保护伞荆州刺史樊闱、洛阳尹江京问责。

几日后，永安宫里，接到高舒第二次上奏的太后，也非常生气，提笔降旨，将钦差江京复审的"张生法场喊冤案"交由廷尉府。

高舒听到后非常高兴，心想：只有这样，"张生法场喊冤案"按律法中"录囚制度"的有关规定，才算进入正常司法程序。

一日，在廷尉周忠署理处的帐篷里，周忠给一个衙役吩咐："让监理处的虞法官来一下。"

衙役出去不一会儿，一个年轻的法官走进来，他就是虞放。

周忠说："虞法官，朝廷转来太后批复的关于钦差江京复审的荆州索县'张生法场喊冤案'，由你来复审。"

虞放接过批复及结案奏章，回到监理处帐篷，就急着开始阅读。

在朝廷进行的"整肃朝政、整顿吏治"和在全汉倡导的教化进行时，"张生法场喊冤案"历经十年之后，交由廷尉府重审。

这时的洛阳，大震过后，余震仍然不断，考虑到法官的安全，廷尉周忠到皇宫太后帐篷请旨："禀太后，由于余震还在不断发生，'喊冤案'复审是否暂停？"

太后说："不可以停。"

周忠回到廷尉衙门对虞放说:"太后有旨,'喊冤案'的复审不能停。"

虞放这年已是二十三四岁年纪,通过"以考带察"被朝廷录用,留在廷尉府监理处做了监理法官之后,冬夏都身穿一身黑衣镶边的深衣,头上戴着法冠。

虞放本身熟习大汉律法,又研究董仲舒的"春秋决狱",自接手了"张生法场喊冤案"的复审工作以后,先是认真阅读太后批注的江京的结案奏章,然后再次细细地翻查了大汉律法中关于"疑案呈报""录囚制度"的规定,还翻阅了前汉历史上大量的类似案例。

翻阅时,虞放也在沉思:"疑案呈报"和"录囚制度"这两种司法制度,如果各级官吏认真笃行,确实都能起到宣传君王的仁政盛德、全国上下统一适用法律的作用,也有利于君王加强对地方司法权的控制。另外,从庶民百姓的角度看,也确实有利于改善狱政,纠正冤案,体恤民命。

这时,他想到恩师杨震就因这一案而遭贬。于是,他决心彻审此案,他要使蒙冤者得到平反,使作恶者及违法的官员得到应有的惩处。

虞放在深入研读江京的结案奏章时觉察到,结案奏章中有不少疑点,前后自相矛盾。至此,他肯定,樊闿在审理案件和江京在复审案件的时候,皆存在徇私枉法行为,张生确实可能有冤情。为慎重和彻底审清此案,他决定上书太后,请求太后下旨,让荆州樊闿将案犯、人证、物证送交廷尉府。

永安宫里,太后阅毕廷尉周忠呈报的虞放的奏请,正在考虑如何办好。

这时,正好杨震来禀奏朝廷官员召妓一事。太后随即就问杨震对"喊冤案"的看法。

杨震说:"回太后,荆州这个案子,微臣也算是参与者,比较了解案情。当初,微臣在荆州时先是让王密在县衙重审,然后微臣又在州府亲审,让张生父亲张旺上堂做证。我二人皆断定,这是一个冤案,张生蒙冤受屈,真凶另有其人。而且,荆州上下人人皆知。可是,樊大人、江大人,无视律法,颠倒黑白,混淆是非,让真凶逍遥法外,让无辜者蒙受冤屈。眼下,朝廷正在进行'整肃吏治',如若这样的冤案得不到平反,这样无视律法的地方官员得不到惩治,我们的'整肃吏治'不光有可能在走过场,而且,后果不堪设想。

听了杨震的话后，太后拿起笔，批奏道："荆州'法场喊冤'一案，廷尉府审阅钦差江京复审拟结奏呈，疑窦不少，经御史台察，亦为案结草率。现着荆州樊闰将案犯及全部案卷、人证速速解京，交廷尉府悉心重审，毋稍枉纵。"

正在荆州准备游山玩水的樊闰接到邓太后懿旨，一下子慌了神。官差奉廷尉周忠之命，在荆州立等负责将案件需要的案犯、案卷带回京城。

在焦急中，樊闰灵机一动说："官差先回，审案所需要的案犯、人证、案卷，本官随后就差人送到京城。"

樊闰说着，命手下将他刚刚说过的理由写成奏文，让官差带回朝廷复命。

廷尉府衙役回京向廷尉周忠禀报了情况，周忠有些恼怒。

廷尉府的官差离开荆州后，樊闰咬了咬牙，准备实施他的毒计。

这天晚上，他把自己的神秘心腹急急召到密室，附在心腹的耳边嘀咕了一阵。心腹听完，直起腰说："大人，知道了。"

樊闰又叮嘱："该闭口的闭口，该躲避的躲避。闭口的，一定要做得神不知鬼不觉；躲避的，让他们连夜动身，能逃多远逃多远。"

心腹说："放心，大人。"

樊闰这才放心地上榻入寝。

第二天，樊闰正在府衙大堂理事，治中急匆匆跑进来，气喘吁吁地说："樊大人，不好啦！"

樊闰紧张地问："什么事？快说。"

治中说："樊大人，下官奉大人之命，去找有关人员，可是，武陵郡丞金武、索县县令牛寿，以及上次升堂做证的索寿县那个打更老头，还有传来州府问话的，都不见人了！"

樊闰故作一惊说："什么？他们都失踪了？怎么会这样？是不是听到什么风声了？继续寻找！"

州府的官吏们都感到奇怪，在朝廷要把这些人解到京城传讯的时候，却一个一个离奇地不见人影了。

过了几天,又一个州官跑来说:"樊大人,索县来报,索县城大街王家店铺东邻的杂货铺和西邻的布庄,两家人昨晚不知得了什么病,都离奇地死了。"

发生这样的事,樊闰心知肚明,他在想,这样大的死亡事故,该不该上报?

关于这件事,从索县城到荆州城,人们议论纷纷。

街坊有人说:"没有听谁说这两家人有什么病,怎么就都在一个晚上死了?"

人们在纷纷议论的同时,有人好像忽然想到什么,不觉捂住口,有些后怕起来。

樊闰在州府大院走出走进,装着很急的样子,不高兴地说:"这些人死的死、跑的跑,让我如何给朝廷交代?"他虽然表面紧张,其实心里十分高兴。

京城的廷尉府里,周忠对虞放说:"现在只能耐心等待。"

可是,几个月过去了,还没有荆州案犯、人证、卷宗的踪影。

廷尉周忠也着急了。

地震已经过去了几个月,太后、安帝以及亲属家眷、宫女宦官纷纷回到宫里。皇宫大院的多顶帐篷也都已经拆掉,院子的卫生也已经打扫干净。经历了一场大劫的皇宫又恢复了往昔的平静。

今天,是地震后的第一个早朝。

长乐宫崇德殿,满朝文武百官互相问好,皆心有余悸。

在一群执扇宫女的簇拥下,太后与皇上出现在崇德殿朝堂上。她神情端庄肃穆,步履从容,那君临天下、淡定自若的威仪自有一种逼人的气势。她与安帝步上丹墀,两人在御案后面坐下来。刘凯和刘章立即率群臣朝拜,齐呼:"太后万岁、万岁、万万岁!吾皇万岁、万岁、万万岁!"

"众爱卿平身!"邓太后声音不高,却极具穿透力。

接着,她铿锵有力地说:"经过一年的'整顿朝政、整肃吏治',大汉国上下君臣一心,朝廷和地方官员的履职情况大为改观,尤其是推行教化以来,乡风、官风、朝风大为好……好转，咳、咳……"

邓太后说到这里，禁不住咳嗽起来。连日起居在帐篷，加之没完没了地处理奏章，日夜劳累，她感染了风寒。

樊丰急着大喊："有本上奏，无本退朝……"

杨震神态严肃出列道："臣有本上奏。"

樊丰说："太后身体不适，有本改日再呈。"说毕，小声嘀咕："也不看看……"

邓太后说："樊丰，休得多言！杨爱卿，有本请奏。"

杨震说："禀奏太后、皇上，现已查出户曹尚书王贤、兵曹侍郎史道，以及内府侍中马元等三人，大肆贪污朝廷库银，用以召妓、狎妓、包养妓女……"

邓太后一惊，严肃地说："呈上来！"

樊丰赶紧接过杨震手中奏章，以及一厚摞罪证，递给邓太后。太后止住咳嗽，认真阅览后，厉声说道："户曹尚书王贤、兵曹侍郎史道交廷尉府核实，若证据确凿，秋后问斩。内府侍中马元等三人，免去官职，削为平民。来人，拖出去！"

十多个宫廷卫士，呼啦啦从大门外跑进，卸掉这五个官员的朝冠，拉了出去。

杨震又说："太后、皇上，臣还有本要奏。"

太后说："爱卿请讲。"

杨震愤慨地说："禀奏太后、皇上，还查出司空刘章三种罪行：其一，私开戏楼，谋取高额私利，同时，为官员召妓狎妓提供方便，以此将不少官员拉下水；其二，贪腐地震赈灾钱粮，数额巨大；其三，在任太常、司徒期间，卖官鬻爵……"

大汉朝廷禁止官员经商，但是，刘章、江京、樊闰等私办戏院、教坊，还有酿酒、陶器等作坊，积累资产无数。由于刘章等人权倾朝野，人们自然不敢吭声。汉朝一贯传统，三公之职，什么都能管。此时，百官一听，顿时炸开了锅。

站在朝堂之下、百官前列的刘章，当下跪倒在地，喊着："太后、

皇上……"

文武百官谁都没有想到,在这次整肃吏治时,杨震敢于查三公之一的刘章。

杨震在奏章中写道:"刘章身为宗亲,又位列三公,以给朝廷'举荐孝廉、贤良方正'之名,将亲信、朋党之人充塞朝廷和地方府衙,由他和堂兄刘凯举荐保送到政坛上的门生官吏遍及朝野。多年来,刘章利用任太常和司徒职务之便,大肆敛财,收取的贿赂价值达数千万黄金。其行为罪莫大焉,必须严惩!"

一桩桩一件件,触目惊心,惊得文武百官目瞪口呆,倒吸一口凉气。有人惊呼:"这可是个大老虎!"他们也知道,刘章以皇叔身份,这些年除了收受贿赂,为他人谋取官职之外,很少为朝廷做什么正经事情。

杨震把一摞摞奏章和证据递交太后说:"人证、物证俱在。"

这时,安帝开口说话了:"母后,刘司空毕竟是皇叔,年纪也大了,免去其职,免予问罪,遣返封地,安度晚年算了。"

可是,杨震不依,他说:"太后,绝不可以!如果放过他,等于事分亲疏,放纵邪恶。如果朝廷置法度于不顾,而顾念亲情,那汉律只对百姓不对王侯,形同虚设,这样下去危害无穷。"杨震欲通过这次整顿,在朝廷弹劾刘章,在地方拿下樊闰。

此次"两整"还查出刘章在其封地横征暴敛,在京城大肆经商,富可敌国,在京城过着挥金如土的日子。可是在太后倡导节俭、减少用度用于赈灾时,他却为富不仁,一毛不拔。刘章得知杨震秘密查他,就找其兄刘凯商量对策,刘凯私下让人捎口信给杨震,让杨震顾及安帝情面,手下留情。但杨震不吃那一套,还是坚决一查到底。当时,刘凯、刘章就恨得咬牙切齿。刘凯认为,天下是刘家的,只要皇上在,杨震不敢把他们怎么样。

太后知道杨震性情刚直,疾恶如仇,她接过杨震递上的奏章,以及一摞罪证,阅览之后,厉声道:"就按杨爱卿所奏去办。刘章听旨:免去你司空之职,遣返封地,按公卿惯例,自决吧!"

犹如半空响起一声惊雷,刘章听了太后的谕旨,惊得目瞪口呆,肝胆俱裂,跪倒在地几乎爬不起来了。

这时，呼啦啦跑进两个宫廷侍卫，将已经卸掉朝冠的刘章带了出去。

刘章被遣返封地后，服毒自杀，这是后话。

大堂之下，一片肃穆，文武百官无不毛骨悚然。杨震因为在地方做官的作风，入朝以后，文武百官都对他尊敬三分，也惧怕三分。今日见了杨震的作为，更加惧怕。后来，消息传遍朝野，天下之人无不对杨震肃然敬服。

太后在杨震的辅佐下，推出的所有举措都非同凡响，显现出邓太后作为一代名后，远超汉和帝的理政能力和胆识。朝野一致看到，吏治腐败、弊政丛生、已趋颓败的大汉国出现了复兴的曙光。

此刻，在洛阳城大街上，只见一名满脸大汗、风尘仆仆的驿使，身上背着装有八百里加急快报的朱红皮囊，一边大喊"让道，让道"，一边扬鞭策马驰过大街，向皇宫方向疾奔，惊得街上行人纷纷闪避。

朝堂上，杨震正在建议由朝廷出台《朝廷官员地方官吏清廉管规令》……

太后不假思索说道："准奏！"

正在这时，突然有传信官手举奏章，一路奔跑一路大喊："西北雍营八百里加急！十万万火急，西北雍营有报！"

百官一听，莫不大惊。

十七　大漠西域烽烟起

只听邓太后说:"传——"

那传信官高声呐喊着连跑带爬来到殿下,浑身都被汗水浸透了:"启禀太后、皇上,八百里加急!西北雍营八百里急奏,凉州告急!"

安帝一听,忽地站了起来:"哎呀!快说,怎么回事?"

传信官说:"禀太后、皇上,十万火急!"

邓太后说:"详奏!"

传信官奏道:"西北前线送来十万火急军报:叛军滇零大举进犯内郡,我西凉的安定、北地、汉阳三郡由于州郡沉重的赋税徭役,激起民反,汉阳人杜琦、杜季贡兄弟与同郡人王信率众起义,与羌人联合反叛,攻下汉阳。称帝后的羌帝滇零,趁此大举兴兵,再次南攻益州,杀了太守,威震三辅,直逼长安。同时,滇零还联合西部州郡的反贼,声称要攻下洛阳,推翻我大汉王朝……"

满朝文武皆为之震惊,乱作一团,只有邓太后稳坐不动,十分冷静地听着,然后接过奏章,仔细阅览。

这时,传信官又递上护羌校尉班勇的一封奏章。邓太后问是什么奏章。

樊丰遮遮掩掩地说:"回太后,参奏任尚、刘光、李代、耿……耿将军……"

邓太后说:"念!"

樊丰念道:"西域都护府长史、中郎将任尚无视朝廷'两整'要求,引发西羌大规模反叛战争;边关守将刘光、李代因畏懦叛军,带兵一退再退,致使叛军长驱直入，威逼三辅；车骑将军耿宝，托故有病，长留长安……"

这些年，各种灾害不断，西北边疆的战事一直未止。

邓太后临政初期，西凉各郡因不满西域都护任尚的苛政，纷纷叛离大汉。西羌滇零在北地称帝，然后率兵攻西域都护任尚于疏勒。任尚被处戴罪立功，朝廷遂派梁慬为西域副校尉，与任尚一起抵御西羌。梁慬于河西四郡招五千骑兵驰援。不久，龟兹吏民与温宿、姑墨联兵反汉，围攻龟兹城。任尚、梁慬等出城迎战，连战数月，才平龟兹。

之后，西部司州、并州、凉州一带二十五个郡国发生旱灾，西羌滇零寇掠三辅。朝廷再派出护羌校尉班勇，与任尚、梁慬、金城太守陈刚率诸郡兵、属国湟中月氏诸胡、陇四牢姐羌合五万人一起平叛。汉军出塞至允川，与西羌首领滇零激战，后又屯兵大散关，驻守西凉，长达十多年，屡屡受挫。

朝廷进行"整顿朝政、整肃吏治"、倡导教化以来，曾被处戴罪立功的西域都护府长史任尚，不记教训，无视朝廷关于"轻徭薄赋，教化治西"的策略，仍是苛政徭役不断，再次酿成羌人大规模反汉。加之长期以来，种种矛盾已经积累成堆，导致汉羌战争爆发，大汉面临乱敌入侵、亡族亡国之威胁。眼下当务之急，是如何来对付声势浩大的西羌叛军。

"众爱卿，请进献退敌之策。"邓太后向堂下百官说。

满朝文武百官，交头接耳，一时无计可施。

于是，邓太后就点着刘凯的名字说："刘爱卿，你身为首辅太尉，对以上四人的所为，认为应如何处置？对叛军西羌大举进犯，可有退敌之策？"

站在百官最前面的刘凯本来就因为堂弟刘章被当堂处置而兔死狐悲，悲哀之中忽然听到太后点他的名，不由得一惊，边擦着头上的汗珠，边支支吾吾地说："臣以为，几人对西羌进犯应负有责任。要么由几人带兵退敌；要么放弃西凉数州数郡，收缩战场，保住洛阳，养兵贮粮，再寻战机……"

刘凯话音未落，朝堂上下一片骚乱。

安帝见众大臣哗然，慌忙起身求救一般地说："还请文武大臣进献伐贼之策！"

邓太后转向刘凯身边的杨震："杨爱卿以为如何？"

杨震奏道:"回禀太后,微臣以为,我大汉开疆拓土,征战数年,才有了如今的万里江山,如今因为畏敌,就放弃三辅屏障西凉数州重地,实在是浅薄之见。西凉百姓迫于羌胡骚扰,民风彪悍,妇人也能操戈持盾,而西凉数州兵将更是勇猛过人。羌人之所以还没有进入三辅,就是因西凉兵民而有所忌惮,如果放弃西凉,羌胡没有了屏障,必然长驱直入,成为我大汉心腹之患。而凉州百姓之所以上阵杀敌,参军平叛,就是因为他们是我大汉的子民,父母怎么可以放弃儿女呢?假设西域各州子民怨恨朝廷弃之,必然又生大患,那时我大汉的局面将更加严峻。"

听闻杨震一席分析,堂下众臣纷纷对杨震点头称赞。

邓太后扫视着堂下百官问道:"谁愿带军出兵伐羌?刘太尉!"

刘凯嗫嚅道:"臣,垂垂老矣⋯⋯"

这时,邓骘忽地出班跪奏:"启奏太后、皇上,臣愿带兵出军伐羌!羌敌大举入侵,朝廷危亡之际,臣身为大将军,若不能主动出征,实在有愧于朝廷隆恩,有愧于大将军之名。臣请太后、皇上下旨,让臣率师荡平西羌。西凉偏远荒蛮,羌人便于出没,臣深谙他们的游走作战之术,定能一举平定西羌。"

杨震看着朝堂之上甚是焦急的邓太后、六神无主的安帝,听了大将军邓骘的慷慨奏请,想起自己入朝以来,亲眼看到邓太后在临朝执政期间,面对内忧灾荒不断和外患四夷侵扰的局面,自己带头节俭,不做奢华浪费之举,体恤民情,对臣属赏罚分明,为天下日夜操劳。作为太后尚能如此,身为大臣,报国还待何时?想到这儿,杨震一甩长袍,走到邓骘旁边也跪奏道:

"启奏太后、皇上,臣虽为文官,但报国之心,一片赤诚。眼下国家危难,臣不能征战沙场,为国效力,想来深感不安。臣愿随大将军一同出征西羌,助大将军一臂之力,请太后、皇上赐给臣这个机会,臣定当万死不辞,为天下的长治久安战死疆场在所不惜!"

太后和安帝正要表态,骠骑将军袁贵急急出班跪奏:"禀奏太后、皇上,末将袁贵,曾为朝廷征战疆场多年,承蒙皇恩,久居京城。养兵千日,用兵一时。臣常思报国,一直没有机会。此次与西羌作战,正是臣报效朝廷的机会。现在,连文臣杨大人都慷慨赴敌,末将作为武将深感惭愧。末将虽不带兵多年,但还了解西羌人的习性、战法。末将的大儿子袁飞已在疆场,末将愿率小儿袁礼一同随大将军及杨大人出征,平剿羌寇,以报效朝廷!"

骠骑将军袁贵跪在殿下,身着铜盔甲,足穿革鞜,腰侧一边的革带上系着象征公侯将军的金印紫绶。

"太后、皇上,臣愿……""太后、皇上,臣愿……""太后、皇上,臣愿……"

一时间,朝堂之下跪了一片忠臣良将,场面蔚为壮观。

邓太后看到此情此景,甚感欣慰。想当年,荆州水患,邓太后诏令再三,竟无人愿意为朝廷解忧。从来都是荣辱不惊的太后,此时竟然有点儿控制不住自己的情绪,眼睛湿润。危难当头,方显英雄本色啊!

安帝注视着大堂之下跪地的众多文臣武将,也一下子激动万分。

邓太后想到,前些年,由于国库空虚,无力彻底征讨西羌。经过这些年的治理,国库逐渐充盈,国力日渐强盛,该是一举彻底荡平西羌的时候了。

于是,她与群臣商议,做出决定,自豪地大声说道:"众爱卿,看我大汉如日中天,良臣猛将济济,何愁羌贼不平?!众爱卿听旨:命大将军邓骘为讨羌大元帅,骠骑将军袁贵为副帅,司徒杨震为护国大军师,即日发兵,讨伐西羌,平定西凉,永绝后患!同时,命班勇、耿宝率西域北军五营、黎阳、雍营、三辅积射及边兵三万人协同讨伐!"

邓太后意气昂扬的声音在大殿内回荡。邓太后坚决果断的语气及她严肃凝重的表情,令朝堂之下的群臣产生了一种从未有过的敬佩。他们分明感受到了来自太后身上的某种力量,那就是澎湃在太后血液中无坚不摧的意志。

邓骘、袁贵、杨震三人立刻跪于堂下,慷慨激昂道:"臣遵旨!不平西羌,誓不还朝!"

这时,只听邓太后继续说道:"尚书台拟诏,第一道罪己诏。"

文武大臣听到"罪己诏"三字,不觉一惊。原来,为平定西羌,邓太后连发四诏。这在安帝时期,叫"四诏出击"。尚书台官员专注听谕。

邓太后道:"哀家辅佐皇上承继鸿业,不能宣流风化,政务失当,反而弄得阴阳相悖,灾害四起,变异不止,边关不宁,百姓饥荒不断。这让哀家永怀

悼叹，忧心忡忡，宛若处于深渊。罪过在哀家一人，望三公、九卿、文武百官，直言得失，以助哀家不及。"尚书台官员迅速记录。

邓太后道："第二道：出师诏。严令西北雍营及西凉各州郡官，加紧防御，兵曹连夜急调全国各州郡兵马，迅速集结洛阳，选出良将，统一归邓大元帅指挥，出师荡平西羌。"尚书台官员迅速记录。

邓太后道："第三道：倡节俭诏。平定西羌的战争中，其耗费之巨，为大汉之最。为此，倡节俭。旧令制度，各有品类等级，其目的要百官及百姓务必崇尚俭约。永初年代，人心离散，生活荒困，朝廷上下克己俭约，去除奢饰，食不兼味，衣不重彩。这些年虽获丰收，仍少储蓄，而官吏、庶人没有盘算，未想久远，生日寿宴、嫁娶送终，竞尚豪华，达官贵人生活奢侈糜烂，以至贩夫走卒、奴婢下人也穿绫罗、戴珍宝首饰。京师如此，何以能做四方表率？各级衙门官员，怠惰放任，屡不遵行各种法令禁条，不良之风危害甚远。现诏令三公重申旧令，倡节俭，禁奢侈，忌排场，毋做浮夸奇巧的明器，毋以耗费资财从事厚葬；减省朝廷、郡国官员贡献及口食，俸禄在二千石以上减七，以下百官及郡县官俸禄减半；各地离宫、别馆所储存米、干粮、薪柴、木炭，一律下令收缴；停止画工三十九种；御府、尚方、织室锦绣、冰纨、金银、珠玉、犀象、雕镂玩弄之物，一律停止不做。诸园贵人、宫人有宗室同族若体弱年高、不堪使用者，由园监核实上报名册，哀家将亲自到北宫增喜观检阅询问，听取去留决定，将免除、遣散、精简冗员六百人。"

太后接着道："据查，皇室的离宫别苑养着几十个嫔妃、数百个宫女和上千工匠。据哀家所知：高皇帝立国时，掖庭只有十几个宫女；文景时，为休养民生，崇尚节俭，后宫嫔妃宫女不过数人。可如今离宫别苑养着这么多吃官饭的闲人，耗费甚巨，势必增加百姓的负担。为此，哀家下旨：凡未得皇上临幸的、三十岁以上的妇人皆罢归民间，许之另嫁，以慰民心。而且，以后五年不得让地方州郡县衙再选妃上报。对于宫苑中那些宫女和工匠，减少用人，归家的给予妥善安置。以上各项所省财物，均用于伐羌战争粮草供给。西羌战事已发，望公卿百官明白，不遵法令者，必将治罪，顺战行诛。现再次重申，以观后效。"

尚书台官员刚记录完，邓太后又补充道："哀家率先带头，拿出哀家多年的私房钱交归国库，用作伐羌战争军费。"

太后身边的人皆知，自邓太后临朝至今，水灾、旱灾、蝗灾、风灾、地震各种灾害不断，而且四夷外侵。太后心系万民，每每听到百姓受灾，通宵不眠，生活供给一俭再俭。

这时，只听杨震也道："太后、皇上，臣愿拿出三个月俸禄，用于伐羌战事。"

随即，大将军邓骘也主动提出削减封地和俸禄，且倡导节俭，以共渡难关。邓太后临朝执政以来，由于邓太后对邓氏家族的严格管理，邓骘为人处世都很低调，多次婉拒朝廷因功赏赐。

这时，只听邓太后又道："第四道：荐举武将诏。诏令：特令三公九卿、文武百官、将校尉，因伐羌战事需要，举荐子孙中明晓战阵、能任将领者，以及民间堪任将领的武猛人士，将其名单上报，以伐西羌，平定西域。"

整个战事部署已妥。这时，只听杨震严肃地上奏道："启奏太后、皇上，微臣以为，对于任尚四人，应按朝廷'两整'要求，依照大汉律法，该严惩的严惩，该问罪的问罪，该问责的问责；对于西羌，应举全国之力，出兵讨伐。对畏战者投入大牢，对贪污军费、造成大汉损失者任尚斩首，连带者耿宝戴罪立功。"

征西将军任尚、副将袁飞，统领益州、凉州二州，屯驻长安，战时常驻雍营。袁飞谨职守则，而任尚废弛军务。

邓太后道："杨爱卿所奏，甚合哀家之意。杨爱卿传旨，按朝廷'两整'要求，依照律法，西域都护长史任尚因长期实行苛政，给朝廷造成无以累计的损失，革职问罪，处以斩首；边关守将刘光、李代因畏懦羌敌，免官下狱；车骑将军耿宝，诫勉问责，以儆效尤。望众爱卿以此为戒，勿蹈旧辙，上下一心，共同御敌。"

杨震道："臣遵旨！"

十月初，大规模的伐羌战争爆发。

早晨,洛阳城外,战鼓齐鸣,号声嘹亮,大汉军旗帜迎风招展。一身戎装的邓骘、袁贵与身着素袍的杨震同乘一辆战车,身后的大红圈金线"帅"字旗高高飘扬,三十万大军浩浩荡荡,奔赴疆场。

太后、安帝和群臣在城楼上静静注视着远去的大军,心里都在默默祈祷。

车辚辚,马萧萧……

送走了浩浩荡荡西征的大军,邓太后独坐在宫中,感觉到一阵从未有过的冷清。三位最信任、最亲近、最忠诚的重臣为了大汉的社稷江山稳固,远离妻儿家小,驰骋疆场,生死不定。临走前,杨震专程拜别邓太后,特意叮嘱她,大军西征,皇城兵力锐减,太后与皇上的安危最为重要,京城的安全管理唯袁礼与朱冲最为可靠,请太后千万要小心谨慎。身边能有如此有胆有识又忠心耿耿的重臣,实在是她太后之大幸,朝廷之大幸,大汉之大幸也!

邓太后听取杨震之言,随即将袁礼和朱冲召进宫来:"大军西进,京城兵力薄弱,安全至关重要,京城和皇宫安危就交给你们了。"

袁礼跪拜说:"回太后,臣袁礼虽不能随军西征,然太后和皇上的安全至关重要,臣定严加防守,誓死保卫太后和皇上的安危!"

邓太后赞许地点点头说:"袁爱卿将门虎子,忠肝义胆,哀家是一百个放心。"

朱冲也跪拜着说:"太后,臣城门领兵朱冲,虽出身乡野,但同样心怀赤胆忠心,誓死报效太后和皇上!"

刚刚过了霜降节气,天空雾蒙蒙的。一到早晨,野外地里一片白。

浩浩荡荡的大汉军队一路向西挺进。

西征伐羌的三十万大军风尘仆仆,车轮滚滚,一路向西行进。兵士们个个头戴铜盔,身穿用长方形片甲前后相系相夹的兵戎服,足穿革鞳,疾步行军;而站立在战车上的将帅,则个个头戴铜盔,身着用鳞状甲片编成的铠甲,足穿革鞳,注视着西北方向。

汉军的先头部队,打着几面白底红边的军旗,其中一面绣着一个大大的"汉"字,一面绣着一个大大的"御"字,一面绣着一个大大的"邓"字。

队伍前头的战车上，大元帅邓骘居中，副元帅袁贵在左，护国大军师杨震在右，三人并排而立，皆目视前方。两位元帅身披碎银铠甲，头戴铜盔，手握宝剑，威风凛凛。大军师身着素袍，长须飘飘，浓眉紧锁，正气凛然。五百铁骑紧随其后，三十万雄兵旌旗招展，尘土飞扬。

大军就要通过弘农城北的函谷关了。

弘农郡府的郡丞早闻杨震要打弘农经过，急急忙忙来到府衙找到太守移良惶恐地报告："大人，听说司徒大人作为平羌大军师要打弘农经过，郡府自朝廷进行'两整'和推行教化至今一直未有行动，司徒大人两次派人催交教化奏表，郡府一直借口不予上奏。推行教化乃国事政事，也是利国利民的大事，对治理弘农的民风民俗大有益处，大人为何要有意抵制呢？如今司徒大人路过，潼乡乃大人的家乡，大人离家多年，思乡心切，一定会回到学馆和府衙视察，若追究推行教化一事，你我二人如何能担当得起呢？"

移良不以为意地笑了笑："郡丞不必如此惊慌，有我这个太守在呢，即便杨司徒追究也有我太守担着，你怕什么？再说了，朝廷忙于讨伐羌寇，连杨司徒都参加西征了，如今战事紧急，哪还有时间推行什么教化？郡丞，请镇静镇静！"

郡丞擦了一把头上细密的汗珠："大人，朝廷关于推行教化的事情并没有停止，杨司徒虽然西征去了，但是，司徒府的长史依然还在督促教化一事。听说这次叛乱，并非由羌人引起的，而是由汉人引起的。凉州的几郡拒不理睬朝廷的诏令，随意加重赋税徭役，引起当地百姓不满，激起民愤，致使民众起义，那个羌人的皇帝滇零也趁乱大举兴兵，才发生了这场战乱。据说太后在宣室殿凤颜大怒，说战乱平息之后，定要严惩这几个郡的太守。"

移良听郡丞这么一说，神情一下紧张起来。郡丞接着说："移太守，我们弘农并非西南蛮夷之地，而是处于洛阳、长安两京之间的关中驿道上，随时都有朝廷官员来郡督察政务，大人，还是小心谨慎为好啊！"

这时，一个身背雨伞、头戴斗笠的衙役从外边匆匆进来。

移良急着问："消息属实吗？"

衙役说："属实。朝廷'整肃吏治'，查出户曹尚书王贤、兵曹侍郎史

道、内府侍中马元等五人,大肆贪污朝廷库银,用以召妓、包养妓女,都已被革职问罪了。就连司空刘章,也因贪腐受贿、私开戏楼被革职,遣返封地,自行了断……"

移良听到这儿,吐了一下舌头,只说了一句"乖乖",愣怔着不知道该干啥了。

大军路过关中东大门的潼乡。

潼亭大街的关中驿道上,杨震看着渭河边树木笼罩中的泉湖学馆,心潮起伏。

邓骘转过身看看杨震。杨震适才凝重的表情忽而温暖起来,眼睛里竟然闪烁着点点泪光。邓骘想起了十多年前,自己就是在这条驿道上,往返三次,才让朝廷得一儒才。今日看来,那日的抉择是多么正确和重要。邓骘深深理解杨震此刻的心情。自从那日跟随邓骘离开关西潼乡,离开学馆,十多年了,杨震很少回过家。今日,杨震作为大司徒、大军师路过家乡,怎能不勾起他阵阵的回忆?怎能不想看看他的学馆?从杨震眼里的泪光,邓骘什么都看得出来。杨震那一份浓浓的乡情,都包含在那两汪泪水中了。

邓骘命令大军停下脚步,看着杨震说:"大军师,我们在此休息吧?"

杨震怔了一下,好像回忆被打断。他思考了一下,对邓骘说:"大元帅,杨某以为,我军应趁士气高涨,日夜兼程,与雍营会合。一是防敌东进;二是整装待发,谋划策略,准备西伐。"

邓骘犹豫了一下:"军师与本帅不谋而合。只是……"

杨震微笑了一下:"杨某谢过大元帅啦。快下命令继续行军吧,没有比军情更急更重要的事情了。"

邓骘深吸了口气,敬佩地对杨震点点头,对前方传令兵大声喊道:"继续西行!"

大汉三十万雄兵浩浩荡荡地行进在关中驿道上,风尘仆仆,战士们齐声高唱汉高祖的《大风歌》:"大风起兮云飞扬,威加海内兮归故乡,安得猛士兮守四方!"

沿途路边,站满了观看、送行的百姓。大军所过之处,听到的是老百姓的欢呼声和问候声，尤其是到了潼乡，百姓更是雀跃欢呼，纷纷拿着鸡蛋和干粮往兵士的手里塞。关西的百姓听说当年的教书先生、如今的大司徒杨震归来，争先恐后一睹家乡贤达的风采。兵士们群情振奋，士气高涨，经过潼乡，马不停蹄，一路直奔向长安。

大军路过长安，还是没有停留，一路向西。

杨震站在战车上，想着这场战事。这次，杨震虽然踊跃请战，但对大汉取胜、征服西羌，心中并无底。此次出征，他出任军师，身上好像担负着千钧重担，压得他喘不过气。行军路上，他一直在思索着这场战争的打法。

他回忆着史书关于汉、羌战争的记载。临行之前，杨震专门翻阅了这方面的记载。原来，东汉初年，羌人主要居住在青海和甘肃南部、四川北部一带。朝廷为了便于控制羌人，强迫部分羌人迁徙到关中西部和河东，与汉人杂居。汉人官僚豪强倚仗权势，残酷剥削奴役羌人，激起羌人共怒，遂起兵反抗。从此以后，汉羌纷争不断，一直到十多年前，羌人头领滇零在北地郡率领羌兵占地为王。为打击滇零，朝廷连年派兵驻守西北雍县（治今陕西凤翔南），作为京都西部屏障，抵御西羌的侵袭，称雍营；同时守卫左冯翊、右扶风、京兆尹三辅。

"两位元帅，我大汉军队征讨西羌十多年，为何一直未能征服？"杨震问邓骘和袁贵。

袁贵说："军师不知，西羌自滇零称帝以来，盘踞大汉西部边陲，长期滋扰。西羌国力虽无法与大汉相抗衡，但游牧民族长于骑射，悍勇强健，居无定所，来去无踪，善于游走作战，一直打的是游击战，每次都趁汉人不备，长驱直入，纵横南北，烧杀抢掠，洗劫一空，然后扬长而去。从孝武皇帝时起，就为大汉边陲的一大隐患。朝廷也曾数次对西羌用兵，讨伐之时，汉军追来追去，军力消耗太大，加之大汉各地连年灾害，国库紧张，后方粮草供给不足，虽然也曾几次大败西羌，但一直未征服西羌，没有从根本上解决西陲的边患。"

邓骘说："羌人虽兵甲不全，但彪悍强健，凶猛善战，且西凉比较遥远，战线颇长，故虽朝廷每年都投入无数的财力和兵力进行平定，终未彻底平叛。

从滇零称帝，十多年来，朝廷为平定西北边陲投入的军费高达二百四十亿钱，以致国帑空竭。这几年，多亏先生所走过的荆州、青州每年赋税都能按时完成，给西北战事解决了一些及时之需。眼下，我大汉国力虽日渐强盛，但西凉一带反而不如从前，若想平定西羌，定要倾全国之力，如此一来，我大汉国力将会严重受挫。"

大军到达雍营时，天快黑了，邓骘下令，就在城外安营扎寨。

雍营以西，过了大散关，就进入西凉地带。往西望去，空旷辽远。

兵士们由于一路行军，人困马乏，吃过饭后，夜色已深，将士们都入营歇息。

营帐内，两个元帅和军师正展开地图看着，商议作战计划。不一会儿，耿宝、班勇、袁飞等几员边关守将都来了。杨震就向他们了解军情。

班勇说："时下，羌兵共分两路。一路由大汉的反民杜琦、杜季贡、王信率领，兵力十万。他们受滇零之子零昌指挥，采取游击战术，在凉州的汉阳、安定、北地三个郡烧杀抢掠，专攻官府。前几日正在南攻益州，听闻我军西征，闻风逃窜，不知去向。"

袁飞接话道："另一路由贼首滇零带领，约十万人马据守在北地郡。由于羌贼凶野彪悍，我们带领将士几次围攻，均未攻下。因我军多步兵少骑兵，故西羌彪悍的骑兵成为目前我军的强劲对手。"

邓骘说："请袁副帅、军师、列位将军，谈谈伐敌之策。"

班勇先说："元帅，末将以为，以我三十万雄兵，形成铺天盖地之势，全面进攻，定能伐灭游击之敌。"

邓骘轻轻摇头："班将军所言，有浪费兵力之弊。"

袁飞着急地说："元帅，末将以为，在我汉军原五百铁骑的基础上，重新整合，挑选出五百匹纯黑色的骏马，重组五百铁骑，专门对付西羌彪悍的骑兵，由末将率领，驰骋三郡，不怕找不到羌贼的散兵游勇。仅我五百黑色铁骑也要让羌贼望风而逃。"

邓骘点点头："飞将军不愧为将门之后，用兵出奇。"

袁贵沉思了片刻："飞儿刚才所言，是制敌良策。但是，找不准目标，会造成疲于奔命，人困马乏。"

邓骘望着杨震："军师意下如何？"

杨震捋了捋胡须："以杨某看，自古用兵先谋而后动。谋，则应从全局着眼。本次出征，太后及皇上对我等寄予厚望，希望我等不仅平息西羌来犯之敌，且要永绝后患。本次西羌大举进犯，是我大汉历史上规模最大的一次，而我们对西羌的征伐也是举国之力规模最大的一次。可见太后与皇上征伐西羌之决心。"

几位将军都在认真听着杨震陈述自己的主张。

杨震接着说："以杨某之意，不征则已，征则要彻底解决西羌对我西北边陲的进犯，永绝后患。但是，根据老夫一路上和两位元帅交谈的情况看，用我三十万大军，征伐西羌二十万大军如果用原来的战法，不说彻底扫平，就连取胜都很困难。你们想想，西羌叛军善于采用游击战术，我三十万大军连日行军，让西羌以逸待劳的二十万大军，连拖带打，必定会筋疲力尽。眼看着天气一天比一天冷，到时，粮草供给不足，我军不要说取胜，光粮草和天气都把我们冻饿得差不多了。因此，老夫以为，我军应采取'伐抚结合'的策略。伐，则以我三十万雄厚的兵力，采取包围的态势，使羌敌感到无路可逃；抚，则让滇零了解我大汉王朝目前的强盛国力，认识到长期战乱不光给大汉，而且给西羌的黎民百姓带来的灾难，从而促其归顺我朝。"

不仅是邓骘，包括在场的几个武将，谁也没有想到杨震文韬武略，无所不能。

邓骘说："如果能做到这样，那真是求之不得。军师真是运筹帷幄，文韬武略，样样精通。"

杨震说："元帅过奖。杨某也只是读过一些兵书，对兵法略知一二。"

袁贵忍不住内心的激动，对杨震说："军师，想不到你不仅通晓经书，满腹经纶，而且能够运筹帷幄，具非凡的军事谋略才能。"

杨震谦逊地微笑着说："岂敢，岂敢！副帅过奖。"

耿宝不以为然："军师所言，本将军以为是纸上谈兵，是夫子之见。我大汉对羌贼征战，不说孝武皇帝以来数百年时战时断，就说最近的这次，已逾十

十七 大漠西域烽烟起

几个年头,年年征战,年年无果而终,非但没有伐灭羌寇,倒使羌寇越发强大。滇零既然敢称帝,与我大汉分庭抗礼,还声言要攻下洛阳,推翻我大汉,取而代之,如此,我们何以能在短短几个月内,剿灭羌贼?尤其是让正在兴盛之时的滇零接受招抚,归顺我大汉,这不是天方夜谭吗?"

耿宝此次出征,带着此前"诫勉问责"的处分,因此他一直对杨震记恨在心。他一直抱有侥幸心理,认为他是当今皇上的舅舅,没有人敢把他怎么样,所以,说话无所顾忌。

杨震没有多言。

袁贵阻止耿宝说:"耿将军莫急,我以为军师所言有他的道理。"

邓骘对杨震说:"军师接着说吧!"

杨震沉思了片刻,说:"我大军可兵分三路进攻。一路由耿将军带八万人马从东攻击杜琦等反民;二路由袁将军和班将军率领七万人马,从此绕道,然后直抵西部,联合匈奴首领万全单于,从西北方向突进,截住杜琦等反民的退路,并与东路耿将军部人马形成东西夹击之势,将反民予以歼灭。"

袁飞急了:"军师,那我们呢?"

杨震摆摆手:"少将军莫急。由元帅和飞将军率领十五万人马北袭滇营。飞将军可先率铁骑作为先锋,直冲滇营,使其不得出城与零昌的十万人马会合。此时,羌首滇零若退守北地郡城坚守不出,待我和元帅十五万大军到后,可将北地郡城团团围住,然后派人将招抚书送到北地郡城中,劝滇零归顺。这时,叛军被分成南北两部分,已经自顾不暇,长期坚守只有死路一条,滇零必然要考虑自己的出路。眼下,滇零所处位置,基本知晓;而零昌所处位置,我们一无所知。因此,应迅速派兵侦察。以上所陈,只是杨某敝见,战场形势瞬息万变,还望两位元帅和列位将军指误。"

邓骘说:"军师所言,真乃拨云见日,本帅以为是上上策。军师虽为书生,但腹有文韬武略,邓某敬佩!"

袁贵也说:"军师胸有谋略啊!"

袁飞、班勇同声说道:"军师真是智高一筹啊!"

杨震说:"节气已进入小雪,之后,气温将迅速下降,北方一天比一天寒冷，很快，雨中就会夹带雪花。因而，我们必须在小寒之前结束战争，否则，到了大寒，数九寒冬，对我们的兵士们极为不利。"

邓骘大声发布命令："各路将军听令！今夜命兵士们好生歇息，明日一早，依大军师之策，兵分三路，全面出击，伐灭羌贼！"

至此，平定西羌一战正式打响。

耿宝虽怀怨恨，但元帅的军令他不得不服从，连夜派探子探清零昌所在位置。天刚明时，探子回来报告，零昌与杜琦所率十万人马昨晚就驻在灵武城。耿宝得知，即刻率东路八万大军，一路挺进，直达灵武城外。耿宝远远望去，城墙上一片寂静，遂下令将士们就地摆阵。但是，零昌坚决不出城迎战。

袁贵得知消息，与班勇率七万人马飞速西进，途中接到飞马信使报，得知耿将军兵马已到灵武城外，遂催促本部快速挺进夹击灵武。袁贵一听耿宝行动迅速，立即命令本部快马加鞭向西飞奔。此地距离匈奴所处之地不过百里，不足半日，袁贵兵部已抵达。

东汉初年，匈奴与汉朝边境冲突不断，一度成为东汉王朝严重的威胁。不想匈奴人遭遇连年旱蝗，赤地数千里，人畜死耗极大。东汉王朝常以财物、粮食、布帛、牛羊等赠予匈奴，供给之费每年数以亿计，得以让匈奴与大汉朝和平相处。

此时，袁贵与班勇两位将军兵至匈奴，首领万全单于盛情款待。席间，袁贵提出与匈奴联军剿灭羌敌，然万全单于则考虑与西羌相邻，不愿树敌，故借口推诿。

袁贵当然知道匈奴归顺大汉，一是敬畏大汉国力强盛，二是匈奴经济实力弱，长期指靠大汉供给。因此，对于匈奴，仅有真心并不是万能的。想到此，袁贵端起一樽酒走到万全单于面前："万全单于，长期以来，匈奴与汉和平相处，互不相争，因饱受我大汉恩惠，百姓才得以安宁，匈奴才得以稳定。而羌人则不同，羌人原本是我大汉臣民，滇零也是大汉的子民，但他反叛朝廷自立为王，长期滋扰大汉边境，所到之处，烧杀掠抢，无恶不作，不仅扰乱了大汉的秩序，更是破坏了西域的稳定。这次西征，邓骘大将军亲自出征，大司徒杨震担任护国大军师，三十万精兵整装待命，那滇零岂是对手？况且，他对

你匈奴并不友好，时常也有侵扰。因此，不除滇零，西域难以安宁。我大汉朝廷这次已经做好了充足的准备，倾全国之力，讨伐西羌，永绝后患！还望单于斟酌！"

万全单于听了袁贵一席话，思量了半天，轻轻点点头。万全单于知道匈奴这些年完全是依靠朝廷的供给才得以安宁和稳定，如果拒绝大汉联合伐羌的要求，得罪了大汉朝廷，被断了供给，那匈奴定会民心大乱。若大汉再乘虚而入，那匈奴将难逃厄运。再者，那滇零野心勃勃，一直对匈奴虎视眈眈，只是碍于大汉的支持，才不敢轻易动手。若与大汉联手伐灭西羌，倒也除了匈奴心头之患。大汉朝廷这次西征，老将军邓骘亲自挂帅，名震大汉的一代儒家大师杨震担任护国大军师，看来这次大汉朝廷是下定了决心要灭了西羌。匈奴还是要依靠大汉这棵大树的，因此，必不能拒绝联兵伐羌。

万全单于接过袁贵敬给他的那樽酒一饮而尽，而后，擦了擦嘴，说道："我匈奴饱受大汉恩惠，如今大汉遭难，如果不出手相助，那岂不是我匈奴忘恩负义？我万全也是知恩图报之人，大元帅既然诚邀，我万全必定应邀！"

"好！"袁贵与万全酒樽相碰，一言为定！

灵武城外，耿宝迟迟不见西路军踪影，心急如焚。他在军阵前走来走去，嘴里嘟嘟囔囔。正在这时，飞马信使来报，说袁将军已联合匈奴军队东奔而来。

耿宝一听袁贵人马即到，就迫不及待地下令："零昌老儿既不出城迎接，那休怪本将军无情，攻城！"

一时间，阵地上旌旗招展，金鼓齐鸣，箭雨纷纷，杀声震天。

距离灵武城还有两三里，袁贵就听到了喊杀声，他喊了一句："这个耿将军真是性急！"接着紧急下令："前面就是灵武城，耿将军已经开始破城，将士们，快马加鞭，剿灭羌贼，活捉零昌、杜琦！"

东西两路大军会合，共同攻城。汉军将士们借助云梯爬上灵武城墙，与城墙上的叛军奋力拼杀。不到半天时间，灵武城就被攻下，城墙上插满了大汉军旗，欢呼声震天动地。城门打开后，十几万大汉军冲进城中。

灵武城中，袁贵、耿宝走在大街上，看着入城的将士们押解俘虏，清点人数，收拾兵器，整理残局。

这时，班勇来报："两位将军，反民和羌贼眼看要败于灵武城，零昌、杜琦、杜季贡、王信皆率反民及羌贼从北门出城，向西逃窜，遇上匈奴首领万全单于的迎头拦击，又掉头往北逃窜，现在已逃到北边的丁奚城。"

袁贵立即下令："耿将军、班将军，传令，两路人马追往丁奚城，把这些羌贼和反民伐灭在丁奚城！"

丁奚城已经虚空，没攻多久，羌贼就大败。班勇急忙命人查找羌贼零昌与杜琦，可是，清点俘虏的兵士搜遍所有战场，发现杜季贡、王信两人已经战死，但零昌与反民头目杜琦却活不见人死不见尸。

难道这两人已经逃出城外？袁贵命令班勇，无论如何要找到这两人的下落。

北路军的中军帐内，邓骘和杨震静静地坐着。此时，杨震虽然表面冷静，实则心里万分焦急，不知前方战况如何。虽然自己对战情进行了详细的分析，但战场形势千变万化，谁也无法掌控，只能随机应变。

杨震正在担忧，突然听见袁飞急急来报："大元帅，果如军师所料，灵武城刚一开仗，北地城里就冲出不下十万羌贼，紧急增援灵武。"

邓骘看着杨震问："军师，你看呢？"

杨震对着袁飞说："迎头痛击！飞将军，这平原野外作战，正好发挥铁骑的长处。你先率兵出击，大军随后即到。元帅，下令吧！"

邓骘下令："开始进攻！"

于是，阵地上将士的喊杀声和骏马的嘶鸣声混在一起，震耳欲聋。

汉军准备了不少云梯用于攻城，也准备了几辆撞车。

袁飞率领的先锋，均以黑马为骑，他因此被称为"黑色飞马将军"。此刻，汉军的五百黑马铁骑，长驱直入，锐不可当。

北地城外，一场异常激烈的战斗在旷野打响。

袁飞率领的黑马铁骑在北地城外与西羌彪悍的骑兵相遇，展开了激烈的厮杀，喊杀声震天。只见城外旌旗招展，无数战马在奔腾，无数战车在奔驰，厮

杀声铺天盖地。袁飞将门虎子,弓马娴熟,武艺精通,勇猛刚烈,他率领的黑马铁骑在西羌彪悍的骑兵中左右拼杀,所向无敌,横扫羌敌一片。

邓骘身着铠甲站立在战车之上,手持战剑,威武神气。

杨震一身素袍迎风站立,身后的"汉"字旌旗迎风飘扬。他看着前方战场勇猛拼杀的将士们,激动地说:"大汉以精锐之师攻西羌疲惫之叛军,必胜!"

大约拼杀了有两个时辰,西羌叛军就溃不成军。"羌"字战旗顺风倒去,叛敌节节败退,丢盔弃甲,慌忙向北地城逃窜。

邓骘一声令下,马奔车行,将士一路向北追杀。

追至北地城门,叛军紧闭城门。邓骘下令:"包围北地城,绝不放出一人!"

将士们听到命令,立即变换阵形,将北地城包围得水泄不通。

北地城头上,身着羌式服饰的西羌首领滇零与丞相在城头悄悄观望。大汉军队黑压压一片。北地城东西南北四面被包围得严严实实,城内连只蚂蚁都跑不出去。滇零一直在等待着儿子零昌的救援,在这紧要关头,却迟迟未见儿子零昌的消息。城内守军几次试图冲出突围,均不战而败。滇零听闻,大汉这次针对他西征,派出的是多年不上沙场的老将军邓骘和袁贵,还把大司徒杨震也搬出来做军师。听说那大军师智慧超群,文韬武略样样精通。可以看出大汉军队统帅的精明与大汉军队的英勇强悍,也能看出大汉这次出兵不同往常,看来是定要灭掉他滇零不可。

此时,东、西、北三路大军已经在北地城外会合。

汉军元帅帐内。

袁贵报:"元帅、军师,南部战斗已经全部结束,西羌十万人马基本被剿灭。据被俘的羌贼口供,零昌与杜琦化装成老百姓,趁混乱期间逃出了城。"

杨震一听立刻脸色大变:"不好,马上给城里的滇零发招抚书!"看着邓骘和袁贵一脸不解的神情,杨震着急地说:"滇零此时已被我大军死死围困,无计可施,只能寄希望于儿子零昌的救援,一旦他得到消息知道零昌未死,就会相信他儿子必定要来救城。如果这样久围北地城,零昌动员搬来万千羌人,必然于我们不利。如果放弃围城,此次西征将前功尽弃;如果长久围城,必酿成更大的祸乱。这场战争持续多久,前途未卜。我们必须在最短时间内招抚滇零,让其归顺,必要时,我要进城面见滇零,晓以利害。只要他愿意归顺朝廷,我们可奏明太后和皇上,封他为北地王。"

邓骘与袁贵也担心再等待下去,恐出逃的零昌纠集兵力,从背后袭击汉军,拼死救城。那样,父子里应外合,势必要发生一场更大的血战。并且,北地城是滇零的王城,精锐兵力屯扎其中,若要死战,定会危及无辜百姓,造成更大伤亡。

邓骘与袁贵合议一番,命令袁飞:"依军师之策,给城内叛军发招抚书。"

杨震把招抚书写好后,袁飞手握弓箭,将一卷白绸缎射向城头。

北地城皇宫内,滇零一身羌族式皇服坐于朝堂之上。

一将军一脸惊慌地跑进宫报知:"皇上,前方来报,汉军兵分两路,将我们与太子之间的联系切断。而且此次大汉军出兵,作战异常凶猛,视死如归,太子率领的人马先败于灵武城,后突围,在丁奚城坚守,遭包围,全军覆没。太子生死不明。我们派去营救太子的十万大军出城不久,途中遭遇汉军埋伏突袭,已经溃不成军,剩余不足五万将士逃回城里。"

滇零恼羞成怒:"斩,把败军之将就地正法!"

那将军说:"皇上,大敌当前,不是惩罚败军之将的时候,眼下之急,是守城的问题,不然,都城,难……"

话音未落,又一将军走入,更为惊慌地对滇零说:"皇上,都城四面皆被包围,而且汉军越来越多,据打探,汉军兵力有四五十万之众。"

滇零说:"这怎么可能?大汉西北雍营与关中各路军加起来才多少人马?"

将军说:"皇上,末将是在城上亲眼看到的,黑压压几层,把城池四面围得水泄不通,看来,汉军这次定是出动了全部兵力,不灭我西羌誓不罢休啊!"

滇零一时无言。

前边那将军说:"皇上,据探子报,这次大汉是举全部兵力,声称要荡平我西羌,永绝后患。"

滇零说:"那你们说怎么办?"

后边将军说:"末将无能。皇上,我军老弱病残加起来也才二十万。十万大军由太子率领与大汉作战,可是,仅半天时间就全军覆没。守城的军队出城增援,不足一个时辰便溃不成军。现我军所剩之兵又岂是大汉几十万大军的对手?"

滇零沉默不语。

这时,西羌丞相手捧招抚书慌慌张张跑进来呈给滇零。

"皇上,这是大汉元帅邓骘发来的招抚书,招皇上归顺大汉朝。"

滇零哈哈大笑:"笑话!大汉一个儿皇帝和一个寡太后,我会归顺?休想!"

城外,邓骘跟杨震观望着城内,见城内一时没有动静,便再次命令袁飞:"再发招抚书。"

城内,丞相将第二封招抚书呈与滇零:"皇上,汉军在第二封招抚书中写道:如果皇上愿意归顺大汉,他们愿奏请邓太后、汉皇上,给皇上您妥善安抚。"

滇零冷笑一声:"哼哼,我让他们安抚什么?我现在皇上当得有滋有味的,他们还能给我再安抚一个皇上不成?"

丞相说:"我看汉军的两个首领,一个是大元帅邓骘,一个是大军师杨震,都是大汉朝廷举足轻重的人物。咱们先不说那个小皇上,也不说这个邓元帅,就说那个邓太后,也算得上一代明后。还有那个军师杨震,可是一个了不起的人物,据说在大汉朝廷担任三公之一的司徒。他为大汉的江山社稷、黎民百姓所立下的功劳,从中原一带传来的消息,我在西凉一带可是听得多了。"

滇零狠狠地说:"他们要再逼我,我就杀了城里的百姓给他们看,然后与他们拼个鱼死网破,等太子的大军一到,出城与太子前后夹击汉军。"

丞相慌忙说:"皇上,城里的百姓多数是咱们羌人,杀了他们,你就成了暴君,遗臭万年了。你要与那些汉军鱼死网破,那咱们这些羌人百姓没有你怎么活?难道,你要看着咱们羌人灭绝吗?依臣看,邓骘、杨震这些人还是仁义之人,他们围城却不攻城,其诚意是显而易见的。否则,以他们的实力,攻破皇城轻而易举啊。皇上，为了保全羌人后代，我们还是从长计议为好啊！"

滇零说："再坚守几日，太子他们很快就会来救城的。"

城外汉军元帅营帐，邓骘几人还在耐心等待。看城内依然没有消息，袁飞急了："元帅，不要再跟那个羌贼浪费时间了，下令攻城吧，以我大军之势，攻破这座小城不费吹灰之力，定会灭绝了这伙羌人！"

杨震说："再发招抚书，同时攻城，攻下城，我入城面见滇零。"

大汉兵士们在城下不远处列队，最前面是盾牌手，其之后是手持弓箭的弓箭手。弓箭手们在将军指挥下，将手中的箭矢不停地向城头射去。

邓骘、袁贵、杨震正凝望着攻城的兵士沿着云梯，动作迅速地攀缘。

城墙下竖着好多架云梯，上万名汉兵手持盾牌，冒着城上落下的石块与箭矢，一拨一拨沿云梯攀登而上。

城墙上，数千名羌兵举起大石头向城下砸。

云梯上不少汉兵被石块击中，落下云梯。很快，又有无数名汉兵攀上云梯，向上进攻。而且数万名弓箭手举箭纷纷射向城头，把城头的羌兵纷纷射落城下。

羌丞相看到此情此景，连滚带爬跑进皇宫："皇上，汉军又发了第三封招抚书，并且开始攻城了。你看……"

滇零一拍长案："丞相，别说了，招抚书不看了，按你的意见办吧！但有条件……"

城外，袁飞手举绸缎大声喊着："元帅、军师，滇零有回音了，愿接受朝廷的招抚，俯首称臣。"

杨震说："大将军，应以八百里加急，向太后、皇上报捷。"

邓骘说："飞将军，按军师的意思办，速速派人飞马快报，将这一捷报报告太后、皇上。"

至此，长达十五年的汉、羌战争终于结束了。

多日后，关中驿道上，大获全胜的大汉军队整齐有序地班师回朝，将士们齐声高歌汉高祖的《大风歌》："大风起兮云飞扬，威加海内兮归故乡，安得猛士兮守四方！"

邓骘、袁贵、杨震同乘在一辆战车上,威风凛凛。

车辚辚,马萧萧……

西北风飕飕地刮着,洛阳已进入仲冬。

伐羌战争在西凉一带进行得烽烟滚滚的同时,朝廷上一场关乎一个庶民生死的审讯也正在进行。

经过一拖再拖之后,樊闰才把"张生法场喊冤案"的案犯张生、卷宗,以及张生父亲这个人证用马车送到京城。樊闰欺瞒朝廷,给廷尉府说武陵郡郡丞金武、索县令牛寿,以及索县街上打更的老头,皆暴病身亡,现在只有唯一的人证张生父亲。

在监理处,虞放听了荆州官差的禀报,一时有些失望,就找到廷尉周忠禀报。虞放气愤地说:"打更老头是樊闰维持凶杀案原判的重要人证,如果打更老头不能到京,可以这样说,他的证言,是子虚乌有、凭空捏造。而荆州最后重审的主要官员是武陵郡丞金武、索县县令牛寿,这两个主要当事人不能到京,这个凶杀案的重审就无法进行。由此,下官可以断定,樊闰这样做,明显就是包庇真凶,为真凶开脱罪责,而让无辜者张生来承担所有的罪责。眼下,朝廷的'整肃吏治'虽然告一段落,但是不会不再搞,像这样的徇私枉法者不整,还整何人?"

周忠说:"案犯张生及卷宗已经到京,人证张生父亲也已到京,只好先这样审理。"

这时,虞放才从廷尉府院子的马车上,抱走有关案件的全部卷宗,回到自己办案的监理处,开始阅读全部卷宗,准备重审。

虞放经过几天深入的审读案卷后,就开始审讯案犯和人证。

廷尉府大堂里,堂上坐着虞放,旁边坐着记录官。堂下两边站着两排执杖衙役。囚犯张生戴着肩枷,脚上戴着脚镣,被两个衙役夹着提着扔在堂下。张生跪趴在地上。

虞放敲了一下惊堂木,问道:"堂下跪的是何人?报上姓名籍贯。"

张生声音嘶哑,有气无力地说:"荆州索县乡民张生,请青天大老爷为乡民做主，我没有杀人！"

虞放道："张生，你在法场喊冤，本官今天不想多问，只问你到底有没有对王灵母女俩怀恨在心，伺机报复？"

趴在地上的张生抬头说："没有，我没有！青天大老爷，我没有杀人！"

虞放说："我知道你有冤屈。我和你一样，都是读书人。但是，要证明你没有杀人，光口供不行，必须要有有力的证据。"

张生说："长安的古董商行掌柜会为我做证。"

虞放说："你知道，长安古董商行掌柜一时难以找着，你把这件事的前前后后都说出来，本官为你做主。"

于是，张生就把十多年前他为了争口气，何时跑到长安跟一个古董商学做生意，何时因荆州发生水灾又回到索县，结果被当作杀人真凶捉到县衙，县衙又是如何动用酷刑屈打成招的前前后后叙说了一遍。

张生哭哭啼啼地诉说，记录官不停地记录。完后，叫张生签字画押，交给虞放。虞放对着笔录看了许久，心情沉重地收起了记录案卷。

第二场提审的人证是张生的父亲。老人被带到大堂之下，衣衫褴褛，仿佛乞丐。他一见堂上的虞放，就跪在地上泣不成声，边哭边喊："青天大老爷，我儿子有冤，救救我儿子啊！我儿子今天来了吗？"

父子俩还是十多年前，杨震在荆州府衙大堂审讯时见过一面。至此，十多年了，儿子是死是活他都还不知道。

虞放示意堂下的衙役安抚老人。老人抬起头，用脏兮兮的袄袖擦着泪水。

虞放说："老人家，你儿子虽然受尽了牢狱之苦，但他还好好的。你儿子的冤屈若是平反了，你们父子很快就会见面。你儿子有没有冤屈，就看你说不说实话。"

张生父亲赶紧点头说："我说实话，我不说实话天打五雷轰！"

虞放问："本官问你，两次案发期间你儿子到底在不在索县，他在哪儿？"

老人一口咬定："我儿子一年半没有回过家，他去了长安，他不可能在索县。"

老人一把鼻涕一把泪，向虞放诉说着这些年的一切。但是，到此，整个重

审工作再也进行不下去了。因为,整个案件只有不多的案卷,一个人证。

虞放审讯了张生及张生的父亲,冤案虽然已经清楚,但太后临政以来,一再要求,审讯案件要重证据,不能轻口供。可这时找不到其他人证。因此,审理工作只能告一段落。

这时,只见一个衙役跑到虞放身后,在虞放耳朵旁耳语了几句。只听虞放说:"真是天无绝人之路,太好啦!赶紧去把人证带上来!"

这时,武陵郡送来的金武、牛寿及汉寿县两个衙役共四个人证。

原来,王密自知道廷尉府接手重审"张生法场喊冤案"的消息后,就在暗中一直设法寻找保护人证。最后,他动用郡兵暗中盯住金武、牛寿动向,同时,让索县的羊孙、陈汤帮忙,暗中盯住两个衙役的行踪,在四人外逃的路上将其全部拦截抓获。王密又害怕人证路途中出现意外,为保证人证安全,他亲自押送到京城。

那么,接下来第三场提审的就该是武陵郡送来的四个人证。这四个人证,是当初参加初审的两个官吏和索县县衙的两个衙役。四人被同时押到堂下,两旁的执杖衙役齐呼:"威武——"

四人赶紧跪地,衙役甲不等杖刑就浑身哆嗦着说:"廷尉老爷,不要打,不要打,我招!是由我们三人动手,用点着的整把子艾草条对张生动用的火刑。"

衙役乙也赶紧叩头:"我们也知道张生是冤枉的,但我们也是无可奈何,没有办法。如果我们不动手,梁县令和牛县丞就要把我们投入大牢……"

旁边紧挨着的牛寿马上慌了,眼睛一瞪,刚喊了一句:"你血口喷……"忽然,一阵执杖衙役用杖棒"咚咚咚"的顿地声,以及"威武——"的喊声响起。牛寿赶紧跪地就喊:"大人,下官冤枉……"

虞放说:"你冤枉?等一会儿让杖棒问你冤枉不冤枉!"虞放指着衙役甲说:"说说你们是怎样刑讯逼供,使张生屈打成招承认是真凶的。"

于是,衙役甲向虞放陈述了当初的一切。在场的官员衙役都惊得睁大了眼睛。

牛寿这时恐惧地大喊:"大人饶命啊!大人!那都是梁县令逼着小的

干的！"

金武低着头，始终不说一句话。

虞放说："金郡丞，你还装死，本官不怕撬不开你的嘴。来人！"

虞放刚喊了一声，金武像烂泥一样趴在地上喊："大人，我……我招，我招……"

就这样，虞放最终审理清楚了张生被屈打成招前前后后的实情。至此，"张生法场喊冤案"基本真相大白。

然而，想不到的是，廷尉府重审的结果樊闰很快就知道了。

此时，在京城樊府，心急如焚的樊闰刚刚带着几大箱金银珠宝，带着他的心腹，乘坐马车，经过几天几夜颠簸到达京城。

他前脚刚进门，兄长樊丰后脚就进门了。

樊丰看着消瘦的弟弟说："你回来得正好，我正准备差人去荆州给你送信。告诉你，不光武陵郡府王密押送来的索县县衙两个衙役都招了，而且你一直信得过的金武和牛寿也都被抓获送到京城，也都招了，说他们受索县那个梁田蒙骗，把张生硬是屈打成招为杀人真凶。金武还招出弟弟你……"

樊闰先是大惊，接着说："兄长，我这次回来，带了几大箱金银珠宝。但是，眼下这个时候，我没有脸去见皇叔太尉大人，只好劳烦兄长去皇叔府上，把礼物送去，疏通关系、打通关节。他现在可是一人之下万人之上的相国。你让他设法阻止廷尉府给这个张生翻案。"

樊丰说："这倒是一个办法。只不过，眼下朝廷的'两整'刚刚过，又严惩了那么多官员，太尉大人帮不帮这个忙很难说。另外，我们也一定得小心谨慎，万不可落下把柄。"

樊丰铤而走险，趁着夜间，乘坐马车，在弟弟的护送下，提着两箱沉甸甸的金银珠宝来到刘府，来见当朝皇叔、太尉刘凯。

刘凯一见，带着埋怨和嗔怪的口气说："樊常侍，怎么现在才来？你族弟呢？一件小小的人命案子，怎么弄成这样子，弄得朝野皆惊？"

樊丰说："就因为把这当件小事，就一直没敢惊扰恩公。后来，又因为把

事情闹得越来越大，没有脸见恩公。"

刘凯问："到底怎么回事？"

于是，樊丰就把案件的前前后后讲了一遍。

刘凯一听，真是气坏了。

这时，樊丰一看刘凯的脸色，就知道情况不妙，赶紧下跪说："恩公，你要帮帮他，他可是你一手扶持起来的，这个时候，你不帮谁帮？"

刘凯一看这情景，特别是看了眼条案上放着的樊丰刚刚带的两箱子沉甸甸的厚礼，就站起来，弯下腰，把樊丰拉起来说："你先起来，这事让我想想怎么办好。"

樊丰一听有门，赶紧站起来，扶着刘凯的胳膊，把他重新扶回太师椅上。

樊丰又说："恩公，你可能还不知道，这次廷尉府主审的年轻官员叫虞放，他是杨震在关西潼乡的学生，肯定事事请示杨震，审理的时候肯定也会徇私枉法、恣意断案的。"

刘凯倒抽了一口冷气："是吗？这个情况你不说，本官还不知道。既然这样，那也好。只是有些情况你大概还不知道，自从堂弟刘章被严惩之后，太后已经不重用老夫了。既然你来了，你弟弟的事老夫还得帮。"

刘凯经过再三斟酌考虑，给樊丰口授了一些机宜。在朝廷"两整"刚过的当口，也是"喊冤案"最关键的时候，樊丰按照刘凯的指示，回到家后，让弟弟樊闰拿着刘凯的书信，带着两箱金银珠宝，到廷尉周忠府上疏通上下。

在廷尉府里，虞放自从重审"张生法场喊冤案"取得重大突破之后，非常高兴，这是他入仕到廷尉府后，办的第一个大案。审理完后，他认认真真地在写呈给邓太后的重审奏章。他在奏章中写道：

"经过重审，详细情况是：首先张生本人是为了争口气，到外地经商挣钱，给王灵母女一个过上好日子的保证，并不是说张生对王灵母女怀恨在心，伺机报复。而且案发时，张生并没有在索县，根本没有作案时间。其次，关于两次案发期间张生到底在不在索县，张生父亲一口咬死，儿子一年半没有回过家。问他是否沿街乞讨，在县衙、郡府、州府大门前喊冤告状。老人声泪俱下，说他没有办法，不得不沿街乞讨，到衙门口喊冤告状。后来，州府两个衙役说，要为儿子翻案，要他做证，才把他从大街上骗到州府，关在一个没有窗子的房屋里，不让他出来。经过廷尉府核查，此种做法，名为保护老人，实则监禁老人。再次，参加初审的索县县衙的一个县丞、两个衙役，招认是由他们三人动手，用点着的整把艾草对张生动用了火刑。一开始，两个衙役都不愿动手，可是，县令梁田让县丞牛寿把两人叫到内室，连威胁带恐吓，说如果他俩不动手，就会立马受到五十大板的刑责，投入大牢。两人犹豫了半天，怕自己既挨打又坐牢，没有办法，只得对张生动用火刑。当喊冤案发生后，牛县丞要他们二人守口如瓶。由此看，张生确是冤屈。最后，重点对武陵郡郡丞金武进行了审讯。金武承认，'王灵母女被杀案'发生后，是他受主子樊闰指使，帮忙完成县、郡两级审讯，而定张生为杀人犯；杨震离开荆州以后，又是他受樊闰指使，先是给朝廷上诬告信，逼走王密，后又采用性贿赂，把江京拿下，使江京徇私枉法、恶意断案。

"根据以上这些刑讯逼供和徇私枉法的犯罪事实，应宣布张生无罪释放，并应依照汉律追究牛寿、金武及索县县衙役等人制造冤狱之责，予以治罪；对在'张生法场喊冤案'复审中徇私枉法的樊闰、江京传讯到廷，进行审讯，予以刑责。以上审结，恭候太后、皇上裁决。"

写好重审奏章后，虞放兴奋地拿着奏章去见廷尉周忠。到了廷尉署理处，虽见周忠一脸淡漠，毫无表情，虞放仍然高兴地说："'张生法场喊冤案'已经审完，这是重审奏章。"他说着把奏章递给周忠。

"搁那儿吧！"周忠用手一指案几，仍然没有什么表情。

虞放心里没有太在意，就又回了监理处。

第二天，虞放一到监理处，就一直在等待廷尉周忠看过重审奏章后，对他这次办了一个全大汉有名的大案予以肯定，可一直不见消息。直到半响，同室的一个同僚见那时屋内无人，就悄声给他说："虞法官，不用等了，我知道你等啥哩。告诉你吧，你昨儿下午给廷尉大人上呈的奏章，大人已烧毁了……"

"为什么？"虞放先是一惊，不敢相信，不等同僚把话说完，就急着问。

"不知道。"同僚摇了摇头。

在虞放一再追问下，同僚才把头天下午虞放从廷尉那里前脚走，他后脚进门看到的情景悄悄告诉了虞放。

这时，虞放不服，把那份重审奏章又写了一遍，拿着去见廷尉周忠。周忠仍然没有多余的话，只是那句"搁那儿吧"，说毕，继续低头看他的书。

虞放出来后没有走，而是站在不远处，想看看廷尉拿着那个重审奏章会怎么样。

这时，虞放忽然看到，从廷尉周忠署理处的窗户、门顶，有细细的一股烟飘出来，而且他已经闻到，那是纸烧着后的烟味。

虞放一时傻了。

没有人知道，原来，一直对"喊冤案"坚持重审到底的廷尉周忠，在几日前的晚上，接受了樊闰的拜见和厚礼，特别是太尉刘凯通过樊闰带去的那封书函，使周忠不敢再坚持把"张生法场喊冤案"的审理进行下去。

在京城樊府，惶惶不可终日的樊闰，听到兄长樊丰跑来告诉他廷尉周忠压着案子不审这一消息时，高兴得差点儿癫狂。